寸铁 笔记

蒋蓝 著

四川人民出版社

图书在版编目（CIP）数据

寸铁笔记 / 蒋蓝著. —— 成都：四川人民出版社，2024.9. —— ISBN 978-7-220-13766-2

Ⅰ.I267.1

中国国家版本馆 CIP 数据核字第 2024MV8582 号

CUN TIE BI JI
寸铁笔记

蒋 蓝 著

出版人	黄立新
责任编辑	唐 婧
封面设计	李其飞
版式设计	张迪茗
责任印制	祝 健
出版发行	四川人民出版社（成都三色路 238 号）
网　　址	http://www.scpph.com
E-mail	scrmcbs@sina.com
新浪微博	@四川人民出版社
微信公众号	四川人民出版社
发行部业务电话	（028）86361653　86361656
防盗版举报电话	（028）86361653
照　　排	四川胜翔数码印务设计有限公司
印　　刷	成都东江印务有限公司
成品尺寸	130mm×203mm
印　　张	15
字　　数	300 千字
版　　次	2024 年 9 月第 1 版
印　　次	2024 年 9 月第 1 次印刷
书　　号	ISBN 978-7-220-13766-2
定　　价	98.00 元

■版权所有·侵权必究

本书若出现印装质量问题，请与我社发行部联系调换

电话：（028）86361656

我拥抱活人，哭泣死人，折断闪电。

——中世纪拉丁格言（原载席勒叙事诗《钟之歌》）

序言

思想和诗化的能力
——《寸铁笔记》序

张炜

在我眼里,很少看到哪个作家像蒋蓝一样,沉默之余,有一种滔滔不绝的言说能力。这在他诸多著作中都有出色的表现。他写蜀地,写土匪和异人,这些篇章华丽且激情四射,有一种撼动人心的力量。他的文笔与类似写作的不同之处,在于拥有强劲的中气,以之推进,从来不乏仁慈、怜悯等深刻的情感。

这样的一种能力令人羡慕,也很容易被当成一个杰出作家的基础。这或许让人忽略了它的另一种可能:不知何时,又会化为卓绝、短小、灵动一闪的文字。

眼前的这部《寸铁笔记》,文章体量短小,保持了一如既往的激切和生气。这些文字给人以凿实的打击力,深邃广博、浩瀚孤绝,像一个个独立不倚、散在苍茫思想之海中的岛屿;从高处俯瞰,更像是一些宝石颗粒,这之间又有相通的纵横交织的暗道连接,实际上交织成一个立体的思想的网络和洞穴。这就显出了非同一般的性质。我更愿意把这样的写作,视为杰出作家的一种基础。

这是思想和诗化的能力，即歌德一再强调的"思与诗"的双重能力。它们有时纠缠一起，有时又各自分开；它们更多的时候呈现出一种纠缠的方式，延伸和突进。从这些短小的篇章里，可以看到蒋蓝灵光一闪的机缘是那么多，而且他不倦的思索和追逐，又是那样顽韧，以至于不肯放弃，不能丢下，最后把它们一一记录，成为一堆璀璨的语言宝石。

在当今碎片化阅读的时代，它们似乎是应运而生的。不过这不是一般的碎片，它断裂的棱面上有钢钻的颜色，是足够坚硬的。所以当有人试图轻易地用手拢起这些散乱的碎片时，会因为硌撞而多少感到不适。它晦涩难懂，孤僻。这使它天生具有拒绝一般读者的性质。但毋庸多言，正因为拥有如此的品质，才使之变得更有价值、更为卓异和不可多得。

我们这个时代的碎片何其多，但唯独缺少类似的质地和形制。它们是寸铁，有强韧的力度和相应的重量。这对于滔滔不绝的蒋蓝来讲，貌似一次简洁和收敛，实际上却是一次特有的固执的延续，即从来如此的豪放和激荡。

我们在面对这些思和诗的颗粒时，或者多少希望它们变得柔软顺适一点，让其变得可人，起码有一副更好接近的外形。这当然是苛刻了。蒋蓝如此地过滤时间，将一些晶体过滤出来。思想的网格有时粗疏，有时密致，不停地从记忆的河流、从蜂拥而过的生活中拦截，最终让宝贵的部分留下来。

这一次阅读可以是从头至尾的通读，也可以捡看某些片段，吸取和领略。无论怎样，都是一次启动的思索之门和审美之旅。我们抚摸，打开，合上，遥想，思绪像作者一样奔驰无羁，奔向无垠的天际。

2024 年 1 月 10 日

以断片之名，泊近烛火
——读蒋蓝《寸铁笔记》
贾柯

精神体验里，偶尔会遭遇高危似的作品。

比如读到蒋蓝《寸铁笔记》。这个阅读过程览尽峰峦，处处燃火。

对这样峭拔凌厉的断片式写作的横空问世，早已异常期待。

《寸铁笔记》为真正的断片式写作做了一次证明。

这种断片，类于一斧劈木，劲道之处，呈现出的，非语焉不详的支离局部，而是涵盖历史的年轮、季节的肌理、事物的本质，从内剖开完整的横截面。

对，锋利而完整，才是真正的断片式写作。

思想的白战体

"断片是一种趋向民主的文体。"2016年，读到法国哲学家让·鲍德里亚关于断片式写作的阐释，一思即合，这种关于文体乃至体系的认知，无疑是一种头脑风暴，是一次砸锁解铐，是一声平等宣言。

成熟的断片，必然包含当下的即兴、过往的经验、精确的抵达，它一刀致命的表达，需要灵感、积淀，另外，更需要诚实。在这里，诚实指的是不浮夸、不刻意、不牵强，尤其是不去吹气球一般趋附于莫须有的宏大体系，为大而大，为长而长，为深而深。想想，某些宣称建立了体系学派史论的鸿篇巨制，就像朽坏的建筑，除了几根虚张声势还裂痕斑斑的柱子，里面就是一堆稻草人，只能吓唬麻雀。它们样子很"体系"，其实是又一件皇帝的新衣，并没有什么体系，甚至连内容都充气般的虚荣与空洞。这样的认知背景下，真正的断片写作，就类于李白《侠客行》中的侠客，摈弃了庙堂的高阁金匾，一意孤行地执着冷兵器，只有月光照见吴钩霜雪明。

断片是清醒的文体，它就像古代的死士一样，知道自己具有最后一击的宿命。

思想的书写表达，必然具有特定的文体；作为有意味的形式，文体必然会对思想的言说产生绝大的厘定，如同维特根斯坦说，我的语言的边界就是我的世界的边界。

我绝对不会放弃自己来之不易的寸铁，同时我希望自己存立于修辞中的心路，也是一种朝向思想的白战体。

这部《寸铁笔记》，让人击掌的，首先是文体意识的自觉。

自觉，不是随遇而安，是穿过思想幽径后做出的选择，它来得清醒而郑重。读完整部书，终于敢断定，这部一节一节短刀式的断片之书，不是由于肉身受到时间的辖制，不得已曲线救国转而投向屈服式的"短打"，而是本来拔鞘而出的就是这把"短刀"，独一，无他，不换。这种极度自觉的意识，不仅决定了这部书的文体，还决定了它的精神向度，自带一种洞悉真知的气宇轩昂。断片，正是《寸铁笔记》努力为之的精粹践行。"美在最富于包孕性的顷刻。"德国美学家莱辛写的《拉奥孔》如是说。"包孕性"，意味着艺术表达就如蛇打七寸，须击中那个心脏般毫厘不差的致命点位。摄影就是"决定性的瞬间"，法国摄影家布列松这样提出，对"决定性"的捕捉，须一种超技术的敏锐判断力。在意识层面，断片追求的就是文字场域里的"包孕性"与"决定性"，同样是久久地蛰伏，在最精确的瞬间出手直击要害的关键一击。

这是一盒火柴，醒过来的火柴总是在涂磷的擦皮上头撞南墙，在木梗上渐渐打开的世界，在变丑的过程中回到真实；然而，我被火烧痛的手指触摸到了火焰内部，知道开掘与疼痛必然合一。说出就是照亮，写作就是铭记。

断片，是文体的一种仪式，有力量的断片必然具备一木成林的完整品质，一定有本事跨越篇幅的边界去抵达历史的厚度、思想的深度、见识的宽度。黑暗、梦、豹子、火、桶，是这部书里高频出现的几种事物，蒋蓝先生笔下，它们是具象的，是历史的，也是抽象的，甚至是奇异的。于是，事物在断片高温又淬冷的锻铁方式下，在字中哐哐当当，又在字中影影绰绰，迅速达到冷冽或滚烫，从而被断片重新塑形。比如，手指擦火柴，肉身的一个动作，就是对灵魂的一次模仿，思想这件事，本身就是带来高温的激情与燃烧的灼痛，于是，火与思与写作找到共通的点位。钱锺书先生《管锥编》笔墨，异曲同工，任是一滴一点，晕开的就是古今中外，俯拾之间，不隔不断，脉络通畅，这就是文与思的精气神达到了整一性的贯通。文里的这一点着笔之处，有"一"，联着"二"，联着"三"。可见，仅仅见一说一，成不了真正的断片，成不了真的管锥编，称得上断片的词句必须连着事物的皮与相、筋与骨、形与神。

《寸铁笔记》问世，将有可能刮带来一种行文风向，断片风。

"闪电修辞"之芒

"词的每一次薪新的出现，成为世界的一次萌芽和诞生。"

巴什拉这样说，赋予词创世纪般的神力。

只有诗的抒写,最能担当起这样的神力。

最美的一瞬,是在黑暗的旷野点燃柴堆。火边有水,火苗从水面斜斜地升起,蝴蝶刚刚抵达齐腰深的黑暗……
而最美的景致,在火的灰烬里,是那睁开的与火对望的眼睛。

如此断片,在《寸铁笔记》中比比皆是,它们的本质就是诗。狄金森说,如果有什么让我觉得天灵盖被打开,又无法合拢,那就是诗。作为一位诗人之作,《寸铁笔记》中一再有诗歌出现,并在断片中延续诗性的写作。强调诗人与诗,是基于从语言层面上,诗这种文体以及诗式的写作绝对占据文学类别金字塔的顶端。因为,诗对语言的要求是最苛刻的,拒绝一切平庸,拒绝一切模糊,拒绝一切低配,必须去攀岩,必须抛掉所有的半途风景,才能最终直触峰峦之巅。诗的降临,如苦刑也如仙境,艰苦、酣畅,又纯粹,逆风飞舞,在高空中微醺失重,又成就翩然浩荡。写过诗的手,必然偏执于一字一词的苛刻拣选,必然自觉舍弃文字中的炭,必然去提取火。

"震惊美学",是蒋蓝特有的审美品格,读《媚骨之书》就有此发现。评论家朱大可捕捉出其叙事路径为:"从一个细小的词根起始,语词及其意义开始火舌般闪烁,向四处燃烧和蔓延,展开迅速而大量的自我繁殖,最后拓展为一部规模可观的随笔。"《寸铁笔记》,坚定继续诗与焰二重奏的"震惊美学",并且进一步提炼出"闪电修辞",这是在"震惊美学"总体审美风格场域下有了更精密更细化更可溯的文体诉求。

火以偏蓝的方式向左侧转身，高衩旗袍扬起到它渴望的幅度。花园的门扉内，猫的眼睛里，白昼刚好躺下，铺了一层白雪。

　　火将最后的光向上抛起，光尚未超过火的肩胛，就委顿倒下，火与光裹着缎子玉山倾倒，爱情匿名。

断片文字的呈现感，如一个个"细胞"渐次被充分激活，高温烈焰，火中起舞，不断添加词根的柴火，分裂、重构、繁衍，噼噼啪啪地绽放，或者干脆炸响，唤起阅读者的是官能与思想的全面灼烧，直至沸点。

"闪电修辞"，在书中，有时用于倾心，有时恰恰相反，用于大量反讽。奥威尔在《1984》中提出一种初次被命名的修辞规则："新语"，指某种社会形态下，语言表述被削掉向度的锋棱，大量词汇消失，只有二元对立的语词残喘存活。这印证布罗茨基说的"恶，喜欢稳固"。《寸铁笔记》中动用过反讽式的"闪电修辞"，作为大剂量的针芒，刺向集荒诞、虚伪、集权，以及僵硬滑稽的审丑于一身的思想之恶。

　　保持高海拔是非常累人并且雷人的。有时刻意发现，那些倒下来、用四肢爬行的人或物，因为没有一味采纳僵硬的姿态去表达人定胜天的勇气，他们反而四肢稳健地行走在众人的上空。如果他们偶尔一露峥嵘，简直就要肋生双翼。

这类反讽，不是重峦叠嶂小俏皮式的智式幽默，而是《皇帝的新衣》中小孩喊出的那声"看，皇帝没穿衣服"。

无论"闪电修辞"是用来上天还是用来下地，这种将语言功能榨干又提纯的抒写姿态，都让人想起《丈量世界》的洪堡。海啸发生时，洪堡让人把自己绑在船上，火山爆发之际，洪堡又让把自己吊到火山口，只为测量海啸或火山，这是科学之疯魔。《寸铁笔记》中，能读到类似的文字疯魔，"*极富扩张的词语，总是带有高热。唯一的麻烦在于：我用笔把它捕捉到纸上，纸和笔不被烧坏——这有点像用风筝捕捉闪电*"。如真似幻，如翼似电，如醉似眠，如火似焰，这样御诗而飞的状态，让抒写成为让人羡慕的事，正是如此，修辞才成为一道闪电。

无限地"泊近烛火"

"*我只能在梦里用墨水点燃书纸，观察火在事物的内部。*"

诗篇《火焰之书》的开头这样写道。

想起无数次被世人提及的那个词：抵达。

这个方向词，其实像一个玄而不定的辐射符，旨向广袤和虚空。

西西弗斯的传说，早就宣告了人类关于抵达的不可能。西西弗斯一步一步地向上推巨石，每每即将抵达山顶，他的巨石就往山下滚，于是，他只好又从山下重新开始推巨石。

周而复始,永无休止。西西弗斯和他的巨石,就是人类的整个处境。

抵达,是虚幻的、短暂的、徒劳的。

上推和落下,才是真实的、永恒的、注定的。

关于书写的终极旨向,出于对辞与物诚实的认识论,《寸铁笔记》丢弃将军式的雄阔,选择做一个哀兵。这仿佛是个寓言,大火足以燃烧事物,却只能通过灰烬实现澄明。

有一些神示的话语,恰恰是在于不明确,你能感觉到言辞深处,还激荡着若隐若现的热流——这就是最要命的地方。

是的,海德格尔说过:语言是存在的家。可是,这个家,并不能承载一切,宇宙与心灵的场域还有万千种存在像打上封印的秘密,谁都不交付,包括语言,包括诗。

足够天真和无知,就能轻松地喊出:语言即抵达,而当认知足够深入和清醒,结论就相反了,谦卑和敬畏就成为必然。

所以,《寸铁笔记》不是一部宣告抵达的书,而是一部在路上的观察之书,观察事物的内部,观察语词的源流,观察隐喻的诞生,观察阶层的脸谱,观察历史的吊诡……一旦意识到语言之于它言说的对象,是有限之于无限,这种观察的动作就带上某种竭尽全力的使命感,如同巨石的结局是落下来,而西西弗斯要做的还是那一件事,继续推。

因为，言说即是照亮，所以，言说，言说，继续言说。言说的过程，就是写作者化身西西弗斯推巨石的过程，这个过程必将有所发现，有所洞悉，有所绝望，有所湮灭，有所澄明。如同一个照明灯的亮度取决于瓦数，言说照亮的程度，取决于书写者后天的思想、训练，以及先天被上苍亲吻过的禀赋企及到了何处。

没有黑夜就没有黑色。

没有黑色就没有铭记。

没有黑暗，就没有光。

夜晚举目向天，我发现黑暗是黑夜世界里最为纯美、宽厚的事物。

《寸铁笔记》让人读出火焰的亮度，除了上天所给予的无法通过匠人式训练获得的才华，这火焰至少一半来自蒋蓝对言说本身的酷爱。完全相信如果没有这种酷爱，那些仅从一个语词开始不依赖任何叙事就蔓延成火山的言说根本不可能诞生，因为那种对语言表达本身孜孜以求并不自知且不自拔的沉迷太纯粹了。

英国作家埃利亚斯·卡内蒂说："*在词语开始闪耀之前，他把自己削得更短。*"读到这里，使力想把自己削得更短是怎么回事，眼前就出现一个画面，一个摄影师想要捕捉地下的一只昆虫，他往往会俯下身子甚至五体投地，那一刻，物我两忘，"咔"的一声，镜头完成了。把自己削得更短，就是一种姿态、一种敬虔、一种朝圣。

　　经堂里非常安静，只有檀香在荡漾。远远地，看到一个背影，背影开始发声，我听不懂梵语，但声音分明是从背影下腹热热地蒸腾而上，嗓子开始为之赋形。

　　在一束光柱中，可以看见气流的跌宕方式，因为灰尘就是最好的标示。背影不断发送而来的声音，在光柱里袅娜，又像金刚杵那样兀立。

　　高原特有的低氧效应，为听觉带来了一种敏锐。那是一种熟铜的声音，锃亮而柔韧，毫无阻碍，又没有像蝴蝶那样迎风飞起，而是收敛地低飞，然后收拢，把那些没有被照透的地面阴影逐一点亮。当黄铜与金色阳光相遇，呈现一种为黄金镀金的庄严，与屏声静气。……

　　我感到诗歌就是这样生成的。

《寸铁笔记》中"诗从寺"这篇，让我凝视良久，本是始于对"诗"的考证，不想弥散出云山雾罩的神界气息，这其中，有人的存在、人的感知、人的体认，探求的是诗歌的生成，推衍开去，也是人面对世间一切未知幻相或真相的寻求，它需要跋涉，还需要运气。"我觉得你很像一个终生跋涉的香客，不停地寻找一座可能根本不存在的神庙。"《月亮和六便士》这样写道，"你"其实也是所有的人，生而为人，必有所求，求什么，求而得，求而不得，就各有各的道行和运数。

　　对了，读蒋蓝，顺着高频词，不仅能发现火，发现豹子，还能发现飞蛾，火是高调的，豹子是高调的，飞蛾是低调的，恰恰又只有飞蛾兼具了执着与悲壮的复调品格，这使得它反而区别于世俗层面的得意者，而类于普罗米修斯般为人类盗火的精神英雄。

飞蛾扑火，哀兵必胜，又仿佛是命运此起彼伏的能量守衡。

一直在想，《寸铁笔记》，言说的诉求到底是什么？是自由，是历史，是知识，是性情，是，又不仅仅是。还有，却是一时难以定义与把握的，如起风时的白烟，无法确定它的形状。雪莱在《解放了的普罗米修斯中》说过："深奥的真理没有形状。"人的诉求，写作的诉求，也许，好就好在像还未赶来的命运一样，无法说破。

此刻，想到书中反复读过的诗句，其中有光透进笔尖的缝隙，仿佛触到了某个谜底：

> 书写者毕生的努力
> 不过是泊近烛火
> 让思想发出烟味
> 那只飞蛾举起缎子的羽翅
> 埋首于火焰咀嚼的褶皱
> 在雨中，酿成了我的墨

2019年1月22日于广州

目录

第一辑

思的寸铁

寸　铁　/ 3

黑暗首先从脚下升起　/ 7

为黑暗昭雪　/ 12

黑思想　/ 13

回光返照的黑暗　/ 19

黑与墨　/ 22

皴法的身体政治　/ 24

阴影的层次　/ 26

坦塔罗斯的痛苦　/ 28

孤独的梅香　/ 32

散步者　/ 35

有些孤独是温暖的　/ 36

醒悟过来的皇帝　/ 37

导师的眼神　/ 39

诗歌是中性的声音　/ 41

铁砧上的思想　/ 43

直到，我睡着了的时刻　/ 44

像缅怀死者那样去爱　/ 47

失眠注解　/ 49

失眠之书　/ 51

失眠之夜　/ 52

失眠之羊　/ 54

铁锅炒沙子　/ 55

梦中的多重镜像　/ 56

至纯之物　/ 60

云的变相　/ 61

云雾哲学　/ 62

蝉语　/ 64

豹子与骰子　/ 65

拒绝离枝的果实　/ 67

藏在肺叶的声音　/ 66

一片树叶的深度　/ 68

树叶的背面　/ 69

北坡的植物　/ 70

山　藤　/ 70

当梦升级为梦想的时候　/ 71

在南墙之下深情相拥　/ 75

形同路人　/ 76

姿势的仿灵学　/　77

地铁站风景　/　79

鹬蚌相争的解构之术　/　82

姜太公钓鱼的几种变数　/　82

寂寞中的冲杀　/　84

拒绝游戏规则　/　86

T型台与装卸跳板　/　86

灵魂的镇纸　/　87

为兔子钉上蹄铁　/　91

超级谎言　/　93

有限的梦　/　94

平胸时代的异峰突起　/　96

马虻与刺猬　/　96

杀戮是一门手艺活　/　99

"鱼肚白"的异托邦　/　104

所谓"至人无梦"　/　100

并不需要的独特性　/　108

跑步随录　/　109

醋酸面料的祛魅与赋魅　/　114

被堵死的终南捷径　/　117

拒绝泉涌的趵突泉　/　118

蜀乃是孤独　/　119

第二辑

火与蛙

飞鸟横断 / *125*

火与焰的诗学 / *148*

关于蛙的精神分析 / *243*

第三辑

箍桶匠与厚黑学

桶的畅想录 / *291*

关于盐场以及厚黑之徒的札记 / *327*

第四辑

话语的舌头

绝境一十九 / *357*

把自己削得更短 / *369*

非虚构写作与想象 / *370*

三个时代的传记 / *371*

火车在检阅人民 / *373*

青峰书院的银杏 / *374*

绝望之树 / *375*

闪电两次劈开的银杏 / 377

耶稣唯一的一次书写 / 378

售票员的漂亮与心计成正比 / 381

"懒得烧蛇吃" / 383

虎穴往往无虎子 / 384

悬崖上的绳技：悼念陈超 / 386

有关诗人马雁 / 387

从苇岸到苇草 / 390

一代名士杨宪益 / 398

说出即是照亮 / 401

独享 / 403

卡夫卡的悖论 / 404

鲜花与牛粪 / 405

被糖浆溺死 / 406

破产者的急智 / 407

对一个背影的正面想象 / 407

把安全岛当作站台的诗人 / 409

耐看 / 410

读《中国屏风上》 / 411

摩托车是一头犟驴 / 412

凡是梦，就必须解析 / 415

史书的春秋大义 / 418

比海平面还矮 / 421

有话，偏不好好说 / 425

书的不能承受之重　/ *428*

看影子的影子的影子　/ *430*

风未尽花已落去　/ *431*

市声、夜声与天籁　/ *433*

仿金圣叹《不亦快哉》34 则　/ *440*

后记

第一辑

思的寸铁

寸　铁

利希滕贝格是18世纪下半叶德国的启蒙学者，杰出的思想家、讽刺作家、政论家，他提出过一个著名的悖论：利希滕贝格之刀——当一把刀既无刃亦缺手柄，刀便不存在了。常常用来评论看似严谨，实则不合理的事体。独立思想也许就是不合情理的，那么思想者手里的寸铁，就不再仅仅是对刀的拟真，而是一种超级存在。

多年之前，读到鲁迅先生的四则随想录式的轶文，因为最初发表于1919年8月12日北京《国民公报》"寸铁"栏，文章原无标题，后来学者们用报纸栏目名字命之为"鲁迅寸铁四篇"。从西方而言，这类起源于古希腊哲人的断片、箴言录的文体，与肇始于中国古代语录体混成而下的散文诗和随感录，峭拔奇绝，在鲁迅先生笔下得到了异端式的弘发，他的独战、他的横战、他的性灵与生命，成就为汉语里迄今无法逾越的思想录。用郁达夫的话说，鲁迅"简练得像一把匕首，能以寸铁杀人，一刀见血。重要之点，抓住之后，只消三言两语就可以把主题道破"。

可以淬炼寸铁的鲁迅，也可以另造为一把密钥。所以，有意为之的寸铁，意义与辐射均要大于、高于、硬于碎片。

寸铁，指短小的或极少的兵器。在我看来，宋朝罗大经《鹤林玉露》的记载，应该算是"寸铁"内涵的真正揭橥："宗杲论禅云：'譬如人载一车兵器，弄了一件，又取出一件来弄，便不是杀人手段。我则只有寸铁，便可杀人。'朱文公亦喜其说。盖自吾儒言之，若子贡之多闻，弄一车兵器者也。曾子之守约，寸铁杀人者也。"

明朝江东伟所撰《芙蓉镜寓言》第五章《言语》里，有类似记录，不同的是结尾："宗杲论禅云：'譬如人载一车兵器，弄了一件，又取出一件来弄，便不是杀人手段。我则只有寸铁，便可杀人。'朱晦庵深喜其说。壶公曰：寸铁杀人，陆子静、王伯安之学。"宋有金溪的陆子静，明有余姚的王守仁，文事武功卓立，淳然而廓清，身外之贼、心中之魔无处藏匿。

朱熹后来也蹈入比喻之海，引用禅语说："寸铁可杀人；无杀人手段，则一车枪刀，逐件弄过，毕竟无益。"（《朱子语类》八）宗杲传道，朱熹传教，都主张"寸铁""杀人"，竭力反对"弄一车兵器""逐件弄过"，那太笨了。

这是古代文人心目中，义、武之理达成默契的案例：禅林机锋闪电，偏偏喜欢譬之武事；教育家育人启智，也刻意喜欢在言辞中兵戈相见。晚清严复《救亡决论》也说："中国以恶其人，遂以并废其学，都不问利害是非，此何殊见仇人操刀，遂戒家人勿持寸铁。"这是寸铁一再被委以重任的状写，也是中国言路之上的寸铁之技与寸铁之秘。回到我长久注视的现实，内心横亘着一座铁矿之人，虽然手无寸铁，就只好用以炼笔，是为寸铁。

寸铁之技已经是险中求胜、刀尖舞蹈，锦心绣口的才子并不满足，虽不至于撒豆成兵，但他们渴望伸手即为利器。

关于放弃寸铁最为著名的比喻之典，出自北宋苏轼《聚星堂雪》诗："当时号令君听取，白战不许持寸铁。"苏轼之句，倡导的是放弃寸铁、招招见新的写作，作为诗歌中"空手入白刃"的凌空文体，逐渐成为高标个人言路、拒绝陈腔滥调的"白战体"。白战体亦称禁字体，简称禁体，是一种遵守特写、禁例写作的诗歌，因为提倡个人言路，因而绝非文字游戏。

自古文章憎命达。回到写作，什么才是我心中的"寸铁之道"呢？

古代经学中的注疏、经释、语录体，子学谱系的论著体，文章学中的论、议等议论文体以及诗话词话，史学中的点评文体，均是汉语最为重要的思想文体。但超乎这四类文体之上的，却是诗，那一种摩罗诗人发出的，无疑是思想文体中的高音部。

思想的书写表达，必然具有特定的文体；作为有意味的形式，文体必然会对思想的言说产生绝大的厘定，如同维特根斯坦说，我的语言的边界就是我的世界的边界。其实，文体的妙处在于最大限度地逼近思想的凸凹与绒毛，有些文体的推衍与腾挪甚至可以产生逾越思想自身尺度的光晕，言说的方式比言说之物显得更为重要，我完全同意文体高于写作的一己之论。这似乎印证了联想主义与解构主义的混成体——钱锺书文体的水到渠成，并出现了法国学者、文体学家鲍德里亚对于他笔下犹如神助的断片写作予以的夫子自况：断片是一种趋向民主的文体。

断片式的文体并不是学者所论述的那样，作为后现代风格表现的一种无选择性、片段式或精神分裂式文本结构为特征的叙事。断片是清醒的文体，它就像古代的死士一样，知道自己具有最后一击的宿命。

实际上，我越来越感到碎片化的文体与事物具有亲和力，热衷于事物过程的罗列展示与意义的分拣，并关注文体在游弋中突然获得的思想加冕。一如云层向天空深处凹陷，促使大地上的陷阱升跃为峰峦。

这是一盒火柴，醒过来的火柴总是在涂磷的擦皮上头撞南墙，在木梗上渐渐打开的世界，在变丑的过程中回到真实；然而，我被火烧痛的手指触摸到了火焰内部，知道开掘与疼痛必然合一。说出就是照亮，写作就是铭记。思想绝非古人陶侃眼中造船需要的竹头与木屑，思想更该是绘制造船图纸之前的构想。其实，一个思想者更要有寸铁炼针、针尖削铁、金针度人的人间情怀。尽管苏曼殊提醒说："自既未度，焉能度人？譬如落井救人，二俱陷溺。"尽管这同样是令人芒刺在背的比喻，因而，我的思想也仅能算是自我救赎的一种记录。我说过，我绝对不会放弃自己来之不易的寸铁，同时，我希望自己存立于修辞中的心路，也是一种朝向思想的"白战体"。

黑暗首先从脚下升起

为了看见，世界需要黑暗。哲人借助黑暗，窥见了黑暗与光质地。

只有看见了黑暗，才能看见被光所照亮和命名的所在。

古希腊神话里，混沌卡俄斯最初分裂生出厄瑞玻斯（黑暗之神）和纽克斯（黑夜女神）。厄瑞玻斯和她妹妹纽克斯生了两位古老神祇，他们是太空之神埃忒耳和白昼之神赫莫拉。这等于说，古希腊人显然已经注意到了黑暗与黑夜的巨大分野，他们认为人死去后，先要穿越厄瑞玻斯的黑暗来到冥土，也许这就代表了人濒死时感受到的黑暗。同时，厄瑞玻斯是地母该亚与地狱深渊塔耳塔罗斯之间的神灵。也就是说，厄瑞玻斯实际上代表了地狱上方无尽的黑暗。

20世纪90年代初，海子多首诗歌涉及黑夜与黑暗，他发现黑夜升起的缓慢而细腻过程，比如他在《黑夜的献诗》里写道："黑夜从大地上升起，遮住了光明的天空。丰收后荒凉的大地，黑夜从你的内部升起。你从远方来，我到远方去，遥远的路程经过这里……黑夜一无所有，为何给我安慰……"他的黑色诗行里遍布逐渐生成的"黑暗"。

"黑暗"是"黑夜"是升级产品，黑夜里的谷仓深处，黑暗堆积，重床叠屋，因为压力与密度而熠熠生辉，是从黑丝绸上跃升的辉光。我们或者说，黑暗是黑夜的温床。

一言以蔽之，黑暗是黑夜的神品。

至于黑色，那是人从黑暗中撷取的仿生之色，书写与绘画，让意义站立，成为属灵的赋形。

没有黑夜就没有黑色。

没有黑色就没有铭记。

没有黑暗，就没有光。

夜晚举目向天，我发现黑暗是黑夜世界里最为纯美、宽厚的事物。

法国作家朱利安·格拉克谈到了其中细微的感受："对我们来说——长期以来，'黑色并非如此之黑'——没有什么能让那些应该属于古老夜晚或中世纪夜晚的东西更好地复活了：那是浓缩的黑夜，没有一丝光亮的黑夜，凶残的黑夜，是突然放开的一种统治，到处是梦魇和女妖，他们和着子夜巫魔会的舞曲，穿过了《危险风景》……没有什么比这样的祷告更能让光线刚刚消失时的恐惧重现。"（朱利安·格拉克，《路》，上海：华东师范大学出版社，2013年7月，189）

其实，黑夜给了一个冥思者足够的时间去回忆，回忆自己与过往者的眼泪和欢笑；黑夜遮蔽了扰乱冥想的驳杂颜色，一个人可以专心致志，可以一心一意地走回去，比如在还乡之路上，寻找曾经放弃在路边的理想；黑夜掩护着你，可以去怀想，然后开始展望。

黑夜纵深景致当中的黑暗，是如何裹紧黑夜的身体的?！它们一直相互取暖。

因为有着这样的体验，一个冥想者才可能在墨水里，去触亮光明。

在我看来，诗人海子利用的是一种生理上的、自然规律的观察与感受。黄昏之后，黑夜不是逐渐降临而来，而是黑夜从一己的周围开始凝聚，开始变暗光线，守财奴的地窖一般积蓄着迟暮者的苦心与悭吝。一个人到了拼命囤积财富之际，一般在暮色与暮年中会近乎疯狂地坚守，而时光在抽去薄暮的时候，也是露出本相的时刻。

黑夜在一个人周围罩定空间，接着，黑暗首先从脚下升起。

黑暗淹没脚踝，黑暗接通涌泉穴，洗骨伐髓，开始运用蚂蟥的技术向上游走；黑暗漫过腰际，熄灭绮色之思；黑暗淹没呼吸，断绝遁迹之途。

头顶之上，黑暗大得足以让星河彻底哑灭。但有时，黑暗衰弱了，星河流淌。

星河是因为具有黑暗的上下背景才熠熠生辉的，它像一块黑暗厨房推出的三明治。不能只知道红花还须绿叶扶，还应该晓得星河还须黑暗扶。一旦缺失其中任何一层黑暗，星河立即就回到黑暗，无法跃出，更无法启动人界的诗意之兴。人界的黑暗太稀薄，不过是时空太虚露出的一个衣角。于是，逼视内心黑暗的人，由此产生了巨大的吊诡。

既然时空太虚的本相就是黑暗，那么权威的黑暗也许就延续了这一宇宙法则。极权从来是从不安分的青年入手的，然后大力熄灭一个人内心本就不多的善良，诱发和利用人们内心的黑暗，完全侵蚀掉那些美好、高尚、自由的情操，让几乎每一个人都随时可能充当恶力的附庸和绞肉机的零部件：欺诈、告密、出卖、杀戮、为虎作伥……狡黠者把这些所作所为推卸给黑暗权力，自己是无辜的，仅仅是权威麾下的牺牲品。这就是美国社会心理学家菲利普·津巴多《路西法效应：好人是如何变成恶魔的》一书提出"路西法效应"的实质。

路西法（Lucifer）是拉丁文，由"光"和"带来"所组成，意思是"光的使者"，出自罗马神话，路西法是曙光女神奥罗拉的儿子。在古罗马天文学家发现，金星、维纳斯实为同一颗星，因此有不少诗人将爱神维纳斯等同于路西法。

《圣经》并未提及路西法曾是天使，也未提到路西法就是撒旦，这个名字真正的来源是罗马神话中的晨星之神 Lucifer，而以赛亚书中的"晨星"指的是巴比伦之王，所以天使路西法实际上并不存在于基督教神话中，仅是误传产物。当然，在弥尔顿的《失乐园》中，撒旦（书中明确提及撒旦的名字已经失传）曾率领三分之一的天使挑战上帝权威，因而被逐出天国。堕落天使们一直在地上漫游，直到审判日来到，它们就会被扔进火湖。所谓的天使路西法的事功，不过是挪用了撒旦的事迹。这就使我们发现，大凡敢于反抗天条的人，恰恰是因为他吃透了天条，也吃透了黑暗。他在黑暗中转身，寻找光。

万物之神显然注意到了时空的黑暗本质，但他们不予承认，他们把大众的视线引向了光。《圣经》说："要叫他们的眼睛得开，从黑暗中归向光明，从撒旦权下归向神。"（徒26：18）《圣经》还说："光照在黑暗里，黑暗却不接受光。"（约1：5）

墨水可以让黑暗显形，但墨水也是黑夜的补丁。一个根本无力洞悉黑暗的人，如何寻找光明？难道瞪大眼睛就可以?！光明根本无须寻找，光是来自你的心力与黑暗摩擦时跃升的带焰之火啊。

毕竟思想终是人的思想，而人自身只能确认、不能创造理性之光，人只是向往着理性之光跋涉，并且向它走去。

也就是说，顾城《一代人》"黑夜给了我黑色的眼睛，我却用它寻找光明"的转换，在逻辑之刃上跳跃太大了。而应该是：

黑夜赋予我黑色的眼睛，我却用它洞穿黑暗。

阿瑟·库斯勒说出的"正午的黑暗"是一个凌厉的隐喻。黑夜里的墨写却是烛照，黑暗时刻的个人化铭记，恰是使黑暗无处遁迹的证词。

木柴从不带火，而火一直是木柴上的天使；墨水不染黑暗，但光焰永远是墨水的赤子。

罗马尼亚诗人卢齐安·布拉加永远相信："还存在另一种

光。一种不断照耀着任何地方的光。一种穿透我们,从不容许产生阴影的光。"它不一定存在于尘世,但一定存在于齐奥朗泪水哲学的底部——世人需要钱财,哲人仰仗思辨,诗人呼吸自由。

为黑暗昭雪

我总是在深夜醒来
从断裂的独木桥
回到布满水洼的星斗
大街才腾出空地让落叶舞蹈
天上还飘着我下落的呼叫声
越拉越长的骨头

隐约听见西西弗斯
推石头从头顶轰轰而过
以及他盖过石头的喘气
钟表匠让时间的鱼纵情交欢的破水声
还听到一双手,在书页摩挲
再投之于风的声音

我就像修建陵墓的工匠

在夜里雕琢辉煌

用碎屑封闭了全部转机

我蜷缩于连黑暗也必须现形的密室

我是最深的睡眠中,一滴

挣扎的墨水

黑思想

人类处于幼稚时期,黑暗是最大的敌人。在儿童、女性身上,这种恐惧的孑遗得到了最大化的彰显。所谓"初生牛犊不怕虎",但他们无一例外地畏惧黑暗。

准确点说,是人类首先畏惧黑夜于黑色。加诸心理阴影,黑暗就跃升为恐惧的大本营。

西方学者指出:"这种天生的恐惧根植于人类历史中的某个时期——那时候,我们离食物链最顶端还很远。只有在技术出现之后,我们才成了超级捕食者,而这距今并不太久。在技术出现之前,我们的祖先不断留意着捕食者——那些想用人类三明治大快朵颐的捕食者。更可怕的是,其中大多数都出没于夜间,此时的我们格外脆弱,因为我们的夜间视力相对较差。这意味着,对于我们的祖先而言,在午夜时分保持安全格外重要，否则便会死翘翘。多年以来，这种夜间恐惧成为我们的直觉，今日的我们仍旧能够体会到轻微的焦虑。"（《**进化论原因：我们为什么害怕黑暗？**》）

素食的动物们夜晚均较为安静，目的并非为了休息，而是便于集中注意力。它们在星光下分外警惕，不断扫描着四周那些逡巡的、灯笼一般的眼睛。

由于人类的感觉力大大低于动物，人的眼睛就像油豆米，近乎摆设，看不见黑暗中神出鬼没的异兽踪迹，一旦发现一般都是大祸临头之时。但鉴于感觉到恐惧的浓度在不断增加，人们必须动用想象力来推测、预知潜在的千军万马。想象力就像一双看不见的手，直到它用力，带动发光的精灵，在黑暗中塑造出了一个可以被辨识的形象。实在无法辨认的，则是以怪兽的狰狞来加剧黑暗的威力。人们创造出怪兽，是因为它们顶替了猫科的空缺。怪兽的猫步不再散发 T 型台上的诱惑，怪兽身体都被想象虚化了，它们的猫步或者虎步，构成了最大的想象性梦魇……

人类一直在构想、制造出世界上不可能存在，也不应该存在的东西。人类的恐惧以及有生命的存在，是茫茫黑暗中一点点微弱之光，这与庞大无垠的黑暗完全不对称，这促使了宗教的产生；其实整个黑暗一直在不断增大威力，因此这一丁点儿的光也会逐渐被虚无吞没，这是时间与空间下的宿命。这暗示了通往自由之路的极度艰难。

猫科动物们，狮子、老虎等乘夜而劳作，它们来势汹汹，如同光复了地盘的领主，带有某种报复心，因而显得饥不择食。猫科动物最亲近的亲戚是麝猫与鬣狗，则在黑暗中亮出了锋利的刃口，具有影子武士的机敏。豹子们几乎夤夜而走，似乎不是为了捕食，而是为了丈量黑暗的边际，就像是新娘回家，黑暗暂时遮蔽了它狂喜的花纹，让那些在山岳怒放的花蕾窒息，不可招蜂引蝶。豹子带着欣喜，身形如同一块伪装的桴炭，心头抱火，黑中透亮，轻盈地滑动于黑暗中。黑色的桴炭由于比黑色的天幕黑得更为精纯，豹子可以纵情书写，也可以随意涂改踪迹。

豹子加热了周围的空气，天幕上勾勒出豹子的努力。

从本质上看，人们对黑暗的恐惧是对未知事物的畏怯。看不到暗中之物，因此惊恐不已，我们的想象成为恐惧的渊薮，伴随想象空间的逐步扩展，其中渐渐露出了褴褛的光线。任何一个角落里都会有黑暗，但黑暗的地方一定不全是黑暗，黑暗是因为有光明的对比，黑暗就勾勒出了它的线条和腰身。而对于弱小者而言，黑暗又是躲避灾祸的温床。前提是像木石一样，当缩头乌龟，龟息大法一动不动，灾难自会过去。胆小鬼的命，总是比英雄更长久……

波兰诗人达留什·托马斯·莱贝达在《黑丝绸》里写道：

我站在路边

比一只瓢虫或飞蛾还小

　　　　比一滴乌鸦的眼泪

　　　　或杏仁还小

　　　　比一粒亚麻种子还小

　　　　比一根雌鹿的睫毛还短

　　　　惊恐地，我

　　　　抬起头

　　　　聆听

　　　　永恒

　　　　这匹黑丝绸

　　　　发光的声音

弱者深陷于黑暗，直到黑暗发出了它自己的光亮。

米兰·昆德拉在《生命中不能承受之轻》里描述道："黑暗是纯净的完美的，没有思想，没有梦幻，这种黑暗无止无尽、无边无际，这种黑暗就是自身带来的无限（是的，如果你要寻找无限，只要合上你的眼睛）。"这是典型的沉浸于黑暗者的自述。

待在黑暗中不动，并不意味着不懂。如果不动者看上去像一块骨头，是因为相对静止的缘故。但是你依旧活着，仍然大口呼吸着黑暗。让人感到奇怪的是，英语中用"静物"一词来指称的事物，法语里却明确将它命名为"死亡"（death），并称它为"自然死亡"（nature morte）。只要觉得还活着，充当"静物"不过是死亡的一个角色而已。

智者们已经发现了黑暗的规律，却没有学习它的技能。但是黑暗对于豹子而言，却是发现未知、获得心证的算式，它必须在这一场博弈里找到答案。为了获得丰满与圆成，就必须适应黑暗中的克制。克制到，让黑暗失去耐心。作为黑暗的顶层设计者，他显然发现豹子才是黑暗最大的叛逆者。

豹子是黑暗之一个动物的黑暗觇标，它占据了全部的黑暗优点，显身，又隐匿，最终的隐匿成了它的哲学。豹子一点一点在靠近它心中的目标，它的耐心具有一种"烂柯"的向度：比风更为谨慎，比雨点更加小心，豹子就像是绅士与情人的对弈，他不希望输与赢终止了与情人贝雅特丽丝的对望。进入忘掉时间状态的豹子，身体之外的时间流逝变得没有任何意义，岁月的杀猪刀不再镌刻豹子的容颜，豹子依然故我，它的泪槽充满黑暗的流质。捕食的豹子，乃是快乐无忧且无思之审美君王，豹子所进入的忘怀状态，入神，停驻，无疑是一种审美境界。

但是，时间终于触发了静穆的暗黑。豹子突然掀开了桴炭之黑，吐出了淤积心头的照亮黑暗的大光。这就进一步说明，豹子才是采撷光明、返回黑暗、彰显黑暗的大师。

那种一触即发的死亡，具有一种牛在吃痛中的蓦然回首，深情注视庖丁之刃的敬佩。静物，最后一次动了动他们一直不敢挪动的肢体。

看看那些黑夜中的飞蛾吧，为了寻找光，不管是火苗还是灯，不管被焚身还是被碾为齑粉，它们还是会朝有光的地方飞扑。一团团火光就像黑暗丝绒上的老鼠洞，既是陷阱，也可能是蕴含希望的虫洞。反正，飞蛾就是要死给世界看！

黑暗之中，固然有拆下肋骨当火把的壮举，固然有掏出心脏燃烧为灯盏的英雄。当然，我们更该关注的，是那些以豹子为榜样，在黑暗里行走自如的人。还有，就是那些带刀的夜行者。

乔治·奥威尔在《1984》里，设计了温斯顿·史密斯与情人缱绻之后的场景，温斯顿的梦想是："我们将在没有黑暗的地方相见。"直到他们双双被捕后，就存在着这样一个"堆积光明"地方：聚光灯昼夜不分地照射着，强光亮到让他们彻底睁不开眼睛，陷入了无底的黑暗……这句箴言的另外一层意思是：我们将在没有光明的地方相见！

无论是黑暗还是强光，凡是经过制式的加工，就已经远离了本质。黑暗开始成为恐惧的紧身衣，而强光，不过是超级暴力的隐身衣。

而实际的情况是，强烈的光线下，我们其实并非看不见事物，而是看到了黑暗的最深处。

回光返照的黑暗

一个人逐渐到了不胫而走的飘飞状态，一个人到了御风而行的状态。于是，御用、御女、御钱、御座之类热力四射的情景已经被远远抛开，就像"旅行者一号"那样义无反顾，高速而轻盈地扑入黑暗，融入黑暗，成为黑暗，逐渐成为暗物质。

我在读莫里斯·布朗肖的《死刑判决》时，注意到他那种对明与暗世界的深刻悖论：黑夜中的黑暗则是一种更加原始的状态。黑暗无光，一切都被黑暗淹没而深度浸淫，并收缴了漫游者全部能够发光的暗器，包括你骨灰里的磷火。你无从显现也无从区分，内与外、表象与本质、恩爱情仇的区别亦不复存在。眼睛无物可视，无从把握，无从思考，所以没有主体，亦无客体。但漫游者还是无法习惯这样的虚无，他固然被黑暗吞没，进入无人称的、无名化的状态，他希望，这是可以忍耐的，是暂时的，是可以出头的。由于没有把自己大卸八块彻底融入黑暗，未能得到黑暗的纯化，黑暗就不再提供庇护，黑暗使漫游者完全暴露给黑暗中潜伏的未知之物，这些从来没有在光线之下曝光过形体的事物。漫游者面对的是无止境的沉默与冷漠，一切都没有终结，一切都无法确定，连死亡本身都无法终结，而这就是失去了否定的死亡，死亡的另一面垂死，也即死亡的不可能性。

古希腊喜剧家阿里斯托芬在《鸟》中，描述了爱欲产生的逆推图景："最初只有混沌、夜晚、黑暗与深渊这四个神……长着黑翼的夜晚在黑暗的无限深之处放下一枚无胚的卵，多年以后，从中迸出长有金色翅膀的爱。而爱在无底的深渊与混沌交媾，才产生人类这一种族。"

其实，爱欲之上的光，以及光之上的黑暗，才是一个垂直的问题。

临到这一过程的最后时刻，还有一个哲学的变数，是阴元散尽，是黑暗突然从自己四周逃逸了，这就意味着，黑暗还有一种甄别异类分子的审查技术。这是一种彻底蹈虚的感觉，置身无边无际的空洞，人本来自以为作为黑暗体的一员可以劫波渡尽，现在，自己暴露于"纯黑虚无"之下，是胸怀二心的异类，被黑暗揪了出来，"贰臣"施施然，要反客为主了。这就是说，意识逐渐回到身上取暖，从冰点之下的身体内部榨取蛰伏的热力。主体转动眼球开始回首，频频回首，回望自己来时的道路。

这一说法其实经不住推敲。

因为置身黑夜深处的黑暗，是没有岸的。"回头是岸"是阳光之下的比喻，"回头无岸"才是黑暗中的漫游者真实的语境。那么，这个漫游者依靠什么力量，竟然精准地找到了黑暗中的火柴？

"嚓"的一下，他的世界在火柴梗上，丑陋无比。

古人以为，阳元缺乏阴元的制衡，现在身体处于无政府状态，轰的一下就腾起来，这个漫游者，又回忆起御用、御女、御钱、御座之类热力四射的情景，然后就会神采奕奕、红光满面。在漫游者业已冰洁的身体内部，被阳光招安的意愿并没有放弃。他的情绪以高速的冲刺来到了青春地界，漫游者目露精光，洞悉古今，呓语与偈语互为生成，莲花满地铺开，迅疾变为狂风中滚动的一个个飞蓬。他的状态就像电压不稳定的白炽灯，忽闪——忽闪，其间隙越来越长。由于回望是一场超级马拉松，阳元只能维持较为短暂的时间，当阳元即将忘情地冲刺到清纯的童年阳光之下时，阳元突然倒地不起了，就像夸父那样倒地不起（所以，我从来不相信夸父是被渴死的）……漫游者终于可以看到，自己的躯体是如何一点一点融化的，不可思议的世界，竟然云开雾散，柔软的黑天鹅绒毛飞满了形而上下。所谓油尽灯枯，人的阳元被浓厚阴元吞噬殆尽，人就归西，是彻底地回家。

然后，漫游者盘桓在那具熟悉的躯壳之上。没有严厉的阳光，黑暗是一位无数次在梦中出现过的、可以接纳一切的母亲，或情人。

黑与墨

《易传·系辞下》云:"古者包牺氏之王天下也,仰则观象于天,俯则观法于地,观鸟兽之文与地之宜,近取诸身,远取诸物,于是始作八卦,以通神明之德,以类万物之情。"

这不仅仅是伏羲创立八卦的原则,也是古人道法自然的通例。

黑和墨自然不同,前者是大自然的天象,后者是人类对于黑夜的一种仿造。黑夜记载了神界的日月星辰和白云彩霞,墨也可以记录人间的恩爱情仇。或者说,用黑色的文化符码,体现了古人对于上天黑夜的无上敬畏。

就中国而言,是先有制黑再有制墨。现今发现的可以称为墨的东西,一般认为最早的是东汉的"墨丸",但是在甲骨文考古中发现过黑色或者红色的笔迹,也就是说甲骨文中就已经有先写再刻画下来的书写模式。但是最早的墨不是用来书写,而是用于绘画。在距今五六千年前的史前社会遗址中,不但出土过用红、白、褐、黑颜料绘制的彩陶,还发现过不少天然矿物颜料遗物。

"近取诸身,远取诸物",黑夜占据了人类一半的时间和空间,古人在选择类似之物时,自然会选择最容易获得之物,而黑色物质就刀耕火种的生活而言也是遍地皆是：祭拜之燔火、森林大火之后的灰烬、陶罐锅底灰、乌贼汁、木炭等。《礼记》有"绳墨诚陈，不可欺以曲直"的记载，说明春秋战国的工匠校正木料的曲直已经使用了绳墨。

海边民族发现乌贼汁最方便好用，但时间长了颜色会消失殆尽，其他的直接写不方便，且写完粉末状比较多，无法长存，加入水好得多，但一旦干燥后还是会掉颜色。有人开始加动物胶或土漆，产生了黏性，于是才算是有了严格意义上的黑色颜料，后来又发展出墨，这算是真正的书写材料。古人在最终取得的材料里，松树和桐油的烟又是燃烧效率和细腻度等最好的，于是成为墨的原料。

反过来说，如胶似漆的黑夜，浓得化不开，长夜苦短，男女抱紧成了一个人。古人在这一黏稠的时空里，应该是获得了一种物化的。

苏轼《六月二十七日望湖楼醉书》："黑云翻墨未遮山，白雨跳珠乱入船。卷地风来忽吹散，望湖楼下水如天。"这是对墨汁美学返回到天空的最好状写。

黑夜里，当一滴挂在瓦檐上欲落未落的雨，被重力渐渐拉长，它落下，它在空中进一步拉长了自己的身影。雨打芭蕉，墨到浓时惊无语。

皴法的身体政治

李约瑟在《中国科学技术史》中指出:"中国的画家能够对各种地质现象进行这么多的鉴别这一事实本身,充分证明他们具有运用画笔忠实地反映自然的非凡才能……但这里面确实包含有道家那种古老的、经验式的循乎自然的倾向,因此他们所描绘的乃是真实的世界。"在我看来,其中的筋骨,恰是线描与皴法的互为彰显。

皴法出现在唐代的绘画当中,这等于在线描之外,赋予了山与水的肌肤、纹理。皴法的沟壑开启了中国人平面图像的三维认知,以皴为法的笔墨成为中国山水画演义的美学主脉。皴法主要有披麻皴、荷叶皴、卷云皴等十几种。但是单纯的皴法只能画出山水的皮相,也就是只是展示了山水的细节与阴影变化,但是却无骨,藏匿在皴法更深处的,是人与自然之景合一的心情!一旦缺乏这一追问,即使山水画采用勾线法和皴法,也不能完美再现真实的自然景观。个别大师以一管之笔,拟万物之体,但绝大多数仅处于"画虎——画猫"的循环过程!

山石的阴影部分需用皴法来显出山石的棱角、厚度,以及一石独撑、一石横斜的动态危机,尤其是画家寄托其中的沧桑、孤寂、忧愤、笑傲等,通过山石的奇诡得到了无以复加的展现。论者强调尽量避免某些皴法在一张画上的混用，这已经形成一个定式。但是，这并不是皴法的全部。

皴法是山水当中深重的隐喻修辞，或浓或淡之墨，从中不难看出这是画家碾碎自己为墨的踪迹。每一皴法的纸上站立，均是他们身体与心灵的黑暗赋形。

唐代书法家张旭在谈到用笔时说："孤蓬自振，惊砂坐飞，余思而为书，而得奇怪。""孤蓬自振，惊砂坐飞"是传统惯用的诗学隐喻比附，用笔要像一种孤单的飞蓬草浑身摇动一样，触动奋起、翻转奔逐；用笔要像受到震动的沙子，自然而然地飞起，奔放纵逸、豪情激荡。张旭绰号张颠，精晓楷法，草书最为知名。这句话的意思是，他看到了上面两种自然现象，领悟到了书法（草书）的用笔，从而使自己的笔势有了新奇的变化，达到了期望的振飞。

但不从皴之浓墨渊薮里展翅者，突兀而起如大漠孤烟，也不是没有。

但在皴法的深谷里徘徊多年的黄宾虹，某天抬头望天，他的眼光从陡然厚重的皴岩皱石上逡巡而过，他说，古人皴法皆无可用！他开始悟出积墨之理："余观北宋人画，积千百遍而成，如行夜山，昏暗中层层深厚"，"作画不怕积墨千层，怕的是积墨不佳有黑气。只要得法，即使积染千百层，仍然墨气淋漓。古人有惜墨如金之说，就是要你作画认真，笔无妄下，不是要你少用墨，世间有美酒，就是要善饮者去尝。中国有墨，就是要书画家尽情去用"。

陈子庄与黄宾虹交往数次，他顿悟出积墨之功，其画作皴无定法、气韵成章。

阴影的层次

影子不一定就是本体的投射。影子队伍里混入了不少奸细，它们渴望在本体不经意间发布自己的看法。影子也可能是遵循另外一个主体的旨意，它们的阴影总是比本体更为庞大。

罗马尼亚诗人卢齐安·布拉加在《神殿的基石》里指出："阴影确实很像黑暗，却是光明的女儿。"

一直渴望地下洞穴的卡夫卡，与其说倾心黑暗，不如说他喜欢阴影那种半醒半睡的氛围。他像小动物那样在阴影世界里首鼠两端，把过于明亮的光卸在门外，堆积起来的光成为一种阻止随意进出的障碍。他厕身于黑暗，把脑袋伸进黑暗的深水里保持清醒，黑暗为阴影加冕的仪式，让他成为自我的王。

不是所有人都渴望摆脱阴影。不是所有人都希望消灭阴影。

比如爱意缠绵时分。我被你的阴影缠住，你被他的阴影缠住，他被另一个他的阴影覆盖……某一天，我发现我被自己影子的紧身衣套牢。到底是谁的阴影遮住了我？是谁挡住了本属于我灵智的光？平静下来的我又不需要这么多光啊。

"如影随形，或暗或明"。阴影的位置总是斜躺，但却是在随着光线变化着的：要么会在"形"之前，要么会在"形"之后，很多时候还会在"形"的不同侧面，像一根拐杖，或第三只脚。可以肯定的是，阴影永远都不应该占位于"形"之上。

但想过没有，连我的"形"（皮囊）也可能是另一种阴影！

阴影是对黑暗的一种预演和彩排，也是对光芒的一种脱帽致敬。它葆有了两者的禀赋，在一种收敛的时刻怀揣不露声色的喜悦。

所以，我偶尔在阴影里，看见来自黑暗深处的眸子——一双比黑暗更黑的眸子。

由于光线的作用，一个人可以从容地看着自己的身影倒下去，被重物或者轻物锤扁，比纸还薄，然后又像烂报纸那样失去根基，迎风起舞。阴影的启示录价值在于——由于失败可以重来，这给人造成的最大幻觉是：他们以为可以破产重组，可以破镜重圆，当然也可以凤凰涅槃。活在阴影中的人就不惮于失败。

其实，阴影的象征意义是，就像一个人站在树荫下躲雨，既然不愿意贸然闯入雨阵，那就等待雨过天晴。而对于我而言，阴影的树荫是家屋，不是避雨的屋檐。

这样，我的舌头就自然会触及一个词：大光。卢齐安·布拉加称之为"另一种光"。他指出："还在有另一种光。一种不断照耀着任何地方的光。一种穿透我们，从不许产生阴影的光。"

坦塔罗斯的痛苦

光总是借着黑暗才能彰显它的驱魔之力。光不能被穿透，至多会被吞没；但黑暗却能被洞穿，呈现稀薄而褴褛的状态。

反抗权力的异端，总是有榜样的。神的事情就成为一根标杆。

异端渴望自己是大力的光，但他们并不都是为了犁开黑暗，他们的光，不过是为了对权杖与私欲进行一次命名。如何看待盗取天火的普罗米修斯呢？如何看待傲慢、残忍的坦塔罗斯呢？如何看待绑架死神的西西弗斯呢？

反抗权威，就意味着堕落吗？在这三个著名的异端事件当中，"坦塔罗斯的痛苦"最为极端，从身体到灵魂，充满看得见目标却永远达不到目标的痛苦。坦塔罗斯（Tantalus）是宙斯与俄刻尼得大洋女神之一普路托的儿子，是西普罗斯（吕底亚的一个山区）的国王，以富有而闻名神界。财富足以让他利令智昏，他犯下的罪恶很多：他是唯一可与神们一起用餐的凡人，利用这一机会，他从宙斯的餐桌上偷取蜜酒和仙丹送给自己的臣民，使众神的秘密被暴露；他还从宙斯神庙里偷走一条金狗藏在家里。东窗事发后坦塔罗斯窝藏赃物，拒不交出，将金狗窃为己有；他烹杀了自己的一个儿子珀罗普斯，然后邀请众神赴宴，以考验他们是否真的通晓真相。宙斯为此震怒，将他打入冥界。坦塔罗斯遭受的是三重惩罚：他必须站在冥界没颈的水池中，当他口渴想喝水时，水就退去；他的头上有鲜美的水果低垂，肚子饿想吃果子时，风立即把果实吹到云端，他必须永远忍受饥渴的折磨；还有，他头上悬着一块巨石，随时可以落下来把他砸死，因此还加上了永无休止的恐惧……

他烹杀自己的儿子、侮辱众神应该获得这样的惩罚。坦塔罗斯似乎不值得同情，他唯一的作用在于彰显了罪有应得的终极痛苦。但普罗米修斯与西西弗斯的功用，却并非如此，反抗的全部意义，就是一个人全无悔意地继续着自己朝向光的事业。

在古希腊人看来，这些异端并非仅仅触犯了天神，而是违背了"命运"的指向，他们认为在人与神之上还有命运主宰一切，它既主宰人间，也支配神界，不可抗拒。如果说神权、皇权就是"命运"的代言者，那的确没有什么好说的了。如果说坦塔罗斯的罪孽是立体式的，普罗米修斯遭到的惩罚是身体肢裂式的，反观西西弗斯，他受到的惩罚却是线性的，具有一种与时间同行的无休无止。

需要注意词义的挪移，"荒诞"是过于夸张过于脱离现实；"荒谬"是在逻辑和情理上全然错误。加缪在 1939 年就说："观察到生活的荒谬，不可能是一种终结，仅仅是一种开端。"也就是说，荒谬高于苦难，荒谬是苦难的提纯过程。他还对"彻底荒诞之人"下过定义："既是在牺牲又是在游戏，既有史诗般的经历又隐姓埋名。"

第一，推巨石上山，对于西西弗斯而言毫无意义，彻底荒谬。

第二，推巨石上山，对于神界来讲，唯一的意义是惩罚的延续，权威的冷厉得以继续树立。

第三，每一个人的一生近似于不停地推动巨石上山，人生也是荒诞的。

第四，万一西西弗斯打碎了这块巨石，他又用什么来说明他的存在？

第五，但是人间一定不会发生放弃无意义动作的事情。因为一切的意义，都是建立在苟延残喘基础之上的。

第六，无论神界还是人间，悲剧也好，幸福也好，都不可避免地在荒诞中，走向末日。

就是说，必须时时刻刻知晓自己的处境，知晓自己的荒谬。但对于热锅上蚂蚁一般乱走的众人，不知道真实处境，未必是一件坏事。

像西西弗斯那样明白了一切，他处于荒谬的全在状态，仍然推动巨石上山，哪一种更悲催呢？加缪认为，像热锅上的蚂蚁那种状态更加可悲。因为炙手可热的荒谬，根本不属于自己！一个人怎么死的都不知道，还有更令人绝望的世界吗？而西西弗斯，他的奇妙之处在于，每一次推动巨石上山，每一次过程都是不同的。基于此，他因推石头而存在，把荒谬纳入自己身上，因此，他的巨石也属于他自己，脚下的道路也属于他自己。也就是说，他可以支配荒谬。而且，他的每一次行走的过程，是簇新的。因此，人们可以说他因推动巨石而靠近了幸福。

再来看坦塔罗斯表现出的特征——

第一，身为国王的坦塔罗斯是一个凡人，这一身份非常重要，决定了他的苦难历程与普罗米修斯、西西弗斯的不同。

第二，地狱冥界还有不少鲜美的果实悬于坦塔罗斯头上，足见那里还是有阳光雨露的。

第三，坦塔罗斯偷盗天神食物带往人间，具有一定的人道情怀。尽管也许是为了炫耀。

第四，烹杀自己的儿子固然残暴，但他是为了挑战一种智力极限。他渴望实现一次智慧上的"人定胜天"。

第五，他遭受的前两种苦难，是纯身体的痛苦；后一种巨石摇摇欲坠的恐惧，才是对其灵魂的打击。坦塔罗斯没有崩溃，他继续领受着这一切。

第六，我们至今不知道他是否忏悔。他无所谓荒谬，在一个人界比神界更荒谬、生活比神话更荒谬的世界，领受、接受、苦海无边回头无岸，也无所谓黑暗与光明了，这就是唯一的结果。比较起来，还是懵懂的热锅上的蚂蚁更幸福啊。

坦塔罗斯的意思其实是，"在眼前却无法得到的东西"。1802年，稀有金属钽的命名，就是来自坦塔罗斯。钽硬度适中，富有延展性，又似乎昭示了苦难命运的质地。

孤独的梅香

绍兴鲁迅纪念馆存放有一件国家一级文物：《二树山人写梅歌》。这是鲁迅于清朝光绪丁酉年（1897）即三味书屋读书时期完成的手抄，字迹工整、遒劲，是目前发现最早的鲁迅手迹。内容是抄录会稽人童钰（别号"二树山人"）所撰写的咏梅诗集，看得出鲁迅对梅的倾心。鲁迅后来特请人刻过一枚"只有梅花是知己"的石印，还描述了他心目中的梅花隐喻："中国真同梅树一样，看它衰老腐朽到不成一个样子，一忽儿挺生一两条新梢，又回复到繁花密缀、绿叶葱茏的景象了。"

他注意到的，是一种清寂的语境里，铁枝横斜的生命造像，两者从未发生龃龉与抵牾，彼此就是为对方而摒弃了昔日的友朋。寂寞如梅，寂寞如黄酒，浓到深处，因为寂寞而自生陶然，因为寂寞而自给自足，因为寂寞而豁然跃升喧嚷的生命。什么是孤独性？孤独性是人的本性，有些人的孤独与生俱来，像需要空气一样需要它，孤独扎根于其深处，构成并焊合了他的另外情感。在这样的阅读印象里，我推测，先生的寂寞，必然是一头横卧、斜睨的豹子。

鲁迅在《怎么写》一文里回忆说："记得还是去年躲在厦门岛上的时候，因为太讨人厌了，终于得到'敬鬼神而远之'式的待遇，被供在图书馆楼上的一间屋子里。白天还有馆员、钉书匠、阅书的学生，夜九时后，一切星散，一所很大的洋楼里，除我以外，没有别人。我沉静下去了。寂静浓到如酒，令人微醺。望后窗外骨立的乱山中许多白点，是丛冢；一粒深黄色火，是南普陀寺的琉璃灯。前面则海天微茫，黑絮一般的夜色简直似乎要扑到心坎里。我靠了石栏远眺，听得自己的心音，四远还仿佛有无量悲哀，苦恼，零落，死灭，都杂入这寂静中，使它变成药酒，加色，加味，加香。这时，我曾经想要写，但是不能写，无从写。"如今，鲁迅在三味书屋读书时与之相遇的那一棵老梅树，依然屹立在三味书屋后院的东北角，树龄已超过一百年。

比利时作家马塞尔·德田纳在《处死的狄奥尼索斯》中声称，古罗马时代，人们认为豹子是唯一能散发香气的动物。在我看来，这是暗示了酒神与豹子合二为一的肉身化理由。梅花是豹子的文身，豹子是一树狂奔的梅花。但在我的感觉里，这分明是远东的香味，是梅花的香味。梅与豹，是木性之精与行动的合二为一。扬雄《法言》说："圣人虎别，其文炳也。君子豹别，其文蔚也。辩人狸别，其文萃也。狸变则豹，豹变则虎。"圣人老虎是王道之物，孤独的豹子停歇在梅树上，终止了自己的进化。

陆游的《卜算子·咏梅》算是状写梅香的高音部:"零落成泥碾作尘,只有香如故。"狂吻马蹄的落梅,其实,它是想回到豹子身上。

我习惯于在倦怠时闭上眼睛,就能看到拒绝反光的黑丝绒。孤寂,是漏斗形的孤寂,是孤独秘密酝酿、聚集、提炼香气的闭关时刻。所以黑色的梅树立在那里,不过是蝉蜕之术。香从孤寂的漏斗下逸走了。所以,只有静处,冷眼旁观时才能闻到;只有安静下来,才能看见。寂寞是一种自适,是一种有所顾忌有所约束的自适,这里不存在西语里的自由。寂寞不是一块拒绝融化的冰,它对热泪与阳光总是略略反抗一下,它还是会融化,但总比别的事物要缓慢,也是最后收场的。

寂寞者与骑墙者最大的区别,在于寂寞者本身就是一道墙,无须骑,那太费劲了。

世界上真的没有过不去的墙,但是,南墙是寂寞者最后的依靠。南墙不但是弱者自我保护的屏障,更是他可以流尽眼泪的唯一地缘。临到最后关头,绝望总会扶他一把,因为绝望不是均质的,绝望有很多疏忽的漏洞,钻过窄门,他就不至于丧失道义与立场。这似乎应验了卡夫卡的话:"不要绝望,对你的不绝望也不要绝望。在一切似乎已经结束的时候,还会有新的力量,这正好意味着,你活着。"

世界在变,人在变,不变的不是孤独者的信念,而是梅花。这与孤独者的未来无关,所以它仍然在南墙内外飘香。孤独的香气，伴孤独者成长，伴孤独者在人生的长路中体验无路时刻，一回头，总会看见梅枝上横卧的豹子。

仓央嘉措说过这样的话："如果从一个地方出发，能同时到达两个相反的地方，我将骑着我梦中那只忧伤的豹子，冬天去人间大爱中取暖，夏天去佛法中乘凉。"在我看来，一些人只是在孤独中默看暑去冬来。

散步者

一个黄昏时分的散步者，从背影上看上去，是热爱生活的。从背影上看，他与跳广场舞的大妈并没有多大不同。但广场舞是出于反抗孤独而结成的联盟，一个抱团取火的集体主义孑遗。散步者是离群出走的人，他坐在湖边热爱生活到黑夜漫到了天穹。他起身，直接走到了水中。尽管没有多少关联，有一天，我读到卡夫卡的一句话"艺术的自我忘怀和自我升华：明明是逃亡，却被当成了散步或进攻"时，我觉得，回到水里的方式，可以囊括逃亡、散步或进攻。

有些孤独是温暖的

这世上有些孤独是温暖的。

鉴于孤独太小了,只能温暖一个人,

一个唯唯诺诺、慎独、只能与影子手挽手前进的人。

置身人和影子之外,就感觉不到任何暖意。

很多人的日常生活有时是这样与影子手挽手一起度过的。

春天悄无声息地结束了,他们总会在乡下的草径上与往事遭遇。

比如,一个背着猪草的村姑。

一场不期而至的雨,雨还夹杂着几星阳光和花蕊。

他们还会不时地绕开一些野罂粟,就像大红奖状一样,那是只能看不能摘的尤物。

每当此时,孤独者总是想起自己曾经擦肩而过的那些村姑和车站。

站台上有那么多陌生的面孔,

就像村姑的姐妹。

每当此时,我就会想,这世上有些孤独是温暖的。

温暖到刚好可以融化眼泪。

如果被火眼金睛的人问起,孤独者会说:

瞧瞧，春雨说来就来了。

醒悟过来的皇帝

皇帝的腰身，一般是伴随权力的增大而膨胀。当野心与腰身呈正比地爆发式增长时，皇帝并非颟顸无知，权杖上的纤维或绒毛无风自动，会让柄权者变得异乎寻常的敏感。

皇帝的新装由单一的私人服饰美学发展成为"群体事件"，结果是："全城的人都听说这织品有一种多么神奇的力量，所以大家也都渴望借这个机会测验一下：他们的邻人究竟有多么笨，或者有多么傻。""城里所有的人都在谈论着这美丽的布料。"

需要注意，这里谈论是不是 T 型台上的款式、台风与性感或骨感，而是神奇的布料。鉴于权力从来不会露出本相，那么，最为神奇的布料，至多赋予了权力一种隐身衣的品性。因而，布料神奇的水准与隐身的技术成正比。

对于这一点，汉斯·克里斯汀·安徒生心知肚明。在《皇帝的新衣》结尾，他展示的分明是一场皇帝与民同乐的人民狂欢。安徒生宕开一笔：

"他实在没穿什么衣服呀！"最后所有的百姓都说。皇帝有点儿发抖,因为他觉得百姓们所讲的话似乎是真的。不过他心里却这样想:"我必须把这游行大典举行完毕。"因此他摆出一副更骄傲的神气。他的内臣们跟在他后面走,手中托着一条并不存在的后裙。

皇帝坚持在幻觉里审美,努力坚持在幻觉营造里的权力方阵里独步古今。而这一句来自民众的言论,他没有再以酸葡萄心理而论之,难能可贵的是,没有联系到暴乱。皇帝突然像开了天眼一般,我以天地为床,这一切"似乎是真的"。这是一种权力的回光返照。问题在于,既然挥舞了左手,右手就必须连环出击。而权力最重要的依托程式,是必须具备一大批跟班的簇拥。大臣们依照幻觉的安排,手托虚拟的逶迤裙摆亦步亦趋,团结严肃紧张。这让皇帝多少觉得,不要被自己眼睛所见到的幻象欺骗了!尤其是,必须对权力充满自信。他微笑,鼻子就像一只怀孕的癞蛤蟆,安步当车,健步登上主席台,挥手致意:"各位臣工,大家好!大家辛苦了!"

神奇的布料,险些成为镜像。因为一旦成为镜像,皇帝就会彻底醒悟。透视与反光原理,尽管在物理学上完全不同能通融,但它加诸皇权后,开始在反光与透明的中间地带,犹豫不决。

被检阅的民众,不过是神奇布料的蕾丝花边。

民众被这一幕震慑,突然感觉到,愚蠢的眼睛未能洞悉绝美的华服,一如自己看不到权力的走向。于是,他们个个呆若木鸡,回到了穷人的表情……

多年以后，瓦茨拉夫·哈维尔这样说："谎言世界的外壳是由奇怪的物质构成的，只要它把整个社会封闭起来，它就会看上去坚如磐石，但是一旦有人打破了一个小小的缺口，有人喊出'皇帝光着身子'，打破游戏规则，揭露游戏本质，这时，一切事物都原形毕露，整个外壳就会无可拯救地四分五裂。"（《哈维尔文集》，崔卫平等译，2003年，88）其实，孩子是诗人之喻，赤子的话语在后极权时代，已经过时了……

导师的眼神

只要你仔细关注，就会发现，几乎每一种哺乳动物的眼睛都是美丽的。比如一些大型动物，如马、牛、骆驼；而猛兽们则好像更胜一筹。从狮、虎、狼的独处中，它们的目光往往都显得忧郁而羞涩。

苏联电影《列宁在1918》中，有个镜头让我难以忘怀，简直像用烙铁烙出了印痕一般，那就是捷尔任斯基对着一个人大喊——"看着我的眼睛"时，特写的镜头将这双眼睛放大、停顿。我才猛然发觉，这种刻毒的光芒完全有别于上述类型。

老掉牙的套话说，眼睛是心灵的窗户。其实，眼睛也是发射子弹的枪膛。人有那么多复杂的感情，轻易就可找出数百个词汇予以描绘，这些无形的情绪一旦被眼睛发射出去，就变得富有质感,锋芒毕露!

一个心计多端的人,发射的管道还有很多口径。别以为戴副眼镜就可以藏住心事,见到漂亮的女人,镜片后面的高温不但要熔化玻璃,还会飞出刀片割开他者所有的衣服。所谓目光如炬、目光如电,大概都发明在他们与女人见面时。

偶然看到列宁一张27岁时的单人相,拍摄于1897年,应该说,这是一双令人吃惊的眼睛,他的嘴形在咬着牙,有一股狠劲,不难看出他的坚毅与卓绝,那种神态是唯有听命于自己的神态。后来,我看到列宁临终之前端坐在轮椅上的照片,我总是如遭电击。他在一所乡间别墅养病,一方面因为半身不遂,行动不便,日常生活完全不能自理,需要依靠妻子和医护人员的帮助;另一方面,希望继承其地位的野心家,完全剥夺了他的人身自由和政治权力,不能接电话,不能收信件,几乎与世隔绝……那个奄奄一息的精神巨人,神态都有些呆滞了,但眼睛里精光暴涨,芒刺蜂拥,不但延续了年轻时代的坚毅,更是老而弥坚,老而弥辣。在这样的"如炬"目光下,捷尔任斯基就显得小儿科了。他为意识形态斗争者树立了一种仪容标杆,后继者面庞的神经都差不多达到了神似,但眼光却难以达到这一甄别内奸、蒸发敌人、引爆群体的燃点。

直到20世纪末期,在俄罗斯还有一种风俗,就是要在死者的上眼皮上放个铜币,因为,如果死亡者的眼睛睁着,那就意味着他的灵魂在找替死鬼。我想,列宁根本无须这些装置,他的眼力是火焰,即使熄灭了,也是熄灭的火焰。

所以说，你如想像君子，就该首先管住自己的眼睛。非礼勿视，窥阴癖必须治好，别人的钱袋和衣服里面的东西都不值得欣赏。你看着自己的鼻尖那一点，不妨"内视"一番自己的得失，心境就一片平静了。尽管看上去你两眼发直，像日本电影《追捕》里的横路敬二。

诗歌是中性的声音

2016年初，在寒风料峭的成都，我采访了神话学大家叶舒宪先生。席间谈到他早年的一个引起广为议论的观点——"诗从寺说"，他说："历经二十多年，我至今不改初衷。"

王安石根据许慎《说文解字》"寺，廷也，有法度者也。从寸之声"之说，在其《字说》里认为"诗为寺人之言"，进而把寺人之言解为法度之言。叶舒宪认为，"寺"上半为"中一"，下半为"手"，寺是主持祭祀的人。诗、持、寺三字同源，古音同部。也就是说，"寺人之言"是指举行各种原始礼仪时使用的祝辞、颂辞与套话。（叶舒宪《诗经的文化阐释——中国诗歌的发生研究》，湖北人民出版社，1994年）

叶舒宪认为，诗言志当为"诗言寺"，进而释寺人，认为早期无寺庙，故寺当为"阉割之人"主祭祀，故而中国诗多阴柔之美。谈到这里，他对我做了一番阐发。考察古代乃至现在的原始民族里，巫祝之人在烟雾缭绕的殿堂里俯仰，与神灵附体，然后代圣立言。他们魂不附体、喃喃自语的声音，并非雄性而昂扬，或者雌性而低回，级别越高的巫祝，发出的声音呈一种中性之声，有点"不男不女"的去性别意味。

我倏然一惊。

联想自己曾经拜谒过的多座宗庙，以及参加过的凉山毕摩大会，我甚至觉得，那些尊贵的发声者，闭目徘徊，旁若无人，进而浑身战栗，声音的确达到了一种"中道"境界。另外，毕生从事这一灵魂二传手的职业，他们的相貌也在发生变化。

记忆里最清晰的一次，是在康区的桑披寺。一早的阳光从天窗涌进来，把一个偌大的经堂铺出一地明媚。地毯上的金莲花在强光下绽开了蓓蕾，呈现一种地涌金莲的幻象。经堂里非常安静，只有檀香在荡漾。远远地，看到一个背影，背影开始发声，我听不懂梵语，但声音分明是从背影下腹热热地蒸腾而上，嗓子开始为之赋形。

在一束光柱中，可以看见气流的跌宕方式，因为灰尘就是最好的标示。背影不断发送而来的声音，在光柱里袅娜，又像金刚杵那样兀立。

高原特有的低氧效应，为听觉带来了一种敏锐。那是一种熟铜的声音，锃亮而柔韧，毫无阻碍，又没有像蝴蝶那样迎风飞起，而是收敛地低飞，然后收拢，把那些没有被照透的地面阴影逐一点亮。当黄铜与金色阳光相遇，呈现一种为黄金镀金的庄严,与屏声静气。

我感到诗歌就是这样生成的。我们在《诗经》、楚辞乃至仓央嘉措的诗里,读到那么多语气词,当代人都视作无益,甚至是一种累赘,目前仅仅成为小学生作文里高频率的使用词。哪里有这么多"啊"啊!绝大多数的语气助词都是以韵母为主的开口音发音,比如啊、哎、哦、诶、哟。"兮"字的现代汉语发音与古音完全不同,清代孔广森《诗声类》里说:"《秦誓》'断断猗',《大学》引作'断断兮',似兮猗音义相同。猗古读阿,则兮字亦当读阿。"

啊,其实这些语气助词是记录声音把词语托举在空中,它们飘飞的声音,衣袂与空气亲吻的声音,手指与蛇腰缠绕的声音,舌尖寻找红唇的声音……

由于现代汉诗的整个修辞已经被翻译体完全占领,纸上诗歌是写出来的,古人是吟唱出来的,与其说一些诗人在寻找元写作,不如说是在追忆那种声音。尤其是,那种从头骨中缝灌注的中性之声。

铁砧上的思想

一块出自灵念的毛坯,一旦置身铁砧之上,与铁锤对峙的结果就是爱情。锻造与纯化是一个高手必经的工作。

一种情况是将其锻打成利器；另外一种情况是被锤为一堆烂渣；还有一种人，则妙手将自己捶打成了一张薄片，就像民间传说的那样，一两黄金打出的金箔能盖一亩三分地。可惜他们锻打的不是黄金，而是延伸性不好的铁，于是，就干脆把自己卷成了喇叭——这基本上就是封建时代制式知识分子的本职工作。

直到，我睡着了的时刻

每天早晨，我眼前都会出现一个景致，有点儿像磨损过度的皮影，在不该漏光的地方，总是漏出了不该呈现的梦中细节，造成了那些梦中动物过早地露出了脏腑，烈焰红唇的美女敞开了丰乳下的森森白骨。这是一些本该彻底忘记的细节，问题是怎么也忘不掉，它们嚣张地生长，褴褛而坚强，并且在我眼前自说自话，成为嘲笑我的对手。

我想过，我经历过，我见过。一个人的生活。两个人生活。和睦、疯狂、龌龊、分手、觊觎……这些生活没有什么神奇，它们不过是生活而已。

我休息，我躺下，我无法睡去。这不是表明"举世皆浊我独清，众人皆醉我独醒"，仅仅表明，我的身体出了问题。同时，生活也有些毛病。

我总是在深夜醒来，从断裂的独木桥回到布满水洼的星

斗。大街才腾出空地让落叶舞蹈，

天上还飘着我下落的呼叫声，以及越拉越长的骨头。

隐约听见西西弗斯，推石头从头顶轰轰而过，以及他盖过石头的喘气。钟表匠让时间的鱼纵情交欢的破水声，偶尔还听到一双手，在书页摩挲，再投之于风的声音……

我就像修建自己陵墓的工匠，在夜里雕琢照亮自己失眠的辉煌，用碎屑封闭了全部转机。我蜷缩于连黑暗也必须现形的密室，我是最深的睡眠中，一滴挣扎的墨水。

我只是在书里，阅读到精致、深刻而繁复的生活。这些生活其实不是现实中的，它们至多是可能的生活。因为有经典小说的存在，这些纸上的生活一直以修辞的方式存在，成为人们继续生活下去的一种畅想。尤其是，在痛饮孤独之后。

在成都的锦江边抬起头来，蜀地的天空具有蜡一般的朦晦，阳光泛白，有暖意，在水面制造宋朝的蜀锦波澜。

我知道你在江畔的高楼里娇喘、洒扫。我们共用成都的气候，也共用天空褪色的云。但我们吐出的废气，成分估计不同。

我在城市地图上伸延的一段，你也一定走过。每个人都以艰辛换来的生活，一直像桤木一样落叶缤纷。我并不认同老托尔斯泰的话，我一直认为：幸福的家庭不是相似的，而不幸的家庭则千篇一律。你会进一步发现，生活得比较滋润、上下左右关系相处和谐的人，智力水平与之成反比。他们不需要复杂的智力来摆平不幸，车辆的惯性让他们峰回路转。终有一天，你会明白杜甫"文章憎命达，魑魅喜人过"的古训，就会联想起，忧患是迫使我们历险的唯一理由。

认真走过的每一步，是我们对生活的基本态度。一个人影留下的足迹，足迹总是比身影更久地停留在大地上。人的身影与足迹构成了一种踪迹，总有一天会告诉你：真事（真实）与真相其实是两回事，一个拥有真事（真实）的人，比只拥有真相更值得铭记，更拥有温度。

不幸者的世界里有很多为难之处与纠结之事。比如你知道选择的答案，却无力去进行选定。也是与你自己有关的无所适从，内心的黑夜弥合凹陷的天空，让天空看上去像一个硅胶技术鼓励起来的丰满胸部。天空里飞舞着枯叶，但是也有神一般的白鹭翔动，以及白鹭双翅带来的群峰。

我知道连接人们的是生活本能的虚构，虚构是生活最高的美学。就是说，因为彼此的不幸，人们渴望在生活里找到一些缓解、延宕、消磨、麻痹不幸的方式或人，在与活人或逝者的对话里，可以获得一些勇气。虚构可以修改规则，这就是虚构的迷人之处。

但是，我一直朝向非虚构。

我接受规则，也接受一切有幸与不幸。而生活的血气让我爱美，爱神，爱大地上浮动的希望。目睹绝美的人与事正在毁灭，并在毁灭中生出吊诡的花朵——哪怕就是开出一堆纸花，也是好的。这些德行纷至沓来，不分先后，总是在每个人的生命中反复明灭，贯穿始终。那使人难以排解，使人被灼烧、冰冻，嗡嗡地响的欲望，你必须有能力去背负它们，继续。负重的能力与你的脚力有关，如果扛不动，就卸下一些吧，还是要上路。其实无所谓终点，上路才是唯一的结果。

为这共同的希望，人们总需要互相照扶，相互取暖，在对饮与对弈里学会认命、认输。我从我的记忆中得知生活的模样和体温，我从你的眼中也得到确认，还有我们共同的城市和水体，我知道我们认识意味着什么，就像杜甫草堂的一棵曾经存在的楷木。我知道我们各自的自我，在不同的时候醒来，或者我看着你醒来，相互爱着，或者只有我独自在爱着，就再也无法入睡，就像在雾霾里发现花香，直到永远，直到永远。

直到，我睡着了的时刻。

像缅怀死者那样去爱

在此，我不使用"逝者"一词的原因，在于"死者"没有那么多庄重性，他就是倒下而已。过于庄重的情愫，就像装修过度的建筑，只能瞻仰，不能赡养。

爱一个人，就会有怨，有憎，有伤感。但把这个人想象成死人，性质就可喜地变异了。我不再有怨，有憎，有伤感。我只会浸泡在温暖的缅怀之水里，并将对方的大小美德一律投射于天空，像云端打开的蝙蝠侠；并将对方见缝下蛆的技能视作机敏；甚至将对方的平庸改写成深奥莫测的平常心；将对方的恶俗改写成棱角分明的个性与魅力……

死者可以赡养，赡养到我无力支付为止。赡养和缅怀是从世俗的恩断义绝之时开启模式的。我可以踮起脚尖去眺望，我可以打量死者睫毛与皱纹的颤抖，甚至可以捡起对方遗失在巷道里的一个被雨水打湿的背影，我把它晾干、叠好，标明时间地点，插入我祭坛。

早年，周作人写过一篇名文《初恋》。那是写自己14岁时与一位13岁的少女之间的故事。当时周作人寓居杭州，隔壁一位姓姚的少女常来寓处。虽则他们之间未交谈过，但每当这位少女站在少年老成的周作人身边看作者写字，周"便不自觉的振作起来，用了平常所无的努力去映写，感着一种无所希求的迷蒙的喜乐"，产生了朦胧恋情。后周作人离开杭州，过了大半年，从他人那里获悉了这位少女已患霍乱去世了。周作人于文中写道："我那时也很觉得不快，想象她的悲惨的死相，但同时却又似乎很是安静，仿佛心里有一块大石头已经放下了。"

这是真实的死亡，大石头固然就可以放下。虚拟的死亡之下，这块大石头"不准说话不准动"，石头不会再滚动，就不会像折磨西西弗斯那样无休无止折磨自己了。

死者的名字不叫淑芬。一个不是"淑芬"的人，就这样活在我虚构的世界中吹气如兰，静谧如拒绝褪色的绢花！我这样自欺欺人的目的，是单向度地打蜡作业，是为了阻止你继续变丑、变坏、变成淑芬，把残剩在我生命里的悬垂而下的美丽，变成一块纤维化的丝瓜布。

像缅怀死者那样去爱。想象你的骨灰如春天乱飞的灰色雪,偶尔从雪粉中蛰伏的尖刺会暴起,挟风撞击我的鼻梁!我估计,那是你的一节指骨。这是现实在提醒我,鉴于无路,你从天上原路返回了。

这些哄骗自己的伎俩其实与梦一样,是有时间期限的。一个冬季的下午,最后的几片银杏叶还在树梢坚持守望,我在成都三瓦窑地铁站台,转身看到从暗影里孤悬而起的一只手,吸尘器一般把空气里的灰尘搜集起来,再像造雪机那样播撒,逐渐成为一个人形!

哎呀,你活过来了!唇红齿白,吹气如,造雪机。

是前去相认,还是疑惑扭头就走?我没有停止脚步,我快速而去。我要去追寻那个速度快过地铁机车的死者。我登上机车后,那个人形的造物被门夹住了,一半是桃花,一半是灰雪!

看起来,像缅怀死者那样去爱,也不太容易。

失眠注解

青春时代的失眠多为空灵性质,在于不知道为什么失眠反而显示出失眠的诗意。

中年时期的失眠多为具体性质,在于知道了为什么失眠而失眠,从而显示出失眠的下坠意义。

老年时节的失眠多为无心性质,因为失眠所以失眠,这就显示出失眠的生命无目的性。也恰恰是在这个阶段,与身体与诉求无关的冥想,才开始缓慢地将它藏匿的翅膀变得不再透明。

不再透明的失眠,有些接近于灯笼,接近于皮纸与烛火的关系。旁人窥视到打在粉墙上的影子,就臆想起宋朝空间一间书房的事情。其实呢,粉墙影子的实质并不是失眠,而是没有目的的回忆。只是因为觉得影子好看,所以愿意去回忆。而一个一味通过回忆取暖的人,他的回忆矿藏之所以不会枯竭,在于他走向回忆的矿井时,没有忘记点亮沿途的灯。一如他离开之际,也是不紧不慢地逐一熄灭了灯火,他只把自己的影子交给了黑暗。现在,他在一面镜子里就完成了这一工作。

比如,他越来越喜欢与黑暗相关的场景,旷野、废墟、隧洞、地下室、阁楼、停电时刻,他喜欢黑暗不断增值,但可以收放自如。

他在一种灰色的暧昧穿着里漫漶,甚至旁逸斜出,黑暗的大氅是他倾心的,但太过招摇了,为此他显得扭捏。

他说,黑暗中思想的临盆,与阳痿的强度比较近似。后者的难堪与前者的狂喜相互侵略,它们在掰手腕。

这种左右互搏的竞赛费力劳神,还是在失眠中两忘比较妥帖。为此,它们在失眠状态歃血为盟。

他已经习惯在失眠时分写作。他像一个灯罩,被火焰千百次熏黄、烤碎、洞穿，尽管黑夜总是将浑身褴褛的身体予以庇护，可是他已经没有了疼痛，或者不安。对于失眠的写作，与其说他是就着火焰而完成的描红作业，不如说是蘸着黑暗让火焰退却、并斩获的场地——就是那么可怜的一块巴掌大的地方，刚好搁下他从硝烟里退下来的思想。他想疗伤。

失眠之书

钱锺书先生说过："有些人，临睡稍一思想，就会失眠；另有些人，清醒时胡思乱想，就会迷迷糊糊地入睡。"这两种情况并不属于我，临睡之前思考与否并不重要，失眠却是蛮不讲理，贪夜而来。

多年以来，我习惯于把失眠视为一棵树，一棵屹立在荒漠之中孤零零的大树。失眠不是谁轻易就可以造访的，尤其是心宽体胖者或喜欢励志格言的白日消沉者。因为要来到失眠的畛域，我就必须穿过漫长的偏头痛与重听。我别无选择，我时常来到树下躲避烈日与风暴，失眠反而成为一个可靠的驿站。我远远看到，树上的鸟儿起起落落，木匠一般在天空弹出墨线，云朵操起了斧头和锯子。我熟门熟路，来到自己的座位，坐下来，就看见一派二十年前的大气迎面滚动，一袭狼烟把我簸起到半空，我必须把体重放在原地，我就随之飞起，像一片金色的枯叶，裹住了一把雪刃，但刀刃的冷光让我浑身褴褛。一个转身，我再次把自己伪装成春情盎然的蝴蝶，翅膀之后是童年的草坪……但是，放在树荫下的肉身不满意了，它在吼，它叫我回来。不要小人得志。不要找不着北。我只好像照顾弟弟那样回来。不快，还是回到我身上。我和身体一起，看着彼此渐渐老去，脸上爬出蚯蚓。

奇怪的是，有一阵子我睡过去了，一早醒来，就发现自己是一个没有完成功课、背起书包就要去上学的孩子，内心忐忑不已。我睁大眼睛，直视天花板，努力回忆，自己似乎应该没有完全睡过去，好像出去遛了一道弯儿。

失眠的确让头脑昏沉，但昏沉是一种设防空疏的薄弱时刻。平常被理智阻挡在外的籁声，开始让我察觉到一些万物之神，它们在我失眠的星空闪亮，它们只能照亮失眠的地域。我贪心，促使我带着它们进入梦境，它们就像如水的萤火虫，在窄门熄灭了……

失眠之夜

又是一个失眠之夜。

承认失眠并非为了装酷，暗示自己是思想的邻居，随时可以串门儿的熟客。失眠对身体的未来不好，但没有了睡眠，未来又有什么鸟用?!

我非常清楚,我将在似睡非睡状态下听见一些响动:窗外的冷雨渐渐将箭矢加粗,苦闷的茎,彼此在排斥里撞击。看起来,像绝望的刺猬把浑身的硬刺发射殆尽,它变成了一只荒谬的老鼠。我偶尔听见一个女人的哭声,混合着九眼桥下锦江橡胶坝的跌水,构成了蜀地的夜雾。当然了,这不是主要的,接下来我会听到一些平素听不见的夜阑的挪位摩擦,就像我的上万册藏书里,那些正在尽情啃噬字里行间"神仙"两个字的书虫。它们渐渐变成了脉望,它们逸出了书页,带着发育健全的肢体以及尚未发育、尚未经历过极端严寒的灵魂,开始爬出窗棂,一飞而暝。

现在,我的失眠陷入完全不可辨识的纯黑。

奇妙的是,这个短暂的时刻被窗外更大的雨涂改了。我偏偏看见一袭宝蓝色的旗袍,听见丝绸与身体的摩擦,运动就是在束缚与解放的矛盾里孕生的,因为不紧不慢,进而是带有体温的韵律。

一具斜靠在吧台的身体,头部隐入黑暗,灯光只能从背部缓慢浸入。在腰处渐渐囤积、收缩和跳跃针芒的光,在居中的缝合线周围,定型。开始熔化和大面积密植,将底层的构造浮至表面,向明亮的中心聚集。在针芒上伫立的舞蹈,弧度与椭圆的向心力,把蕴含的热量,甩出来,为向腹部的迂回和猜测做好准备。

经过夜的手指提纯的蓝色,是旗袍的下摆,它又在脚的紧靠下泛出一抹骨色。飘垂的日子突然飞起，作为对重力的抗拒，以不规则的收缩展示缎子的犹豫。光线被褶皱弯曲，改变流向，逐渐渗漏，犹如在金属液体里浸渍……当无边的蓝从光斑深处剥落，就剩下一波一波的起伏，在酒力作用下，成为空气与脉望的姐妹。这是夜晚最柔软、最收敛的部位，可以让身体沉静，像深渊的眼睛直面死亡。而真丝的鸣叫，是一根飞翔的羽毛，正穿越肉体，在我的头骨边缘环绕。

这一宝蓝色的声音与一些徘徊的脉望秘密接头，他们私奔而去……

我在这一间失去声音的房间里，听着心跳，学习热爱自己。

失眠之羊

如何在无眠之中获得有眠？如何在无聊之中，寻找有聊？

我感兴趣的恰恰是，为什么传说的是数羊可以数着数着就能入睡？这是哪个龟儿发明的妙论?！我把羊数了一遍又一遍，如同背诵数学的 π。数完地上的，再数天上的；数完白色的，也可以数用虚构之刷染成大红色的；数完逆来顺受的替罪羊，再数体制的或江湖的领头羊；直到我把羊都吃了并拒绝吐出骨头，羊皮制品已经生满了虱子，也不起睡眠作用，反而感觉到烦恼比薅出来的羊毛还要多！所以，数羊产生睡眠论，肯定是无稽之谈。

羊为什么不能在意识薄弱之际去数？羊，本身就是魔鬼经常借助的造像，你看看羊的脸就明白了。所以，"披着羊皮的梦"盘桓半空，妖氛四起，这也意味着，越是如此纠结下去，就中蛊了。

但在位于羊群的π的尽头，我看到悄然玉立于汉朝成都安志里路口的丽人，她名叫杨惠。她在温江的杨柳河畔斜摆柳腰轻挥柳枝，汉朝的大才子王褒早已伏地为羊羔，她才是牧羊女。

还能数什么呢？既然数不了恒河之沙，就数数月亮吧，比如圆与缺，比如阴晴不定，就像从一个烧饼里看出大千世界。就我的智力现状而言，也就只能去数梦境上空的月亮了。然后，我可能梦到吴刚的板斧。

铁锅炒沙子

如果我要讨厌某个地方或者某个人，就在心里首先和它决裂，与它拉开距离。由于在现实里很不容易做到，我只好想象它有着自己完全不知晓的阴暗秘密和动机！我于是就在志忑中转身，快速离开。问题是，这些阴骘的人与地点并不想轻易放过我，它们就像海市蜃楼一样制造幻境，以移形换位的技术施展着对我的宰制。尤其是在浅睡状态，我非常容易搁浅于它们的暗礁上，梦境大量进水，头被死死卡在天花板上，再也无法动弹。我在失眠的汪洋中举目四望，不但回头无岸，而且失去了向度。我就只能与看不见的恶势力商榷一下，许诺下一个梦境里向它们投降！即将驶入下一个深梦之时，我必须挣扎着醒过来，把它们彻底抛弃到那个死梦当中！这是博尔赫斯告诉我的办法，固然好。我双眼充血地望着天花板，发现其实博尔赫斯一直不敢睡过去，他茫然四顾，直到他熬不住了，干脆成为真正的瞎子后，他就不再怀念波涛汹涌，他的海就干枯了。他只有最散漫的沙子。

那么，我一直想象着铁锅炒沙子的动作和声音，这个让阴阳两界都发狂的摩擦声，终于让它们退避三舍。这个方法对我很有效，一直帮助我可以短暂地睡一会儿。如果不能改变它，我就在内心里将它再翻炒几次。沙，热沙，铁砂。这需要心狠手辣，我能做到，由于它们威胁到了我的梦，我不得不将它们在梦中沙葬。

梦中的多重镜像

幽深、渊笃之物，从不发光。奋力追逐闪电点的人，总是萤火虫的学生。

习惯在暗中辨认往事和即将发生的事情，长此以往，我就容易找到归乡的路。多年来我逐渐形成了一个奇怪的习惯，那就是梦中写作，不是似睡非睡，而是黑日梦一直在演绎白日梦没有完成的排演。一个一个的句型，异常清楚地出现；甚至白天根本想不到的造句，在梦里开始渐次闪烁。我梦到的文字，就是自己用一支铅笔在复印纸上写出来的，甚至还有错别字。有时书写太快了，甚至还按断了铅笔芯，我不得不停下来重新削笔……就是说，梦不但没有提供一个时间的斜坡供我俯冲而飞升，反而将梦的天庭压得很低，防止我因快速升高而出现缺氧症状，最终一步蹈虚。

这说明，梦一直关爱我。

英国作家 E. M. 福斯特在《备忘录》当中第 133 则，记录了一次乘坐夜车从利物浦到剑桥的感受，他看到了"现在无法理解的"景象："1. 车厢里的食物；2. 它们在走道玻璃上的投影；3. 玻璃外能看到的事物……至少它们可以分为六种。问题是，当我和它们处在同一水平线时，便不能按照我的预想来排列它们，它们让我眼花缭乱，我看到的是一个新的世界。"（李辉译《枯季思絮》，花城出版社，1998 年 1 月，385）

读到这一段，我想到了我在九寨沟看到的一个镜像。福斯特是水平线的观察，而我的是垂直的观察。"镜海"就是一面镜子，将地上和空中的景物毫不失真地复制到了水面。当晨曦初露，朝霞染红东方天际之时，海水平如透镜，蓝天、白云、雪山悉数被映放在海面，呈现出"鱼在云中游，鸟在水中飞"

的奇观。

那么，我如何通过水面之镜，去区分来自水底、天上的景象？如何去甄别梦与现实、梦与过去？如何去分辨过去、现在、未来的投影？

我的梦不但是一面镜子，而且是"双重镜像"：一方面，镜像呈现了天上的全部秘密，一些仅有谜面，一些提供谜底，供我取舍和判断；另外一方面，镜子还把水面之下的世界构造也予以了放大。这样，我游弋于双面镜像之间，水下的奔马与天上的游鱼互为因果，豺狼必与绵羊羔同居，豹子与山羊羔同卧。我逐渐厘清自己的过去与未来，以及事物的勃兴与沉落，我会把事体的阴影与影响捡拾起来，逐一披到它们的肩头。

这一情景，是我在九寨沟景区看到"镜海"时的思考，思考的触媒是 E. M. 福斯特的话。

置身迷宫，我的确没有恐惧，这一点我比博尔赫斯要幸运。

处于波诡云谲的变异中寻找和谐，在恒在的反面寻找瞬间，在对立当中寻找放弃，在孤独的深处寻找释然，在云顶的大光里寻找眼泪。

其实，我并不是完全需要这些。真的！在云朵与地下的洞穴里，那些藏匿在幻彩金边、钙化地表之外的，也许是虚空，也许是虚无，那才是应该装满我的想象的所在。

西蒙娜·薇依讲过一段话，似乎就是对我的耳提面命："区分开上面的状况和下面的状况的东西，正是在上面的状况

中，并存着数个重叠的层面。"（［法］薇依，《重负与神恩》，中国人民大学出版社，2009年11月，51）

这样，我就不敢再轻易相信我看到的东西了。也许上面的东西，既不是它的反照，也不一定是地下的东西。

那是什么？

敢于置身于双重镜像之间，我至少要成为一个没有影子的人。

只有如此，我才能去拾取事物的影子。

西蒙娜·薇依继续说："只有永恒不受时间影响。为使一个艺术作品能永久被人们欣赏，为使爱、友谊能持续整个一生（甚至纯洁地持续一整天），为使人类条件的观念历经沧桑、经过万千体验仍保持不变，必须要有从天的另一边降临的启示"。（［法］薇依，《重负与神恩》，中国人民大学出版社，2009年11月，177）

我过于平庸，我的梦也是平庸的。薇依关注永恒，我只能关心瞬间，但却是来自永恒的瞬间。记住："要有从天的另一边降临的启示"。

但是，当双面镜像中的我，对于一面镜像多看一眼，往往会遭到另一面镜像的嫉妒，它不耐烦了，会变乱自己的背景，让我迷失参照物。写作的中途，我就只好停顿下来，就像面对两个情人，她们结拜为姐妹，我只好睁一只眼、闭一只眼。有一次，我从梦里抽身出来，才发现已经写完的手稿，被一面镜像偷走了，我不得不去下一个梦里哀求她……但下一个梦中，她彻底忘记了上一个梦的不快。

"要有从天的另一边降临的启示",我是否可以置身于双重镜像之外,在白日梦里观察黑日梦逐渐褪色的晨曦与夕照?

至纯之物

现实中的感觉往往逼真,以至于容易张冠李戴。没被污染过的少年,真纯!总是给人一种想一直保护着他们的纯,不给任何事物或人伤害到而被污染。但这类人单纯。

至纯是一种纯化过程。至纯的事物,指的是从一切美好或不美好当中跃升而起的事理,事理无所谓美好与否,但必然坚韧而素洁。

如果说突然而来的花香,是为了暗示花朵之外、香味隐喻的无垢与无色,那么,有人说花朵简直就是罪孽,似乎成立。

问题在于,一旦抛弃了花,就什么也没有了。所以,至纯之物总是又与具体的事体融为一体。

那些黏稠的、浓得化不开的、打不破问不得的、浓郁的、浓艳的、纷繁的事物,均是至纯之物的姐妹。那些捡起影子就忘情的人,他们的特点是肉身阅历发达,智慧欠佳,他们是醇酒、美色的买主,或卖主。为什么买,为什么卖,他们并不知道买卖的平衡与适可而止。

爱那些有伤疤的人，爱那些爱过以后满身伤痕的人。

爱那些有伤疤的往事，要学会爱那些残损的。

一个人并非一味单纯就可以旱地拔葱一般抵达至纯。一个人穿越了这些矫情与风月，提炼最多的是悔意，因为悔意的往返曲折足以使一个人变得谦逊而虔恪，由此才有抵达澄明的可能。我发现，少数人成功做到了，却让绝大多数步其后尘者比如纸上的诗人，产生了集体幻觉。

云的变相

天上的云朵总是轻而慢，具有神话学色彩。只有置身大海或极高山，当云朵俯下身躯，如匍匐的军团那样冲杀而至时，才会领略到云朵的浓重与坚硬。

这就像我与思想的相遇，多半是在猝不及防的时刻，遭受到它的反手剑与风暴攻击。甚至还没有看清楚思想的容颜，它已经轰然远去了。而留在我身心的伤痛与惊骇，应该就是思想留下的踪迹。现在，峨眉山的山巅拉长的白云突然溢出了墨汁，我确信，它就是思想的再一次演绎。

壮美而有力的东西，比如出血的文学，比如一去不复返的情人，总是让人在惊骇里，学习收敛和敬畏。

云雾哲学

在峨眉山里住久了，我熟悉这里的季候。峨眉山海拔1000米之上是独立王国，气候不受周围影响，它自给自足，不停的雨、不息的雾凇与孤月朗照……但是，它的吐纳功夫与别的名山不同之处在于：云与雾可以造型、可以彼此转换，云雾与精灵构成了一种停云，它们并不需要躲避阳光，反而在强光下放荡，渐次妖冶。这里有孤零零的一片一片的冷杉林，因为采取紧紧相拥、密不透风的站位，看上去却是发黑、发蓝色。它们豹子一般待在坡度陡峭的山肩修身养性，吐纳湿度极大的雨雾，一团团从密林间涌出，就像志怪、传奇的母体一样，于瞬间生成，又在瞬间完美和谢幕。

雾气之中，树与树已经不分彼此，像叔本华所描述散文相互取暖的"刺猬困境"，但各自把针叶调整到可以忍受的长度。因为处于一种迷醉之态，冷杉在夜晚将雾气的浓度调至最黏稠状态，像是从褴褛的爱情里提炼而出的欲火，以体液的方式玉体横陈。我猜想，如果剖开树干，它一定会流出乳白的髓。或者，里面晃动着金瓶梅的叙事腰身。

沉默的杉木不开口而已，一旦开口，就有雷霆之势。这让人联想起海德格尔住在南黑森林里说的话："那种把思想诉诸语言的努力，则像高耸的杉树对抗的风暴一样。"

唐代最为著名的制琴家是四川雷氏家族。雷氏造琴传承三代共计九人，造琴活动从开元起到开成止，前后120多年，经历了盛唐、中唐、晚唐3个历史时期。他们所制的琴被人们尊称为雷琴、雷公琴、雷氏琴。《琅嬛记》引前人之说："雷威作琴，不必皆桐，遇大风雷中独往峨眉，酣饮着蓑笠入深松中，听其声连绵悠扬者伐之，斫以为琴，妙过于桐。"大雪压树，树枝欲裂，直到发出咔咔的开裂声，斫琴家由此循声辨音寻木。雷威所作之琴，并不拘泥于梧桐、梓木，而是以"峨眉松"，却比桐木制作的还要好。在传世古琴中，尚未见有松木之作，文献中亦只此一例。根据考证，所谓的"峨眉松"，正是杉木。

苏轼自幼学琴，十二三岁便可弹奏多首古曲。他家里祖传有三部古琴，但有一部最为珍贵，却无人弹奏过，因为不能拨动琴弦弹出声音，所以家里人都不敢轻易调试。这就唐代雷琴。琴上端刻有"开元十年造、雅州灵开材"字样，下端刻有"雷家记，八日合"铭言。苏轼破解了雷琴的琴腹纳音的秘诀，非常畅快，写有一诗《琴诗》："若言琴上有琴声，放在匣中何不鸣？若言声在指头上，何不于君指上听？"

……

奇怪的是，阳光泼不进去的冷杉林，深夜的月光却像登徒子一般，翻越花墙而来，从容插足，并在林间旋转，撒下了一地的珙桐花。

那一夜，我在杉木林里穿行了很远。非常清楚，我听到有一个声音在我身后叫我,猛然回头,一棵树把我拦腰抱住。

蝉语

大自然是重复、精妙而又单一的。

青城山的蝉宛如主观圣斗士,白天黑夜从不停息,免费加班。它们的叫声直来直去,镔铁片盛满热力在运力破风,山林也在逃向天空,树木捂着耳朵看起来都异常高大挺拔。但峨眉山的蝉不同。它们体态娇小,蝉声与时间同步,最后的夕光散尽,叫嚷停止,下班回家,通宵安静,静听风与树叶的华丽旋舞。这个时候,还可以分辨出麻雀、鹧鸪、喜鹊、乌鸦等五六种鸟儿的交替鸣叫。早晨接近5点,第一缕光从山巅冒出时,峨眉山的蝉似乎是黑暗与露水的沉淀物,它们成就了《老子》的阴柔气质,歌唱犹如蒸发。峨眉山的蝉叫声贴山林而起伏悠扬,似乎是起伏的山岳暗自安排了这里的韵律。我估计,这是海拔差异、炎热程度不同造成的金蝉求偶术。

单一的运行——日出、日落,黑夜打开花瓣,降孕露水,树叶在狂叫中拉长了蝉鸣的金属丝。这样的单一性不是人工的,不是机械的。单一的运行使我逐渐随着单一的节律而体会到满足。如同水,滴到一片叶上,注满,然后再掛向另外一片树叶。就像西蒙娜·薇依所言:"怀着爱静思,奴隶一样行事。"

金蝉是闪电的搜集者,也是电锯的仿声徒弟。如果从蝉翼上刮去一小块,就足以照彻骨头。它们风餐露宿,吃阳光,吃月光,吃风,吃雨,也吞噬黑暗。金蝉在雷霆边缘夤夜而走,通电的身体发出炉中炭的黑红色。它们搜集的闪电,在甲壳掩护下秘炼膏丹。当金蝉的闪电炸响,整个森林因其轰响而逃往高空。

我进一步发现,大凡有金蝉聚集之地,燠热总是更甚。那里的鸟儿为了彼此呼唤,都被培养成了帕瓦罗蒂。

金蝉利用搜集起来的闪电,为整个山林设定了一个绿色的电场。在声音的空隙间,它没有忘记,把它的身体全部排空,直至,成为蝉蜕。

蜘蛛在空中拉网,金蝉以叫嚷织成一张金属网。金蝉编织的网眼越来越密,直到网被太阳吹红。所以,从网眼中流出的,总是黑夜的镔铁。

豹子与骰子

当一只静穆的豹子甩直长尾奔驰起来,我觉得豹子是一只盒子,一只装着 6 个骰子在拼命摇晃的骰子盒。天空、土地、河流、仇恨、孤独都在概率学的均衡组合里逐渐失去了心机和技术。这一幕还有一位重要观众,是不远处的一匹马。我从马的眼眸中,发现了这只拼命乱响的盒子,就像突然结晶的眼泪在相互拥抱、取暖……

奇怪的还在于,豹子停下了身形,骰子仍然在豹子体内的链条上,兀自转动不已。豹子的花朵明明灭灭。

梅花开过,又谢了。

藏在肺叶的声音

我有正常的听力,经常听到体内的声音,它们叽叽咕咕,窃窃私语,巴嘎雅路。准确点说,它们藏在我的肺叶里,或布道,或哭泣,水牛那样在泥潭里打滚。它们把我残留在肺叶里的卷烟味儿与阅读的余音,抓取揉捏为固态,最后凝聚为铜,拉成黄铜的薄片,突然有东西在上面跑过,发出了长号的高傲音色。

一把长号在肺叶间演奏,声音打开了天顶,无边的嫩光借助蝴蝶的翅膀冉冉降落下来。我无法分辨吹奏者的性别,声音嘹亮而富有威力,弱奏之时,又温柔委婉。我估计,这就像埋在成都武担山的那位武都美女,由于过于艳丽,睥视人间,她的一半就被读书人指认为是比女人更俊美的男人。双性的审美,逐渐汇聚为一股从交流、交接到交媾的声音。有时,长号发出了一串地泉涌出的咕咚之声,一朵莲花从另一朵莲花深处破刺而来,渐次升跃,渐次摇曳,然后,不翼而飞。像一只逃跑的眼球。

一支疾驰的箭,突然被身后追踪而至的另外一支箭,像《檀香刑》描写的那样,被贯穿。箭头上吐出了另外一个箭头,就像双头蛇,在朝拜虚无。

我刚才说出的花,那朵花,突然不开了。那里出现了一个空洞,声音的空洞。这是任何具体物质无法填补的伤口,一个拒绝愈合的伤口,声音嘶哑,四方跑气,直至哑灭。这些空洞总是在我睡眠不深的时候来到我的床下,开始釜底抽薪,接着,断然打破了锅底,我本是釜底游鱼,我因为获得解放而趋于堕落……我呢,其实才是堵住这一空洞的最好材料,可以闭丝严缝地吻合于空洞,不漏出任何秘密。

其实,对于两个虚无的概念来说,既不知道问题,也不知道答案,但两个虚无者一碰,问题就像一袭在山坡上被风催促的滚动飞蓬,雪球似的越来越大……

拒绝离枝的果实

这是果园中的一景。作为反抗重力的实践者,果实已经将枝条拉弯,它在折磨姐妹的过程里渴望永葆青春,渴望自己高举的灯笼获得一个登徒子的青睐。但失踪的识货者用不到来。果实已丰腴无限,直至胀破了皮肤,它在破裂的过程中,芳名播散,引来了成群的苍蝇。这是果实顽强之余,最大的悲哀。

第二个意象。列车掀开了树林的裙子。树林是那么惊慌,又暗含几分不得已的得意,美色得到了一次合理的曝光。可惜的是,列车这个登徒子已冲进了大山的隧道。

鸟儿对花叶窃窃私语,让一泓绿水因嘴喙的言辞而波心荡漾。这使得一株猩红之花,立即成为风的众矢之的。

一片树叶的深度

树叶是树的手掌。手心手背互为掩护。

有些树叶朝向天空的一面,反而是深色以至于暗淡,它的背面却是异常嫩色,储满了从月亮那里提炼而来的银。就是说,树叶朝向大地的一面,反而朝气蓬勃。

有些树叶朝向天空的一面,总是毛茸茸的,或者长满疙瘩,极不光滑。而它的背面似乎藏匿着一层南宋的脂粉,异常滑腻,我的手指上面沾着的,犹如蝴蝶翅膀的磷粉。

有些树叶朝向天空的一面,面目总是刻意模糊,一派懵懂。反而是它的背面,脉络清晰,复杂到让我心惊:看上去如此纯朴，怎么会有那么多曲折与离奇的迷宫构造！

对于树叶而言，既没有绿叶对根的情义，也没有落叶归根的回家。飘在枝头的树叶，偶然被金风扯落荡往高空，它得到的最大启示是：树叶对应的天与地，云与雨，其实远不及自己曾经在低处构想的那般繁复与瑰丽。

就是说，树叶正面沐猴而冠，树叶背面一直在偷笑。

所以，有些树叶被委以重任，比如菩萨选定的贝叶！比如，被大西皇帝张献忠反复利用、摆渡生命的柳叶。还比如，被韶华选中的承载诗歌的枫叶！也比如，被我看中的一片正两面一致的银杏树叶，为黄金镀金。犹如一个比喻，喻体重合于喻像……

一个人不能两次踏入同一条河流；但举起的两片树叶，似乎又是相同的。

树叶的背面

生命的底牌就像一个断片，所有的秘密写在树叶背面。但背面并不是对树叶正面的解读，树叶的背面倾心阴鸷的事物，它们从不看天空一眼。

进一步可以发现，事物向阳的一面，呈现出丰满、简单、敞亮、大气的气质。比如北坡上的树，以及树叶的阳面和杜鹃花。

事物背光的一面,阴深、匿名、收敛、曲折,具有一种拾荒者的游离气息。但是,我以为背光的一面蕴藏着更为含蓄的美和力道。而且其生长的慢性,促使它们在阴影与寂寞中韬光养晦,犹如豹隐的修炼。

一棵树可以笼罩自己的影子之际,往往是时光比较敞亮的时候。当阴影可以收纳一棵树的全部气息时,阴影其实已经与黄昏达成了同谋。

北坡的植物

我经常在康区缺乏光照的北坡上,看到一些低矮的高山杜鹃。命运如此不济,杜鹃矮得不能再矮,再矮下去它们就只能回到地下了。只能贴地而生,就像贫瘠的高地挤出的几滴血。这比南坡向阳处的烂漫的山花,更让我伤痛。

山 藤

山藤与某些人一样,必须依靠,不能无依无靠。因为依靠才能妖冶，因为妖冶才能妖精化。

完全依靠自己的力气站立大地的植物，为了站立就耗去了太多的元气与美丽，所以它们看上去尽管"体健貌端"，但多少有些呆头呆脑，藤蔓稀疏，情商不足。

这就显示出软体之物的可爱之处。它们就是一件强力者的附着物。但一味瘫软下去，成了流质，就恶心了。至于藤蔓也可以长成站立者的伟大个案，那明显是妖异事件，不属于常人能企及的境界。

当梦升级为梦想的时候

读清人梁绍壬《两般秋雨庵随笔》，其中有《丁鹤年》一条。"弘治中，四川周洪谟泊舟邗（hán）江，夜梦一人曰：'吾子前身也，姓丁，号友鹤山人，家维扬。'后周官南京翰林，以诗寄扬州太守王恕曰：'生死轮回事杳冥，前身幻出鹤仙灵。当年一觉扬州梦，华表归来又姓丁。'王得诗，集耆老问之，方知丁鹤年即友鹤山人，元末隐居，建文时没于成都，王以此复周。见《尧山堂外纪》。夫从来前身之说，或由自悟，或由人指点，未有以己告己者，岂佛家所谓身外身耶？"（河北教育出版社，1994年3月，374）

邗江因春秋吴王夫差筑邗城、开邗沟而得名，距今已有

2500年历史。明朝建文年间（1399—1402），丁鹤年为寻找元末在成都做过官的兄长进入四川。后来游历湖南、江西等地，最后归于杭州。由于其曾祖阿老丁曾在杭州修建过一座清真寺，加之表兄赛景初和一位晚辈亲戚唐仲杰都在杭州，他就在杭州定居。晚年，丁鹤年主要在杭州、武昌过着平静的日子，绝酒肉，潜心进行诗歌创作之外，还参悟"天方之法"，并参加伊斯兰教的活动。永乐二十二年（1424），近90岁高龄的回回诗人丁鹤年在杭州升入拱北，按伊斯兰教义安葬于杭州学士港南园。

周洪谟（1421—1492）为明代大儒，出生在四川长宁县梅白乡白虎村辖区内的"箐竹屋基"。明正统十年（1445）进士及第，殿试榜眼，并授翰林院编修。景泰元年升为侍读。历官翰林院侍读学士、国子监祭酒、礼部右侍郎、左侍郎、礼部尚书，后加任加封太子少保、资政大夫。弘治元年（1488），周洪谟告老还乡，来到叙州府，致力于办学和修志，兴建了翠屏书院，倡导和主纂完成了《叙州府志》。从这历史里可知，告老还乡的周洪谟认为自己的前世是丁鹤年，自己巍然就是丁鹤年转世，继承高人大贤之志，这分明是自夸嘛。个中并不存在"佛家所谓身外身"的玄机。

梦，总是与繁华的扬州重床叠屋。如果说周洪谟的梦在于表达高人志向，那么淳于梦的绮色之梦就直奔欲望的大本营。

2016年春季一个下午，艳阳高照，不易生梦。在扬州作家吴小抿指点下，我来到扬州骆驼巷，见到了一株造型诡异的国槐。2011年扬州市园林管理局为它悬挂一块树牌，当时树龄是1060岁，保护等级为一级。绿影婆娑，枯木逢春，枝条绿很有些得荡漾。老树妖娆，就让人心存余悸了。这里乃是"南柯一梦"发祥地。唐朝扬州淳于棼，某天在自己家门南边的大槐树下喝醉酒后，梦见槐安国请他去做南柯郡太守，并把公主嫁给他。他励精图治，把南柯治理得很好。后来南柯郡被打败，妻子也病死了，他便离开南柯郡回到原籍。一离开槐安国地界，淳于棼就醒了，方才知一番荣华富贵原来是大槐树下的一场美梦。他按梦境寻找大槐国，原来就是大槐树下的一个蚂蚁洞，一群蚂蚁居住在那里。

淳于棼的名字里，棼从林，从二木。复屋故从二木为意。复屋者，如苏俗所云，阁不可居，重屋如楼可居。名字暗示了一个平凡者的向往和奋斗目标。由此推测，他的这个名字，近似如今树梁、国栋、栋梁、国梁之类。

这说明淳于棼是一个在现实里较为理智之人。《南柯太守传》中记载：淳于棼梦醒大槐树之后，有感于此，遂杜绝酒色，出家为道士，并出资在槐树旁建立了一座槐古道观。据本地老人口述，1949年之前，这里的确有一座槐古道观，里面住着祖孙三代道姑。20世纪60年代，道院改作殡仪馆，神像也遭拆除。到了80年代，殡仪馆改建为宿舍，再后来这些都统统刈除了，只剩下孤零零的大树。

我发现，除了旅游者来拍照之外，并没有商界、官道人物来祭拜。他们忙于在各大寺院一掷万金"烧头炷香",恰恰忽略了,最应该祭拜的正是南柯一梦的肇始者。梦不仅仅是现实的镜子,梦与现实是两面相向对照的镜子,可以从镜像的来回叠照中,发现这一条纵深的廊道里,那些从花厅、女墙、月门、灯笼、美人靠当中奔突的,恰恰是幻灭的过程。

骆驼巷里的这株国槐,除了可以造梦,在我看来,与别的古树最大的不同之处在于:主干高出地面的一米处,有一个椭圆形的大窟窿——里面藏匿着至今没被惊醒的大梦。我一直相信。

国槐腰部有一个头颅大小的空洞,可以由此穿越梦境。我窥见后面的青砖粉墙上,镌刻有台湾诗人洛夫为这一诗意事件撰写的诗《唐槐》:"使我惊心的不是它的枯槁/不是它的老/而是高度/曾经占领唐朝半边天空的高度/年轮,一直旋到骨子里才停住/停在扬州的陋巷中/扬州八怪猜拳闹酒的地方/依然矗立……"

这就让我进一步发现,周洪谟的梦,因为比淳于棼之梦飞得更高,就不容易被现实打破。这样的梦甚至可以与历史同在,与大同之梦接通。造梦是一个人的事,自己醒来就罢了;而下令一起做梦不可想象,这叫御梦。而一盆凉水泼向颠顶的梦中人,绝对是残忍的。

在南墙之下深情相拥

南墙指的其实是影壁墙、照壁。古代建筑物大门一般都是朝南开，旧时代有地位、有势力的人家大门外都有影壁墙，所以出了门就要向左或右行，不然执着而行，肯定头撞南墙。那也意味着：忽左忽右、不左就右，必然是屡试不爽的经验之道。

那是2008年冬季的夜晚，我与一个诗人在成都陕西街喝酒，喝到路灯昏暗，喝到马路上的落叶在唰唰旋舞，酒意转为冷意了，决定分手。出来时大雾弥漫，世界晃动而扁平。我走到红照壁路口，看到了一只老鼠从垃圾箱里狂奔而出，高速逃亡了几米远，它把雾气打穿出一条漏光的隧道，然后，老鼠就像穿上了隐身衣一样，很得意，蹲在雾气的隧道里啃骨头。老鼠啃骨头，我是在啃噬孤独，要把孤独啃出骨头一般的滋味，并不是什么难事，因为爱与孤独不是事情的两种性质，其实可以说，爱与孤独是成正比的。记得卡夫卡在《致马克思·克罗德》的信中说："我要保持孤独到星期一早晨前的最后一刻，让孤独亦步亦趋地伴随着我，是一种使我浑身发热的愉快，是一种健康的愉快，因为他在我心中引起那种通常的不安，而这种不安是唯一有可能造就平衡的因素。"孤独可以像爱情一样让一个人浑身发热，容光焕发，足见独身对于卡夫卡是多么重要。

我继续往前走，孤独的雾气爱如潮涌。

这时打破这静谧时光的事情鬼影幢幢，我看见两个人靠在路边，影子像柔软的烙铁，在雾气里吱吱作响。他们显然是被现实的闪电吓破了胆，他们一退再退，退无可退，他们在南墙的死角下深情相拥。

南墙根既是他们遮风挡雨的屏障，也因为那里没有聪明人问津而变得安全起来。缺失聪明人的地方，一般而言是暂时安全的。两个吓破胆的人，彼此护佑，彼此成为彼此的保护与火炉，就像一个人利用绝望来取暖！就像一个人从黑暗中看见更黑的世界或游动的斑纹。这样，吓破胆的人，终于会发现无须源源不绝的胆气，自己也挺了过来。也许日后就会有一种人格，叫无胆英雄。

有人问了，你喝得酒醉麻汤的，如何知道呢？无他，其中一个我认识，就是刚刚与我分手的诗人。还有一个，（什么）人？这，我的确不知。

形同路人

与一个曾经搅扰自己肝肠的人分开，你需要做到几点：

这就像让飞荡的绿叶回到树下的枯叶堆；

让晶莹剔透的雨滴回到再也看不见雨的河面；

让一个女人，回到了妇女的阵营。

即使这样，你尤其不该忘记的是，这些往事温暖如春。但春天干燥啊，直到你感觉到，嘴里淡出鸟来。

比如在冬季的成都地铁站扶梯口，你终于看到一个熟悉的身体拉长的身影，出于对异性的基本社会礼仪，你就应该对她们略微侧身，形同路人！沙一定要回到风中，那才是沙的方式。不要回头东张西望，不要探头探脑——现在已经没有偷自行车的人了，但太多的人都像职业的收荒匠。

其实，我对你说的不是人，而是形同路人的心态，才是值得去努力为之的。

姿势的仿灵学

大自然用各种造像，为"万物之灵"提供了学习的榜样。如果说仿生学是理性精神的一种表达形式，那么，就应该还有一门"仿灵学"连缀的幽微空间——天下哪里有只要衣服不要身体、只要花架子不要花香、只要利润而不要制度的择优法呢？这不是"劳心者治人，劳力者治于人"的翻版，只是朴素地认为，没有河道，就不可能有河流。

每到五花八门的圣地，我自然不能"免雅"，也要洗心革面磕头作揖，或烧香，或肃立。有鉴于仪式过于繁复，普通人一般都是下跪的，这至少表达了虔敬。我发现跪倒的人，虔诚者有之，口念阿弥陀佛，眼睛四处睃，心怀若干胎，急时抱佛脚。我也跪倒，沉默，深深匍匐，叩头三个，但没有捣蒜。

就在慢慢匍匐的过程里，我像猫科那样放低身段，额头贴地而移，视角回到了大地，深深置身蝼蚁，可以从容看清灰尘。我听见腰椎骨嘎嘎嘎一阵乱响，一种大快意的热流从尾闾开始游走而上，顺脊柱电走，直冲脑门。人，一下就怔住了。

豸，《说文》云："兽长脊，行豸豸然，欲有所司杀形。"说的是"豸"为有长长的脊骨之猛兽，行走时会突然豸豸地伸直刀背似的脊梁，似乎有所窥伺。我的乡贤宋育仁（1857—1931）在《部首笺正》里说："猛兽欲杀兽，以旁窥伺，先曲身拟度之，然后身伸脊向前直搏，其形豸豸，脊若加长者然。"我突然憬悟：猫科动物一般利用伸懒腰来舒展筋骨，它们前腿往前绷直，脊背耸起如一个怪包，怪包像魔术师的铁蛋游走，嘴张眼睛闭……其实呢，是表示它获得了一种安全感，它放松了，或者它开始喜欢你了。

一年秋季，记得是在柬埔寨吴哥窟，上百人拥挤在石像下，磕头，鸡啄米那样，猫科伸懒腰那样，犬科拉直身体那样。虔诚必须通过劳累身体才能获得，它在身心俱疲时分灿然君临。一位长发美女在我前面,她潜伏在酒池肉林之中,并在酒囊饭袋的间隙里独立横秋,然后高举丰臀。我也赶紧卧倒,豸豸然,听着我脊椎骨嘎嘎作响,不幸,我闻到了脚汗的味道。突然,她向天空排气,吱——一道悠长的漏气之声。

我不敢抬头,也不敢呼吸,磕头的姿势剧烈荡涤空气。然后,我干脆开始做起了俯卧撑,十个。目睹我如此热爱锻炼,端坐于上空的灵,该不会怪罪我吧。

我说了这么多,似乎并没有涉及"仿灵",仍然是"仿生"。灵魂是身体的秘密,姿势是在学步邯郸。在一个依葫芦画瓢的时代,增长的是"姿势",这就是生活。

地铁站风景

西方的火车以及车站,一直是爱情的滋生地;由于中土火车里汗气熏天,公交汽车和汽车站就一度成为罐头盒子中人渴望触电之地。但是,这些已经过时了。20世纪末,中土内陆城市的人们兴奋地挤地铁,就像回到了西方的梦境。

一早可以见到浑浑噩噩的青年人,衣着随便,双眼浮肿,呵欠连连,他们眼睛里囚着昨天的阴影,像飘浮的梦游者,继续着没有完成的游历。地下空间造成另外的幻觉在于,无休无止的明亮灯光与镶嵌铜条的滑腻大理石地面,让人产生一种飘飘欲仙的不真实感,加上甬道里巨大的通风,可以闻到美女们一路抛撒的香水味。作为都市异托邦的构成,地铁不但连接起人们的幽暗欲望,同时,地铁也通往卡夫卡向往的暗室。地铁是最值得冥思者盘桓的所在。

老人们很不适应地铁的高速与气闷环境,他们总是争先恐后快速出入,兴奋如孩子。地铁其实是他们回到童年的驿站。年轻人对此浑然不觉,他们从容不迫,晃晃悠悠在闷头看手机。

与乘坐路上公交车最大的不同在于,地铁站里尽管挤得满满当当,却是无声无息。沉默作为主语,在汉语语境里地铁是唯一的。

1967年,福柯在《另类空间》中写道:"在没有船的文明社会中,梦想枯竭了……"但是,相比起航海的极度自由和充分的冒险,地铁空间是被无数监控头与规定路线所束缚的,这是犬儒们出入的地方。福柯的异质空间概念被研究者表述为:"我们生活在一个异质空间的世界上,这个世界有着无数不同而又经常冲突的空间。认识到这一点往往会导致身份危机。"但这种危机会很快过去,地面的阳光会对刚才的忧郁予以强制曝光,你的记忆胶片立即作废。

美好总是有的,地铁艳遇有目共睹,比如毕加索。

1927年1月8日的巴黎,严寒刺骨的下午,毕加索在老佛爷百货(Galeries Lafayette)附近无所事事地闲逛。这种漫无目的的状态就是超现实主义者所提倡的，以便让灵感随时降临，随时产生新发现、新的开始。地铁到站了，人群中出现了一位年轻漂亮的金发女子，她有个希腊式的高鼻子和蓝灰色的双眼。毕加索曾经在哪里见过这张面容——可能在想象里，可能在画布上。玛丽·特蕾丝（Marie－Thérèse Walter）后来回忆起这改变了她一生的时刻，说："他只不过拽住我胳膊，说：'我是毕加索！我俩在一块会非常不错。'"戛然而止的世界，其实是毕加索情欲的出口。那才是他的异托邦。

17岁的特蕾丝根本不知道毕加索是"什么的干活"。她母亲爱米莉·瓦尔特却一清二楚。瓦尔特没有阻止女儿对这个年长她差不多30岁的男人的好奇心。这个男人说话口音很重，却散发魅力。两天以后，他们特意又约在圣·拉扎雷地铁站碰头。他俩没什么话可以说，毕加索带特蕾丝去看电影。特蕾丝后来说道："我半推半就僵持了半年，可是毕加索是无法抵御的。你是了解我的——女人是抵御不了毕加索的。"7月13日，特蕾丝18岁生日那天，毕加索带她上了床。多年以后，毕加索还在信中特意提及这个生命中极其重要的纪念日："今天是1944年7月13日，是你在我心中诞生了17年的纪念日，也是你的生日。你诞生到这个世界上，于是我活了。"（见阿莲娜著《创造者与毁灭者：毕加索传》）问题在于，只有毕加索完成了这一桩买卖。我们都不是毕加索，我们不过是贴地而飞的纸。

我注意到，经常有一个中年人，黑色大氅黑色礼帽，大人物一般拧着皮包,有点像那个著名的木心,他站在地铁门前并不急于上车,他对世界斜睨而行,他等候下一班车。有一天我下班回来,他继续站在月台等候班车,一本正经。我猜想他才是收获地铁风景的人们,只不过他也装饰了我的风景……

鹬蚌相争的解构之术

蚌壳深深知道自己的命运。它敞开门户,像书本那样摊开,把胎珠奉献出来。

可是尖刻的白鹬并不买账,因为它觊觎的是蚌壳的肉身。蚌壳说:"请先把珍珠拿走!我都是你的。"白鹬听话地啄走了珍珠,蚌壳如释重负,马上合上了书本。一个丢掉秘密的事物,似乎总是要安稳一些。在远处观察交易的渔人,为此十分绝望。

姜太公钓鱼的几种变数

在中国传统文化中,有渔、樵、耕、读的四种身份变相,"渔"者受到了前所未有的标举。无他,人们是着眼于"渔"

者渊渟岳峙的风度与待价而沽的心性。反观樵、耕、读三者，均需要支付较大体力、脑力和阅读投资，出汗太多，焚膏继晷，甚至眼睛喷火五官挪位，很不容易被旁观者看出风骨、前景与慧根。

俄国思想家罗扎诺夫在《落叶》（《落叶·第二筐》，商务印书馆，2015年）里描述说："总想在什么地方钓到鱼：在一片浑水中钓一条死要面子的小鱼。无奈总是失败，不是渔线不好，就是鱼钩太钝。好在不泄气。这不，又把渔线抛出去了。"

如果垂钓者再接再厉，干脆将钓线、鱼钩也去掉的话，手执光杆一根，心接千载视通万里，那就近乎完美地自通天地与人心了。

需要注意的是，这里出现了几种变数——

一种是实实在在地钓鱼。渔竿、渔线、鱼饵、鱼钩齐备，老老实实地与流水、游鱼共生，一起老去。比如严子陵。我站在桐庐的新安江边，尽管那里人工施为过甚，但仍然能够设想那种自然而然的气场。

一种是姜太公开启的渔色渔权钓术。利用钓鱼的身体政治来放大投射于水面的身影，他唯一无法抛弃的是渔竿，这个道具万不可失，一旦失去了，他就会被目测为绝望者投水自杀，是在做预热准备。蹈袭者是一代枭雄袁世凯。他不是在流水里顿悟"逝者如斯夫"，而是水流它的，他万般焦躁，竖起耳朵与汗毛，等待身后传来官阙的好消息。

另外几种变数，奥地利作家罗伯特·穆齐尔的巨著《没有个性的人》里恰好讲到了:"那个有寻常现实感的人像一条鱼,它咬钓钩,没有看见那根线,而那个有那种也可以被人们称为虚拟感的现实感的人,则从水里把一根线拉起来而浑然不知线上是否有钓饵。与一种对咬那钓饵的生命的极端冷漠态度相对应的,是他有着做出十分古怪的事情的危险。"(《没有个性的人》(上卷),作家出版社,2000年1版,13—14)

这样看来,无线且无饵的钓钩,应该是危险之人青睐的东西。一种是钓鱼者被权力钓起来:水面之下的,钓住了岸上的。

另外一种情况是投奔正义的鱼,咬住虚拟的鱼钩,奋力直接跳进了钓鱼者的笆篓,由此成为柄权者豢养的"虎鱼"。

据说,柳如是也曾于时代的沉默中举竿垂钓。柳如是劝钱谦益投水殉节,但钱先生试了一下水后,说了一个闲适派的理由:"水太冷,不能下。"柳如是风摆柳絮,要单独投水,被钱死死抱住柳腰,让美女归不了大明的道统。她是什么心情,我不好推测,但钱谦益的心态极端昭然,反正,陈寅恪先生已然入彀也。

寂寞中的冲杀

诗人在寂寞与自我的影子里行走,时间久了,他回归的不是自然，而是自我。他不但会出现重听，而且眼睛里还会出现重影，蝴蝶结迎目光而宽衣解体，王纲解纽，蝴蝶翩翩而起，事物总是喜欢以反常的姿态绽放秘密！他觉得，这与其说是庄子的蝴蝶，不如说就是小我的！蝴蝶在枝头筹建码头，等我回来——

"你们必拜我的码头。"

一阵妖风吹来，带来红尘嚣嚣之气。诗人的鼻尖油亮，再亮，一个猛子扎入事件，立即打捞出一丝脂粉的味道！他认定，红叶传诗、青鸟传书之外，尚有脂粉留香的情爱美学传统！这是嗅觉不灵者难以抵达的纤细美学。他中气十足地自说自话了一番！现在，看到一个农妇挑着担子晃晃悠悠从田埂而来，诗人将之提升为猫步的红尘之路，走近发现，农妇挑的是一桶潲水，仍然在发酵着诗意的叙事。

这时，一个酩酊大醉的散文家快步从都江堰乡野而来，他把田埂当作了T型台，挥手致意之间，一个扫堂腿，扫倒了农妇和她挑着的一担潲水……

诗人的嗅觉发现，到此必须暂时停止！但是他必须发布演说，如何在于无声处听惊雷，如何在空气中捕捉鸟羽，如何在微风中发现狐媚的叙事！

拒绝游戏规则

诗歌就是上帝发给文化人一副麻将。但有人偏偏不打牌，并且拒绝了所有游戏规则。他们是以麻将作为勇闯文学江湖的独门暗器，为此苦练歪打正着、指东打西、颠倒阴阳的基本功！

他们进一步渴望每一次发射的暗器，要命中权力聚光灯下的靶心，或美女的腰眼！这样的诗人，目前还剩几个，但快绝迹了！

T型台与装卸跳板

安步当车靠近麦克风的人，然后手持麦克风滔滔不绝保持喷溅姿势，就成了雕像。所以，我使用的这两个词语，自然是隐喻。

走上T型台的人，旁观者称之为走秀。走秀必须具备销魂身材以及不苟言笑的表情，这是天桥建筑与灯光赋予他们必须统一的制式，斜影袅娜，刚好成为身体飘逸的裙带。除此之外可以大放异彩，也可以旁逸斜出，比如走着走着，马失前蹄，或者乳房从胯下长出来了。也就是说，要走上这条几十米的窄路，并不容易。

技痒难耐的旁观者既无法靠近麦克风，也无法跻身T型台，他们又不准备参加大妈的广场舞，他们只好把用于装卸的跳板，布置成自己的文化天桥，直接通达人生的顶巅。

他们腰力十足地迈开健步，"我们走在大路上"，三步五步就过完了干瘾。然后他们会嘲笑那些偶然在T型台摔倒的人：那个台子，还没有跳板平顺，也没有跳板那样富有弹性。所以扛着装卸跳板奔向理想的人们，就成了在野党。

灵魂的镇纸

我一直欣赏《隐居》的作者、俄罗斯白银时代著名作家瓦西里·罗扎诺夫的一段关于书的论述，我为之标上了序号：

1. 书应该价钱昂贵。书不是烟草，书不是伏特加，不是街头拉客的妓女。

2. 书跟你推心置腹。书使你从中受益。书给你讲述今昔。

3. 书应该价钱昂贵。

4. 书不应该低三下四。书应该玉洁冰清。

5. 书不追随任何人,不委身于任何人。书平放在那里,甚至"并不期待买主",只是平放在那里。

6. 书要找,书须淘;一旦得到,就要爱惜之、珍藏之。

7. 书不能"外借"。书一经"外借",便堕落为"荡妇"。书一经"外借",便丧失了自己的精神、自己的质朴、自己的纯洁。

8. "阅览室"和"公共图书馆"(除了供全国使用的帝国图书馆),就实质而言,乃是"公共场所",荒淫无度的城市,藏污纳垢的妓院(见《落叶·第二筐》,商务印书馆,2015 年 1 月,411)。

这 8 条关于书的个人定义,自然不能放之四海,但体现了困境里的罗扎诺夫对于自己出版《落叶》前后的真实心境。

据此,我不妨完成一个读书的接龙游戏:

1. 有些书,必须反复多次购买。我至少购买过帕斯卡尔的《思想录》5 次,不是为了证明鄙人就是帕斯卡尔的同志,而是东一本西一本穿插在书柜里,这可以约束书柜里面过于狂悖、叫嚣的声音,并让我立即发现这些伪币,以及伪币制造者。

2. 书柜不是存钱罐。不要把陌生人赠送的书,轻易放入书柜。

3. 卖书固然不是卖纸，但如今卖纸的商贩与作者，TM的太多了。

4. 学会容忍出版物当中的废话、空话，关键是在废话、空话之后，我甚至一句也没有记住剩下的，就是说，全是废物。甄别至此，是读书的一大喜乐。

5. 读书跟收荒匠的艳遇非常近似：偶尔能够在废品里发现现钞和金条，但这样的机遇一定不多。因为不多，所以我总是抱着奇遇的心态去读书。

6. 我从来不使用图书馆的书，证明了我的浅陋；20年来我从未进入图书馆（电子图书馆不在此列）。我买书，买得夫人威胁离婚：你就从了我吧！

7. 我从来不把诗人的一时快语当作高妙的思想；鉴于智性话语不可仿制，犹如我们无法制造月光。诗歌与思想，的确没有关系。这一说，一定会让诗人拍案而起，一跳八丈高，他们急于抛出思想。

8. 除了用于研究之外，还在一门心思出版手稿普及本的人，本为妄人。

9. 我购买有大量旧书。一个人死后，我购买了他的藏书一大半，我感到了他散发在书页间的气息。执拗、古怪而简陋，说真的，不好闻。

10. 一本书贵与不贵，根本不重要。重要的是，定价是否能够在书上站稳，不至于喜悦而趔趄？匆忙间露出了"假领"？

11. 深入浅出的书，与浅入深出的书，我拱手在先哈，饶了我吧。

12. 幽微的书与幽异的书，均不在经典之例，却是我读书的唯一兴味所在。

13. 一旦我的想法被某本书提前厘定出来了，瞧瞧这本书，就是对手。

14. 置大量证据于不顾，反而精心选择几条孤证用作支撑自己理念斗拱的学者，并开始启动多重证据法的列车。他没有意识到的是，在市井里巍巍然奔驰的学术列车，自己忘记了提前铺设轨道。

15. 古人接待客人，从不会让女眷参与。所以，不要请人进入书房。

16. 我在书柜里，放有一对虎骨（用老虎的膝关节骨磨成）和一对豹爪。它们不会打架，倒是那些喧嚷的文字虫们，噤若寒蝉。

17. 从书架前经过，自己不过是一介穿新衣的皇帝。客气点说，是书在检阅你。

18. 喜欢躺着阅读的作家，为文绵软，其文体的确有织锦一般的蚕光。

19. 书就是灵魂的镇纸。问题是，很多时候，纸上写满了制式的套话。

20. 一个人在 50 岁开始逐渐对藏书做减法，但保留三千本藏书是必要的。我的情况又有些不同，估计最后保留不了什么。

为兔子钉上蹄铁

苏联社会学家奥西波夫的《肖洛霍夫的秘密生平》一书里，谈到了1938年10月肖洛霍夫得到暗杀的消息而急速逃离约申斯克，以及他和卢戈沃伊逃至莫斯科，伟大领袖斯大林决定召见他们，与格列丘兴等人对质。奥西波夫说他是直接从肖洛霍夫嘴里听说的，肖洛霍夫在陈述委曲过程里，谈到了一个比喻：

兔子飞跑，迎面碰见一只狼。狼说，兔子你跑什么？

兔子回答，有人捕捉到要钉蹄掌。

狼说，那是给骆驼钉蹄掌，不是给你们兔子钉。

兔子说，要是捕捉到你，试试证明你不是骆驼！

我记得讲完叶若夫笑了起来，但斯大林没笑，他凝视着我说："肖洛霍夫同志，听说您喝酒太多。"我回答道："斯大林同志，这种生活怎能不让人一醉方休呢！"（转引自刘亚丁《顿河激流——解读肖洛霍夫》，四川教育出版社，2001年8月1版，89页）

为兔子钉上蹄铁！在这样的语境下，铁血时代的领袖毕竟也幽默起来，他终于解释说，这一切皆是误会。在我看来，出主意的未必就是兔子永恒的竞争对手——乌龟,而是在旁边冷眼观察比赛的有心人,他们觉得这只兔子实在太不知道收敛了,以免费"钉蹄铁"的名义不是打下革命的烙印,这纯粹是苏俄的身体政治学。比起"穿小鞋""削足适履"来,在词语的干净层面就胜出一筹。

当然,汉语里其实也有类似的比喻。禅宗大师慧能有一段著名的谈论世间佛教的偈子:"佛法在世间,不离世间觉。离世觅菩提,犹如觅兔角。"(《坛经·般若品第二》)庸人误以兔耳为角,实际上兔子是没有角的。《楞严经》上说:"无则同于龟毛兔角。"所谓不可能存在或根本做不到的事情,慧能称之为"觅兔角"。维吉尔在《牧歌》中将根本不存在的事比喻为:"用狐狸去犁地,给公羊挤奶。"表示是不可能做到的事情。

也许,肖洛霍夫受到了这些大师的启示。

关于这个奇特的比喻,1933年曼德尔施塔姆写了一首诗《我们生活着,却飘忽无国》:

> 我们生活着,感受不到脚下的国家,
>
> 十步之内听不到我们的谈话,
>
> 而在某处还用尽半低的声音,
>
> 那里让我们想起克里姆林宫的山民。
>
> 他肥胖的手指,如同油腻的肉蛆,
>
> 他的话,恰似秤砣一样正确无疑,

他蟑螂般的大眼珠含着笑,

他的长筒靴总是光芒闪耀。

他的身边围着一群细脖的首领,

他把这些半人半妖的仆人们玩弄。

有的吹口哨,有的学猫叫,有的在哭泣,

只有他一人拍拍打打指天画地。

如同钉马掌,他发出一道道命令——

有的钉屁股,有的钉额头、有的钉眉毛、有的钉眼睛。

至于他的死刑令——更让人愉快,

还显出奥塞梯人宽广的胸怀。

超级谎言

在《解放了的普罗米修斯》中,诗人雪莱让冥府之神说:"深奥的真理没有形状。"进入到事物的核心,进入到诗,真理(事情、感情的规律)尤其是深奥的真理,往往无法言说,无从具象。

这样,谎言是真理的月经期。

这证明了真理仍然具有生育真相的能力。

如果没有了谎言,绝经的真理就成了绝对与绝念,真理不再（不敢）受到青睐。

但超级谎言根本不怕这些，它僭越了一切正义名目。

有限的梦

其实，我相信具有忧患的人均生活在悖论当中：凡是在现实中体现出惊人的自强状态之人，那么在梦中体现出的，就一定不再是一个超人的延续，甚至出现了自己最为鄙视那种的骨相，已经悄然与自己的内在完成了移植。悖论中复杂、微妙到必须记录的心绪，早已成为实体，成为繁复、暧昧的文体。

梦一如墨汁。通过墨的漫漶，墨并不一定是话语，不一定非要具有内容，漫漶是一种游走机制的表现。墨水的纸上漫漶与人生天地间的游走，恰恰具有同构性质。

记得一个青年时代的梦：自己在操刀杀鸡，然后拔毛，鸡在浑身流血，鸡在咯咯咯，但仍然剖开鸡肚子，结果流出来的不是血，而是墨汁。

古人说至人无梦，但梦境忽来，未必无兆。我50岁了，还是经常做同一个梦，梦见我从反弓弧度极大的悬崖跌落下来，悬崖光滑，像一个巨人的胴体背影，涂满了橄榄油，毫无着力之处。每一次梦，都会碰到那一面反弓弧度极大的悬崖，我根本无从攀登。重重跌落在堆满乱石的地面，我的骨头全部断了。我看到一只眼球在四处乱滚,脑浆流了一地,用手捧住它,装回脑袋。有几滴脑浆滑入嘴角,有一种樟脑的清凉与甜,像薄荷糖。

在尝到这一口感时,我醒了,感到浑身剧痛,汗湿重衣。同时,我觉出自己的新生。但还没有收回来的内脏,与沉沉的黑暗把我立即拉回到梦境里,我必须要赶在彻底清醒时分,修理好自己。这样的梦里,并不是每次都能如愿以偿,有些时候,我已经大功告成,突然一阵电话铃声把我惊醒,我不得不伸出还没有接好骨头的手,往床头柜上用力一抓,电话机哐当一声掉在地上……之后的很多个夜晚,我曾尝试找回这种感觉,但屡试屡败。我不知道,那些掉落在梦境里的手指,是否还在,是否还在兀自写作。我知道的,真实的死亡绝不会有新生的感觉,那时的我定对着自己诉说:哦,梦是反的。

当一个神迫近之时,我几乎没有什么生存的意志,我像小学生那样等候下课。但是它知道我手里攥着一个从梦境带出来的秘密,它让我打开手掌,它高喊的不是"缴枪不杀",而是用一个烟灰色的媚眼,命令我摊开手——

值得庆幸的是,我连手都没有啊。

如果把这个梦交给伊斯梅尔·卡达莱笔下的"睡眠与梦境管理局",他们能够分析出什么成分?我非常清楚自己的有限性,所以我才能活在当下,而不是寄希望于未来。

平胸时代的异峰突起

以前是这样,现在也是这样,将来估计也是一个模式——老师和家长总是这样告诫孩子:挺起胸膛,胸怀世界。

动机似乎很好,但那时的我似听非听。因为若再用力的话,如果不是刻意的波霸,那就是凸显本质主义的鸡胸。

保持高海拔是非常累人并且"雷人"的。有时可以发现,那些倒下来、用四肢爬行的人或物,因为没有一味采纳僵硬的姿态去表达人定胜天的勇气,他们反而四肢稳健地行走在众人的上空。如果他们偶尔一露峥嵘,简直就要肋生双翼。

这就是说,处在一个精神平胸的时代,含胸走路的人,又往往会被路人目测为心怀鬼胎的思想者,而且,还有点装逼!

马虻与刺猬

《论自由》是英国著名思想家约翰·斯图亚特·密尔最重

要的著作，完成于1859年，在西方社会被高度评价为"对个人自由最动人心弦，最强有力的辩护"。这早是共识，无须赘言。人们对自由的倾心与维护，构成了一个庞大的针阵，戳破了独裁者的皮囊。

一些知识人首先将这种苏格拉底式的"马虻"利器引渡过来，渴望中土也出现一个"刺猬式的集群"，知识人由此成为宰制、掌控刺猬利器的先锋。但麇集的刺猬并非马虻，马虻的确是个体的，是独一的，它复制、培育出来的后继者也是独一的，它的每一次折断都会催生一些因子。我看到，刺猬的主题诉求与芒刺之间并无直接利益关系，它们一遇皮囊即断，或者自行折断。挥刀自宫的众人倾心的，是性命攸关的利益与利害。如今的众人，早已经不是鲁迅先生在《野草》中《复仇（其二）》里描述的迷狂了，他写道："路人都辱骂他，祭司长和文士也戏弄他，和他同钉的两个强盗也讥诮他。看哪，和他同钉的……四面都是敌意，可悲悯的，可咒诅的。他在手足的痛楚中，玩味着可悯的人们的钉杀神之子的悲哀和可咒诅的人们要钉杀神之子，而神之子就要被钉杀了的欢喜。突然间，碎骨的大痛楚透到心髓了，他即沉酣于大欢喜和大悲悯中。"这是刺猬的芒刺，飞舞起来，杀死了刺猬自己。

"众生"一词甚妙，暗示活着才是硬道理，活得滋润更是无上真理。在实际生活里，众生并不需要自由，尤其是思想自由和讨论自由，他们需要的是侧重于生理成分的、娱乐的，盲人的美术，余秀华的诗歌。陈寅恪所谓"独立之精神，自由之思想"相辅相成，那是对马虻的精神扫描，既不适合众生，也不适合眼观六路、耳听八方的知识人。

如今的皮囊与时俱进，韧度与硬度高度适中，它不断抛出的利益让众人眼花缭乱，也让那些立志成为马虻的人心猿意马。于是，知识人一方面应付着实际利益的考辨，过五关斩六将，一方面退回到书写中，骈四俪六，以独立思想者的面目继续表达自己曾经的理想，让稚嫩的马虻们以为这就是思想家。毕竟，他们输出关于自由的梦想。一个言与行完全脱节的人，一个人依靠回忆梦想的文字，一个人着力于诅咒时局，这一定都与情绪与诉求有关，他们珠胎暗结，暗度陈仓，其言路无涉思想，也无关自由。

刺猬的刺被抽空，成为皮囊的生花妙笔。呵呵。由帮闲而贵，因帮忙而荣。再有闲暇，顺带烧一把冷灶。

冥想乌托邦的人，最后发现乌托邦并没有轰毁，而是它在演绎者的祈祷词里已经被彻底变乱，成为恶托邦。但是他们反戈一击，说，我要捍卫思想自由和讨论自由的权利。因为，他们还没有获足来自言说自由理应收取的利益。

杀戮是一门手艺活

从古代到近代，艺术与技术经历了漫长的时代才臻于统一，出现了很多技术大匠升跃为艺术大师的案例。在17世纪初期，艺术与技术呈现出分离的趋势。而技术与艺术的熔于一炉，需要艺术的本质来决定。这些议论本是常识，并不值得我们再来置喙。

但是，在战争、军事领域里，冒出了很多全天候的大师，他们体现出来的"军事艺术"或者"指挥艺术"，成为大人物们的左右手。当一件事情修炼出了美学风格，千年大蛇终于腾空而起，它还是必须遵循如下一个原则：技术是为了艺术而服务的，从而达到美的统一和谐。反之，艺术在创造作品时，又必须通过技术手段来实现。但是，无论是一件艺术作品还是一门艺术，都需要满足美的要求。也就是说，艺术、美学的最高宗旨在于人与自然的和谐统一。既然如此，指挥战争的人，是为了赢得战争，这个目的的宗旨显然与"美的要求"——"人与自然的和谐统一"完全南辕北辙。如果非要从杀戮的技术美学里寻找成功个案，古代的庖丁解牛与凌迟之刑就"美"到了毫巅。

战争是诡道，杀戮是门手艺活，它绝对不是艺术。无论是不损缺刀刃的操刀鬼,还是抽着烟斗踱步的指挥者。无论如何"颂圣",杀戮也不可能升跃到美学的境地。问题在于,这样的定语使用法,已经浸入了语言的骨髓。

所谓"至人无梦"

"至人"一词的威势如今已大不如前,它被空洞的"伟人"替代了。而在古代真人、至人、圣人、贤人等的赞美谱系里,"至人"跃升群伦之上,不可方物。"至人御风,契心元冥",乃是超人境界。

尽管古人标举"君子之道广,至人之性空",但世界上并没有从地上通达天庭的道路。一个人修炼到何等程度才配称为"至人"?此道显然不是"庶人"可以问津的。"庶人"奋力修炼,孜孜以求,一般而言练到中途会突然岔气,所以世界上的妄人要比过马路的青蛙多。

尽管《黄帝内经·素问》"上古天真论篇第一"当中,把上古的真人排在了中古时期的至人之前,认为是臻于最高境界,"中古之时,有至人者,淳德全道,和于阴阳,调于四时,去世离俗,积精全神,游行天地之间,视听八达之外,此盖益其寿命而强者也,亦归于真人"。但我以为,尽管都还是着眼于人,尚未成泥塑木偶,神仙也有梦,庄子之梦打开蝴蝶的翅膀，已经抵达梦境的天花板了，说明庄子还是人气蒸腾，因为他终于在人间醒过来了。可是"至人无梦"，就说明了其灵异之处。

辞典说得很明白，至人的意思有两层：道家指超凡脱俗，达到无我境界的人；古指思想或道德修养最高超之人。

唐代文学家蒋防（子徵）有《至人无梦》之五言诗（见《全唐诗》卷五百零七之十一）——

> 已赜希微理，知将静默邻。坐忘宁有梦，迹灭未凝神。
>
> 化蝶诚知幻，征兰匪契真。抱玄虽解带，守一自离尘。
>
> 寥朗壶中晓，虚明洞里春。翛然碧霞客，那比漆园人。

其实，蒋子徵非常推举有梦的庄子，认为庄子比那些精通"兵解"的仙道之辈更高明，就在于他可以神游太虚，却又具有安然回到尘世的脱壳技术。梦境文学是开启东方文学的巨犁，怎么可能想象没有《庄子》、没有《红楼梦》的东方文学呢？

但儒学、道学里的正人君子不会理会这些。他们渴望无梦的庄严。

可是，一不留神，万一有梦了呢？

南怀瑾《禅海蠡测》指出："有谓庄子曰：'至人无梦'，即误谓圣人皆无梦；实则，非无梦也，醒梦一如耳！苟绝无梦，何以释迦犹梦金鼓，宣尼犹梦周公、奠两楹。庄周梦蝴蝶，此岂非至人之梦欤！其义可深长思也。"

既然如此，"人"修炼到"至人无梦"，似乎是一张个人修炼蓝图展示的乌托邦。我明白"至人无梦"具有双重含义，一个意思是说"至人"即使在理性薄弱的睡眠中也不会失去身段与立场，一觉睡到大天亮；一个意思是指"至人"不做噩梦、白日梦、绮色之梦、想入非非之梦，永远在理性、自信的光照下运思或者展示事功，一心一意颂圣，鉴于拥有强悍的逻各斯，其自信、自在、自为的豪情使得他们总是能够安步当车，抵达成功，因而不必活在梦幻之中。

呵呵，梦算得了什么？也就是说，喜欢做梦，是处境不佳、乱想汤圆吃的形而下之人的安慰剂。典型的文化梦遗。

无论如何，至人也并非绝对无梦。《论语·述而》里，提及了孔子的宏大叙事之梦。孔子崇尚周公的为政，他从小就学习西周流传下来的六艺，掌握了西周的典章。他对西周的政治制度非常尊崇，认为西周社会是尽善尽美的大同社会，周公也成为他最向往的人物，以至于常常梦到周公。

"梦周公"暗示后人：梦境意识形态，一直是存在的。所以聪明的余秋雨说："孔子的梦是道义之梦。"

根据《黄帝内经》的至人定义，我以为，至人必须是没有任何物质压迫感的人，早早斩断三千烦恼丝，与世隔绝，也几乎不食人间烟火，坐地日行八万里，每日神游太虚，思考人间未来以及宇宙的命运。举手投足，也是发言玄远，言不及义。因为寡言，在仪态方面就必须是神龙见尾不见首。

在西语地界，梦的地位恰恰至高无上。但亚里士多德把天上的梦拉回到了人的身体内部，他在《论梦》里就承认"灵魂会在睡眠中给出意见"。

笛卡儿在《沉思录》中指出："没有任何确定的证据可以让我把清醒状态和梦境区分开来。"当停止思考就意味着"我"不存在，所以睡眠会以慵懒的舒适引诱思想止步，拐入岔道，去领略肉身囤积的愉悦。笛卡儿把心灵看作一种实体，因而充满灵智的活动必须是连续性的，不能有任何断流现象。笛卡儿认为即使在最深的睡眠中人们也不会停止思考。

我想，高度自信的东方至人绝对不会认同这种观念，即使有个体之梦，那也是一心思考人民与制度的未来，在梦里上下求索。我身边有极少数超级自信的人，他们天天乐观向上，每一秒钟都在奉献。我也曾经问过这些至人的初级版本，是否经常做梦？他们说，奋斗终生，自己很少做梦。他们的理由是，白天都那么辛苦了，席不暇暖，晚上还做啥梦呢？即使有，也是一心思考人民与制度的未来，在梦里上下求索……

这就是至人们以及至人初级版本者的梦境意识形态。

例外的自然有，比如张中晓先生。他的蜗居就叫"无梦楼"，唯一刊行的《无梦楼随笔》也因此得名，张中晓不是至人，他的"无梦"，王元化认为"含有抛弃梦想，向乌托邦告别的意思"。

"鱼肚白"的异托邦

近读罗马尼亚诗人卢齐安·布拉加箴言录《神殿的基石》，他对地平线的看法是："极目远眺，任何地方唯见深渊。"（《神殿的基石》，花城出版社，2014年4月，125）这一峭拔的见解深获我心。

我估计，卢齐安·布拉加看到的地平线，应该是在黎明时分。因为在那个晦暗而希望缓慢聚集地带，他一定遇到了一种被汉语标举为"鱼肚白"的神秘主义色泽。

但只要仔细打量黎明时分延宕的地平线，就会发现那里麇集着很多颜色，但唯独没有白色——无论是惨白、苍白、润白、淡白，都没有。其实，在阴天雨天时天空的颜色大部分也为鱼肚白，尤其是巴蜀秋冬时节的天气。地平线一如锯齿，山峦跌宕，或者水天茫茫，它们拥有山与水的层次，可以分出不同的重量隐喻。

无论是登临群山之巅，还是置身高楼大厦之上，日出都是一天中最纯洁的时候。我想，西西弗斯也该身披朝霞，推动他的巨石了。

我把注意力收敛一下，注视这个奇妙的"鱼肚白"。

古有"鸡冠红"指称一种如血之红的玉石。而诗人汤国梨（1883—1980）1978年在薛家桥的旧作《棹舟》诗"春水鸭头绿，夕阳牛背红。瓜皮渔艇子，摇出小桥东"，"鸭头绿"之外，"牛背红"一词异峰突起，给人耳目一新之感。至于还有象牙白、猪肝紫、乌鸦黑、鹅蛋青、鸭蛋黄、鹦鹉绿、鸦背青、猩猩红之类，不一而足。显然，"鱼肚白"恰恰也属于这类动物色彩学谱系。这些动物应该与古人密接相关，这再一次佐证古代先哲"仰观天文，俯察地理，近取诸身，远取诸物"的命名造句不是虚构的。

清人陈康祺笔记《郎潜纪闻》里，记录明末清初活跃于金陵一带的风雅名士，记了尤侗挽余怀的两句诗："赢得人呼'余杜白'，夜台同看党人碑。"而在"余杜白"之下，自注一行小字："鱼肚白，金陵之染料名也。"而诗中的"余杜白"是指明末时期金陵三位诗人，余怀、杜俊、白梦鼐。这分明是用"鱼肚白"的谐音。鱼肚白是明末金陵一带主流的服饰之色。先有染料，然后才有了对三位诗人指称的挪用。

那么，到底谁才是"鱼肚白"一词表指黎明天色的首倡者？

明朝山阴散文大家王思任有名文《小洋》《天姥》传世，《小洋》是难得的描写落日余霞壮美奇观的妙文，几乎囊括了黎明天色的色彩描述：

> 日益暮，沙滩色如柔蓝繲白，对岸沙则芦花月影，忽

忽不可辨识。山俱老瓜皮色。又有七八片碎剪鹅毛霞，俱黄金锦荔，堆出两朵云，居然晶透葡萄紫也。又有夜岚数层斗起，如鱼肚白，穿入出炉银红中，金光煜煜不定。盖是际，天地山川，云霞日彩，烘蒸郁衬，不知开此大染局作何制。意者，妒海蜃，凌阿闪，一漏卿丽之华耶？将亦谓舟中之子，既有荡胸决眦之解，尝试假尔以文章，使观其时变乎？何所遘之奇也！（《明清闲情小品（二）》，东方出版中心，1997年4月1版）

这段话的意思是：看到天空越来越暗，周围近处的沙地变成浅蓝、灰白之色，对岸沙洲全然是芦花月影，一片朦胧。群山也都成了老瓜皮色。而太阳落山的上空，又有七八片像剪碎鹅毛的晚霞，全是黄金锦荔色，逐渐堆出两朵云，竟然是晶透葡萄紫的奇异色彩。山中夜雾层层涌起，如鱼肚白，穿入出炉银红中，金光闪闪。此刻，天地山川，云霞日彩，烘蒸郁衬，像一个大染坊，却不知要染什么。我私下测度，眼前景色胜过海市蜃楼和佛光妙境，似乎露现祥云的华美。又像是为心胸荡漾、眼眶睁裂的舟中人以心灵之启，上苍赐予的自然文彩，使他们观赏景色随时变化的奇妙。为什么我遇到的景象是如此的奇异呢？

需要注意，"鱼肚白"一词出现了。这是不是首次被人使用？不好妄下定论，但王思任似乎是肇始者。

显然王思任是刻意写作这篇文章，目的就是渴望解决大自然色彩的描述。他在文末总结说："夫人间之色仅得其五，五色互相用，衍至数十而止，焉有不可思议如此其错综幻变者！曩吾称名取类，亦自人间之物而色之耳，心未曾通，目未曾睹，不得不以所睹所通者，达之于口而告之于人；然所谓仿佛图之，又安能仿佛以图其万一也！嗟呼，不观天地之富，岂知人间之贫哉！"

不看到天地富有，怎么知道人间贫乏?！其实，这是指文人想象与词语的贫乏。

我推测，所谓鱼肚白，大概与现在的淡蓝色相近，杂以白底。是微微发蓝的白，并不容易看出蓝色来。电影《卧虎藏龙》里周润发饰演的李慕白所穿的月白长衫，近之。这样的男人一身月白长衫，回头一眼，就足以让知性女人彻底沦陷……

有学者指出，西方色彩词在文学作品中的运用以比喻修辞和崇高、悲观的美感为主要基调，而中国色彩词的使用以象征修辞和优美性为主要风格。黎明在不同的眼睛里，颜色的确不同。汉语的"鱼肚白"，英语将其称为 rosy－fingered dawn，归入了红色。

西方人与地平线的哲学话题车载斗量，仅举一例：一次笛卡儿坐在自己屋前的台阶上，凝视着落日后昏暗的地平线。一个过路人走近他的身旁，问道："喂！聪明人，请问，天上有多少颗星星？"他回答道："蠢人！谁也不能拥抱那无边无际的东西……"

那么，笛卡儿看到的地平线，其实是希望，或者说是乌托邦。犹如詹姆斯·希尔顿写作《消失的地平线》，无论如何，他永远也找不到那个蕴藏着恒在生机与安宁的国度了。他们看不穿的，是汉语味蕾主义的鱼肚白。

但是，法国作家安德烈·纪德在《日记》里指出了一个奇特现象："鱼类死后，肚皮向上翻转并浮上水面。这是它们的堕落方式。"这就是说，有些堕落，是以"上升"的形态来完成的。这也许是所有堕落当中最危险、最可怕的一种了。

死鱼们齐齐浮上水面，波光粼粼，被第一道霞光熏染，似乎充满了不可预测的生机。也许，这才是西西弗斯新的一天。

并不需要的独特性

真所谓一花一世界，一叶一菩提。

著名哲学家莱布尼茨说过："世界上没有两片完全相同的树叶。"这话的隐喻是，世界上每个人也都是独一无二的，有自己的独特性。我并不反对类似反复出现在学生"哲理作文"当中的泛泛而谈！

因为彼此差异就那么一点点，就造就了难以穷尽的个体特性，就造就了那么多具有细微差异性的个性发展的理由，我疑心，这不是上帝创造世界的本意，只是他手抖了一下形成的误差。误差之间,藏匿着让你活下去的可能性。

多样性是一种幻觉。如果我们必须承认厚黑学也可以繁荣如同蓬勃的菌子,我们就更应该赞同,每一颗沙粒都包含的宇宙意识!其实,这是一种繁荣的障眼法!

尽管具备细微的差异性,这些石子最终是以铺路石面目出现的。所以有人就号召"铺路石"精神。

尽管具备细微的差异性,这些树叶最终是以落叶的面目而枯萎的。所以有人就号召"根的情意"。

尽管具备细微的差异性,这些女人最终是以肉体诈骗而著名于世的。所以,再没有人号召她们:努力下去也可以成为女皇。

反过来看,区别他们的细微个性是没有必要的,强化这些差异性,并不能构成丰富世界的意义。这个世界上最后有强者、弱者之别;更有一片树叶与森林之差;还有,水滴与大海的相遇。

在彼此类型化的归属之间,逐渐区分出事物彼此的合力的向度,所谓一花一世界,一叶一菩提,就成立了。

跑步随录

60岁的日本作家村上春树是一位马拉松健将,跑步三十多年，据说他很多奇思妙想来自跑步。跑步成了他的修行功课。其具有自传色彩的随笔文集《当我谈跑步时，我谈些什么》很行销，他的跑步言论，正在成为亦步亦趋者的"励志格言"。比如他说："痛楚难以避免，而磨难可以选择。积极地选择磨难，就是将人生的主动权握在自己手中。"又比如他说："至少在跑步时不需要和任何人交谈，不必听任何人说话，只需眺望周围的风光，凝视自己便可。这是任何东西都无法替代的宝贵时刻。"

啧啧！余生也晚，但我跑步与村上的领头羊效应无关。我开始跑步是在7岁，那是一个本不应该拼命锻炼的饥馑年月。依靠"发展体育运动，增强人民体质"的宏大理想，父母要求我每天一早起来跑步。肚皮里油水少，睡眠时间就比较长，我总是在昏昏欲睡的状态下穿衣出门，分不清柏油地面上堆积的是白霜还是月光，是雨雪抑或夜露……一个冬天在业余体校参加晨跑训练，饿了，到了体能极限，感觉到脑袋里发出齿轮摩擦的干响，还有铁锅炒河沙的声音，我倒地，但疼痛又让我立即站起，风一般向黑暗里冲去，伙伴们拼命喊，我毫无知觉，跑出去1公里才停步：咦，我怎么独自站在一堵墙壁跟前?!

感谢墙壁啊，头撞南墙才让我回到现实。

我跑步一直坚持到高中阶段。四十多岁又开始重操旧业。其实，我跑步，一来不是为了做哲人状，二来也不是为了延年益寿。跑步就是跑步，跑步就是无聊、枯燥、乏味、重复，少想鸟，和退休与否之类事情。常识告诉我，体能越接近透支，大脑就越接近一片空白，两者关系成正比。这是一片华丽的空白，乳白，有点儿像我童年时节跑步经常遭遇的白霜。平素它不属于诗人的想象空间，想象力也无力涉足于此，一旦冒险涉入，很容易在稳健的中年趔趄连连，丧失立场。每想到此，我就有些庆幸：童年时节我昏沉地奔跑于街头，却从来没有滑到。我不过是在坚持，坚持重复，而今迈步从头越，坚持不倒下，坚持不出现幻觉，坚持到坚持。

如今，我与童年的跑步时间刚好颠倒过来，现在跑步均是在深夜，一个人在路灯下追逐自己的影子，怎么也追不上。就像我面对失去的一切，不应该去看，看多了伤心，更不要去追。为此，我就干脆陷入黑夜，像一滴回到黑暗的墨水。饱吸雾霾也罢，饱餐夜露也罢，我根本不在乎。跑着跑着，听得见自己的呼吸声，可以联想起一些"他者"，"他者"吹气如兰的往事、吹气如烂苹果的往事……可是发现自己的呼吸声越来越难听！逐渐的，就听不到什么了。剩下来的，就是跑步。我偶尔会想起一起跑步"圣经"，比如，"跑步进入精神均先极大丰富的时代"，近来有学者顺势而导之，提出"跑步进入后自由时代！"为什么不是乘坐火箭呢？我很不解……我一般跑四五公里，绝不停歇，就像一台发动机进入了稳定的怠速运转，这种节律一旦找到了，我就减速，再加速，最后熄火。

很清楚，我还有足够的勇气坚定地奔跑下去。筋疲力尽的时候，抬头看看远处微弱的灯光，就像我的肺叶在兀自抖动。人是如此恐惧黑暗，但我分明就是在黑暗里奔向黑暗的。

大汗淋漓，一步三摇，一片空白，木头木脑。多好啊。

美国古典学家玛莎说过："律师们喜欢打网球和壁球；而哲学家喜欢跑步。"至于诗人、小说家喜欢什么，我其实一直不清楚。不清楚就不清楚吧，反正，作哲人状的跑步已经成了一种时髦。

从不跑步的卡夫卡步履稳健，一直匿身于厚厚的窗帘后窥视着奔跑的世界。他写过一个短章《跑着的过路人》：

> 晚上，我沿着胡同散步，胡同是一个上坡，那晚又正是个圆月之夜，所以我很清楚地看见一个男人从远处向我跑来。即使他是衣着褴褛的、软弱的，即使他后面有人跑着叫喊着，我们不会抓住他，而是让他继续跑着。因为那是一个晚上，我们不能肯定，我们前面那段胡同一定也是一个上坡，再说，后面跑着的那个人能说不是追赶者找他聊天吗？说不定这一前一后跑着的两个人还在追赶第三者呢！或许第一个跑着的人是无辜地被第二个追赶着呢！也有可能后面追赶的人是个凶手，我们要是抓住第一个人，岂不成了同案犯吗？也许这两个人还并不相识，他们只是各尽其职地跑回家去睡觉；还可能两者都是夜游神，说不定第一个还带有武器。终于，我们不再感到累了，我们不是喝了这么多酒吗？高兴的是，我们再看不见第二个人了。

一句古话说了，当局者迷，旁观者清。其实呢，跑步者迷，旁观者惑。他们彼此理解的世界也许不一定是非要向前的，也许他们倒退着跑向了往事。

所以，我说过，我的跑步既没有锤子和艳遇，也没有哲学。当然了，我绝对不会提供什么格言供人"励志"。

有一天，我跑过海口市的一个拐角，与自己撞了一个满怀。

2017年4月，我到海南岛参加《天涯》杂志举办的笔会。当晚入住海口市内，宾馆距离骑楼老街不远。我在街头慢跑，由于街区灯火辉煌，我目迷五色，被灯光解除了武装，反而失去了跑步的道行——

我跑累了。在骑楼下吃地雷一般的椰子
月亮比地雷更圆
夜风把月亮的椰汁撒满街区
我看见我，一个很像我的少年
比我更帅气地搂住了一把纤腰

他用手梳理乱麻
举起藏匿在掌中的落日
发出昏鸦的欢叫
他在风里转身讨好黑暗
把三十年光阴抱在怀里

他的卷发遮住了另外一个轶事

女脸像椰子上砍开的缺口

泻着月光和霜，也流淌椰汁

我从蒋蓝身边跑过

他们挪开身！他说，你好

我说，兄弟：借个火！

因为有了这一次经历，我后来夜跑时，就戴上了发箍，外加战术头巾。一跑起来，很像高原上的战士。

醋酸面料的祛魅与赋魅

醋酸面料俗称醋酸布，又叫亚沙，是英文 acetate 的中文谐音读法。醋酸纤维以醋酸和纤维素为原料经酯化反应制得的人造纤维，属于人造纤维家族的醋酸纤维，它最喜欢对丝纤维予以比学赶帮超，这是日本三菱公司采用先进纺织工艺制造而成，色彩鲜艳，外观明亮，触摸柔滑、舒适，光泽、性能接近，甚至超过了桑蚕丝。

鉴于女性对于身体的敏感度大大高于男性，波伏瓦在《第二性》中认为:"华丽衣裳的功效之一,是满足女人触觉上的欢快。"女性在着装上对身体的认同经历了三个时期:忽视身体、重视身体、超越身体。在我看来,桑蚕丝尚在紧紧捍卫前两个阶段。而醋酸面料与"莱卡"一样,代表着个性、自由、逼视、出众的伸展性与逾矩,既含有逸出个人氛围的身体政治,更包含超越身体的出轨意图。

这是我们经常注意到的一个景点场景,身着桑蚕丝长裙,并拥有繁复褶皱与花边装饰的女人,往往是宴会上的女王,她们会与桃花心木家具、红酒、手摇电话机和悬挂汽灯的马车融为一体。这是桑蚕丝本身所具备的官室气韵,悄然加身于主人,从而使之获得了她并不具备的高贵。当然,任何事情均要付出代价,那就是身着桑蚕丝的女性,年龄一般会被蚕丝悄然修改,她们成为目不斜视、持老庄重、内外兼修的榜样。

中年女性明白此理,她们走的是减龄、装嫩路线,岂能被繁复的褶皱与花边捆绑。她们的三醋酸紧身长裙,甩掉了褶皱、流苏与花边,在明媚的灯光下,极强烈的身体反光,由此产生的无摩擦力的欲望倾泻,足以让宴会上的女人黯然失色。在电影《007系列:幽灵党》当中,蕾雅·赛杜(Léa Seydoux)在列车上的那一袭淡蓝色醋酸长裙,就完全达到了这样的趣旨。

醋酸面料可以笑傲真丝,在于它的挺括与不知疲倦地凸凹有致。同时,醋酸面料拥有一袭奔流不息的水银,让桑蚕丝疲于奔命,不得不在较量的间隙大口喘气。醋酸面料往往可以增加一个女人的颜值与情商，进而赋予她们伶俐的气质。桑蚕丝一味簇拥庄重，往往沦为权力中人身边的装饰物。就是说，桑蚕丝逐渐成为权力的蕾丝。

反观身着醋酸面料的女人，她们会让我们想起摆脱了城市礼仪的荒野上，逆风奔走的摩托引擎的嘶吼；想起劈开波浪的快艇上的傲立者，那是一面挑衅制度的旗帜；想起在晚会上突然从一道暗门或窗户出走的决绝身影……醋酸面料本身携带的后现代性，就决定了穿着者不再是女红的制作者，而是掏出毒药或袖珍手枪、解码器的人。就是说，选择醋酸面料的女人，大都渴望出轨，进而拐入诡道。

鲍德里亚的观点是，符码逻辑毫无疑问地主宰了身体，身体不幸成为全套消费品中最美丽、最光彩夺目的那个商品，同样遵循着消费社会的编码秩序和编码规则。身体于是脱离了主人的感官体验，幻变成"更加光滑、更加完美、更具功能的"蕴含着"时尚""地位"等符码意象的皮囊。从外在表现形式来看，身体没有消费什么，只是承载了时尚、美丽的符码。

对此我不完全苟同。女性尤其是身着醋酸面料的女性，还在于她们既体现出后现代消费，又保持了身体政治的多重意义。醋酸面料的韧性，暗示了主人在遭遇激情的撕扯之际，不会像丝绸那样轻易就范。它就是一面摊开的金属，外层的觊觎者，遇到了无从隔空打望的密实。这也让金属内部的身体暗自神伤。

有位老作家听了我的这番话，想了一下说："桑蚕丝让我想起了黑格尔，醋酸面料呢，让我想起了尼采。"

"后一个，应该是福柯，或鲍德里亚。"我补充道。

被堵死的终南捷径

在慢节奏的农耕时代，对于一个急于出头的知识人而言，寻找终南捷径并不可耻，可耻在于他们利用了"豹隐"的道具。学成文武艺，货与帝王家，这成为他们振振有词的底气。极端语境下的知识分子已经不耐烦于绝望孕生希望的"豹隐"过程了，他们大踏步地把幽微的终南小径踩成了康庄大道，通过侮辱知识、侮辱道义的大词壮语，迅速博取了门卫的好感。他们提供的第一个建设性意见，就是自此之后，堵死终南小径，只开狗洞，成为有用之才出入的唯一通道。而那些置身隐居山巅、窥视官阙的人，顿生绝望，由此成为斗争的理由。

将禁锢的枷锁予以粉饰，视作自己通过独木桥的保护链与安全绳，并四处现身说法，这在中国知识分子身上，是其变废为宝的道德革命。

拒绝泉涌的趵突泉

我前后去过三回趵突泉公园。一次去时，泉水涌起一尺多高，玉手在虚无中摘叶飞花；另外一次看见泉水小了，状如地涌金莲。2015年7月这次去时，泉水安静，纹丝不动。水池边围满了开锅的脑袋，愤怒滔滔，就像在举行圆桌会议。

这一幕，让我想起卡夫卡笔下的吊诡之作《塞壬的沉默》：塞壬是冥界的追魂使者。相传塞壬是冥王所劫的冥后珀尔塞芬的女友，未能尽到保护珀尔塞芬的职责，被罚变怪形，为亡魂向冥界引路。鸟体女妖在某些传说中是勾魂的使者，进一步显示了两者间的可能关联。卡夫卡要展示一种"卡夫卡困境"，他悄悄改变了神话的情节：第一，他揭穿神话的谎言；第二，塞壬从歌唱突然变成了无边的沉默；第三，卡夫卡笔下的奥德修斯比神话中的奥德修斯更加狡黠。但是，更狡猾的还是卡夫卡。因为在判断塞壬是否从勾魂演唱而变成沉默凝望时，他用了几个"或许"来连接自己的判断，就是说，他利用了几个"或许"的水中石头，踏水而行，他就蹚过了悖论湍急的域场。

在我看来，塞壬突然决定放弃自己的拿手利器，改用她们不大擅长的秋波播散术，她们在这次情欲的改良尝试中失败了。

趵突泉平静如水。哦，在想象中的趵突泉应该不是平静的，涌现不出三尺高的香肩与削背，起码也会有白莲渐次打开。就是说，它必须永不停息地翻卷和供奉。但是，趵突泉像那个西西弗斯一样，突然停止了。来自冥河的暗流，在阳光下以灵泉的名义构成了一片水域，镜子一般返照泉水的过去。

愤怒不已的脑袋晃动，脑袋的倒影浮在水面像本末倒置的冬瓜。我进一步发现，原来冬瓜根须是可以长在天上的。

沉默是事物转身之际的突发奇想，也是事物摆脱自己与环境的唯一方法。

气温高达40摄氏度的下午，趵突泉躲在凉爽的水下，看着上面的脑袋，它决定不再为它们冲凉。

蜀乃是孤独

在关于"蜀"字的若干释义里，我倾心于蜀是"一"的意思，也是"独一""独立"的意思。这无疑与一峰峭拔的峨眉山和一山横贯天际的瓦屋山有关，可以将峨眉山看作是竖写的"1"，可以把瓦屋山视为横写的"一"，我认为，这两条线恰恰构成了一个只能属于蜀地的时空坐标，蜀是专指孤峰独秀之山。

最早的蜀王名为蚕丛，所以一般辞典均从"虫""蚕"之说。但"蜀"字还有另外的含义。《管子·形势》"抱蜀不言，而庙堂既修"，这里的"蜀"是什么？唐代尹知章的注释是："蜀，祠器也。君人者但抱祠器以身率道，虽复静然不言，庙堂之政，既以修理矣。"就是说，他对"蜀"理解为庙宇祭祀使用的礼器。清代四川才子李调元不同意，在《卍斋琐录》卷八指出，这里的"抱蜀"应理解为"抱一"，根据是汉代扬雄的《方言》："一，蜀也。南楚谓之蜀。"晋郭璞注："蜀，犹独耳。"《尔雅·释山》也讲，山"独者蜀"。

蜀，就是孤独。

"孤独"是古词，在《礼记·礼运》的《大同篇》有这样记载："……使老有所终，壮有所用，幼有所长，矜（同鳏）寡孤独废疾者，皆有所养。"意思是说：让老人各有适当的归宿，年轻人各有一定的施展之处，年幼者各有赢得的成长条件，鳏寡孤独和废疾的人，都有受到赡养的权利，这是儒家规划的天下大同蓝图。

孤独的妙处是唯一的，在于上苍提供了时间和空间，允许一个人慎独地完整自我，这是一个人的修行。精神分析学认为，孤独就是拥有超强的自我意识，对自己的持续注视。群山环抱的蜀地，自古唯有鸟道纵横。闭塞的空间里，心向往之的人，唯有打开想象的翅膀，就像一个"非"字，成为空中的大鸟，把一切"天问"在天空铺开。而这一切不可能得到全部解决，在持续关注自己、关注天空的过程里，省思就是孤独的影子。或者说，思想就是孤独之花。这也可以解释一个现象，为何四川气场里总是回荡着一股朝天辣椒般的激情与烧酒的火力,进而彼此龌龊;一出夔门天地宽,他们反而露出了本相……

因为从事田野考察,我经常穿行在蜀国的过往时空里,可见很多表情木然的老人在村口大树下枯坐。尽管他们生命的灯芯已经不长了,可是他们挥霍不尽的就是时间。不禁想起雨果在《笑面人》中说过的一句话:"孤独是文明所允许的野蛮人的缩影。"蜀地自古为偏远之地,"西南夷"乃是它的他省形象。但孤独根本无须"文明"来允许,反过来说,孤独恰恰是文明必须通过的一门功课。孤独是一道窄门。我站在山腰,在略略带有一股大粪味儿的山风里,会看到杜鹃的身影,慢箭一般悠悠飞过……

第二辑

火与蛙

飞鸟横断

1. 鹭立鱼潜，蜀国天青

我是固执的，一直把《诗经》视为一个动植物自在而愉悦的世界。"周颂"当中有《振鹭》："振鹭于飞，于彼西雍。"以舞蹈翩翩的白鹭喻示来朝且祭的贵宾，说这些贵客像白鹭一样优雅、高洁，足见白鹭近距离地参与了周人的生活，成为礼仪的榜样。《诗经》还有这样的句子："振振鹭，鹭于飞；鼓咽咽，醉言归。"据说自此之后，鹭鸟摇身一变成了鼓精，能够跃升为礼仪重器大鼓的精魂，可见鹭鸟突入崇拜的身影。到汉代，用以作为鼓饰的图纹，便是白鹭了，因而《乐府诗集》第一支鼓吹曲就是"朱鹭"。

在西南地缘，古蜀时期的鱼凫部族，便以鱼鹰为图腾。但"凫"字之意无须理解过于狭窄，凫在先秦时乃是包括了鱼鹰、野鸭在内的水鸟名称，为"凫属"，可知凫甚至也包括了鸳鸯等水鸟在内。然而，凫在先秦时竟然还是凤凰之别名。可见，凫鹭不仅是实有的寻常水鸟，也是神鸟之别称。

仔细观察鹭鸟的飞行姿势,它的双腿长拖于身后,足趾叉开,这与金沙出土的"太阳神鸟"的造型完全一致。黄河文化的太阳鸟是金乌,蜀地的太阳鸟是白鹭。所以,不要把西蜀的"太阳神鸟"附会为黄河文化里的"阳鸟"或"金乌"。它们回环于蜀地山水间,鹭鸟以洞悉鬼魂的眼神,成为蜀人的精魂。

黄昏时分,是锦江水面最为恬静的时刻,从树巅倾泻而来的夕光,开始在丝绸的水面淌金。白鹭忽闪着翅膀栖息下来,水墨画一样的简净淡雅。白鹭立在水边长久冥思,成为隐士们的榜样。在它的身边,则是穿行在千年律诗里的那一叶扁舟,终于用一束渔火,放大了白鹭梦一般的体形。我们不但目睹了杜甫的白鹭,也看清了李白的白鹭,而刘禹锡的白鹭儿与白居易的白鹭彼此交错而飞,在历史的水面撒下了365天的樱花、报春与细雪……

在锦江望江楼一线,刚刚出水的小鹭鸟白得发亮,拳一足,栖立于泥滩上,所谓"独钓江涛",就显示了它们的狡黠。游鱼与白鹭,在沉默中成为一组吊诡的命题,白鹭与游鱼就仿佛彼此守望的银锭。在夏季,白鹭的体羽几乎是白云凝聚而成,双翅却带一点微黄,如同从一团白铁里抽出来的利刃。大多数水鸟的尾脂腺能分泌油脂,它们把油脂涂在羽毛上来防水。鸬鹚缺少尾脂腺,它们的羽毛防水性差,身体很容易被水浸湿,不能长时间地潜水。白鹭翼极狭长,脚上长蹼,后弓明显,翼面在腕处折屈,善鼓翼慢飞,喜欢在水域低空以短距离滑翔。在每次入水被浸透以后,它们要站在岸边晒太阳,待羽毛晾干之后，才回到水下。

蜀天多云，蜀犬吠日。每到隆冬时节，成都的白鹭并不南迁，它们仍然在逆风里打开精瘦的身体，仿佛骑帚飞行的上师。经常看到它们飞上几十个来回也一无所获，也许饥饿刺激了它们斗争到底的欲望，就像一架韧性十足的反潜机，终于在力竭之际命中了水下的猎物。

更多的时候，我见到的白鹭，往往都无精打采弯着脖子，金鸡独立，仿佛一把休息的弯刀，这种策略拯救了它们的性命。周围是自由的风，流动的水，高敞的天空，无边落木萧萧下，它们被某种大限系住了脖子。白鹭懒得抬头，梦在水里融化，宛如破水的刀。但刀在水里，就像被水，折断了一般。白鹭不但构成了一个现代城市的田园之梦，更让我发现，自由与自在，均在振翅与收翅之间明灭。

有"小东坡"之誉的宋代诗人唐庚，其诗学苏轼，遭际也与苏轼有些相似。贬居惠州期间写有《白鹭》一诗，他从白鹭里看到的却是重重危机："说与门前白鹭群，也宜从此断知闻。诸君有意除钩党，甲乙推求恐到君。"相由心生，景由心造，果然。

2. 白鹭

一只白玉色的鹭鸟，穿过低云，笔直地溅落成都锦江！它的颜色逐渐发绿，像一块氧化的青铜，带来一抹古蜀天青。鸟儿体内似乎有一盘力道十足的机械发条，驱动着鸟儿的嘴喙深入锦水迷乱的腹部。水波像鲫鱼那样聚形，像鲤鱼那样摇曳，也像乌鱼那样挣扎！可是，当嘴喙从锦水里收回，鸟儿仅仅带起了一串水滴。也许白鹭在水下完成了欢娱，也许它仅仅是挥写了一种想象。

不知道什么原因，鹭鸟没有放弃，用双爪抓紧水体，它打开羽翅，晃晕了天空，鹭鸟的体型在水边膨胀，最后像鲲鹏那样打开如云之翅，拍动。硬是把整条锦江提了起来，并达到了梦中的高度！

这样，置身于成都锦江两岸的人，才得以看清，锦江原来是一条流质的闪电，鹭鸟则是闪电的手柄。

3. 斧头的质地

为了越过最高的山巅，鸟儿提前做了多种准备。

鸟儿已飞翔了几千里，身体变得很轻。轻到不易接受地球的重力。

有鉴于此，卡尔维诺在谈到自己的创作时，说他一向致力于减少沉重感，并把"轻逸"一词作为最珍贵的礼物送给新千年的写作者。其实，"轻逸"是要抛弃体力的。

气流仰攻山巅，形成了一条坡道。鸟儿顺势而上，它们最后一丝体力从翅尖漏走，被气流带往一个一个的冰凹。鸟儿仍然展开空空的翅膀，不再动弹。

不动，就是鸟的在场。气流抵达临界面，凝结为云，将不可见的腰身玉体横陈。鸟必须与流云达成一致，把羽毛拉长为拨穗的经幡。几次蛇行之后，它们从巅峰的垭口流泻而过。似乎不是飞过的，倒更像是垭口在阳光下蒸腾起来的云气，由此，鸟影成了旗云的旗穗。

在更高处，气流飘然至上，铺开了网格状的大云。鸟儿知道，高处不胜寒，高处缺乏氧气和自由，必须折返大地。

这样，鸟儿终于从回忆中醒过来。收拢翅膀，不再随波逐流。鸟儿入云瀑一般俯冲下来。灰白色的鸟影，脱离了云的阵营，显现出斧头的质地。看上去，让我想起直赴梁山的水浒英雄。

4. 一个轻若鸿毛的下午

几天前的一个下午。我在楼道顶天立地的玻璃幕墙下，发现了一只死麻雀。走道里回荡和谐的风。它刚刚死去。脖子折断，微热，轻若鸿毛。

问题的核心，正如诗人保罗·瓦莱里所指出的："轻应该像小鸟，而不是像羽毛。"

今天下午，我路过这面玻璃幕墙下，又见到了一只迷路的麻雀。它急于回到天空，可惜它怎么也无法回到鸟儿与花朵的鸣叫中。麻雀飞扑着玻璃，它想象的飞翔总是从玻璃上滑落。

接着它再一次飞扑，碰撞又滑下来。

走道里回荡和谐的风，我试图过去帮它一把。麻雀拼命扑向想象的高空。在坚硬的天空之墙，它终于折断了脖子，跌落在中途。它滑下来，与我前天见到的那只麻雀一样，前赴后继的位置。微热，轻若鸿毛。

比一团卫生纸还要轻。

玻璃上，留有很多登踏的划痕。鸟儿的身体变成了一些浅黄色的液体。

唯有这样的赴死方式，让我眼含热泪。而且，我绝对不会再贸然施以援手，去加剧鸟的徒劳挣扎。但观看一只鸟的陨落，我二十年没有找到答案。

5. 蜀国的枝头

"恨别鸟惊心"的余绪是，我从木芙蓉花大面积跌落的风雨空隙里，看见乱飞的鸟儿，再一次，像菊花那样飞起，站在了蜀国芙蓉的枝头。

凝露为霜，霜如银。在晨光下变成了一滴一滴的时光残液，从容自瓦檐落下。夜露滴落的声音，将鸟鸣溅湿，鸟鸣翠绿而蓬松，如山野的万竿修篁，如西王母的发饰。我方知道，夜露流过的方式与姿势，与雨完全不同。

6. 落单的鸟

在《曙光》的最后一则格言里，尼采写道："勇敢的鸟儿成群结队，飞向远方。我们的所有伟大的导师和祖先最终都在某个地方停了下来，精疲力竭，姿势可能既无威严也不优雅：这也将是你我之辈的下场！但是你或者我又算得了什么！其他的鸟儿将展翅飞向更远的地方！我们的这种信念和希望随着它们的翅膀上下翻飞，飞上了云端，飞向了远方；它超越于我们自己和我们自己的无力之上。"对于尼采来说，这只落单的鸟儿飞过的地方无疑是虚无的，因为落单的鸟儿脱离权力，它即将到达的任何地方也必将变为虚无。虚无主义不会容忍任何价值形态永远占据他的地盘。

现在，我在茫茫大海上，目睹了一只落单的鸟儿越飞越低，一如卡夫卡所言"鸟儿翅膀耷拉下垂"，造成了云层的松懈。

鸟渐渐看见海面上出现了一道身影，就像一根树枝将黑暗挡在胸前而留下的影子。那不但是摆渡黑暗的桥梁，也是超度劳累与疲惫的冥河之船。鸟儿翅膀一松，终于站在了枝条上……

这是多次在我梦里上演的场景。我每次惊醒过来，一直没有在枝丫撑起的天空，发现那只鸟。

其实，鸟儿的确就站在自己身影的枝条上。

多么像三十年前来到成都的我！

7. 鸟在空山、远山而横断

鸟是空山的大师。

鸟儿也是空山的人民。

如果空山不闻鸟鸣，空山就显示出主语的失语，主人的失踪。空山就趋于荒芜性质。如果再无一只急射的鸟影，似乎暗示空山已经被天光遗忘。绿水青山一律木头木脑，流水潺潺，进一步逼显了空山的荒谬。

空山鸟鸣，既是鸟儿的自我叙述，也是空山得以显现的最佳方式。因为鸟鸣在空山中获得的起落与回声，恰恰也是由鸟鸣到鸟语的唯一生成之地。

山与鸟儿共有的语境，在秘密与清朗、玄奥与灿烂的转折里，在鸟儿自我揭露的过程中，由于山的过度呵护，鸟儿就像无解的谜语，让很多诗人闻鸟儿落泪。

空山的空，并非空寂、空旷、空无，不是空空荡荡。空山的空位充实、盈满之际自然漫延出来的天籁，鉴于天籁无声，所以化作一道鸟鸣。

唯有在鸟声打开的亮光之下，我们才能目睹空山乃是充盈之山的本质。

被空山抛弃的山，鸟不拉屎，是死山，是假山，是人工堆出的一个工事。不是空山，也不是远山。

远山之远，不是空间距离赋予的模糊，而在于处于一种憧憬心态下的朦胧心像。远山因为鸟影的起落，因为鸟影提拽远山的如云之翼，远山欲飞。

远山欲空山，成为鸟儿摆渡生死的场域。而鸟儿也成为厘定远山欲空山的一个觇标。

恰如法国哲人布朗肖在论及儒贝尔时讲的一段话："空间的空洞，空间不再浓缩而成，而要通过减法减到破裂然后大放光芒。"（《未来之书》，南京大学出版社，2015年11月，85）

8. 鸟爪

鸟儿向蝴蝶伸出了爪子。

蝴蝶感觉到了一股阴风。在鸟爪的伸与缩过程中，蝴蝶已经变化出48种以上的应变策略（这一数字提法，是鲍尔吉·原野一次与我谈话时，脱口而出的急智）。宛如色身涌立、法身遁去的立体主义画作，构成了一个伪命题。

蝴蝶是搅扰时间的妖精，它在低空挽出了很多绳结，但这并未能阻止鸟儿的追踪。蝴蝶于花丛的蜂腰穴位飘然而入，鸟儿失去了芳踪，蝴蝶就此脱离了威胁。但鸟儿用嘴喙让花丛感到了痒意，花枝乱颤……鸟儿将自己拆卸开来，独剩一副角质化的嘴喙，火钳一般暴伸，夹住了蝴蝶的命门。看上去，犹如一个成熟的大命题。

9. 鸟篆体

　　鸟儿从来就是散漫的，每当我看见鸟儿在温江的金马河边沙地觅食，其足迹的鸟篆体，也可以理解为是对自由的最好脚注。水浪从来就没有去擦拭这一神示，它们总是被风拓下来，带往天上。

　　鸟可以站在树枝上，或房脊上。一当鸟儿们呆立于一根电线上，鸟就像被一根铁丝串起来的猎物。烧烤吗？的确让我想起用钢丝穿过锁骨的罪犯。

　　我的意思是，无论多么高洁的形象，必须拒绝毁灭形象的语境。也仿佛一个在公众面前签名的美女，人在不断开花，字并非鸟篆，的确是鸡爪疯的制品。

10. 大鸟

　　逆光下，翻过山口、正在熔化的大鸟——
　　比黄金还要纯粹。

11. 高与低

一只鸟把天空越抬越高,并不是为了展示自己的渺小。

一个人把嗓门越吼越大,并不是为了替代高音喇叭。

只有当一个人的身位越变越低,他才是一心渴望回到低处——不是充当铺路石或者垫脚石,而是直接回到低处。这样,他才可以放心地打量天空,以及那只鸟儿写下的墨迹。

12. 跑步随录

黄昏时分,绝大部分人尚沉浸于晚餐的酒意,我不会放过这最为安静的时刻,我会沿着府河跑步。

一出三环路,府河一线更为安静,而习惯性飘起的细雨会进一步驱逐散步者。唯有水边的白鹭与燕子、麻雀,成为这静谧时分的独享者。我会停下脚步,观望立在水边的鸟儿,以及远方落日熔金的晚霞。它们与我一样,呆望着融化在水面的夕光,一动不动。

细雨早就停止了。夕光逐渐变红,由制式的刺眼比喻,回到了生活的暖意。鸟儿的身影反而像拒绝被渲染的绝缘体,停留在红光荡漾的边缘之外,可也不会太远。鸟儿是看客,不是主流的表演者。

我逐渐意识到,从天空回到水边的鸟,似乎才是时光轮转的把手开关。

那一根嘎嘎转动的发条呢?

突然几只惊飞起来,府河就出现了一个骚动的缺口。既有红光溢出,也有天光下泻。而地上的黑夜,被鸟儿飞离的身影带动,地泉一般咕咕涌出来……红与黑,就这样达成了同盟。

人们称之为世界的东西,将从我们的头顶,笼罩下来。

鸟儿既无所谓府河荡漾的红光,证明了它们并非趋光动物。一般而言,趋光动物都有甲、有壳,很像劳动着的、大口吃饭的人民。甲壳可以保护他们异常脆弱的身体与内在。可是更为脆弱的萤火虫逃得远远的,在纯黑的环境里酝酿幽暗的自足系统。鸟儿梳理羽毛,羽毛怕火。羽毛在暗中聚光而妖冶。

鸟儿也无所谓自大地萦萦而起的黑暗,证明了它们并非一味舞蹈的可怜虫。

鸟是天使。因为天使不需要希望,但也不需要惧怕。

鸟儿飞翔的高度既高于希望,鸟儿的谦逊与匿身,也低于恐惧的水平线。

游弋于希望与恐惧之间的这个世界,其实是无从打量鸟儿的起落与踪迹。鸟儿背对这个世界。当然,它还背对观察它们的我。

13. 蛰伏于乳峰之间

埋伏在两朵花中间的鸟儿，像处于乳沟深处的一只手，因为无法做出攀登哪一座乳峰的决定，它就一直处于首鼠两端的兴奋状态。时间一长，鸟儿被自己的犹豫折磨得不停颤抖。

14. 鹊起

名声不能像大鹰轰然展翅，那过于惊世骇俗了。声名鹊起，指的是名声如喜鹊那样登枝，那样捷足而飞临。出处是《晋书·孙惠传》："今时至运集，天与神助，复不能鹊起于庆命之会，拔剑于时哉之机，恐流滥之祸不在一人。"清代李斗《扬州画舫录·新城北录下》："先在徐班以年未五十，故无所表见。至洪班则声名鹊起。"

喜鹊拔得了头筹，道德家们而非采用更为寻常的麻雀用以比喻，在于喜鹊具有突变、惊飞的本能。宋代陈与义的诗《道山宿直》里，就有"离离树子鹊惊飞，独倚枯筇无限时"的句子。

我想，声名鹊起，之所以并不选取更为凶猛的隼鹰之类，是人们看重了喜鹊的另外一面并不激烈、不走极端的鸟性：施施然，就像小姐道了三个万福。所以，名声应该是在舒缓的、漂亮的、半推半就的、礼仪性的等待里从容而盛开，从容而来。

当代人受不了等待的煎熬，受不了喜鹊对于名利极可能丧失机会的半推半就语态，他们不需要鸟性与持续性礼仪，他们兔起鹘落，只注重一夜之间暴得大名。

可见，喜鹊与名声是相互保管、相互对应的，是门当户对。这样的等待，不再是寻找时间之水中的岛屿，因为等待就是时间的水体。

等待中的名声，是由暗礁崛起公众视野里而成的岛屿。等待就不是一味坐等，暗中的持续运作是等待的真实性原则。于是，等待机会的人，最后将岛屿修炼成了码头。

鹊，其实是一种特别喜欢鸣叫的鸟。篆文异体字的"昔"，是拟"嘻"的声音，进一步表示这种喜欢"嘻嘻"噪叫的鸟，用声音显示了它的喻示，成为人间学习的仿生学榜样。看来，坚持无边的聒噪，才是声名鹊起的实质。

而在我眼里，鹊字也可以理解为"昔日之鸟"。公输子削竹木以为鹊，成而飞之，三日不下，可见喜鹊的确还具有稳住名声的表演技能。而让"昔日之鸟"继续奋飞，成为"明日之鸟"，个中就藏有太多的计谋与秘密。

15. 真空里的飞翔

康德指出:"一只轻捷的鸽子分开空气自由飞翔,感觉到了空气的阻力,它或许会想象,它在真空里将飞行得更为轻快。"有鉴于空气的阻力就是鸽子的支点,康德的意思是,这一比喻意指那种使得主体性无根化的困境。

但处于半醒半睡状态的我,的确经常在实践康德的比喻。我是正打正着,让自己逐渐冷下来,冷到六亲不认,冷到不关心温暖的妹妹,冷到除了自己之外,一切东西都是有根化的,它们脚踏实地,死死扎根于具体的场域。我不但是无根之木的开花重组,也是无羽之鸟的翱翔回环。无羽之鸟如果无法飞得更快,那么,盘旋着、挣扎着、翻滚着的坠落,总比笔直的堕落要慢一些。偶尔我被一股气流托举一下,让我在灾祸的想象空间里获得减速,我因此也获得了"下降里的上升"。

16. 枯枝上的鸟

鸟儿抓紧枯枝,枯枝惊醒了,鸟儿成了枝条上唯一的叶子。叶子在风中不会上下蹁跹,但叶子的绒毛却在风里打开了来自天空的全部气孔。高天的聚形物,看起来是一块黑铁。

枯枝上的鸟儿，是水墨画空间的一滴墨汁。黄昏的气息一般而言容易发展为暮气，但因为有发亮的嘴喙，黄昏就开始在角质化的反光里营造出一抹暖意，宛如远处家的窗户透出来的微光，使得墨汁漫漶，润而晕，鸟儿逐渐成为乌云的妹妹。

生机总是低伏而收敛。鸟儿一回头，我能看见躲在水墨之后的出神与安然，绝无半丝强制、扭捏的身形……

就这样，直到枯枝逐渐融化于黑夜，直到松墨的香气从枝条间四散，直到鸟儿孤悬于黑夜的帷幕，直到鸟儿成为黑夜中最黑的核心。天光遁去，树枝逃逸，唯一的鸟儿，突然大叫了一声。

17. 雨箭与鸟

大雨如注。雨在空中拉出的白线，雨是天空的气根。雨下得越是密集，天空就获得了一种稳健的立场，于是，中气十足地持续瓢泼。奇妙的是，一只桐花凤，在春末锦江的雨箭中斜飞、回环，它总是能避开、卸掉雨箭对自己的冲击，桐花凤骄傲于自己的速度与反重力，它对于与雨箭展开的龟兔赛跑逐渐失去了兴致。这就仿佛一支绣花针，不紧不慢地进行刺绣。我估计，这一门游身八卦掌的绝技，一定对古代那些愁眉不展的仕途中人，产生过神启。

18. 死鸟的拓扑学

早晨，我发现一只麻雀倒在我的阳台一角，死了。很轻，比鸿毛还轻。

这是一只成年的麻雀，它散发出一股羽毛动物的特殊气味，有点儿像发霉的粮仓散发出来的那种糠味儿，不知道这是飞翔的气味，还是死的味道。我想象着，麻雀就像一只木匠的墨斗，在天空弹出的十万根墨线，将云气与阳光切割成粉末，情欲蹈空，由此构成了蜀地冬季特有的白蜡蜡的暖阳天。我不得不借用曼古埃尔的《和博尔赫斯在一起》当中，博尔赫斯阅读德语诗歌时发现的一个词——"雾气的微光"，来贴近这一表述。麻雀没有受伤，羽毛闪耀着丝绦的暗光，它的翅膀掠过了多少人的希望。现在，它像个生物标本，比标本还标本，昭示着麻雀之于飞翔和挣扎的全部命运。

美国作家斯蒂芬·金在小说《肖申克的救赎》里描述说："就像一些美丽的鸟儿扑扇着翅膀来到我们褐色牢笼，让那些墙壁消失得无影无踪。就在那一刹那，肖申克监狱的每一个人都感到了自由。"而我面对这只麻雀，唯一确信的是，它让一些人产生展翅飞纵的冲动，是在于我们心中，一直藏有那个墨斗……

庄子说："飞鸟之景，未尝动也。"庄子的这一说法让我想到的是，鸟儿抛下了身体，它的影子一直在天上。

19. 乌鸦伪经

乌鸦们宣称/仅仅一只乌鸦/就足以摧毁天空/但对天空来说/它什么也无法证明/因为天空意味着/乌鸦的无能为力

——卡夫卡

乌鸦的毛其实不是纯黑色,而是黑中带有闪亮的深蓝及深绿。每当其在夕光中飞动,披光的身体往往被镀上一层金属的微弱色泽,我想,那就像一块生锈的铸铁,突然在空气中凝固,并企图打开它作为颗粒状态时的轻和慢。但铁锈已经不可能被去除,它有一种胎记的意味,在羽毛的边缘把我们的注意力拽向铁的深处。

古往今来,乌鸦出没在诗歌与哲学域界中的身影大体近似,因为它总是与濒亡、思想、不祥之兆有关。在我的视线里,乌鸦是异端的代词,是空气中的黑客,是黄昏的丈夫,也是天空的鸦片,它的羽翼仿佛经过熬制的忧伤,散着看不见的烟。因此,乌鸦也是管理梦境的酋长。但在成为这一管理者之前,乌鸦必须从低微的职位做起,比如报信,比如出任侦探,等等。

乌鸦是阿波罗的爱鸟,也是神的眼线,它喜欢撒谎的恶习使它蒙受了天谴——总是喝不到水，因此只能干叫唤。北欧神话中的"众神之王"奥丁，平时逗留于宝座，一眼就看到天界人间的众神、巨人以及人类的一举一动。奥丁的肩头停着两只大乌鸦，一只代表思想，一只代表记忆。这两只大乌鸦是奥丁的秘密侦探，每天都飞到人间刺探消息。这充分说明了乌鸦的阶级出身，而且在大洪水的传说里，它同样是肩负刺探情况的使命。因为《圣经》上主说："因为人既是血肉，我的神不能常在他内。"对此，圣盎博罗削注解说："这句话的意思是说，沾染了罪恶的血肉不能接受天主的圣宠。所以，天主为了要给人圣宠，一面招来洪水，一面命令诺亚进入方舟。在洪水退去后，诺亚先放出一只乌鸦，乌鸦没有飞回来。他又放出一只鸽子，鸽子却衔着一根橄榄枝飞了回来。你看见水，看见木头，看见鸽子，你还怀疑它们的奥义吗？血肉犯罪的污染要浸入水中洗清，所有的大罪都在水里被埋葬。耶稣被钉在十字架的木头上，为我们受苦难。按照《圣经》的记载，天主圣神是凭着鸽子的形象降临，赐予你灵魂的平安和精神的安宁。如果你恒心遵守天主的诫命和效法义人的榜样，那么，那只放出去不再飞回来的乌鸦，便是你的罪的象征了。"这就意味着，乌鸦也被看作一个黑暗的比兴——乌鸦象征罪恶。

这种观点，犹如触目惊心的错别字，是很多人难以认同的，即使基督教义本身也在后来的演绎中做了某种补救措施。经文里记载着主命令乌鸦出任保育员的工作，"以利亚在小溪旁边，乌鸦作为他的传递者送食物给他"，"你要喝那溪里的水，我已吩咐乌鸦在那里供养你。……乌鸦早晚给他叼饼和肉来，他也喝那溪里的水"。因此，"神有没有送乌鸦喂饲以利亚？"成为一个著名的争论。这至少说明，被人们诅咒的乌鸦，仍然忍辱负重地默默为大义而工作着，就凭这一点，乌鸦的品德就很高尚。

就这样，乌鸦在暗夜中淌着血液，乌鸦的血液有一种纯黑的忧伤和犹豫，它舔舐伤口。乌鸦的血液是承传的毒药，对于敌人也对于自己，它预示无数次晚安等于黎明的安息，无数次的死亡仅仅因为是睡去。乌鸦的血液是思想的水源，也是异端的第一推动力。

谈到思想，就不能不说起乌鸦和猫头鹰两大家族，它们彼此之间错综复杂的嫌隙，已经追溯不到最初的源头。在我看来，它们都是思想的动物，猫头鹰在黑暗中高举炭火似的眼睛，巡视着事物的动向，它是为理性思想服务的；乌鸦则仿佛异端，以不计得失的嚎叫和反飞，来扰乱、来提醒常态中的异样发现。每每在猫头鹰成为思想的主宰以后，乌鸦就以铸铁摩擦的声音来驱赶前者过于自大的地盘，迫使其接纳另外的领主。这样的话，它们火并互残的局势愈演愈烈，难以挽回。佛典《杂宝藏经》里就说，白天，乌鸦趁猫头鹰弱视，直捣巢穴，搏杀啃食。夜晚，猫头鹰乘乌鸦夜盲，追捉攫掠，开膛破肚。就这样一方畏惧白昼、一方怖惧黑夜，二十四小时杀气腾腾、血溅肉飞。这种地狱般的日子眼看着无有了期，身不由己卷入战事的鸟儿不是死于非命，就是濒临崩溃边缘。

这种对峙的结果,不是乌鸦战胜猫头鹰的问题,而是异端往往是推进思想拓展领域的前锋,然后,它消失,它被诅咒,它被打入地狱,都是卫道士们接着要干的事情。

东西方对乌鸦的叫声具有殊途同归的看法。古籍《埤雅》认为鸦见异则噪,故人唾其凶,说明并非乌鸦本身含有不祥,它不过看见异景而噪,人因它之噪而知有异物,于是唾之,所以唾者,非为鸦也。这样说来,倒也颇替乌鸦开脱,但是民间习俗,因袭至今,却明明是因为鸦啼不吉,所以厌之。但凡事总有例外,这种例外是否是来自乌鸦的某种暗示,不得而知。作为异端显形乌鸦,也许我们只能倾向于这种臆测。西方人认为乌鸦带着特有的鼻音的响亮叫声很像"砍它!…砍它!…砍它!"的暗示,被美国鸟类学家奥都邦比喻为"竖笛走调的声音"。在我听来,应该是铸铁被异力断然撕裂的声音。干燥、坚硬、顽固,足以穿透事物的外壳和本质。

元末出现的秘密教门白莲教的创立者茅子元一天在"禅定"时,因听到乌鸦叫声而豁然悟道,随口颂出四句偈语:"二十余年纸上寻,寻来寻去转沉吟;忽然听得慈鸦叫,始信从前错用心。"从此便同原来信奉的佛教净土宗决裂,创立新的宗门。他从佛经《大藏》中摘取对自己有用的内容,编成《白莲晨朝忏仪》,创立"白莲忏堂","劝诸男女同修净业",自称"白莲导师",成为信徒们顶礼膜拜的活佛。这样,茅子元便从佛教净土宗分离出来,成了一个异端教派的教主。这种传说至少使我们注意到了一个焦点,那就是,异端的乌鸦开启了异端思潮，而对乌鸦来说，这种使命是来自上天的安排，还是来自人禽的感应呢？这就不好说了。如果追溯更早，汉朝东方朔撰《阴阳局鸦经》时，对乌鸦的叫声谱系的研究就已经大体完备了。这也并非故弄玄虚之举，因为我们可以发现，比如苯教就把乌鸦当作神鸟，它是传达神灵的旨意的，所以苯教徒常把乌鸦的叫声，拿来判定吉凶祸福。从《敦煌藏文写卷P.T.1045》的序言部分，同样可以找到类似记载：

1. 乌鸦是人的怙主。
2. 传递仙人的旨意。
3. 藏北是牦牛之乡。
4. 于该地之中央。
5. 她传递神旨翱翔飞忙。

这种鸟卜的方式，在被巫祝控制很长时期以后，已经深入民间。人们从乌鸦的叫声里感知的已经不仅仅是凶事，而是各种事情的优劣。乌鸦把陷入黑暗的一翼抽出来，双翅在黄昏的边缘展开，就像一面镜子的波纹，成为一根甄别事物性质的温度计。

乌鸦的预言总是准确的，理智的人只能接受，因为它扯起了真实图景的一角，不能不信。在圣徒图密善被杀的前几个月，卡庇托尔山上一只乌鸦高叫："一切会好！"有人对这个征兆做过如下解释："一只乌鸦在泰比亚岩巅聒噪'一切会好'，它不可能说'现在一切均好'。"据说图密善本人梦见自己背上长出一个金瘤,认为这是一个无可置疑的预兆:他死后国家状况会比他在位时繁荣昌盛,不久确实出现了这样的局面。

按照作家爱伦·坡在《创作哲学》中的说法,读者读到全诗最后两节便会"开始把乌鸦视为一种象征,不过要到最后一节的最后一行,读者才能弄清这象征的确切含义——乌鸦所象征的是绵绵而无绝期的伤逝"。我们不妨再阅读一遍那最后的诗句:

> 照在它身上的灯光把它的阴影投射在地板;
> 而我的灵魂,会从那团在地板上漂浮的阴暗
> 被擢升么——永不复还!

这绝望中其实还有一点希望,乌鸦有意地抛下了一片羽毛的体温,我们将用它犁开更深的黑暗。

弗洛伊德《梦的解析》曾提到说,梦中飞翔象征"性",而鸟的描写是否也暗示潜意识中"性"的表白呢?雪莱的《给云雀》、济慈的《给夜莺》、爱伦·坡的《乌鸦》都是作者唱出压抑爱的诗篇。那么,白雪公主躺在透明棺材时,三只鸟——猫头鹰、乌鸦、鸽子依照顺序来悼念她,似乎也隐含有潜意识的性象征?这样说来,乌鸦就是诗人苦闷的身体,它黑,是因为它梦想黑中的白肌肤;它金属般地叫,是因为它一直渴望穿刺万物的结果。联系到卡夫卡的话,我想说的是,乌鸦是天空

亮出的底牌。

一团半熔化的沥青,黏滞着高空冷光,身体不断冒气。

火与焰的诗学

> 是的,我知道何处是我的归属,
> 就像那不息的火永不满足,
> 我拼命燃烧自己,发光发热——
> 直到一切都成为光明,才算找到自己。
> 我舍弃成为煤炭的一切,
> 是的,我是火焰,我知道!
>
> ——尼采《看,这个人》

1. 点天灯

明代嘉靖二年(1523)进士陆时雍在《诗境总论》里说:"叙事议论,绝非诗家所需,以叙事则伤体,议论则费词也。"情景繁复,非叙事不能状物;心境明灭,非叙诗不能澄明。汉语麾下,不乏火焰叙事,但火焰叙诗往往才是它的蓝焰;而在西语当中，焰之诗一再飘摇，宛若逆风旗穗。加斯东·巴什拉通过诗学的管道，企图恢复想象与感知的联姻，即想象先于感知而存在。他提出了梦想的形而上学：我梦想，故世界通过我的梦想而存在。而在他臆造的火阵里，世界的确在他举起的火焰里得到了熔化和再铸。火打开的纯净区域，火的极限，无论是在火苗的顶端，还是火的心脏地带，火的容颜流淌着水意的颤动。于是，火成为首鼠两端的守望，物质/精神，实在/虚在，火在转身成为精神的造像时，火没有忘记自己搁在烧造之外的身体。

我想，一个没有尽力去懂《烛之火》的人，就容易与诗、形上之思失之交臂。请看它的小标题："蜡烛的过去""烛火遐想者的孤独""火苗的垂直性""植物生命中烛火的诗意形象"和"灯之光"，等等，用这火用来点燃自己，就像揭开自己的头盖骨，点天灯。

2. 用磷火取暖

一个人开始在一件事情上持续用力，那就像金箔被越摊越开，直至稀薄，直至薄到托不住自己，金，就不再是金。就像锋刃从扩张主义的他杀转为自杀。它最终获得的不是事情的全部，而是事情在通往归属过程中的极端变异，以及事情不断改变环境与局部的真相，并在不知不觉的改变中蜕变。这种获得与目睹,可能每个人都不同,正因如此,我们不要去蔑视那些被视作"无用功"的行为。比如,那些在希望在坟茔的磷火上取暖的人。他们获得的东西,是你们永远不明白的,那就不需要明白。

1934 年 6 月 27 日,阿赫玛托娃写下了《最后一杯酒》:

> 为破碎的家园,
> 为自己命运的多难,
> 为二人同时感到的孤单,
> 也为你,我把这杯酒喝干——
> 为眼睛中没有生气的冷焰,
> 为上帝无法拯救的苦难,
> 为残酷而粗野的人寰。

她饮下了这杯苦酒。我想,她的眼睛里依然没有升起火焰。这就如同一个人把自己的骨灰当作面粉,去充饥。

3. 梦中的光辉

一个人坚持某种理念,并将自己的身心浸淫其中,直到产生出一种深切的,而非强加的互嵌与认同,那么,这个人即使在日常生活中的举止,往往会不自觉地伴有梦的光辉。这让我看见从鞘里伸出来的刀尖,从来就是饥饿的艺术家;我投于墙壁的身影越是渺小,就说明我正在接近真实。当我伸手触及墙体时,身影还将手的抚摸与叩问,纳入到自己的氛围中。

4. 日光灯与左派

夜色之中,日光灯与白炽灯相互交织,使得每一种独立的光都受到打扰,无法抵达它们应该抵达的地带。这很容易让我联想起白银与黄金的品性,以及那些伪币制造者的利润构想。白炽灯的钨丝是火的缩影,它更可爱;而发明日光灯的人,我猜多半是一个"左"倾主义者。

5. 暗中的炭

为什么我感到了灼热,却看不到光?火的侧身形式,成为暗中的炭,火以遮蔽自我的方式获得了灰色的紧身衣,火从来没有停止工作。这就是我多年来写作的真相。也就是说,一些作家天花乱坠的舌尖在找不到精确的词语时,最容易去盲目出击,击溃那些无辜的红唇,或者下体——这叫吮痈舐痔。

6. 未明

天黑下来的时候,我尚未能将铺在桌面上的稿件与杂念聚拢、理顺。但是,天就黑下来了。我摸索着那些稿纸,在窸窸窣窣的声音中,有个温热的东西逐渐被我摸到了,它不发光,也可能它本就是黑的,但是,却带着热温。这未必就是文字的体温,而是那些笼罩在纸上尚未落地的氤氲……可叹的是,这样的感觉很多年都没有过了。我期待这些火如威尔士诗人迪伦·托马斯所希望的:"展开它们的卷宗,燃烧一个人的心灵和大脑。"

7. 探入黄昏的锚

钱锺书先生说过,黄昏是最容易让人伤感的时刻。我每每置身于沱茶色的黄昏,总会被一种败兴、身退路宽的温暖气氛所笼罩,萌生退意的人总以为由此获得了忧患与智慧。但是一当我回头,我看见了一柱静立的火!火就像探入黄昏的锚,用最深的根须,不让我从黄昏里漂走。

8. 失名大于失色

我是暗生的。就我一生而言，我的确不需要太多的光。太多的光是有害处的，倚重色情，它把那些徘徊在暧昧地带的东西驱赶到了光亮的深处，它们也许根本无须获得理性的厘定与命名。所以，对一个写作者而言，失名注定大于失色。而对于现实中人来说，这样的想法却是有害的。

我决定再说一遍：最好的命名不是轰然照亮。马拉美的名言是："说破是破坏，暗示才是创造。"

9. 预感中的危机

我预感到有某种危机在高处摇晃——

它是否跌落？它还会停多久？一直困扰着我。当我为避灾而远远站开时，才发现，不过是一朵奇怪的花，连续翻着古怪的叶瓣。从豹子的双瞳，游弋到了山鬼的尾巴。

10. 素描

火焰劈开水面，两股丝绸的绞缠，是最美的造像，易心碎，仿佛一个古典的仕女从容不迫地自缢，又因为某种意外而获得了解救和解放。火用它的刃剖开木柴呢？将那些来自土壤的液汁逼出，白中带黄的雾气，火收回了它的利刃，藏匿在浓烟里，使得木柴停在那里，找不到寄托。

11. 不为人知

有些事情之所以完美得如同善行，就在于它完全不为人知。就像一罐滚烫的炉灰，不冒出一丝热气。

特蕾莎修女在参加一个世界反饥饿大会前，发现一个因饥饿倒毙于途的人，她立即全力救治，直到这个人去了天国。事后多年人们得知，她缺席大会，但她完成了她应该做的一切。

12. 行将彻底放弃

自刎者过于用力，脖子崩断了兵器，这进一步让我们逼近了"强项令"的本义。

正如大雨淋湿了水一样,土壤掏空了大地,豹子熄灭了梅花,暗夜抹黑了黑暗,利刃割痛了刀,通透的火彻底点燃了焰。

透明、透彻并不是静止下来就能发现的,它们现身,而多半是事体的转身时刻,就是在你行将彻底放弃之时。犹如王国维在宋词的小桥流水边"蓦然回首"时的看见。那不是火,也不是灯。

13. 最美的一瞬

法国诗人弗兰西斯·蓬热在《火》里写道:

火做了一个顺序排列:所有的火苗首先朝一个方向前进……

(我们只能将火的步伐与动物相比:先离开一个地方再占领另一个地方;既像变形虫又像长颈鹿,颈跃,足爬……)

而后,燃烧物受到火舌循序渐进的包围而倒塌,溜出的气体渐渐化成一斜行的蝴蝶。

而在我看来,最美的一瞬,是在黑暗的旷野点燃柴堆。火边有水，火苗从水面斜斜地升起，蝴蝶刚刚抵达齐腰深的黑暗……

而最美的景致，在火的灰烬里，是那睁开的与火对望的眼睛。

14. 最后的火

据说，法兰西无人可以挡得住太阳王路易十四的一瞥。我猜，应该是女人和体制中人。帝王的眼中之火不但可以洞悉丝绸长裙褶皱下的慕渴，也可以检验磕头者的赤胆忠心。他的火焰尖锐如高跟鞋的鞋跟。

在烛火熄灭的时刻，命悬一线的火才意识到自己活着，但被暴力揉乱，火突然惊慌失措起来，火用反复不绝的飘摇来摆脱，火活着。它往四周寻找可以支撑身体的东西，但棉芯拒绝了最后时刻，棉芯本来是火焰的眼睛，竟然拒绝泪水……这就意味着，当我的节律慢下来时，我还是要努力做最后的火。

15. 空心的火

有些感觉，在我的身体里长期处于悬滞状态，我一直无法处理它们，我又必须为之预留一个储存空间。它们宛如悬空的麦粒，撒在石头上的麦粒，一直将根须收敛起来。直到某一天，这些麦粒蝉蜕一样跌落下来，连声音也没有——也没有奇迹发生！所谓空心的火，莫非是火遁走之后的梦境？

16. 蓝焰

终于到了烛火熄灭的时刻。火，浅浅地低下头，它顺棉芯回到了自己的往昔，穿上石膏的紧身衣。这是它回家的一刻，如同我的回首，彻底与爱情告别。但是我看见了蓝焰在最后时分，从裙底一般的托盘蹿起。

17. 跟着熄灭

泰奥菲尔·戈蒂耶以为波德莱尔保持他的理想，在于"皮脱利丝的可尊敬的幻象的形式之下，那是永远热望着而永远达不到的理想，那是具体化在肉体的一妇人中间的崇高的美，那是精神化了的，由光与火焰与香气所制成的妇人，那是一种蒸汽，一种梦，一种纯洁的世界的反映……"

回望，最后一次看见，看见火的一次轮回，然后，跟着熄灭。

18. 目睹着被点燃，美得万籁俱寂

回忆是这样的——火去掉了激情的累赘，不再有褴褛的烈焰。静谧的容颜在青焰里回望火中的往昔与青春，目睹着自己被点燃，一点一点被收回，在一片纯火的高举中，坦然触雪。美得万籁俱寂。

19. 火与黑暗是互为保管的

凡是得自于火的，总是让人产生敬畏。火并不是黑暗中的偶发行为，火更不是借助黑暗的大氅而上升的闪光蕾丝。火的出现，是将过于浓郁的黑暗稀释，调和，拌匀，火将出位的黑暗放回到它原来的位置。用海德格尔的话来说，就是放进本质中去。更重要的是，火与黑暗是互为保管的，火是黑暗的动词，黑暗是火的钥句，在言与义无限接近的挪移中，火高高拔起，就犹如黑暗身体的亮丝。

20. 最要命的地方

有一些神示的话语，恰恰是在于不明确，你能感觉到言辞深处，还激荡着若隐若现的热流——这就是最要命的地方。而这样的神示话语，从来就是"火焰辞章"，具有破碎、简捷、个体化的自由特点，这恰恰是一切权力深恶痛绝它们的根本原因。

21. 你的身体是火的蓄水池

火焰从你的身体上跳跃着消失，然后，再次升跃，这是告别。说明你已经爱过。与其说是身体燃烧殆尽，不如说是火掏空了爱情，你的身体是火的蓄水池。你该轻身而行了。

22. 火焰都有着激情，而光却是孤独的

火将火的身体翻转过来，固然是纯光，就像我把口袋里的水和骨头翻出来。哲人说："所有的火焰都有着激情，而光却是孤独的。"这一分辨的意义非凡。光芒不过是火倾入人们视

线中的空身体，它过于稳定，是制式的，是一个陌生的卖春女。回到写作当中，这就如同一个词在意义链条吃力部位突然断裂，你的裤带断了，在广场出现了失措。但火不会这样，火本身就是不稳定的，唯其如此，它才与心跳合拍。

23. 火以偏蓝的方式

火以偏蓝的方式向左侧转身，高衩旗袍扬起到它渴望的幅度。花园的门扉内，猫的眼睛里，白昼刚好躺下，铺了一层白雪。

火将最后的光向上抛起，光尚未超过火的肩胛，就委顿倒下，火与光裹着缎子玉山倾倒，爱情匿名。

24. 火柴的成长史

1990 年，芬兰大导演阿基·郭利斯马基（Aki Kaurismäki）推出了杰作《火柴厂女工》。影片开头是长达 3 分多钟的制造火柴的流水线场景，机器轰鸣和金属的碰撞声让观众感受工业社会的全面冰凉。接着是下班、回家、购物、吃饭，无台词，全然是令人窒息的沉默。而那沉浸在冰水中的女工艾丽丝，却渴望爱情。自然了，仅仅明白火柴流程的她，很容易被一个男人骗上床。她去找情人理论,那面玻璃幕墙里的隔阂和窗外的水波,全然是冰冷的微火,这就是她的爱情与促进的隐喻……她来到药房购买灭鼠药,内心的火柴升起了可怕的锐形之焰,她开始对所有曾经亏欠她的人进行无情报复,直到警察赶来……

郭利斯马基选择的场景,本是为生活带来希望的火基地。火柴太短,无法逃避瞬间走完一生的命运,火柴是芸芸众生的象征,就像艾丽丝的爱情。但是,受伤的她用自己的血浇灌火柴,直到火柴长大,成为复仇利刃。就是说,火柴固然如庄子所谓"朝菌"那样,但安然度过一生,委实太没有意思了。

25. 带火的燕子

甲骨文当中的"燕"字,尾巴呈剪刀形,到隶书当中尾部成为火的四点。我们不妨就将燕子视为带火而生的。而雨中的燕子因为峻急,的确是带着焰火的,燕羽散出避水诀。它停顿时,立于房子的尖顶,再将翅膀进一步收拢。天在变小,乌云发出香气,屋檐的坡度陡立,雨被羽毛完全收拢,又泼出,发出噼啪之声。

26. 火焰的矛头

我感到在自己的背后,总有一支火焰的矛头一直跟着我,它不紧不慢,不断用一种灼痛来告诉我它的逼近。我像被火抛起来的蝴蝶,看不见的气浪,赋予了我的双翅一种濒死的绝境之舞。所以,不是蝴蝶舞姿的问题,而是那火的轮摆如此温柔。

27. 火用白骨返回灰烬

想起一句制式话语,不是某个坏人"又跳出来了"——我久久凝视从木柴间跳出来的火。它不像是黑暗的组成部分,倒是接近游历者的即兴之舞。在结尾处,火褪去了装束,用白骨返回灰烬,偶尔还伸出一根来拨弄头顶的灰,将自己掩盖得不露一丝痕迹。火回到了一种觉悟的出神时分,在半醒半睡中,灰烬如黑暗的城堡,佑护那睡眠。火从来没有动用暴力使黑暗屈服,火是用柔润的舌头来唤醒黑暗中最干燥的咽喉,然后有人喊出了声。

28. 连泉水都着了火

水打在火尖上，噼啪作响，水被火顶起来，在火的牙床处开始溶解。水像一个被吹胀的避孕套，开出了半透明的轻花。水花在下坠，在下坠中继续盛开，它往燃烧的中心，带回了火的花籽。在极端之处，水辨认出火与自己的同一血缘。这让我想起法国诗人菲利普·雅各泰的句子："波光闪闪的夜。这一刻，可以说，连泉水都着了火。"

29. 苹果与火

我没有看到"苹果上的豹"，只看见苹果上旋动的火。一如登徒子摸索到果实的乳房，举手。它有露水的稳定，又具有虫的狡黠。吃透了爱情之果的精华，果实上淌动的火构成了嫉妒的燃煤。

30. 乌鸦是烙铁

美国女诗人狄金森说："天空不能保守他们的秘密。"在诗学隐喻里，乌鸦从来不是嚣张的火焰，而是渊笃的烙铁，而且正在变冷。所以，我们只搜寻着它扔在身后的嗞嗞之声，却没有注意到，乌鸦是带着烙铁飞行的。能够以此观察乌鸦，我在峨眉山金顶看到的大乌鸦，还多了一层云端的铁意。

31. 最好的书

诗人艾米莉·狄金森曾经说过，如果读一本书，它令人全身发冷，而没有火焰能将其温暖，这便是诗；倘若感到天灵盖被猛然揭开而无法合拢，这便是诗。读到这段话的时候，我们是否有同感呢？对诗者而言，最好的书与诗同样是冷意四射的。这样，她在1967年4月25日周四的《日记》里，描述了扰乱她习惯性孤独的傍晚之景：

> 一股紫色的火焰正吞没着地平线，我们的眼睛不足以尽收这惊异的情景，那我们的灵魂是否有更大的视野呢？我们是突发大火的一部分吗？或者我们不过是这场火焰之中，无助的目击者罢了。
>
> (《孤独是迷人的——艾米莉·狄金森的秘密日记》)

她冷意四起，她感到她的灵不足以冰镇这世界之火。她就暗淡下去，回到了诗。

诗人佩索阿在《恍然录》里提到一个事实："作为现实的道拉多雷斯大街，现在无从辨认他们。我把一个空空的火柴盒，丢入我高高窗户外的街头垃圾堆，然后坐在椅子里倾听。落下去的火柴盒送回了清晰的回声，让我知道大街的荒芜，这一事实似乎显示着某种意义。没有声音可以从整个城市的声音里分离出来……"

最好的书，是可以让我从最后一页倒读到开头的书。这样的反向阅读方式，就像一根火柴直接在皮肤上划燃。当然了，如果在深夜把这样一本读完的书悄悄从窗口扔到大街上，你会听到什么声音呢？

32. 火的尽头

菲利普·雅各泰在《夜到尽头时》一诗里展示了"火的尽头"——

> 夜到尽头时
> 吹来的风
> 熄灭了烛火
> 谁在这儿秘守
> 先于第一群鸟之前？
> 只有清冷的河风知道

> 一团火焰，一滴倒悬的泪：
>
> 一枚给摆渡者的硬币

尽头的火，仅有两种结局：一滴倒悬的泪，或者成为一枚付给冥河摆渡者卡隆的硬币。我无数次面对这样的尽头。我看见自己仍然在拾柴、生火、取暖，或者把泪水作为燃料。火苗刚刚在火柴尖摇摆，立即就被猛扑而来的大鹰叼走了。风把那弱火吹成一根导火索，一直在哭，没有尽头……那更远处，剩下的是胃酸和饥饿。卡隆没有来。我是一个连卡隆也不愿摆渡的人。

33. 烛火的莲花

莎士比亚的诗——

> 你可以怀疑星星是火焰，
>
> 怀疑太阳会移动，
>
> 怀疑真理是谎言，
>
> 但绝对不要怀疑我爱你。

怎么不让人怀疑呢？你连真理都可能认为是谎言，怎么又会相信一个人力比多汹涌状态下的胡言乱语？

一个深夜，我在邛崃的白沫江心看见漂来的河灯。烛火让越来越多的水参与到反光的大军中。烛火将自己嵌入黑暗的另一半收回来，在水中静养，生出根须。于是我得到了一个烛火的地涌金莲的形象。

34. 挣扎之声

我偶尔回忆起自己生命中的大事——那些巨大付出之下的事情，一般而言鲜有收获。但奇怪的是，我并不因此而激动。我的付出如同砸出去的钞票，但连一点水声也没有听到，所以，我把自己狠狠摔到了生活的泥淖中，这扑通、扑通的挣扎之声，多好！

35. 放弃了追忆的兴致

在回忆的中途，我逐渐就放弃了追忆的兴致。这有点像我手中的井绳，我可以继续将水桶提起来，因为我并没有脱力。但是，我还是放弃了，让水桶砸回水面，我不希望与这些往事继续交谈下去。每一次深入的回忆，就是历险，我无法确定能否安全回来！

36. 病痛的火焰

深夜，我看见旷野里病痛的火焰。火，那么微弱，我甚至无法廓清火的边缘，但总有一些人、一些事为它所吸引，向它靠拢，以至于火毅然返回变空自己的突然膨大之中，这种透支性燃烧，有点像贪污。

37. 突爆的烛花

火光使四周的事物得到了稳定。它们梦游的过程中出现了一些定格的形象。由于光的勾勒，它们在阴影中叠现出厚重不一的性质，并让无法厘清轮廓的往昔在纵深中逐步呈现。但突然爆裂的烛花，掩埋了这丰富的差异，只有容光焕发的最后之火。

波德里亚在《冷记忆》之四当中谈到他的观察："被另一团火焰照亮的一团火焰，它是否也能在墙上留下影子呢？"

我想，能够相互给予、互为保管的事物，已经不分彼此了。

38. 得不到的，水也得不到，但可以平息

每当心烦意乱的时候，我喜欢到水边坐一会儿。这往往是最令人泄气乃至平息的时刻，因为水足以消泯那些横亘在我心中的硬物，就像把不可一世的东西投之于火。我往往像一张被水泡胀的宣纸，既明白自己的分量绝大部分其实都不属于自己，也明白纸上的毛笔字，看上去像乱糟糟的内裤。

39. 烛火向四周抖动影子

法国思想家让-朗索瓦·勒维尔与他皈依佛教的儿子马蒂厄·里卡尔，在尼泊尔俯临加德满都的山上的一个僻静处开始了一场佛教与西方思想的对话。在谈到连串的转世，却没有任何确定的实体进行再生的轮回现象时，马蒂厄说："或者比方为一盏灯的火，这盏灯点燃第二盏灯，第二盏灯又点燃第三盏灯，如此下去，直到这个锁链的终点，其火焰既不是同一个火焰，又不是不同的火焰。"最后一句是灯火接力赛的核心。

烛火向四周抖动影子。所有庄严的造像均纷乱于这黑影的舌头。所以，造像也是像，无法常驻，也无法挽留。

当水波四散的时候，水面却住了流云，以及流云上面的黑鸟。

40. 我怕配不上我经受的苦难

K 的弱点其实正是卡夫卡本人的弱点；他之于 K，宛如烛光和它的影子，互为彰显，也互为遮蔽。他十分坦率地说过："我不是燃烧的荆棘丛，我不是火焰。"

但行走在厄运的荆棘里，而且不知道什么时候才能走到尽头，这是多么奇妙的感觉啊，如果厄运要把我留住在某个拐点，那又还铺排那么远大的刺丛干什么呢？不是太浪费了吗？所以，一个人遇到漫天的荆棘，那就一步一步地走——独身走入荆棘。绝望不是失去希望，而是全然绝望。陀思妥耶夫斯基说过：我们必须经受一切，这就是我们的命运！因为，"我怕配不上我经受的苦难！"

那么，我们进一步看看彻底背弃火的人。

克尔凯郭尔说："一般说来，如果一个人不想绝望，他根本就不会绝望，但为了能真正地感到绝望，他必须真正地想要绝望；但当他真正想绝望之时，他已超越了绝望。当一个人真正选择绝望时，他就选择了绝望的选择：那永恒的切实的自我……为了找到绝对，真正的出发点不是怀疑，而应是绝望。"（《或此或彼》（下），四川人民出版社，1998 年 8 月，224）

41. 让最后一片木叶掌灯

法国诗人让·科拜尔写道：

一道孤独的水柱

在黄昏花园

的石块之中

燃烧

引起我联想的是：在水的灯盏下，树是黑炭的姐妹，树举起了篝火，让花草取暖。树向火焰学习。树取材于火焰某次出神时遗留在空气中的身影。树填补了火离去后的空洞。树的根须，攥住了火的花边蕾丝。我在树荫下，看见烧焦的树叶在雨中复活。树叶攀缘到最高点，它们举起了烧天的背面。

这样的诗思，被巴什拉纳入到他的火焰谱系学当中。其实，这远非个案。仅以被誉为俄罗斯"伟大的牧神"的普里什文笔下，这样的燃烧之木叶段落甚多。诸如《绿焰》和《秋灯》，"木叶一直在燃烧，在暗淡的背景中燃得那么耀眼，看着甚至有刺痛感。"椴树浑身黑下来，仅仅是为了让最后一片木叶掌灯。

42. 拆下肋骨当火把

诗人泰戈尔上百次在诗中谈到火、光、灯盏、黑暗、阴影。他在《跟随着光明》写道："如果没有人响应你的呼声，那么独自地，独自地走去罢；如果大家都害怕着，没有人愿意和你说话，那么，你这不幸者呀！且对你自己去诉说你自己的忧愁罢；如果你在荒野中旅行着，大家都蹂躏你，反对你，不要去理会他们，你尽管踏在荆棘上，以你自己的血来浴你的足，自己走着去。如果在风雨之夜，你仍旧不能找到一个人为你执灯，而他们仍旧全部闭了门不容你，请不要死心，颠沛艰苦的爱国者呀，你且从你的胸旁，取出一根肋骨，用电的火把它点亮了，然后，跟随着那光明，跟随着那光明。"（1923年《小说月报》第14卷第10号《泰戈尔专号》（下）卷首语）

此诗经高建国先生《拆下肋骨当火把：顾准全传》（上海文艺出版社2000年版）的刊布，"拆下肋骨当火把"俨然已经成为思想家顾准的"专名"，成为中国黑暗年代唯一的光源。王元化觉得书名过于"凌厉"，曾经建议改名。但时至今日，顾准的深邃立论尤其是价值立场，远没有得到认同。当然，我也完全可以把此诗理解为——渴望成为现实火炬的人，那就必须得牺牲肋骨等一切——包括爱情和家庭。其实，茅盾在泰戈尔来华时就指出："我们所望于台戈尔带来的礼物不是神幻的

'生之实现'，不是那空灵的《吉檀迦利》，却是那悲壮的《跟随着光明》!"（《对于泰戈尔的希望》，《民国日报》副刊《觉悟》，1924年4月14日）

面对这种"自伤"而来的光明，让我更惊心的，却是胡风先生于1951年1月16日致牛汉信中说的那一种真正的凌厉之力："我在磨我的剑，窥测方向，到我看准了的时候，我愿意割下我的头颅抛掷出去，把那个脏臭的铁壁击碎的。"尽管他严重误读了现实。意识形态的击球棒已经把他飞舞的头颅凌空击碎，完成了一个超级"本垒打"——在头颅远未抵达铜墙铁壁的之前。我们再看看1895年高尔基创作的浪漫短篇《伊则吉尔老婆子》。"丹柯"是伊则吉尔最爱讲的故事，"丹柯"用手抓开了自己的胸膛，拿出自己的心，把它高高地举过头顶，那颗心正在燃烧。整个森林突然静了下来，人们全都惊呆了。族人像着了魔似的跟着他。森林也被感动了，树木在他们的前面分开，让他们通行，而后又在他们的身后合拢。如此凌厉的描绘，为什么人们着迷于泰戈尔的肋骨，而漠视于高尔基的心脏呢？丹柯那"不能够用思想移开路上的石头"的话语，石头一样敲打我们的现实。

正如伊夫·克莱因迷恋火的感觉与神圣而进一步逼近火焰："我坚信在空之心一如在人之心，有火在燃烧。"这样的火，其实已经退掉了"形而下"的焦灼与激情，遁入纯思的空门了。

43. 把灯背在背上

最轻盈的蝴蝶也有阴影。泰戈尔《飞鸟集》里尚有不少青春式妙句，例如——"那些把灯背在背上的人，把他们的影子投到了自己前面。"这指的是虚张声势的光，就像先头部队，把光的影子投写在地上，一方面放大了自己的缺点，另一方面也成了纪念碑的斜影。

44. 永恒的活火，毫无罪恶感

尼采在《瞧！这个人》里感叹道："没有东西比愤恨情绪能更快地消耗一个人的精力。"这是爱得最深的尼采对世界所奉献的"愤怒的遗产"，因而，经常听见一些人叨念着"君子报仇，十年不晚"的口头禅，我就明白，他们既不可能恨，也不可能去爱，他们只有怯懦。当一个人真正懂得了仇恨的道义时，他举重若轻，他柔情似水，他把生命压缩成了一个可以预见的路途，从爱的基座上，把自己的骨头磨砺成了一根针。

针对火，尼采说："世界上仅仅属于艺术家和孩子的游戏，永恒的活火也游戏着、建设着和破坏着，毫无罪恶感。"

45. 时间在镜面上，滴一串水痕

诡异的造像被呈现于无限相同的幻觉，如同一面镜子反照在另一面镜子，它们构陷的深度不但可以吞下所有梦境，而且，彼此也在吞噬中和解，平稳而高超。偶尔可以发现，时间在镜面上，滴一串水痕。这就是现实。

桑塔格在 1949 年 8 月 20 日的当天日记里写道："看安德烈·纪德的《伪币制造者》。我为它着迷，但不感动。我想起童年时的一个噩梦，无穷无尽的反射镜像——一个人举一面镜子，站正另一面镜子前面，一个个循环往复。"(《重生：苏珊·桑塔格日记与笔记》，上海译文出版社，2013 年 4 月，52)

46. 影子再一次从她身上跌落

裙裾从光斑飘出，在阴影中融化，剩下一段白蜡的身体在燃烧，越来越亮的胴体逐渐为激情的节律所控制，闪出鬼的火苗。当身体回返光面之中，群裾再次被光赋予丝绸的幅度，但感觉却是相反的。如爱伦·坡在《仙女岛》中所言："影子再一次从她身上跌落"，影子成为一段身体，看着飘飘欲仙的群裾，直到它的丝缕间漏出欲望的亮水。

47. 人们将不会看到你在追求或躲避

读马可·奥勒留的《沉思录》，我记住这样一则——"如果事物不趋向你，对事物的追求和躲避打扰着你，你还是要以某种方式趋向它们。那么让你对它们的判断进入宁静吧，它们也将保持安静，人们将不会看到你在追求或躲避。"所以，是内心的火向往着外面的世界，还是世界之火渴望与内心交媾？或者遥相呼应，既不靠近，也不背离？

48. 隐喻的诗性秩序

英国哲学家怀特海指出："第一个注意到七条鱼和七天之间共同点的人，使思想史前进了一大步。"

如果我从隐喻的角度而不是从各种矛盾在事物中的位置的关系出发，就会发现，从事这种"深度勾连"的联想，恰恰符合隐喻的诗性秩序。它肯定不是散文式隐喻，只有第二个人去重复适应这一诗性秩序的人，用火点燃火，才会明白它的命名无可替代。

49. 黑中之炭

黑格尔说："在纯粹的光明中就像在纯粹的黑暗中一样，看不清任何东西。"在权力中看不见权力，但是在血中，凡人却可以看见血与盐。一个人坚持于纯光中行走，并不是光之子的唯一使命，他恰是黑中之炭。正如德国浪漫派诗人艾兴多尔夫（1788—1857）所说："我的爱，静默、美丽，宛如黑夜。"

50. 异端分子不是在柴堆上被烧死的人

弗兰西斯·培根指出："异端分子不是在柴堆上被烧死的人，而是点燃柴堆的人。"

这体现了火的两个向度：在所有极权的麾下麇集着太多的点燃智者膏血的人，他们一直就是那"添砖加瓦"者。不可忘记的是——在地狱里，那些为非作歹的人在被投入烈焰之前，判官首先要罚他们点燃那柴堆。

51. 蜡身体

尚未硬凝的蜡烛，任欲望在全身奔突，蜡身体，突然回忆起自己的状况而停止了不作为。于是，它所有的动感表明一种趋向，一种肌肉与表达无法归位的伤感。眼泪是血，竟然在空气里向火讨还血债。

52. 玫瑰反穿豹皮

焰的欲望掏空了火，火使黑夜外翻，如同玫瑰反穿豹皮。我记得法国诗人、文艺评论家和记者阿兰·博斯凯（1919－1998）在《首篇诗》中写道："在每个词的深处，我参加了我的诞生。"应该说，是在火最弱的根须上，我全力参与了燃烧的合谋，有热，但不发光。

53. 御火的快感

一个针尖上可以容纳几个天使的舞蹈？并非经院哲学烦琐的抽象议论。

一茎火苗顶起了黑暗，在智力的盲区我们看见了存在。我看见玫瑰树上绽放的苹果。我看见鸽翅边缘有鹰的披光。这时，透明的蝉翼抵达焰口，还带走了御火的快感。

54. 事物的存在全靠火焰

马克思·舍勒在《同情的性质和形成》中说："一切事物只是火焰的界限，事物的存在全靠火焰。"所以，靠近火光的工作和作业，就使人的未明事体变成蜡。如同一头母豹走进另外一头母豹，彼此在确认中，打开了后腿。

55. 溪流会教您开口说话

加斯东·巴什拉写道："哦，我的朋友，在晴朗的早晨，来歌唱溪流的元音吧！我们的苦楚源于何处？因为我们迟疑着不肯说出来……苦楚产生于我们在自己身心里堆积了一些沉默不语的东西之时。溪流会教您开口说话，尽管曾经历过苦难和各种往事，溪流会用矫饰的语言教您学会心情愉快，用诗歌学会强有力。它会在每一瞬间教您某个在石头上滚翻而过的圆润的动人词语。"不妨每天读三遍。

56. 最遥远的距离，是火柴划向擦皮的距离

用一根火柴呼唤火，用一根火柴点燃满天星星，就像你的头骨在叩响神的胯骨。所以，世界上最遥远的距离，不是情侣之间舌尖击溃嘴唇的距离，而是火柴划向擦皮的距离。但在很多人的一生中，他们从来没有划过一次。

57. 天使总是清贫的

天使总是清贫的。从来没有胖天使，也没有丑陋者。天使总是站在一根划燃的火柴之巅，在椭圆形的火光里，显现。

58. 火兽

《春秋纬·演孔图》记载："凤，火之精也。"这是中土的火兽。西语称为火蜥蜴的动物，实为"吃火的蝾螈"，传说它产于火山口内，我在黑龙江五大连池火山口一带询问过许多本地人，他们连"蝾螈"两字也听不明白。早期基督教文献《自然哲学家》也提到，火蝾螈住在埃特纳火山口而不被火吞噬的

"最冷的鸟",它"以火为生又扑灭火"。亚里士多德在《动物志》里认为,"蟹、鱼、蛙、蝾螈则是由黏液变来的"。而炼金术士历来相信,坩埚内鼎沸的神秘溶液,往往会吸引或生成蝾螈。蝾螈这种动物在生成(火)的过程中,扮演着重要角色。

59. 葆有了火的人或事

在巴什拉眼中,火在燃烧中分为两种:一是黄焰,保存着物质性,最后坠为灰烬;另外一种是白焰,不断升腾,最后粹化为光,提升为观念性的明亮无形之火(**参见黄冠闵《巴修拉论火的诗意象》**)。因而,黄焰趋于物质,却是"反价值";而白焰倾心于光,是一种"高估"。但正如善要消融恶一般,正如物质要纯化为精神。但葆有了火的人或事,也许就拥有更多。

60. 火的赞美诗带有水的气息

火在被火点燃之际,火应该被火烘烤、去蔽、祛魅、提纯。火点燃时,火从光中回到它的水居。在有关涉及火的赞美诗中,最好的言辞总是带有水的气息。于是,火像长发一样散开,被强光剁碎,成为诗的粮食。

61. 火拒绝被穿透

火拒绝被穿透，因为锥子不能被另外一支锥子扎穿。火用不透明的影像放过了所有企图穿透它的物质，并拒绝提供物质的形而下之象。于是，我们只能在火的上升过程中，观察那些物质与火的争吵，无功而返的物质悄然回到本身，火挺立，因为它是物的尺规。

62. 温暖而不是烦热的用意

法拉第在1840—1860年间，以蜡烛为主题，对青少年发表了系列演讲，后来编成一本书——《蜡烛的化学史》，包括蜡烛的组成、蜡烛的燃烧，以及氢、氧、水、二氧化碳的物理化学性质和大气的组成。其实，法拉第有关蜡烛的第一次演讲，是在1848年的圣诞节那天。烛之光以前所未有的宏大，既照亮了喜悦，也照亮了死亡。

他说："火焰中较亮的部分，投影到纸屏上反而变得较暗。"那是因为反应物吸收光线的缘故。法拉第堪称人生热力学大师，他是十分明白热力之于维系自己生计的"星期五讲座"的命运的。当人们聚集在蜡烛旁，会产生出一种温馨亲密的气氛。这种热是由渺小的火光产生,并非熊熊大火燃烧,这也就是为何制造气氛只能使用蜡烛的原因。因为只有微小的烛火,才能散发出温暖而不是烦热的用意。法拉第的烛火投射在听众的脸孔上,他看到了什么?反之,巴什拉在《植物生命中烛火的诗意形象》中,把树比为开花的蜡烛等。生命的本质正是一种挥发和流逝,所以,圣诞树的烛光,成了科学法拉第与诗人巴什拉结盟的菩提。

63. 烛光让人心碎

烛光让人温暖,远离恐惧。但是被纸罩罩定的烛光却让人心碎,如同报废的马蹄。尤其是在周围寒冷的时刻,更尤其是在烛光君临两人世界之时。而脱离了纸罩的烛光,照亮的往往是露水情。

英国小说家 D. H. 劳伦斯在诗性短文《人生》里描述了他心目中的两情相悦,与其说是诗,不如说是他对"情人"的深度理想化:"每时每刻我在我心灵的烛芯上燃烧,纯洁而超然,就像那在蜡烛上闪耀的火苗,均衡而稳健,犹如肉体被点燃,燃烧于初始未知的冥冥黑暗与来世最后的黑暗之间。其间,便是被创造和完成的一切物质。我们像火焰一样,在两种黑暗之间闪烁,即开端的黑暗和末日的黑暗。我们从未知中来,复又归入未知。但是,对我们来说,开端并不是结束,两者是根本不同的。我们的任务就是在两种未知之间如纯火一般地燃烧……"

这应该是情人之火，干柴遇烈火。不是烛照之光，更不是那种让人心碎的从纸罩透出的烛火。

64."蜀"本有孤独之义

蠟燭之燭字，对于蜀地之首成都则意味深长。蜀本有孤独之义，独火独照，人则有了影子的扶助。许慎《说文解字》："烛，庭燎，火烛也。从火蜀声。"再据《说文·十三上·虫部》："蜀，葵中蚕也。从虫，上目象蜀头形，中象其身蜎蜎。《诗》曰：'蜎蜎者蜀。'"段玉裁注："葵，《尔雅》释文引作桑。"认为蜀就是蚕，甚至与蜀王蚕丛相联系，以为蜀国的得名就是由于最初养蚕的缘故；或谓是野蚕。而烛在此用蜀来当作声旁，在于它的形状像虫且会发光。《尔雅·释山》："獨者蜀"，皆可证蜀即独一、孤单之义，此即为蜀之本义。所以，在成都成为一根烛，成为烛照大地的火，当成为我来生的梦。所以，铭记泰戈尔《飞鸟集·90》就显得很有必要："在黑暗中，'一'视若一体；在光亮中，'一'便视若众多。"

65. 加注润滑油是机器的一种幻想

布阿德福尔在《当代文学史》第一部分《小说》中，其第五章《论新小说中的想象》这样指出——

法国新小说家中最接近巴什拉的是利卡杜。利卡杜这样写道："加注润滑油是机器的一种幻想。"对他来说，写已经物质化，人格化了。写开始思考。更能说明他是巴什拉派的是他对罗伯-葛利叶《纽约革命计划》第13页加以评论时说的一段话："故事介于可以读懂的琐事和可怕的反面之间，卷入根本的冲突：水与火，像马拉梅镜子中那样火与水妖，或者像很快就得到说明的这种情况（火焰失去了名称，就应该以在叶丛中出现为满足，炉火则以水的颜色出现为满足）……"（利卡杜《燃烧的虚构》，见《批评》1971年3月，总第286期，212页，收入《新小说理论》，色耶出版社，1971年）。

66. 四只眼睛的仓颉

巫字金文作 ✣ （齐巫姜簠），指祈祷使用的玉器形工具。与癸 ✼ （父癸鼎）相同。《说文》："癸，冬时水土平，可揆度也……"则癸跟测量有关。张光直先生考证巫为手持矩的人，

"矩可以用来画方圆，用这工具的人就是知天知地的人，巫便是知天知地又能通天通地的专家。"(《商代的巫与巫术》，三联书店，1999年)，见《中国青铜时代》增订本第256页)《文选·张衡〈思玄赋〉》李善注引《淮南子》："汤时大旱七年，卜用人祀天。汤……乃使人积薪，剪发及爪，自洁，居柴上，将自焚以祭天，火将然，即降大雨。"这里焚的自然是女巫。因过于残酷，后来开始用"曝巫"的方式，来逼出女巫体内的雨季。外在的火，通过女巫的身体，通达上天，用火呼唤水的降临。或者可以这么理解，女巫的身体，本就是水火一体的。甚至这个巫字，应该暗含了这个密码。

从另外一个角度看，当四只眼睛的仓颉造字时，"天雨粟，夜鬼哭"，汉字的落成典礼，就是一个威力非凡的作法道场。

67. 美好的不确定

古希腊人把萤火虫称作"郎比里斯"，意思是"尾部挂着灯笼的人"，它成熟之际，仅能有两周时间供它们闪烁飞舞，过后它们"将只是萎谢"了，一如张爱玲最后对一心多用的胡兰成说的话。

2004年8月的一个夜晚，我和具有女巫气质的散文家周晓枫在青城后山的林地间，捉了不少萤火虫。萤光不断从她指缝漏出，带走美好的不确定，就像是从山顶白云寺冲下来的白泉，偶尔还漂来几朵芍药花。她哆嗦，手掌全是冷汗。佩索阿在《恍然录》里说："文明是关于自然的教育。忽明忽暗的萤火虫相互追逐。一片寂黑之中，四野的乡村是一种声音的大寂灭，散发出似乎不错的气味。它的宁静刺伤着我，沉沉地压迫着我。一种无形的停滞使我窒息。"

68. 火刑者

北欧诗人索德格朗写道："当精神受到压迫的时候，肉体就呻吟。"而当身体置于火，精神是否就守护在皮肤上呢？想想那些遭受火刑的人，他们身上最耀眼的似乎不是智力，而是敢于与火较力的血气。据说圣女贞德在被火焰吞噬之际，她高喊耶稣的名字以及那些激励她率领义军把英国侵略者赶出法国的圣徒名字。烈火烧了很久，她仍未断气，最后，她在低吟一声"耶稣"后，辞别了人世。围观者亲眼看到行刑者扒开火堆后，一具烧焦的尸体露出来。行刑人向周围观者展示贞德烧焦的尸体之后，又一次点燃烈火，将尸体烧成灰烬，之后把这些灰烬撒入塞纳河。不过，当时观看行刑的人，此后曾说起焚烧贞德尸体那时的神奇的景象，一名英国士兵说他亲眼看到在贞德的灵魂离开肉身时，一只白鸽子从火堆缓缓向高空飞去，还发出动听的鸣叫……

69. 回忆的漫途

我经常在回忆的漫途走出了很远。那些熟悉的路径，不断被陌生的岔道分解，最终使我迷路。往往是在这样绝望的时刻，我用力拍打梦的玻璃，打碎了，像一个越窗而入的强盗，终于才回到现实。这就是说，如果我不是被厄运的冷光所惊醒回来，我既不知道自己的过去是那样悲惨，也不知道回来的捷径，本来就是原路的一条岔道。有了这个认识，我的失眠症好多了。

70. 带着刀和火把夜行

一个人带着刀和火把夜行，他因充足而无惧。这与一个已经金盆洗手的写作者，再来面对文坛对他曾经的名声进行的种种揶揄，是完全不同的。后者面临的困境，无解。

71. 火提升神的愤怒

火提升神的愤怒。如同上帝降下"硫黄与火"于所多玛和蛾摩拉二座城池，以惩堕落之民（《创世纪》第19章第24节）。但悲伤之火也时常将我们的生活照得昏黄。在这样的时候，我就该想到，火悲伤，它被自己的泪水淹至脖颈了。

72. 凡火

那长明不熄的圣坛之火是圣火，也是"老火"，这是火的累赘；而用一根火柴竖直的火苗，则是"新火"，这是火的妹妹。在《利未记》第10章第2节里，亚伦的两个儿子因为用了"凡火"去祭奠，耶和华立即放出火，"他们就死在耶和华面前"。尽管如此，我还是更喜欢"凡火"，它在一根火柴上就可以从容站立，就像一个无解的命题，或者宋朝的一个纤腰，在自己手里溶化。

73. 有火的风景

旷野篝火，就是有火的风景。黑夜降下无数细微的翅膀，把单面的火带往黑暗的角落。使那些沉湎于梦的暗生植物，在悄然运行中得到了加速的推力，并与火结盟。

74. 右旋的海螺

一堆大自然的篝火，静静支起黑暗，火向四周用力膨鼓腰腹，像一个右旋的海螺。按照藏传佛教的说法，每当海螺吹响，就可以熄灭战争之火，并营造吉祥圆满的氛围。海螺贮藏的不绝之水，当以火的形态造型时，它将熄灭战火。这是多么有意思的连续转喻啊。

75. 火被火灼痛

那敢于窃走天火者，罪孽远远大于撒旦派往伊甸园的蛇。在尚未吃下苹果时，夏娃的火一直处于均匀燃烧状态。而她吃下苹果后，火反而就难以控制。男人们认识女人，却是从"火被火灼痛"的地方开始的。

76. 工业时代的香气

燃烧的煤油灯用一种奇特的香气，一种令人遥想工业时代的香气，把火的锋刃藏在淡淡的青烟中。油灯在无尽的等待里，自己也陷入把持不定的摇摆，它用一阵爆裂的灯花排遣绝望，就像从黑暗深处泅出水面来换气。直到一个女人被灯花引诱，试探着用羽翅来拍动火苗的方向，并窥视火苗掩盖着的、孕育着的灯花构造。火将锋刃递出，把羽翅卷成阴道，于是，我又看到一朵灯花凋谢的过程。

77. 油灯燃烧的气味

煤油灯最早现身于四世纪的巴格达，这见诸波斯传奇的炼金术士、医生、哲学家拉兹的著作。由于经常停电，当一盏煤油灯用微暗的光照亮我的童年时代的阅读和出神时，油灯燃烧的气味打开了更远的世界。一种喜悦与担忧交互而行的预感逐渐被黑烟提升。火，被房角的老鼠搅扰，飘摇不定，从老鼠眼睛反射出星星碎光。就像是坩埚里的金红石在水银上沉浮。那时，我不大喜欢电灯，觉得一切东西被强光赶跑了，强光在物质上磨牙，并没有照亮自己牙床的辖区。何况，煤油那种香味，总是以慢飞的姿势，在烟雾的裙裾下穿梭，忙得像个伴娘！

78. 油灯与烛火

油灯与烛火，在观察者心目中代表了两种迥然不同的文化谱系。油灯照亮了古佛神龛，灯盏的大肚皮渴望以一种包容的智慧隐喻来覆盖饕餮和纵欲之象，火在黄铜与金箔的返照下倍显火之上的威力、神秘；烛火则撑起了基督的门楣，耀眼的光在它的周围形成了一个光环，所有祈祷与忏悔倾斜倒地，成为圣灵君临的基座。油灯是重浊、世故的，随时准备冲入现实，照亮御用之书；烛火轻盈，随时准备拉扯着这些斜影飞升。

但是我发现，油灯总是做到了油尽灯枯，但烛火却死于自己的脱阳。

79. 光影中的女人

置身于汉语中的少女厌倦了油灯，她们喜欢烛火的轻盈。她们既不适应强光下的人生，也不习惯油灯下的凄清隐喻。对于进入妇女层次的女人而言，火在金子上的反光就是最好的光源，所以她们喜欢急则抱佛脚。

80. 哀伤的火焰从不偏爱蓝光

哀伤的火焰从不偏爱蓝光，blue 是忧郁的，而是蜷缩于微动的橙红。就像一面在少妇丰腴腹部紧张不已的红绸，突然在子夜卷成了一只香橙子。这个时候，火扬起一些灰烬，遮住了裂开的脸。

81. 攫取蓝焰的人

敢于攫取蓝焰的人，非波普艺术最重要的代表人物伊夫·克莱因莫属。他仿佛一只飞蛾成功地掠过蓝焰的荆棘，并完好地把战利品装入墨水瓶。戈德弗里·奥纳热讲述了这样一件事情：当伊夫·克莱因第一次看到大西洋，这位地中海和蓝色海岸的儿子把一瓶蓝涂料倒入水中，并大喊："这下，大西洋比地中海蓝了。"其实，克莱因的血液就是蓝色的。

82. 高热的词

极富扩张的词语，总是带有高热。唯一的麻烦在于：我用笔把它捕捉到纸上，纸和笔不被烧坏——这有点像用风筝捕捉闪电。

83. 一块烧红的炭

一块烧红的炭，在我的注视中逐渐暗淡了。炭，回到了原处，炭，也回到了它并不希望的状态。炭，仍然向四周辐射热能，像那些从我身边远去的人，偶尔借助一个词汇，会灼伤我的手，但痛得我抓不住眼泪。也许，这就是巴什拉所说的，词的每一次崭新的出现，成为世界的一次萌芽和诞生。

84. 木头的烟雾是所有烟火里最熨帖的

木头的烟雾是所有烟火里最熨帖人心的，它是火的紧身衣。但火焰从烟雾中冒了出来，根本不管木头的哭泣。就像男人一只手搂住了一把细腰，一只手在胡乱撕掉衣服。南宋时代的江南一带的黄昏情欲，就这样伴随着华服的裂帛声而玉山倾倒……

85. 火的泄密事件

四川三星堆出土的青铜器、玉器、金器的精美绝伦让人瞠目，这些东西是谁制造的？它们为什么被砸毁过，并且拿大火烧过？这些人当年做这些事情的目的又是什么？创造出如此灿烂文化的主人去向何方？火将几千年前的文化托举起来，又使其在火中定形。火没有毁掉自己烧造的东西，火的泄密事件让我们得到了文化的灰烬。

86. 火上浇水

对不能实现的东西火上浇油,那就不妨试试火上浇水。得到灌溉的火苗,长成了火墙,看上去,很像马头墙,防火墙。

87. 石头被火劈开

石头被火劈开,我听见纵深的爆裂声。那些躲在石头里的梦,被火吹到空中,但到不了更高的河滩,无法着床。

88. 不断获得充血的理由

情欲与火,几乎是手掌的正反面,但不是一面。

它们的区别在于,火的每一次蹿起和蛰伏,只有大小强弱之分;情欲则不同,情欲必须不断获得充血的理由。针对浮士德的自证式漫游体验,桑塔亚那指出:"这就是他绝对的浪漫主义精神的特征:当他完成某件事时,他就必须发明一种新的兴趣。他不断寻找新的游戏;他总是处于变得极为厌倦的边缘。"

89. 强光必须在黑中，才能显现

在古代波斯，拜火教教主琐罗亚斯德的教义指出："每一个千年末都有一个救世主，从琐罗亚斯德的精液里生出。三个救世主最后一个出现并发起战争，历史传说中的英雄与妖魔都将复活参战。彗星降落大地，燃起大火，一切金属熔化为岩浆，形成滚滚火焰洪流——所有的人，生者与死者，都要渡过这洪流，善者净化入天堂，恶魔永堕黑暗深渊！"西藏苯教的一些习俗也有类似说法。由于白色与光明一纸之隔，苯教对白色也十分崇拜（而且崇尚白色与藏族古老的白石崇拜也一致）。白色暗喻明亮，在苯教的神话中，教主辛饶米沃及一些出身高贵的人物在诞生前都有神秘的白光照射其母亲使其受孕的神奇传闻。白光与人的精液不同，一种高蹈，一种暴力，但这二者藕断丝连，摩尼教与苯教都认为精液虽包含了光明，但它还混合了黑暗，这就是情欲、无根、堕落、疯狂等，而对火的祛魅和提纯，不但成了不同宗教面临的难题，更成为人类文明必须依赖的水源。就像撒旦是上帝刻意制造出来的一个叛逆——强光必须在黑中，才能显现。撒旦是光的黑色大氅。

90. 火、灯、光

火、灯、光，在感官和精神层面上都是三个不同的东西。火是对光的牙牙学语，火拨开了光的丝绸，洞悉了内幕的空，于是，这里成为火的高温的庇护所。灯本写作"镫"，指"置烛用以照明的器具"。"镫"在古代还作"盛熟食的器具"解。隶变以后，作照明器具用的写作"燈"。但灯是聪明而与时俱进的，是好好学习天天向上类型，是光的向日葵。但与人距离最近的，还是火。火用危机的伏笔，宣告自己的存在。

灯罩的绿绸过滤了一切暴力和非诗意的情愫，宫灯适宜投射在权威的道袍或美人的粉颈削背，或在南宋的临安花窗下摇曳，这些旧物是灯的最好诠释者和受用者。而火将密写者、阅读者、偷听敌台者的头影抓到墙壁上，呈现出一种秘密的、食欲大振的狂喜，那火光里永无休止的晃动与拔长，成就了这些借火者的一生。

这个时候，光被挡在瓦楞上，像普世价值一般逡巡天下。

91. 落在地上的太阳

十几幅各种花姿的《向日葵》画作，均为凡·高在法国南部所作。在法语里，向日葵的意思是"落在地上的太阳"。凡·高的向日葵不是明快、充满希望和幻想的向日葵，而是歇斯底里的，就像在极度缺氧的高原渴望飞速冲刺。凡·高的世界里，一切对象都充满了强制与反强制的生命。但向日葵既非回春之药，也非让梦躺下来的草甸，与其说凡·高是喜欢太阳，不如说，他把自己作为灯芯，燃着从向日葵那里采集来的火。用火点燃火，用火来熄灭火，用火来反对火。在他举起耳朵来与太阳对垒时，他甚至可以掏出内脏，火种那样掷出去。他说："我越是年老丑陋、令人讨厌、贫病交加，越要用鲜艳华丽、精心设计的色彩为自己雪耻。"

92. 车灯像改刀一样

夜里，雪亮的车灯像改刀一样捅进了瓜果。瓜果不是螺丝钉，改刀是粗鲁的，无法分清它触及的瓜瓤或果核，它只是一个劲地往前深入，抵达南墙时，然后又摧枯拉朽地拉稀摆带。皮舒瓦在《奈瓦尔传》里提及，某天，诗人奈瓦尔性力澎湃，他高举标枪冲锋在街头。就是说，他的裤裆撑起了帐篷，很像尚未完工的建筑物外的防尘罩，这与车灯，这与胸罩的叙事力度刚好相反。

93. 用面粉来幻想银子

最蹩脚的光，来自日光灯。这种对冷色调的无休无止的模仿，据说，使用者最多的是普通家庭。天哪，这是用面粉来幻想银子的伪书，让我感到暗无天日。

94. 灯光就老了

夜雨秋灯的气象，从古代江南的一只屋檐下缓缓流淌，一直成为古文化的"诗眼"。典出宋代鄞县人吴文英《宴清都·连理海棠》"暗殿锁、秋灯夜雨"一句。这盏灯的气象背景无从更替，秋季与雨水的合谋，最好是初秋，至多漫延至仲秋，一旦越过这个地界，灯光就老了。灯光把雨帘尽力推开，但力不胜任，刚好把雨推到芭蕉、秋海棠的叶面，如果掩口的玉人患有肺病，再吐一口血，成都诗人柏桦一定感动得多次昏死。

95. 路灯

据说路灯最大的敌人来自停电，恐怕不确。我发现，有时大白天路灯依然亮着，不但说明路灯管理员工依然处于黑暗、昏睡状态，而且，路灯并没有在光天化日下把亮光增大哪怕一分。根据第欧根尼白天提着灯笼在雅典的市集上"找人"的哲人化生活，面对他"人啊，你在哪里？"的悲切呼唤，我的回答是：路灯，别混淆了我的阳光！

96. 白日灯笼

林治平在《白昼提灯》里，沿着第欧根尼的白日型灯笼，他还发现，哲学家尼采讲述了一个疯子，也是白昼提灯，在市场上跑来跑去，不停地喊："我在找神！我在找神！"其实，这个"找神"的主角就是尼采，他唯一缺乏的东西，是一面被人民承认神存在的镜子。人性与神性并非对立，何况，神性的疆域，远非伊甸园的苹果所能探照。执其一端，未必是第欧根尼、尼采的本意。

97. 血库

无论书籍具有怎样的威力，对我来讲，能够照亮书籍的是光，书籍与光的聚会才是取之不尽的血库。而到了 2014 年的今天，我的数万册藏书真的躺在潮湿的地下室里，我常常在霉变气味里枯坐，守着它们流泪。我的血库里除了霉变，连一只蚊子也没有。"新的火焰可以把旧火扑灭，旧的火焰可以让新火成长。"

98. 手电筒是瘸子

卡夫卡在《乡村婚礼的筹备》里注意到："在塔形的黑暗之中，梯形的火焰就像在一间小屋子里似的照射在相互嵌进的玻璃片中，而几步之遥以外的地方黑暗依旧。"他不相信这弱力的光，一如我对手电筒的怀疑。

他对马克斯·勃罗德说："凡是我写过的事都将真的发生。通过写作我没有把自己赎回来。我一辈子都是作为死人活着的，现在我将真的要死了。我过去的生活比别人的更甜蜜，我的死亡将因此更可怕。作为作家的我当然马上就要死去，因为这样一种角色是没有地盘、没有生存权利的，连一粒尘埃都不配；只有在疯狂的尘世生活中才有一点点可能，那仅仅是一种享受欲的幻想。但我自己却不能继续生活下去了，因为我没有活过，我始终是黏土，我没有把火星变成火焰，而仅仅是利用它来照亮我的尸首。"

手电筒发出的光，很像一个"一根筋"的教条者。它原没有灯笼那样圆滑，没有火把那样峻急，手电筒宛如一支在手工业时代边缘吟唱的咏叹调，喝着烧酒就想起了女人。照亮了脚掌大的一块地方，当你把一只脚踏上去的时候，你根本不知道下一步去向何方。所以，手电筒是瘸子。

99. 红灯笼的吊诡

灯笼又统称为灯彩。起源于西汉时期，尤其是红灯笼，成为中国人喜庆的国家叙事方式。如此喜庆的中国式礼仪方式，也用于战事。义和团中的女兵，是18岁以下、12岁以上的少女，身穿红布衣履，手执红巾和一个小红灯笼，这些女兵统称为"红灯照"。据说念咒用法后使扇子一扇就能升空驾云，像一颗高扬的大红星，洋人的大炮遇见了红灯照的扇子就放不出炮来，而扇子一扇可以使轮船在海中自焚，城楼或洋房烧毁。这样的文化"化"的灯，不但成了洋枪洋炮的活靶子，也让张艺谋高高挂起的大红灯笼，一点微弱摇曳的光，营造出了不可忽视的力量感和存在感，像充血的睾丸。

100. 执烛的学子

法国诗人弗朗西斯·蓬热的《蜡烛》：

黑夜有时使一种特殊的植物生机勃勃：它的光辉把带

家具的房间分解成大块的影子。

金色的叶片由一根黑柄托着，静立在莹白小圆柱的凹处。

卑微的蛾子喜欢进攻的是烛光而不是那高高在上蒸腾着树林的月亮。然而，不是马上引火烧身，就是在战斗中精疲力竭，所有的蛾子都在几近木僵的疯狂边缘颤抖。

不过，在哔剥的烛烟中，蜡烛在书本上摇曳烛光鼓励读书人，之后倾向碟盘淹没在养料中。

在东方想象中，古代的莘莘学子总是执烛的，或者说他们的历史身影，总是因为烛光，才得以放大，他们与烛光互为因果。他们左手执烛右手正栉，左手居静，右手常动，执烛有定——《管子·弟子职》指出"左手秉烛，右手折墠。"圣字，刻上从卽，指蜡烛的余烬。拨烬使落，烬落则烛明。所以，手捧烛的古典意象，除了照明也是督促学子心情平静，否则烛影摇曳，或者烛影摇红，心境大乱，如何安静？

101. 火的精灵是蝾螈

在亚里士多德心目中，比火更强大的生命力，来自神秘的蝾螈。它们身上有五彩的斑点，散发火焰，四肢常常抱起冬天的河流，在高温的火山口、炉膛之中狂舞。后来，15世纪的巴塞尔大学校长帕拉塞萨斯便提出了"火元素的精灵是蝾螈"的说法。亚里士多德描述说，它们的身体非常冷，不但不怕火，还可以灭火，而且懂得用火去攻击来犯者。而且它们的体液中含有剧毒，人如果食用了它们爬过的果实会立即中毒身亡。普林尼·埃尔德在他的《历史的归化》一书中，向人们做如下的建议：溺死在男人的黏液中的蜥蜴，有抑制性欲的作用。

102. 火与灯芯

微弱的烛火永不停歇地向上攀缘，但柔弱的灯芯已经无法承载这无休无止的支出了；火已经厌倦于灯芯的软与弱，可是火毫无办法，只能麇集在棉芯的时间之纬上徒劳攀缘。这就像站立在转轴上的老鼠，奋力地奔向自由，它在空间上原地不动，只是把时间缠绕在轴上，构成了拓扑学个案。

103. 最低的火舔净自己的脚

1996 年 1 月 28 日，诗人约瑟夫·布罗茨基是在梦中逝世的。也许，这是最为诗意化的死。一个在极权主义时代的黑夜里不熄的举火者，依然膨大着他的光焰。在为《娜杰日达·曼德尔施塔姆回忆录》所写的序言里,布罗茨基这样来描述他1972年5月30日最后见到的娜杰日达·曼德尔施塔姆的印象(其后不久他就流亡到了美国):……她像是一场大火的余烬,像是一块没有烧透的炭;你若是碰碰它,它便又燃烧起来。布罗茨基在说:奥西普·曼德尔施塔姆在帝国的大火中被焚为灰烬,而他并未消失,他的力量在妻子的精神中存贮下来,它是无穷的,可以使一个垂垂老矣的老妇人像一块仍蕴藏着绵绵热力的炭一样灼人。

这是最能够激励诗者的结局。如同布罗茨基《阐述了的柏拉图》里痛彻而平息的诗句:

> 我会听到一个沉着的声音,静静
> 谈着与烛光下吃饭无关的事情。
> 摇曳在壁炉上的火焰,福图内斯特,
> 会在一件绿衣服上溅洒深红的斑点。但最后火会燃尽。
> 时间——不像水——平着流去,譬如从星期五
> 到星期六,一边踏着自己的路,
> 它会在城市的黑暗中抹平每一条皱纹,
> 最后再将自己的踪迹擦去。

但是,我现在面对的是,一支烛火的悄然委顿。最后又被烛台碟盘底部的烛泪所支撑,犹如一个人不断拆解身体,不惜用骨

灰来支撑光亮。最后，他的确是用最低的火，舔净了自己的脚。

104．通过雨滴取暖的女孩儿

安徒生《卖火柴的小女孩》发表于 1846 年。起因是日历出版商佛林齐寄给他一封信，信里附着丹麦画家龙布的三幅图，要求他选择其中一幅图而写一篇童话。他反复斟酌，选择了其中描绘手中拿着一束火柴的小女孩的画面。

在我看来，这篇童话其实是安徒生根据母亲的经历而写。他父亲在安徒生 11 岁时就病逝了，母亲是职业洗衣妇，幼年讨饭。请注意安徒生的相关回忆："妈妈告诉我，她没有办法从任何人那里讨到一点东西，当她在一座桥底下坐下来的时候，她感到饿极了。她把手伸到水里去，沾了几滴水滴到舌头上，因为她相信这多少可以止住饥饿。最后她终于睡过去了，一直睡到下午。"

透明的雨滴，在饥饿的催生下化作漫天大雪。那一个通过吞食雨滴而充饥的女孩，作为生活中的真实场景，在安徒生笔下迅速漫溢。那个渴望在雪夜取暖的女孩，现在，水滴演变成了木梗上的火药，晶莹的雨滴打开的世界，与火药五次托升起来的盛景如出一辙。肠胃的雷鸣与圣诞的焰火完成了同构，并在一个女孩的眼里达成了和解。她，像雪一样笑着，像雪花那样进入夜色殿堂。然后，再望一眼脚下的黑暗。透明的水滴与薄透的火焰，让死亡无限，透明。安徒生只有悲悯，并与死亡达成的和解。他写的根本就不是童话，他没有为低微者提供那种"阶级怒火"。

所以，最纯粹的痛并不玄奥，痛从来就是清浅而透明的；痛彻骨髓直至飘升，而它的背景一定是没有被淆乱的夜空。再往上，一定有一双眸子俯瞰这一切。

105. 伸手为镜

绝望中的人伸手不见六指。他伸手为蹼，为锤，为镜。黑暗在手的体温和摩挲中，获得的恰是绝望。这是他真实的收获。一个人到了这个程度，他基本上就获得了成为新人的资质。

106. 嘴唇的外喷与内陷

在21世纪的川戏里，变脸、吐火几乎成为吸引外道看客的唯一噱头了。这两个动作展示的是戏剧里心神俱荡、天塌地陷的严重时刻，诸如《白蛇传》《红梅阁》《九美狐仙》等戏。吐火从梆子戏借鉴而来，由最早的"纸媒火"然后是"香面火"（用较易燃的松香粉的"香面"含在嘴中喷出），再依靠

"洋油"来提高燃烧的突然感觉。嘴唇的外喷与内陷成为支点，火的驱魔仪式压倒一切言辞，成为"说出"的高峰时段。

107. 火焰的辣椒造型

火焰具有辣椒的造型，世界上大凡向上勃发之物都具有火的形象，而收拢之后的火是蜷缩的洋葱，反而像是一个火的子宫。植物的旗帜动荡如火，这就成为一些古代部落或当代性焦虑主义者视辣椒、洋葱为刺激性器的仙药。这样，狂傲的辣椒与蛇的红芯，又回到了本喻。也就是说，性欲也是植物性的。

108. 火焰之书

我只能在梦里用墨水点燃书纸，观察火在事物的内部
扭曲字义，烧造型体，直到发出爆裂。我闻到思想浴火的味道
一种具备腐蚀力的迷香，铺开火焰问鼎的祖国——

火从黑色的殿堂自明。它密集地爬上皇冠，突然收拢
一张复活了所有温情的脸庞，擦过我的面颊
我抚摸火焰的长发，就像清理情人裙裾的波皱

让它隐含的秘密排满我的睡眠。我在不停流泪，泪水把秘密漂起来

词与事物在无限靠近，但水又使它进一步迷离

难以定型的愤怒和狂喜，逐一在火红的卷宗舞蹈、交错、磨蚀

一封火漆缄口的书信，出自异端的工作。而黏附在上面的三根羽毛

一直在空飞。世界浮满了折断的声音

火焰塌陷下来，就像海德格尔之额，撤退是为了更稳地前行

带焰的火苗蓝汪汪的

它越来越下浸的幽蓝，暗示了那颗控制格局的宝石

正从一双回忆的瞳孔里，返回到无边的忧伤

那是从锋刃刨下来的一堆碎屑，是用凝干的血块碾成的粉末

是葵花的自伤。是老虎挣脱捕兽夹后，挂在阴谋倒刺上的一团金丝

是子弹的散步，然后侧旋、回家，从权力的铁幕切出的一道血槽

这些火的元素把事物的圆滑与可能性逐个清除

在硫黄和哲学的深处，是一个被剧痛拓宽的边界

我一直生活在这座火的花园，我愿意看它打开，结晶我的

眼泪

甚至不要光,只要有痛

因为我是最白的焰,是火焰裂口的补丁

被火抛起来的,除了作废的欲望,还有火的尸骸

它们都以黑鸟的姿态,把梦抬高至稀薄的高度

褴褛的火啊,一种在其中坠落,而另一种,却锲进了天空

现在,四周下着黄金的血,灰烬以钉子的眼神,俯视我内心

开满的雷霆之花——

我在一个长夜得到的,如何去维系一生的燃烧?!

109. 带火的风

弗朗西斯·培根在《新工具》里,把被风吹动的火,比之为"带火的风",这一比喻突破了理性主义者的修辞域界。他还进一步发现,爆破力是从火的内部寻求突破,就像"越狱"一样,这样的观察与审视恰是诗性的,不大像来自哲人。他找到了焰是火愤怒之态的原因,由于从金字塔底部无法逾越,就只能从塔尖向天空突围。因为焰被风鼓动着谋反,完成了一次对"火体制"的僭越。读到这些文句,我对这个人品不佳的天

才，产生了些许好感。

110. 火抓住落进火焰中的东西

古罗马皇帝马可·奥勒留在《沉思录》卷四里指出："那在我们心中的支配部分，当它合乎本性时是如此爱好那发生的事情，以致它总是容易地使自己适应于那可能发生和呈现于它的东西。因为它不要求任何确定的手段，而是在无论什么条件下都趋向于自己的目标；它甚至从与它对立的东西中为自己获得手段，就像火抓住落进火焰中的东西一样。爝火会被落在它上面的东西压熄，但当火势强大时，它很快就占有和吞噬了投在它上面的东西，借助于这些东西越烧越旺。"

靠近对立的、敌对的东西，包括水与铁，一旦时机成熟，火会碾碎一切事物的骨头，让他们的血肉成为自己的印泥。权力者一旦从火的秉性里获得这样的启示，就难怪他们的身体与言辞里总是怪火运行。

111. 焚手稿

深夜的岷江

把白日漫步加快到野战的速度

水浪在鱼的腰际雌伏

那是一个群星君临的夜晚

我在点火

皱巴巴的手稿爬满火的蛛丝

尘封的纸页用黄继光的方式扑向星空

手迹在火中黑得触目惊心

就像孩子一觉醒来

哭成一团

我能看见火焰的

农村包围城市

看到流年的细节、眼泪、外强中干

被火吹起,示众

它们再也回不去了

但纸包住了火

星象迷离,大江奔流

我像是在火堆边等待空降的受困者

但火在毕毕剥剥的元音中

嚼舌自尽

112. 以刀杀火

一当定型的事物不可变易立场

刀一直停在蓝汪汪的记忆中

甚至没有热身

就插进了火焰的腹部

火把刃口逼出羊水的气息

它们是孪生的兄弟

此刻火的腰肢蔓生歧义

相互绞缠更像是乱伦的姐弟

刀被越舔越黑

黑得只剩豫让的牙齿

在缤纷的碎绸中渐渐迟钝

刀瘦成了一根懵懂的扇骨，旋掌上之舞

恒定旷野的总是跑兽的眸子

被白焰灌得酩酊大醉的铁

天灵开裂，彩翎飘飘

就像一只可怜虫腋生双翅

以刀杀火
不过是为了回炉和淬火
刀关闭了血槽，承受十万只群星的马蹄
剁碎自己，碾成蹄铁

113. 字库塔

一场躲在银杏叶的雨
终被死鸟的弧线摇落
字库塔竟然泛出烧造的香味
在细雨中以蓝烟谋求上路
偶尔飞起的灰烬
字被带走，纸成为天空的补丁

字库塔比背景中的烽火台
更具自卫技术
一根穿透乌云的发簪
划纸之声盖过撕裂绸子的玉光
笑声是蜀蚕的礼仪

纸上汉字瘦如带火的飞燕

书写者毕生的努力

不过是泊近烛火

让思想发出烟味

那只飞蛾举起缎子的羽翅

埋首于火焰咀嚼的褶皱

在雨中，酿成了我的墨

114. 披垂着绿毛的电

我和你站在星空下

唯一的白桦树

刚好陷入银杏的浓荫

只有月光流下来

你在我手里渐渐雾化

远方的桥

豹一样试探

涉水而过

115. 强光下的火焰

强光打穿了火焰

就像头骨被利斧劈开

火,被火灼痛

以回环的双头蛇返到

蓓蕾的时光

拒绝了光的祛魅

强光拔尽了火的流苏和羽毛

折断焰中所有的刃口

火只以木质的方式承受而碎裂

最后借助于风

骑帚而飞

这让我想起

自己剁掉双臂的侠士要离

举着羸弱的身子

向天

张开了白焰的牙齿

116. 碎焰

碎焰,或是裸麦

针脚般织在水面

使得波浪的每次陡转

富有节制,舌头安全返回语义

城市的灯火如拉长的嘴喙

却撩起了水衣裳

骑在马上

摇晃的丛林把光倾在草尖

天穹亮成一只暗红的陶罐

在树叶边缘

在果实的脐上

在乌鸦危言耸听之外

碎焰的冰碴偏蓝,即灭即生

每走一步，碎焰就在脚下销匿

灌浆的茎块将梦带往地表

碎焰是那些星星的骸骨

像倒仆的流放犯

草根，穿过他们的头颅

已经无须研磨词语了

深夜，钟表匠

放下了工具，让蜗牛回到壳中

我的父亲靠在椴树上

咳嗽，断续地喊，然后死去

早晨总是从斜面开始的

无人知道真理的表达

播下龙种收获跳蚤的事很平常

我的收成

可能是野草和灰烬，也可能是钉子

117. 风中的篝火

树荫摇曳

火光转蓝

匿在枝丛的道路偏弯

火打在你的背

火使你的额头发送鸡毛信

火在你的腰际凝为红冰

火顺道路流往暗处

在前方汇为一个暂时的湖

跳舞的天鹅脱去火的装饰

最白的焰在对剖

像地下党人一样

火让你的一半

留在我手中

这一切，都取决于风

它从树梢压下来

就会让那一堆篝火

裙子一样烧在天上

我们则像松脂

反对越来越低的生活

可以凝冻，却无法出声

118. 火焰褶子

我正在学习冷却，从事情的阴面回味燃烧的浑圆
我一遍又一遍注视，你设置的陷阱
外表比谜面更灿烂，急躁的谜底却过早开花
你烧成了空心的火焰，却一直照亮我骨头的黑暗
我将你的波皱逐一抚平，剪除杂质，耙梳纹理
让亮得更高，高到我无法企及
让暗生之物在盈亏中凝定如针
我的注视无休无止，总想将你包上一层红金

像鸽翅一样朴素的词,浮在空气中

它使飞离的念头蹈火而摇曳,你的香气

已经被渡鸦的叫声送至我的口唇

在一只旋转的烧瓶根部

我找到你的涌泉和天庭

你像突然的丝绸那样松开,以一根抽出来的亮丝

为低飞的时光打上一个活结

腾悬的血啊,灰烬是火焰滑落的大氅

使我不断弄皱你的平滑与完整

汗水已经融化你的背,使之成为腰的虚线

你是我额头的冰块,我走了很远

触动你深处的玉

一直拿不定主意,是该让火焰嵌在我指尖

去发现还没有找回来的身体,还是

让你收敛如纸面的假寐

连同我的字,对折为火焰的褶子

那在焰端绽开的裂口,就像炸开的果实

我却是那出走的核——

看看那些被寄往枝条的嫩叶吧

因为你坚持的托举,那仅能立锥的地方

就使一只只蜂蛾,得以透亮和站立

119. 火的双元音

将一烛火苗，置于两面镜子之间
就摆开一条弯折的回栏
把火带往幽潭水底的云端
镜子稳住了焰口的风
让黑暗中的高举，成为恒定的影子

镜中的火在对飞中无限接近
火的羽毛在玻璃上摊开燃烧的丝缕
如同沾满白盐的鱼
它们彼此撕咬，静静交换血液
伤口是理想的发力点
突然暗下来的一瞬
火焰从腰际穿透对方的身体

在一个陡峭的长夜，我安静
目睹两支长箭相互对穿，毫不减速
散落的火星一如剔除的杂质
抛在身后的爆裂声哔剥作响

来自火舌的双元音,把我的注意力分开——
谁才是火的血亲

火要祛蔽。从炎或焱的缝隙里回去
回到弧线摆开的长廊
尽头有火存放的形体
就像我为熄灭身后的盯梢
不惜凿穿脚下的船板

我把火端在手上,火烛流满拳背
注满梦田四溢的雨季
镜子触摸不到火的骨头
更不知道
火的接力赛从不停止
直到镜子都疲倦了
直到满桌的烛泪
让时光打滑,覆盖我全部的字

火收回自己的身体
火不动,风四起

120. 火焰的舌头

油灯伸出舌头,就像一个名字喊出口
半透明的物质站立光柱顶端
在光与火无限重合的边缘
所有的歧义一起回首
将夜晚孵成一只逐渐椭圆的蛋,破了
披挂银霜的鸟,从虚构起身
尖利的喙把埋藏的丝拉长,把光进一步打开
它无名,无羽
它要从叫嚷里飞离
不再回巢

灯如豆,盛开的花却不是豆荚上的
那一种。梦里的一盏灯撒豆成兵
如刀,如战士的睡眠
把每一面阴影浸透,黑夜的纹理成为悬空的道路
在明亮之外,触响未知的事物
灯从暗下去的中心再次圆起来,反转的燃烧
像轮开的裙摆

从火苗绽放的顶梢

一点而过

黑夜被深深地摇晃了

如同眼前这只诡谲的飞蛾

对火的动机产生怀疑，离开灯

但带走火的光荣

独处的时候，我就希望看看

沉醉的灯芯

还想闻那一种烧造的味道

这个时候，我与思靠得最近

121. 火刑

灌木有聚热的品行

文火把毛发舔得怪响，散发药味

硬刺从摇晃的脊背

伸出倒钩，圆满火的道路

骨头无路可去，异端隔岸观火

他随时可以在气浪羽化

嘲弄烧炙的诡计

蓝烟自硫黄与松脂的缝隙下切

符咒着魔而盘曲,就像政客

企图以火焰刀的反烧

完成铁刃无法触及的使命

肉在刃尖蹈空而膨大

然后炸开,成为花心

就像火

无法使光疼痛

风把烟雾从火的边缘剔除

纯粹的烧造,以异型的跳跃

将肉体还原为赤足的黄金

骨髓在火的面颊按下手印

思想既是火的爱人

又像火的宿敌

暴力的预言从大地蔓延到鼻梁

人是一只被肚皮浮出水面的老鼠

木柴中挤满哭叫的地精

皮肤的黏液使空气减速而发蓝

水亮的肌肤被水炸开,像顶风的树叶

把风撕出一千种水叫

直到血把黑暗挤出来

火里的眼珠是灵魂的救星

把脏腑照亮

可以看见晶亮的人油

把钢铁和极权淹没

直至蔓延遍地的磷火

成为石头的弟兄

实际上，贞德像蜡烛一样

熔化得只剩下胸腔了

失去性别的头颅狂叫不止

高音在火的最高处溃烂

带焰的火苗

是灵魂的子宫

122. 闪电修辞

诗人杨炼曾有诗句："白杨把闪电的根须钉入地下。"

墨西哥诗人帕斯的诗句："我的前额本是洞穴，其中居住着一束闪电……"

鲍尔吉·原野写道："夜空栽满闪电的树林。"

黑夜把所有山脊抽走，在天空竖立。沾满上帝掌纹的蛇蜕钻裂天空寻找子女。

闪电纠结，拧出最白的电，为那匹叫五明骥的马镀银。

123. 倒垂的火把

在青海湖诗歌广场上，镌刻有萨迦四祖萨班·贡噶坚赞的四行诗：

> 高尚的人虽遭厄运，
> 襟怀却依旧坦荡；
> 若将火炬倒置下垂，
> 火焰仍旧冉冉向上。

本意敞亮，但如果持火者敢于将火把倒垂，那一定是遇到了最大的危机。因为，他不惜将手臂也作为火的血亲！这就像一个剑客，不惜用反手剑洞穿自己的胸廓，以刺进背后大敌的命门。

124. 武器与弹药

阿多诺在评论本雅明的《单向街》时指出："应该是通过

智力活动的某种短路去点燃火焰的东西,这个火焰即便不把既存的东西烧尽,也会将它照得熔为灰烬。"本雅明试图通过他习惯性的"反智"方式去重建被当今世界剔除的思维本身。在我看来,这暗示了本雅明在热恋对象——阿西娅·拉西斯氤氲下被激发起来的余勇。这个貌不惊人的女人像块不冒烟不发光的热炭,单向街将她贯穿,她没有中断和本雅明的交往,但也没有答应本雅明的求婚。在《武器与弹药》里,本雅明进一步具象了男、女的火力性质,是谁发射谁的问题:"我最终还是无法见到她。于是,仿佛每个大门口都喷射出一束火焰,每个墙角都迸发出火花,每辆汽车都像消防车一样开过来。是的,她可能已经走出大门,绕过墙角,坐上了街车。可是在我们两人之中,我必须使出浑身解数去成为最初看见对方的人,因为假如她那导火索似的目光碰到了我,我就会像弹药库一样飞上天。"单凭这一点,他多么渴望电线短路啊,比那个扛着婚床逃走的卡夫卡更靠谱。

125. 超验的火焰

本雅明在《论歌德的亲和力》里辨析了许多概念,他使用这样一个玄妙之喻:"即某人把生长的作品当作燃烧的火葬堆,则评注者(commentator)就像一个药剂师(chemist)一般站在作品面前,批评家则是一个炼金术士(alchemist);而对于前者来说，木头和灰烬仅仅是仍然是他所分析的客体，对于后者来说，仅有火焰自身才保留了异象（enigma）：其中具有生命的东西。由此，批评家求索真理，真理那活生生的火焰汹涌怒放，吞噬已经消逝的沉重木材和所经验的明亮的灰烬。"他的意思是，读者捧在手中的并非"评论"，而是批判，是"寻求艺术作品真正内容"的批评。真理的火焰掬走了事物的内容，其概念和外观在火光中得到了彰显。

而在《柏林童年》里，本雅明再次动用了火的经验储备："但是当我真的听到了警报声，不幸事件中最精彩的部分几乎总是已经过去。因为就算真的发生了火灾，人们也看不见火焰。仿佛这个城市妒意十足地在庭院深处或在成排的屋顶上养育着那稀有的火焰，对所有想看一眼这只在火光中炙热而辉煌的赤鸡的人大事戒备。"人们只听得见警报，看不见火。火匿名，让那些在街头张望焰口的头颅成了惊慌的罪犯。

126. 鬼火

王充在《论衡》里辨析说："人之兵死也，世言其血为磷。血者，生时之精气也。人夜行见磷，不象人形，浑沌积聚，若火光之状。"鬼火出没，以一种远距离的睥视让我们倍感压力。匈牙利钢琴家、作曲家弗朗茨·李斯特的《超技练习曲集》（Etudes d'execution Transcendante）作于1851年，呈献给他的老师，李斯特对这部曲集有过 3 次改订。全集共 12 首，第五首《鬼火》（Feux follets），降 B 大调，小快板，因其中有类似鬼火般到处隐约出现的音群而得名。音乐家用手指点染"鬼火"，鬼火被赋形，变得服帖而温顺，但它惧怕温暖的本性复萌，又归回了本性；但音乐强力的金风使其回顾，就像贝雅特丽齐带领但丁，用爱情之火将"鬼火"引向明媚的高音区，并以晶莹的音色拉长为圣女的裙裾……在这首难度极大的曲调中，鬼火因为突破伦理的跳跃，并嬗变为火焰驯服的澄明，此曲其实并非为了炫技，乃是对火的摄魂术。

127．火的描红作业

尽管微暗的火对于大众而言更利于激发情欲，我已经习惯在这黑影中写作。既没有过早的曝光，也没有身后觊觎者发射的挑剔的鱼刺。我像灯罩千百次被火焰熏黄、烤脆，直至洞穿，尽管黑暗总是将褴褛的我予以呵护，可是我早已经没有了疼痛。对于写作，与其说我是就着火焰而完成的描红作业，不如说是蘸着黑夜让逼迫之焰退让出来的一块场地——在一个偌大的世界上，就是那一个巴掌大的地方，刚好搁下我从硝烟里退回来的思。现在，我要疗伤。

128. 火分泌黑暗

林贤治在《让思想燃烧》当中，引用法国数学家卡斯代尔神父讲说颜色的光学之时的话："绘画中的黑色往往是火所致，火总是在接受它强烈印象的物体中留下某种腐蚀性和发烫的东西。"鉴于火在一切与之相遇的事体上会留下黑色的踪迹，那是火焰的印记，所以火焰纹章从来就不是金光闪闪的，火分泌黑暗，火会流泪，火最终反刍黑暗，并从暗夜里确认黑暗。围绕火焰以光速旋舞的方式获得了黑暗的默许。火是黑暗在现在的显形，黑暗才是过去与未来。

黑夜才是呈现生活本相、还原生活事体的现场，既是个体在场的触媒，也是上帝现形的场所。在卡夫卡看来，"我们真正能理解的是神秘，是黑暗。上帝寓于神秘之中，黑暗之中。而这很好，因为没有这种起保护作用的黑暗，我们就会克服上帝。那样做是符合人的本性的。儿子废黜父亲，因此，上帝必须隐藏在黑暗中，因为人无法突入上帝，他就攻击包围着神性的黑暗。他把大火扔进寒冷的黑夜，但黑夜像橡皮那样富有弹性。它后退，但它继续延续下去。消失的只是人类精神的黑暗——水滴的光和影"。《判决》就是"夜的幽灵"。（雅诺施：《卡夫卡口述》，上海三联书店，2009年，57、22）

129. 早该自燃

奇妙的是，火从来没有访问过火柴盒内的世界，尤其是在连一个男女厕所都可以共用的共时性时代。火柴每次被一双手举起，火柴头总是在墙壁碰得眼冒金星，然后，他就像一只雄蜘蛛那样耗尽精血就被伴侣吃掉……火从来无从想象沉睡的房子内，木柴与火药这对冤家是如何处理床上关系的——因为无论是同性抑或异性，它们早该自燃。这就好比一个人，艰辛地生活直到老年，也没有机会光顾本城著名的文物古迹哪怕一次。

130. 储火器

光鲜的打火机很像一个冒牌大款，在关键时分就像丢失了春药，由于追求过于峻急，所以总是容易泻火。

火柴具有朴实的本色，但近之则不逊，远之则怨，因而总要用体温烘烤它，它才乐意工作。萨特对上帝就有一种模糊的感受，上帝是一只眼，时时在盯着他看；又仿佛是一道用火柴划燃的光。而毕加索曾想造出这样一种火柴盒，它整个儿就是一只蝙蝠，却又始终是火柴盒，他渴望着飞翔与实用的双重享受。可见在储火器方面,哲人没少花心思。

有意思的是古老的火镰,它只能从力量的缝隙之中捕捉火苗。这就是苦力们的心机:力道是火的储藏器。

131. 静候的烛火

已经没有什么

能使火苗抽搐了

一只高速旋转的陀螺

让周围的空气发亮而黏稠

但我却宁愿相信

这是一截折断的矛尖

一直静候,那失踪的身体

火日益蛰伏和疲倦

刃口与棱脊彻底交融

一如枝头的熟橙

低调而单纯

也许这就是回忆的方式

静立的火无需招式

火用慢光来检视自己

使得往事不会惊醒晚风

却招致，越来越厚的黑翅飞临

不知道是矛尖
一点点揳入黑暗
还是自己在被熔蚀

静立，已经等不到
矛杆的续接了

132. 让火的耳朵失聪

双手合拢，将散落大地的光
敛成一根火烛
最嫩的芽从焰口破土而出
向着高处，渐渐变绿

闭上眼睛，摇晃的世界逐渐平息
我的腰肋被光割开
漏出粮食、斧头和硫黄
火的枝丫在一个高度转向回忆
水珠聚为一面椭圆的镜子
在碎裂中，映出天穹弯曲的背脊

就这样坚持，让火的耳朵失聪

火的口唇

忘记了吸吮和祈祷

火被无风的夜空引得

太高，而纤细

它像针一样折断

那留在我腰肋上的线

就成为我一直相信的

证据

133. 水底的火焰

在诗人庞德眼中，女性是从属大自然的，几乎就是自然之物的精华浓缩品，不是玫瑰不是小鹿不是夜莺，更接近中国古典女性意象：一棵生机勃勃的树、一朵白色的罂粟花、桑叶、章鱼，庞德心目中的女性与大自然紧密相连。这就是说，庞德心目中的女性可敬但不可靠近亵玩焉，风仪又接近于但丁、歌德咏叹的"永恒的女性"。

在著名的《咏叹调——加里里地方加那树的婚礼之舞》中，他亲切目睹柔媚之躯，但不会靠近：

深藏于心底之火是我的所爱

爱躲在水底

快乐善良仍是我的所爱

艰难寻觅就像

火焰在水底

风用手指

指着她的手指

一个极轻微

匆匆的致礼

我的快乐是爱情

善良不易呈现

如水底之火

难以一见

我没有使用赵毅衡先生流传最广的译本,是在于庞德之"爱",未必单指"我的爱人"。"水底的火焰"是一个吊诡的意象,水的冰冷和火的炽烈混杂,跳动的火焰是美丽的,本身已无法让人接近,何况又在水底。诗人眼中的女性是美丽的,致命的诱惑,同时又是遥不可及的。庞德几乎动用了一切东西方的关于阴性的美丽词汇,他要竭力掩饰的,是一旦遇到了水底的火焰,他也不愿意靠近那足以融化他的气息。某种程度上说,一个在纸上如此热爱自然的诗人,又千方百计地与之保持着距离。

134. 光芒划过没有阳光的地方

英国诗人迪伦·托马斯《疯人院里的爱》：

一个陌生人走来
分享我的房间，她的脑瓜子有病
有位少女疯狂如鸟

用她的手和羽毛，闩住门内的黑夜。
在迷惘的床角
她迷惑于那有着天堂之橡的房间里涌进的云朵。

她迷惑于这噩梦似的房间里的踱步，
如死者一样庞大，
或者骑上这男病房的想象之海。

她走来，拥有
并承认那穿透弹性墙壁的欺骗性的光
为天空所拥有

她睡在狭窄的水槽里，她走过尘埃

> 对她的欲望咆哮
>
> 在这疯病房的木板上被我奔流的眼泪弄得形容憔悴。
>
> 被她手臂里的光如此长如此久地带走
> 我或许没有错过遭遇
> 那把火置于星球的最初的幻影。

　　脑子有病的是大街上的人。这个被光洞穿的女人，她本身就是光源。她是上帝的一节电池，开始毫无节制地放电。但上帝忘记了这个贪玩的孩子，没有给她补充能量。无论是是否出于真实或幻觉，迪伦·托马斯被电击中，他39岁因酗酒过度而撒手人寰，死于1953年。

135. 拒绝带焰的火

　　恍记得是1995年春，我在成都长顺街一家书摊上买到奥克塔维奥·帕斯的《双重火焰》。薄薄的黑皮书，蒋显璟和真漫亚翻译。帕斯解释了书名的意义——火焰是火的最精华的部分，它向上移动，以金字塔的形状升高。最初的、原始的火就是性欲，它升起爱欲的红色火焰，后者又升起另一个摇曳不定的蓝色火焰为之助燃：爱情的火焰。爱欲（eroticism）与爱情（love），乃是生命的双重火焰。他的哲理基石非常简单："爱情和爱欲——双重火焰——都是原始之火即性欲给添柴加火的。爱情和爱欲总是回归原始的起源那里,回归到潘神和他那让森林颤抖的呼叫那里。"

其实,每个人对爱与欲的理解或倚重是不同的,而且双重火焰的构成也是不同的。我们无法像以利刃剖开蜡烛那样,来观察静态爱与欲的构造。两人在一起,更多的生活是水性的,是水往低处流。而火焰告诉我们的是,火焰是单面的,火焰一旦升起就是拒绝双重的。双重的火焰重床叠屋,是形容词与副词的叠加,那是拒绝带焰的火。这样的火焰宛如伏羲、女娲紧紧缠绕的蛇尾,然后呢,在历史的风尘里他们各自当各自的神。

136. 燃烧是一种喜乐

2012年6月5日,美国幻想小说大师雷·布莱德伯里(Ray Bradbury)在洛杉矶家中逝世,享年91岁。他的逝世,在西方引起了一阵波动;中国人似乎无动于衷,从未丝毫停止赚钱的步伐。

布莱德伯里不承认是科幻作家,他多次申辩自己的作品是幻想小说(fantacy)而非科幻小说(science fiction),当然,除了揭示"恶托邦"火焰学的《华氏451度》——那是例外。布莱德柏里为两者树立的分水岭是:科幻小说可能是成真的,而幻想小说则是不可能存在的。所以《华氏451度》是科幻。《美丽新世界》的作者赫胥黎说得更干脆："你自己最清楚不过：你是一个诗人。"

布莱德伯里幻想中的书纸之火，不过是文字之焰，是前极权时代杀灭思想的主要手段。他对这部"举证"式著作颇为自负，认定它也许会遭到书里火焰舔舐的待遇，但他在后记里反抗了："我不会任人掏空内脏，乖乖地站到架子上去，成为一本非书。"

未必我们没有目睹的事实就是荒谬的。最荒谬的事情一直以某种名目执行着"消防队员"的工作：放火烧书。达尔文在《物种起源》第六章《理论的难题》的《极其完美和复杂的器官》一节中，他写道："眼睛有调节焦距、允许不同采光量和纠正球面像差和色差的无与伦比的设计。我坦白地承认，眼睛是通过自然选择而形成的假说似乎是最荒谬可笑的。"他后来还坦诚地说："到目前为止，每次想到眼睛，我都感到震撼。"所以，依赖眼见为实的人，基本上就是"消防队员"的接班人。布莱德伯里说了，因为"燃烧是一种喜乐"。

137. 惠特曼之火

惠特曼是同性恋，但这一取向与他波希米亚式的生活并无关系。他固然常和码头工人、车夫等苦力待在一起，底层阶级的认同感油然而生："我站着时他们搂住我的脖颈/我坐下时他们的身体无意识地贴着我。"这是在诗人的诗歌"身体政治"。这些壮汉的胡须、汗水与肌肉，让惠特曼勃发激情。1848年，时年29岁的浪荡子在新奥尔良法语区做当地报纸编辑时，曾与一位贵妇相恋，但他突然离开，从此远离了脂粉与蕾丝裙边。

徐迟先生翻译的这首《不是火焰在燃烧而又死灭》，几乎就是惠特曼的同性之恋宣言，它像封口贴上三根鸡毛的鸡毛信，高速奔驰依然把持不住纸上跳跃的火泄露真情：

不是火焰在燃烧而又死灭，

不是海涛在急遽地来去

也不是甜美干燥的空气，果禾成熟的夏天的空气，

轻轻承载着百万颗白绒球般的种子，

让他们飘荡着，翩翩地飞舞吧，降落到它们情归之处；

不是这些啊，而是我的火焰在为我所爱的他的爱而死灭

而燃烧，

不是谁而是我在急遽地来去；

是海涛在急遽地寻找什么而永不放手吗？不，我才是那样啊，

从空中穿过的不是绒球，不是香气，不是那高高的带

雨的云，

　　从空中穿过的是我的灵魂，

　　它向四面八方飘荡，爱啊，为了友谊，为了你。

惠特曼喜欢火焰、挺立的橡树、海涛、云雨等一系列燥热、生育、向上的意象，凸显他炽烈的爱和他想象中的同性相悦。一个人能够在这种激情中燃烧殆尽，超过了山盟海誓，为文学留下了纯粹的骨灰，那也是最优秀者才能做到的。

关于蛙的精神分析

1. 青蛙的精神意象

让-雅克·卢梭在《论语言的起源》里认为，古人视野里，事物所表达的内容比文字更为丰富。他说，能被感知的符号有两种，一种是肢体的，一种是声音的，人类最后没有例外地都是发展出了使用声音的语言。卢梭认为这不是一种进步。尽管视觉和听觉都是自然赋予人类的感觉，视觉的符号有更多的变化而且使用更少的时间，也更有说服力。卢梭认为古人比我们更雄辩，因为他们不使用词语而是使用显示性符号。他举了一个例：波斯王大流士带大军入侵锡西厄时，收到了锡西厄国王送来的一只青蛙、一只鸟、一只老鼠和五支箭，他马上明白了，立刻下令班师回国。

这似乎说明，最有力的语言是在人开口之前，那种葆有了一切液汁的视觉符号。这一生动的例证也被伏尔泰所留意：因为这些东西就意味着，如果大流士不像飞鸟那样迅疾地逃走，或者不像老鼠那样躲闪，他就会被死于乱箭穿胸，并且死得像青蛙那样难看。这也可见，黏滞、冰冷、柔软的青蛙，似乎与死亡的距离，就是一层蛙皮。

2. 从蛙、女娲到蟾蜍

在东方民族信仰中，蛙崇拜与蛙神话在历史口水的反复喷涂中发生了清浊分化：蛙神人格化后，正式以女性人类始祖女娲的形象升格为袅袅香烟中，表现了先民对繁衍子嗣的高度热心；另一种情况是蛙崇拜的庞大延伸，直捣天庭，在月亮上找到了神话舞台。我想，鉴于蛙的繁衍威力，据有撒豆成兵之魔术，蛙一直也是男权社会对女阴的崇拜物，故在中国早期文化的不同时期都能找到蛙形图饰。

蛙是肉身的外翻，一如春女之荡，它散发浓郁的生殖气味，成为古文化深处的香巢。巴蜀学者考证，"娲"和古羌人崇拜的"蛙"是谐音，应非巧合，"蛙"文化是中华民族的源头文化之一，蛙图腾就演化成能够驾驭洪水战胜水患的神力无比的蛙神。显然，女娲的原型也是由一只蛙演变而来，女娲的原始形态乃是着眼于蛙的生殖力以及蛙声预示风调雨顺之力的双重崇拜。女娲就是蛙神，汉朝以后女娲更成了月亮的形象代言人。由于古人蛙、蟾蜍不分，月宫的蟾蜍，是象征女娲的蛙神的放大式天上造相。远古先民将蛙（蟾蜍）作为女性丰腴肚腹之象，他们试图对月亮的盈亏圆缺做出解释，进一步联想怀胎与分娩后肚子的潮涨潮落，他们想象月亮中有一肚腹浑圆可以膨大缩小的神蛙（蟾蜍）主司生殖，因之初民又崇拜月亮，此为月亮神话的起源。

3. 楚襄王是蚊子

登徒复姓，子为古代男人通称。登徒子是战国时代楚襄王的大夫，也是襄王宠臣。登徒子向楚王告发：宋玉长得文雅英俊、能言善辩，加上"好色"，希望大王不要让他进出后宫。甲骨文"色"字就是两性之间发生性行为缩略图。在上为"人"即男子，在下的"巴"原为女阴。"好色"是严重道德中伤。宋玉知道后，眼看御用文人职位不保，向皇帝上书，用了两个正反例证来指正。

正面证词是外部描绘：天下美女都比不上楚国美女。楚女都比不上微臣家乡的，而微臣家乡的又都比不上微臣东边邻家的女子。她的身材不高不矮，肤如凝脂眉如翠羽、肌如白雪腰肢苗条牙齿洁白整齐，总之内外兼修。她嫣然一笑，耸动王孙与公子。美女因爱慕微臣，登墙头偷窥微臣已达三年，尽管浑身蚂蚁狂奔，至今微臣都未与她交往。

反面例证是内外描写：登徒子大夫差矣。他老婆头发散乱、耳斜兔唇、牙齿稀疏、走路歪斜、驼背且长满疥疮与痔疮（奇怪——有些属于纵深的体内之疾，宋玉是如何知道的?)。与如此垃圾朝夕相处，登徒子竟然不能自持，他们竟然一口气生了五个子女。

正所谓"舌至鼻头，必做公侯"。宋玉与在场帮忙、帮闲的秦国章华大夫，共同演绎了一场回忆中的坐怀大乱、但又拨乱反正的正剧。宋玉与登徒子并无僭越行为，但宋玉的舌头的曲度与湿度显然更胜一筹，他不但是谗言大师，把登徒子不弃糟糠的情怀坐实为"好色"，他更用蛇的气质牢牢罩定了登徒子，于是，登徒子成了正人君子的猎物。可见，宋玉的言路无疑是"文革"话语的急先锋。至于听众楚襄王，那才是蛙舌上的蚊子。至于那个在一旁帮腔的章华大夫，热烈鼓掌，也可以理解为拍蚊子，则是过了一把干瘾。

青蛙叫的是："瓜啊，瓜啊，好瓜啊……"

4. 动物互以精神注射

这个标题，出自清末徐珂的《清稗类钞》："俗传蛇能吸蛙，蛙不少动而坐待其食，故云蛇有毒腺，盖犹是精神凝摄注射故耳。而猛猫伏鼠，鼠常待其食；蟾吸蝇，自入其口，理亦同也。日本宗教大家藤田灵斋曰：'世往往有触大蛇，或其他动物毒气而毙者，吾人所常闻，不外此动物所蓄忿怒之情，以袭人精神之虚而已'。"

藤田灵斋的理论是，生物本身无毒，却可积蓄愤怒之情，以袭人精神之虚。有些道理，但未免过于强调精神之力。这样的精神动力学，我们在后来"大干快上"乃至"超常规跨越式发展"的岁月里，已经领教太多了。

5. 蜀也是蛙

事情的结局往往是，渴望独立者就是彰显者，一旦实现目的他们就是孤独、特异的。

为何与中国北方民族关系密切的女娲，偏偏在川西北羌族生养之地没有留下众多踪迹？这是待解的疑团。一当他们迁徙到古蜀地，情况为之一变。

蜀字有数十种解释，其含混性与无从比对的困难，不亚于巴蜀图语。云南景颇族学者李向前认为，古蜀国这个"蜀"字其实是景颇语，意思是"青蛙"，当时古蜀人把青蛙当作一种吉祥物，在三星堆中还保存着用金子和玉石制作的青蛙。在景颇文化中，景颇族跳舞敲的木鼓，有青蛙趴在上面的图腾。这种文化推论也许表明成立，但只要明白，景颇族也为古羌人后裔，而公元前285年秦昭王最终废除蜀国之后，蜀国王子安阳王带领数万余众迁到今越南北部建立安阳国这一事实，就可以反推之：这些播散于红土高原的蛙崇拜，应该是古蜀文化散布而成的。

6. 铜鼓是蛙的隐喻

先民心目中，铜鼓有神，乃蛙神精魄所变。鉴于古人对青蛙、蛤蟆混为一谈，他们一再目睹鸣蛙对铜鼓的精变。晚唐时节，一个牧童在广西红水河畔发现了奇迹：

> 僖宗朝，郑续镇番禺日，有谒者为高州太守。有牧儿因放牛，闻田中有蛤鸣，牧童遂捕之。蛤跳入一穴，掘之深大，即蛮酋冢也。蛤乃无踪，穴中得一铜鼓，其色翠绿，土蚀，数处损缺，其上隐起，多铸蛙黾之状，疑其鸣蛤即鼓精也。遂状其缘由，纳于广帅，悬于武库，今尚存焉。

类似的古籍记载甚多，诗人陆游后来也在秘阁古器库里见到过类似的铜鼓。这就让我们发现，铜鼓不但是蛙的隐喻，而且青蛙直接就是南方民族的保护神。他们的原始舞蹈，就是向蛙神的祭拜。这就像川南的僰人（都掌蛮）一旦失去铜鼓就失去战斗力与凝聚力一样，魂之不再了，人何必贪生？

7. 峨眉髭蟾、雪蛙与草上飞

髭蟾属无尾目，锄足蟾科，髭蟾属。眼球奇大，胡须如狼牙，锥状角质黑刺，故名髭蟾。峨眉山中村民习称"胡子蛙"。10月间，我在七里坪与峨眉山零公里附近的龙洞村水沟里，几次目睹了胡子蛙的跳踉之影。髭蟾不善跳跃，它像个内敛的轻功高手，羚羊挂角，无迹可求。只在受到袭击才倏然腾空而起。爬行是它的散步方式，鉴于阴气修为太深，姿势很是独特：四肢高撑，把身体举高，然后将前肢举起至额前，掌心外翻，稍稍停顿，就像人用手搭在额前遮太阳一样瞻望动静，然后放下前肢，与此同时对侧的后肢前移，两侧前后肢交互轮番移动，安步当车，这是太极拳的雏形！髭蟾爬行时无声无息，具有在落叶上行走而不发出声音的轻功。这分明是鬼魅。

这等草木间如履平地的功法，古人一见，如何不奉如神明?!在我看来，大凡诡异长相之物，就一如女人脸上的伤疤，可以增加魅力和深度。一种楔入事物内部的深度。

据清人李心衡《金川琐记》记载，在邛崃山、夹金山及贡嘎山一带的雪峰上，盛传有"三足雪蛙"，羌、彝族敬若大神，据说稍有亵慢雪蛙就会怒发雪崩。贡嘎山是当地羌藏民族信仰的神山，"三足雪蛙"则是古羌的始祖尊神，源自远古图腾崇拜，演化为后世的"刘海戏金蟾"，所以标准的"金蟾"应该是"三足蟾"，亦即"雪蛙"。而我推断，就是"胡子蛙"。我们从古蜀历史着眼，鲧治水失败之后，被杀。"鲧死化为三足鳖"为什么呢？他化作了"黄熊"，"熊"通"能"，就是鳖。所以，"鳖三足曰能，龟三足曰贲，能与贲不能神于四足之龟鳖"。后来大禹从这只"三足蟾"身体里生出，从这个"三"的谱系而言，"三足蟾"应该是蜀地之大神。

8. 青蛙的阶层

徐珂《清稗类钞》里，记录了一个逸闻：《群小蛙见大蛙》："朱霞溪赴山西潞安守任时，道经壶关，息于小亭。亭畔有池，池背大山，山麓有石洞三。俄见一大蛙从中之石洞跃出，踞洞口南面而坐。随有数十蛙，从两旁石洞一一跃出，依次排列，前两足伏地，向大蛙作朝拜状。拜已，均昂首向大蛙注视，寂然不动，若弟子受业于师者然。于是大蛙发声一鸣，诸小蛙辄以次齐鸣。既而大蛙阁阁雄鸣，小蛙亦阁阁鸣不已。少顷，大蛙不复鸣，小蛙亦截然止矣。朱见而异之，不觉吁气有声。大蛙闻而惊，遂耸身跃入洞中，群小蛙亦相继归洞矣。"

这未必是官员朱霞溪虚构的实录，但绝对放大了蛙群的阶级等级。逸闻企图暗示的是，人类三六九等的尊卑秩序，是古已有之，连大自然也不例外。作为官员的朱霞溪，已然是"群小蛙"里蹦出来的一只，他只能在未来的仕途上纳头便拜，向着大蛙靠近。读到这样的逸闻，足见官员的心智，腐烂不可近。

9. 时间机器

汉语"蛙"字，取其叫声像孩子的"呱呱"不已之声，又因为具有公鸡打鸣的习性，也叫田鸡、水鸡。墨翟《墨子》里记载了一件关于蛙鸣的师生问答——

> 子禽问曰："多言有益乎？"
> 墨子曰："虾蟆、蛙、蝇，日夜恒鸣，口干舌擗，然而不听。今观晨鸡，时夜而鸣，天下振动。多言何益？惟其言之时也。"

在墨子意识里，青蛙日夜鸣叫，想来早已口干舌燥，却很少引起人注意；公鸡在天快亮时只啼两三次，人们知道鸡啼就要天明，都很关爱这时间动物。其实，鸡叫属性为火为阳，是闹钟效应，是对时间的中断；蛙鸣是阴性的时间，乃是时光的打更声。在我的意识里，蛙就是时间机器。凡是有耳朵的，自然可以领会：你距离那隐约的秘密又进了一步。每一次蛙叫，就仿佛吐出一根棍子，撑开了世界。

卡尔维诺在《树上的男爵》里，描述了蛙鸣拓宽的世界："青蛙一直在鸣唱，作为一种背景并不影响其他声音的传播，如同太阳光不因星星的不断闪烁而起变化。相反，每当风吹起或吹过，每一种声音都会其变化并成为新的声音，留在耳膛内最深度的只是隐隐约约的呼啸声或者低吟声，那是大海。"牧师所言"道与上帝同在，风随意思而吹"，蛙，也随心意而鸣。

10. 蛙，邪音也

《汉书·王莽传赞》载："紫色蛙声，余分闰位，圣王之驱除云尔。"意思说，王莽虽称帝，改国号，但正如紫色不是正色，蛙声不是正声，岁月之余只能成闰而不能独立。王莽不能占据历史上正统的帝王之位，只是为圣王（光武帝刘秀）的君临人世而清扫前路而已。颜师古《汉书注》："应劭曰：紫，间色也；蛙，邪音也。"这是为何？在圣者之耳听来，蛙声"不合音律",靡靡之音,想入非非,属于体制外之音,甚至具有叫春一般扰乱圣人灵台之力。但孔子不是赞美"思无邪"的民间村歌吗?再结合孔子在《阳货》里的"正义论":"恶紫之夺朱也,恶郑声之乱雅也,恶利口之覆邦也",由此可见,蛙分明是在为乱世之音与淫声而大肆鼓噪。蛙,逐渐与狐媚的"娇娃"混为一体了。这些词语,似乎体现了圣人的愤怒:蛙咬(淫声俗乐)、蛙声(淫声,淫邪的乐声)、蛙歌(淫邪之声)……

明朝袁宏道在《鉴湖》里说:"贺监池去陶家堰二三里,阔可百十顷,荒草绵茫如烟,蛙吹如哭。月夜泛舟于此,甚觉凄凉。"大可以想见"蛙吹如哭"里混杂的历史之声。

坐怀大乱的正人君子们,面对的是多么邪恶的蛙啊!

11. 尼采修辞中的青蛙

"青蛙(Frosch)"一词在德语中有另一个含义,形容较龌龊、猥琐、缺乏教养、缺乏骑士风度的男人,这也成为格林童话《青蛙王子》所要展示的公主塑造未来丈夫的"变数",属于"可教育好的子女",看来在女人遇见王子之前,估计得吻许多"青蛙"。不愿意成为丈夫的尼采自然不喜欢青蛙,他在描述那种从下往上看的庸众观察手段时,借用了画家的表达方式——青蛙视角,来讽刺一叶障目的"玄学家"。更进一步,他视青蛙为某种伦理学家的具象:"可是些冷血的、乏味的老青蛙,它们在人的周围爬行跳跃,好像是在它们自己的天地中:在一个泥塘中一样。我很不愿意听到这些,而且我不相信这些。假如允许人在不知情的情况下表达一个愿望的话,那么我真心地希望这些人能够是另外一副样子,希望这些灵魂的研究者们和显微观察者们能够是基本上勇敢的、高尚的、自豪的动物,能够知道如何控制他们的情感,并且训练他们自己为真理牺牲所有的欲望——为任何一种真理,哪怕是朴素的、辛辣的、丑陋的、令人不快的、非基督教的、非道德的真理,因为这种真理确实存在着。"看起来,青蛙再一次遭到了尼采的棒喝,这暗示了尼采某种清醒状态的"去欲望"的内心。而荣格曾分析过尼采梦中的青蛙,恰恰认为其象征着"生命中的动物性冲动"。

12. 原罪

古希腊神话当中,暗夜女神勒托性格温和,为宙斯的第六位妻子。勒托怀孕后,天后赫拉嫉妒如狂,暗自下令禁止大地给予她分娩之所。为躲避迫害,暗夜女神不得不四处流浪。奥维德的《变形记》记载说,当她来到吕西亚时,疲乏不堪,口渴难耐。女神发现一池清泉,她走近水潭想喝一口溪水,但被池边的两个得到赫拉指令的农夫阻止。无论她怎样哀求都无济于事，农夫甚至跳进池中，搅浑池水，使其无法饮用。女神被激怒，她举臂向天发誓："让他们永远走不出池塘，世世代代以塘为家！"她的话不久就应验，两个农夫变成了两只青蛙。这是一个异化的故事："他们呱呱地叫着，咽喉臃肿，嘴唇由于不停地骂人变得又扁又大，脖子萎缩得不见踪影，脑袋和身体紧连在一起。"成为青蛙是因为遵循了罪恶的律令，这暗示了西语中青蛙犯有助纣为虐的原罪。

那么，汉语的青蛙呢？

13. 反美学的青蛙

加诸青蛙的"地域审美"，诚如车尔尼雪夫斯基所指出的："蛙的形状就使人不愉快，何况这动物身上还覆盖着尸体上常有的那种冰冷的黏液：因此蛙就变得更加讨厌了。"（《美学原理新编》，北京大学出版社，1996，94）

隐喻在修辞学领域是相对于转喻而言，隐喻是依据事物之间的相似性原则用一种或几种事物喻指其他事物。卡尔维诺小说里，就用青蛙隐喻女人："远处，开始听到小河中青蛙的叫声。这个季节，青年人晚上都到湖边来捉青蛙，抓在手中的青蛙使人感到黏糊糊的、滑溜溜的，使人联想到女人，滑润而赤裸的女人。"看起来，卡尔维诺与车尔尼雪夫斯基不同，他对青蛙并无反感。

1982年，设计师沃纳·艾斯林格为维佳公司（Wega）设计了一种亮绿色的电视机，命名为青蛙，获得了很大的成功。于是艾斯林格将"青蛙"作为自己的设计公司的标志和名称。这是明显的"反美学"准则的事例。另外，"青蛙（Frog）"一词恰好是德意志联邦共和国（Federal Republic of Germany）的缩写，这并非偶然。审美观念就像蝌蚪在不断变化一样，猪，也可以是飞翔的猪。

14. 雷神

李调元《南越笔记》载，人们利用蛙鸣来观测、判断天气："蛤（即青蛙）生田间，名田鸡。冬藏春出。篝火作声，呼之可获。三月三日农以其声卜水旱。声小，水小；声大，水大。谚曰：'田鸡声哑，田好稻把；田鸡声响，田好荡桨。'又，'田鸡上昼鸣，上乡熟；下昼鸣，下乡熟；终日鸣，上下齐熟'。"

青蛙叫的其实是有深意的，翻译过来就是："瓜啊，瓜啊，好瓜啊……"

蛙鸣是拉开序幕的巫术，遇外道之声辄止。耳朵在那里等候，涟漪渐逝，水面立即塌陷一个个空洞，将古典编织出来的"蛙声一片"打出筛眼儿。而最危险的地带，是岸，那里埋伏着一个个松发地雷。

仙姬琴蛙也叫弹琴蛙，是峨眉山深处水体的语言，它们经常一双接一双鸣叫，此起彼落而且响亮，宛如接龙游戏。雄蛙覆在雌蛙背上，前肢紧紧抱住雌蛙。弹琴蛙说的意思不外乎是：水塘才是天堂。水塘才是雷神的居所。殿堂在雌蛙背上。试着联想：唐朝成都的斫琴名家雷威，冬季总到峨眉山去选取松木。雷威并不急于伐木，而是坐在树林里聆听风吹树木的声响，尤其是大雪压青松发出的爆裂声，他辨认出自然的琴音，将那松木做上标记。他听遍整个峨眉山的山音，终于选到了制作"雷琴"的松木。

　　雷神青蛙的虎纹与木纹发生短路而炸裂，让我们确切听到了思想回到事体的蛩声……

15. 舔花：唐狡的舌头

　　诗人谢默斯·希尼说，"蛙是一个泥塑的手榴弹"。对此直捣本质的洞察，蛙一直沉默，在于手榴弹的拉线，并不在蛙手里。

　　殿堂无须灯火的照亮，反而更显幽旷。它因黑夜笼罩，才让蛙声可以自由抚摸暗中的脸颊与乳房。蛙无辜地原地不动。

　　列位看官闭眼。想一想春秋时节，楚庄王平定了令伊斗越椒的叛乱之后，在郢都（湖北省荆州北面离城 8 公里的纪南城）举行了一个盛大庆祝宴会上，猛将唐狡叨陪末座。

唐狡一说名为蒋雄，春秋时期楚国将领。他镇住了舌下僭越的酒力，但无法抗拒心魔的膨大。为示体恤部下之情，庄王所宠幸的两个夫人许姬和姜氏，亲自给将领们斟酒，这是罕见的礼遇。唐狡狂饮美女的香气，以致大醉。天遂人愿，一阵奇妙的妖风吹灭了大殿蜡烛，风把香气彻底敞开。香气总是畏惧烛火，香气在黑暗的基座上才能玉体横陈。唐狡难以自持，他被一种奇力劫持了，他的舌头舔舐黑暗，倏然变长，他的嘴巴已经管不住舌头的僭越。他的舌头腰带一般逶迤而行，精准地狙击了黑暗中的那团香气，舌如丝绸，舔舐置身高台上的楚王身边的美女。是许姬还是姜氏？唐狡根本就不想去区分了。

青蛙的唾液具有强烈的吸附性，它显然在香气更浓烈的许姬之腰找到了秘密的巢穴。腰肢被舌头越勒越细，许姬娇不胜力，吹气如兰。唐狡的那根舌头，舌尖蓄雷，莲花爆开，才是偷香窃玉之蛙舌。这，自然不是舌尖上的中国。无人注意唐狡那根突然变长的舌头，像御用文人一样绵延不绝，长满了倒刺，也许更多的"硬手"，尚在竞相演变的中途……

纯黑之中，美女技术娴熟，一把揪住了那像腰带一般缠住自己的丝绸，她抓住了一束丝绦，用力一扯。众人在愉悦里等候蜡烛再次燃起，再次回到沐猴而冠的状态。许姬发现，那是一束头盔上的红盔缨。她向楚庄王发嗲，表明自己守身如玉。这恰恰应和了《诗经·大雅》中咒骂周幽王的王后褒姒"妇有长舌，唯厉之阶"的评价，长舌妇不但是亡国祸首，更是青蛙拙劣的模拟者。其实，唐狡的盔缨不过是手榴弹的拉线。睿智的楚庄王大度下令全体人员齐齐揪下自己头顶的盔缨，他挽救了部下的尊严，也保住了自己的面子。

这样一来，众人的手榴弹自相内爆。楚庄王手里，就攥了一大把伤心的拉线。

七年之后，楚庄王伐郑。一名战将主动率领部下先行开路，空手入白刃。他所到之处拼力死战，最后大败敌军，红着眼一直杀到郑国的国都之前。楚庄王发现，这是大将唐狡！猛士也！要重奖他。唐狡低头，以舌覆额，指了指头盔上的盔缨，说，大王免了。

所以，人们不腰疼地总是说，渴望进阶的美女巧舌如簧。"簧"是后起的人工器物，美女巧舌如蛙才是正本清源。但渴望进阶与获得美色的猛士们，总是后发而先至的。

16. 比喻的高手

原始人相信，不是雨把青蛙从隐藏的地方引出，而是青蛙的呱呱声把雨诱引出来。这就像克尔凯郭尔在《勾引家日记》里臆想的那一股股足以颠覆床榻的声浪："女人叫喊道——勾引我吧！"

看看英国作家萨默塞特·毛姆如何描述的："晚上，青蛙呱呱、呱呱、呱呱地叫着，大吵大嚷；不时会有哪只夜间出没的鸟插进来，短短地唱上一句。萤火虫把树丛装扮得像点满了

小蜡烛的圣诞树。它们柔柔地闪烁着,像是平静的灵魂放出光芒。"(《作家笔记》,南京大学出版社,2011年1月,221)

摒弃了色相的峨眉山之间,金刚蝉与弹琴蛙,直捣本质,均是使用比喻的高手。

比喻是喻指可能的事情,是让道外的耳朵明白事物的征兆。蝉吹的是一根雄性的骨笛,我们得以知晓它是声音之火。

弹琴蛙的舌头用以抵达边际的,那是耳朵之外的地域。也就是说,弹琴蛙诉说的比喻,既不是唐朝峨眉山的广浚和尚所明白的,也不是李白所旁听到的。蛙用永无休止的"不是、不是、不是"来昭示——它使用的,不是比喻。

17. "像一只老青蛙"的青蛙

古希腊喜剧诗人阿里斯托芬的喜剧如《和平》《青蛙》等以讽刺的笔调描绘了公元前5世纪雅典的政治生活,成功开启了文人的"青蛙叙事"模式,芥川龙之介的妙文《青蛙》,展示的心境却十分复杂。文章大意是:

> 池边有只青蛙,以大学教授的口吻说:"水为什么而存在?是要给我们游泳的。虫为什么而存在?是要给我们吃的……森罗万象都为我们存在的事实,是无可怀疑的。"那只青蛙仰看天空,翻了一下眼珠,又张开大嘴说:"神

的大名,是多值得赞颂啊!"可是它这一句话还没说完,一条蛇猛然伸了一下,叼着像教授的青蛙爬到芦苇里不见了。

一只年轻的青蛙,发出哭泣般的声音说:"宇宙万物不都为我们而存在,那么,蛇也是为我们而存在的吗?"

"是的,蛇也是为我们而存在,如果蛇不吃青蛙,我们会源源繁殖,那么一来,池塘势必太狭,所以蛇也是为青蛙而存在的。世界上所有的东西,都是为我们而存在的。神的大名,是多值得赞颂啊!"这是我所听到的像一只老青蛙的青蛙的回答。

台湾的中学利用这篇短文设计了几道题,作者透过"以大学教授口吻说话的青蛙"和"像一只老青蛙的青蛙"相互对照,想表达的主题意涵是:

(A) 提醒世人"多行不义必自毙";
(B) 阐述了"物竞天择,适者生存"的道理;
(C) 讽刺了"以大学教授口吻说话的青蛙"孤陋寡闻;
(D) 凸显"像一只老青蛙的青蛙"对生命体会的深刻。

"像一只老青蛙的青蛙"的言论,最接近先秦思想的哪一家?

(A) 儒家;
(B) 道家;

(C) 法家；

(D) 纵横家。

答案分别是 B。但在东方语境中，第一道题我以为也可以选择 D。"以大学教授口吻说话的青蛙"暗示了不谙厚黑世道的冬烘心怀，目的在带出"像一只老青蛙的青蛙"的议论，而这恰是可怕的结论。因为这就是主流社会很喜欢的"温水煮青蛙"理论的"天道升级版"。不动声色的芥川龙之介难道仅仅是告诉我们"现存世界是合理的"这一废话吗？在《达·芬奇笔记》里，这位全天候的天才就对此发问："为什么大自然没有规定某一动物不应该依靠另一动物的死亡来维持自身的生存？"

在另外一篇名为《蜘蛛丝》的文章里，芥川龙之介对弱者的描绘是：罪人们在地狱底层的血池里"时浮时现"。受尽"地狱的种种折磨"。他们虚弱无比宛如"濒死的青蛙"，折腾着身体，在"血池里吞咽着污血"。请注意，他使用了无辜的"青蛙"作为弱者的表现。如果说《青蛙》是弱小生命的"阳本"，那么地狱中的这一青蛙形象，大概才是芥川龙之介的"阴本"，最接近他心目中青蛙隐喻的本质。

18. 去做某些人是多么乏味!

在汉语地界,向权势者摇唇鼓舌的知识分子一般而言就是青蛙,最后入吾彀中,成为鼎内"温水中的青蛙"。舌尖沾满词语与阴谋,权势者听得兴奋,深得"孤"意,于是舌尖又可以收回一些食物与碎金散银。用舌尖推动石头滚动、转动磨盘,用舌尖吮痈舐痔,埋头苦干,"舌耕"不已,成就了古代知识人(不是分子)的辛酸史。

而在西语地界,仅仅是青蛙无边的聒噪就让他们受不了。尽管毕加索画了不少青蛙,盛名时节的晚年为了能独处,他把热心的青蛙观众都拒之门外。他把那些赶来想一睹大师风采的人称为"池塘里的青蛙"——如果他尚是籍籍无名,估计不会拒绝这帮吹鼓手。但毕竟还是有人棋高一着。艾米丽·狄金森的诗《我不是任何人,你是谁?》,几乎就是她隐秘人生的宣言。尽管她一再描绘外表可怕的老鼠、苍蝇、蛇、蜘蛛、蝙蝠,并赋予它们浅陋的灵魂,毕竟她的名字为天使所铭记——

> 我不是任何人,你是谁?
> 你也不是任何人?
> 那就有一对我们。
> 不要说——他们已经排除了我们,你知道。

> 去做某些人是多么乏味，
>
> 多么聒噪——像一只青蛙——
>
> 把你的名字在漫长的六月里
>
> 告诉一池赞美的泥沼。

美国《大西洋月刊》杂志 2013 年 9 月 11 日报道说，上周五晚上，NASA 的米诺陶五号火箭从弗吉尼亚的发射台升空，携带 LADEE 探测器踏上月球之旅。据一个远程相机拍摄到的图片显示，一只青蛙被火箭发射时喷射的气流吹上了天。成为飞翔的青蛙，大概是很多人渴望的。我注意到，有极少数青蛙文人，由此生出了纸质的翅膀。

19. 青蛙与《舌头的管辖》

圣约翰把皇后红杏出墙的秘密深埋在心底，纵被割去舌头也没有说出一个字。但汉斯·比德曼在《世界文化象征辞典》里指出："先知的舌头都有其神性，据说被割掉了舌头的圣约翰，仍然用手举着自己的舌头滔滔不绝地传教。神一旦降到使徒们的舌头上，言说之焰便被点燃。"意思是，舌头硬可以超越牙齿，又因为贯注其中的秘密太多，舌头必须完成自己的诉说使命。戊戌六君子之一的刘光第，头颅掉在菜市口的石板上，如中败革，舌头转向刀斧手，弹出几个字：好刀法！

谢默斯·希尼的《舌头的管辖》，他自称使用这个题目是缘于"诗歌作为证明自身正确性的力量。在这个范围内，舌头（既指诗人说话发声的个人天分，也指语言本身的共同根源）获得管辖的权利"。但是，那一群在夏日里吼叫的青蛙，也许恰是诗人的灵感来源。那也不是青蛙的雷声，而是神在青蛙舌尖上站立。所以声音抵达的地界，也是神管辖的范畴。希尼指出："诗歌是在将要发生的事和我们希望发生的事之间的裂缝中注意到一个空间，其作用不是分神，而是纯粹的集中，是一个焦点，它把我们的注意力重新集中到我们自己身上。"那也许是青蛙雷鸣的间隙，是舌头富有深意的一次转身——

希尼的名诗《一个自然主义者的死亡》的后半部分是：

> 又到了一个炎热的夏日，田野里植物茂盛
> 牛粪在草中，有一群愤怒的青蛙
> 侵入了亚麻池。当我迅速穿过灌木潜入水中
> 就听到一种从未听过的粗鲁呱呱叫声，
> 这低音合唱使空气凝重
> 就在水闸下边，肚皮臃肿的青蛙们在泥浆中
> 准备出击。它们松弛的脖子搏动着像帆一鼓一鼓，
> 有的齐足跳着，啪哒，扑通发出可憎的威吓
> 有的沉着地坐着，好像土制地雷
> 短粗的脑袋放着屁。

我简直要作呕，转身而逃，这些十足的黏滑皇帝们
在那儿聚集为了报复。我很明白
一旦我把手伸入水中蛙卵们便会一把抓住。

20. 口若春蛙，心如风灯

　　厕身鲍鱼之肆，也会发现妓女跌宕的香气。菲利浦·奥德布拉德到处宣扬，波德莱尔曾告诉他导致自己干枯瘦弱的原因是吃了一大盘炖青蛙。要命的证据是，他一直喜欢体型类似青蛙的丑陋妓女。在《巴黎的忧郁·野女人与小情妇》里，他这样描绘一个女人："瞧瞧您吧，多么纤巧精细，双脚浸着淤泥，双眼却痴望着上苍，仿佛等待一个君王从天而降！像一只青蛙祈求一位天赐的意中人。既然您不屑听取庸才的劝告，就留着您的仙鹤吧：随他嚼您咬您，把您囫囵吞下！"

　　但一个置身沙漠的人，一直在深深想念绿意荡漾的青蛙——也许主要是青蛙的姿势。躺在书堆里的真君子瓦尔特·本雅明，看到摊开的呈 V 字形的书，他注意到了蛙式。也许是立陶宛的女导演阿斯娅·拉西斯的蛙式？他顺水推舟，将书籍与妓女做了一个足以销魂的类比。他抱着蛙式之书，阅读、摩挲、折角、批注，力透纸背，入木三分。本雅明的模拟之举，不料却大大延续了中土美女与蛙的隐喻叙事。

　　我在景区经常见到那些借助绝色风景拍摄结婚照的男男女

女，誓言是必不可少的景观添加剂，为了景观的合一，男女从来没有靠得这么紧密，青蛙对抱。这时，蛙鸣弥补了他们之间的缝隙，把他们漂亮的衣裙撑满——这是一个"吹蛙"的意象，何况青蛙还是秘术中的春药。

我的印象里，美女的樱桃小口里，多半藏匿着一条万能胶似的蛙舌。

这个时候，我只想起一句偈语：口若春蛙，心如风灯。

21. 酷刑与蛙叫

松尾芭蕉的俳句《古池》："古池塘，青蛙跃入，水清响。"他不是说的蛙叫，说的是青蛙奋不顾身，纵身飞翔，但地球的重力迫使它打破万古寂寞的破水之声。古典俳句的最后一位诗人小林一茶仿陶渊明句："青蛙，悠然见南山。"青蛙沉默，就不是青蛙，而是蒙着蛙皮的诗人，是苦闷的象征。

在中国古代尤其是太平天国时节，无论是官方司法抑或反抗者，分外青睐凌迟、剥皮等酷刑，蛙声四溢。

刀顺颈椎寻找出路，骨骼的悬崖直达迷宫。刀以绸子的春心体现克制，以一茎青丝的细滑将金属反照为白蜡。肤浅就是广阔的痛楚，纵深的距离之间隔着一个故乡。刀路，拒绝与骨头抵牾。仿佛定情的项链，一曲唐朝的羌笛或者马致远的《天净沙·秋思》，轻易就把血清除了。刀锋是一道世故的低音，在皮肤与肉体之间寻找母亲。

词下坠到痛为止，歧义的趾爪，继续在疼痛的路基下开掘历史。汞液和盐水注进裂口，夸饰东方园林乃至宫阙，筋络浮现诡谲的去向。刀是收割者，是摘桃子的阴谋家，刀中庸地行走到肛门，突然反挑——

就像一只活在四川方言的青蛙，被光褪去了所有绿水，痛在逆飞中，突然摆脱了意识，梦到黑暗的白水，在骨头咆哮。光使身体肿大而盲目，水银终于把痛从虚无里漂起来。盛开水和银花，受刑者蹈空，关节尽数脱臼。

他发出了——蛙叫。蛙皮的无数突起是无数只眼睛。

看着自己被脱下来，皮被硝制，被揎草，成为双胞胎。皮对着肉身说：你赤裸了！

22. 怒蛙

鄙人老家盐都自贡，惯有"盐帮菜"流传，如吃"泡青蛙"：用大坛子先盛好大半坛作料齐备的盐水，将小木块放在坛内，浮在水上，然后把活青蛙丢入坛中，随即用泥封住坛口，数月甚至逾年后启封，青蛙均蹲在木板上死去，取出蒸熟，据说"其味甚佳"。此等残酷恶劣的绝技，我没有品尝过，也无心一试。当地人民大快朵颐，大概没有想过，自己就是盐井之蛙。

越国被吴国打败以后，越王勾践不惜尝吴王之大粪，以表明自己的低贱与毫无斗志。他回国后复仇之火烧得他几欲癫狂。一次在车上看见一只蛙在鼓气，他就伏身车前横木，表示敬意。车夫问他为什么。他说，蛙这样鼓足勇气，能不向它致敬吗？此见《韩非子·内储说上》。晋代葛洪《抱朴子·广譬》也说："是以晋文回轮于勇虫而壮士云赴，勾践曲躬于怒蛙而戎卒轻死。"

怒蛙不过是蛙神的愤怒造像。神更多的时候是预示灾祸，化凶为吉。

越人的后裔逐步融入汉族后，蛙的信仰也逐渐汉化。直到清代闽江上游的四府百姓还"祀蛙神甚谨，延平府城东且有庙"。清道光至咸丰年间曾在福建为幕僚的浙江钱塘人施鸿保，前后在福建待了14年，他对当地崇拜青蛙神的所见所闻，做了详细记载。他在《闽杂记》卷五《蛙神》中指出，民间传说蛙神乃是金线蛙，是唐末死于黄巢之难的武臣变成的，变化多端，可以幻形，时大时小。蛙神进入民家，兆示一家必有喜庆之事来临；若进入寺庙或官府衙门则预兆是一个五谷丰登之年。又传蛙神喜欢在清洁之处特别是厅堂壁间停留，如有人对它叩头礼拜，蛙神就会跳入预先准备好的器皿。蛙神还好酒，又喜欢看戏并能用脚蘸着酒挑选戏单上爱看的戏目。道光二十六年（1846）施鸿保到邵武做官，有一贡生呈阅一册有关蛙神崇拜的书，前绘有蛙神像，记述很多蛙神灵异。进士张繁露还为该书作《序》。道光二十九年（1849）施鸿保到光泽做官，一次在自家种植的白凤仙花的花叶上，发现一只青蛙："大如顺康钱，背色绿润若可鉴，腰间金纹一缕灼烁有光，腹下红白色如雨后桃花，然目眶亦有金圈，睛如点漆，灼灼瞪视。"当地官吏徐左三认定是"青蛙将军"，遂设香案礼拜，把青蛙延请入红漆盘内，果能饮酒。消息传出，周围百姓纷纷执香奉烛而来，祈祷至深夜方止。第二天徐左三宰牲、演戏、供酒，奉祀蛙神。前来礼拜蛙神的群众很多为了防止滋事，5人为一组，此出彼入，按顺序先后进入厅堂礼拜，"自辰至酉几二三千人"。第三天凌晨，蛙神忽然不见，虽然到处寻找但仍然无踪无影。是日县署丁役合资演戏，酬谢蛙神，戏台搭在城隍庙，轰动全县。咸丰六年（1856）施鸿保到汀州，汀州府幕僚王砥斋告诉他：道光十三年（1833）王砥斋在延平当幕僚时恰逢永安、沙县的土匪攻打，郡守城池岌岌可危，郡人惶惶不安，只好到神庙和延平府学泮池旁的蛙神庙烧香祈祷。太守朱沁石巡城后，回衙门间发现有一蛙神停在衙门前的竹枝上，遂将它延请入官署，朝夕焚香祈祷，两天后蛙神倏然不见，而援兵正好到达延半，从而解除了长达一个月的围困……

清末福建民间传奇小说《闽都别记》第264—269回记载了福州民间有刘鹤龄化成蛙精的传说：刘氏为长乐人，少年时险些为蛙精所害。后来，他在塾师的指导下，识破蛙精阴谋，夺取并吞食蛙精长年修炼的红丸，自己取代死蛙成为蛙精，死后成为蛙神，江南各地百姓均有奉祀。皇帝还"颁敕江浙等处诸城隍、土地，大神庙附配青蛙神五个，中神庙配三个，小神庙配二个。……盖鹤龄当时化数万小蛙，……分配江西、浙江等大小各神庙，为守炉之神……至今江浙之人，犹信此青蛙神也"。

23. 双头蛙

如此古怪，却又如此合一。闪电的枝丫，一半是青苔，一半是繁花。

这让我联想起扬雄《蜀王本纪》中，涉及中国最早的关于"变性人"的情欲记载："武都丈夫化为女子，颜色美好，盖山之精也。蜀王娶以为妻。不习水土，疾病欲归，蜀王留之，无几物故。蜀王发卒之武都担土，于成都郭中葬之……"蜀王蛙行，然后蛙跳，不断蛙鸣，接着蛙抱……那是一只古蜀国的双头蛙，在前现代社会就完成了后现代的婚恋。古蜀王是第一个——吃青蛙的人。

一双从纤腰反穿过来的手，舌尖暴吐兰花，让滚金的身体包抄梦境。蛙的喉头滚动灵珠，成为齐头并置的果核。两个脑袋的蜀王，说了一句话，听起来是两重唱："登徒子应该是蜀人！"

蛙不走仅可容身的保险通道穿过雷霆，它总是在情欲里蹈空，成为土造辩证法的绝对前提。

24. 墨蛙

在四川南部的长宁竹海岩洞里，生存有一种全身漆黑如墨的蛙，造型宛如上了墨的矛尖。蛙鸣尖厉洪亮，它们只在洞中鼓噪，声音与狭窄的岩腔相激荡，一如来自地狱的千军万马。对它们的发现还颇带戏剧性。就在一个叫柿子洞的山洞内，长期以来老百姓相传洞内有妖，此洞为当年太平天国翼王石达开的将士熬硝制火药之地，不少人也亲自听到过洞内传出的怪叫声。后来有关部门为解开怪叫之谜而组织力量荷枪实弹入洞侦察，发现怪叫发自这种墨蛙，解开了闹妖之谜。

"梦魂长逐漫漫絮，身骨终拼寸寸灰。"那也许是一种嗜食火药的青蛙，没有像苏东坡的"墨池"养育的青蛙成为诗人灵感的灵媒，它们蛙吹如哭，是嗞嗞奔走的导火线。

25. 蛙为谁而鸣

晋惠帝司马衷与随从到华林园游玩。走到池塘边，听见咕咕的青蛙声。惠帝觉得奇怪，于是便问话，我意译为：青蛙为谁而鸣?！这一问句极具语感，让人联想"丧钟为谁而鸣"的滥觞。这些咕呱乱叫的东西，到底是为官或是为私呢？随从遭遇弱智的皇帝，如此提问之下他们突然拐弯了，只好回答说：
"在官家里叫的，就是官家的；若在私家里叫的，就是私人的。"当然了，毛泽东以此答夏默安的下联："青草池中蛙句句，为公乎！为私乎？"似乎为这个问题给出了答案。反问道："春来我不先开口，哪个虫儿敢作声？"

在历史上的特殊时期，全身浮肿的人，饿得实在不行，四处抓虫子、老鼠、田螺、蚌壳、鳝鱼充饥，吃青蛙是南方尤其是四川的饮食传统，自然是野味的首选，民间自然不会相信"杀青蛙得蛙眼报"的佛训。我父亲说，那时的青蛙没力气，不鸣叫。有人好不容易捉到几只青蛙，即便一个月一人定量仅有100克菜油，无论如何也会拿出菜油下锅。奇怪的是，油锅一煎，青蛙立即化为一摊水，似乎已蒸发，锅底剩下了一撮泥沙。道理恰在于，现实主义的青蛙已无虫可食，竟然像挖掘机埋首吃泥沙，那时的青蛙是半透明的，像一个超现实的装置艺术。

26. 蛙声沾满了隐士的衣衫

"水鸡"是青蛙的俗称。汉朝张仲景《金匮要略》记载说："喉间水鸡声。"《侯鲭录》："水鸡，蛙也。水族中厥味可荐者。"

从苏轼的名句"雨过浮萍合，蛙声满四邻"，绵延到查慎行的诗"萤火一星沿岸草,蛙声十里出山泉",再到毛泽东的"蛙声满径归牛去,好山好水好人家",其实暗示的是:蛙声地带乃是人居与莽野的接合部,是遁入山林的必经之路,蛙声沾满了隐士的衣衫。蛙声的大小与宏阔,与莽野距离人类聚集区的距离成正比。"听取蛙声一片"的喜悦平台,不过是村头,但近似于莱辛在《拉奥孔》里所言"最富于孕育性的那一顷刻"。也就是说,人居乃是蛙舌的管辖,我们在荒野里听到的蛙声,是幽咽而细长的;抑或是浑圆的,它仅仅照亮出一扇荷叶的面积,成为鼓面。

27. 广长舌与"边界"

苏轼《赠东林总长老》具有雄阔纵深之美:"溪声便是广长舌,山色岂非清净身。""广长舌"之典出佛经如《法华经神力品》,为佛三十二大人相之一。又作广长轮相,略称长舌相、广长舌、舌相。诸佛之舌广而长,柔软红薄,长能覆面至发际,如赤铜色。此相具有两种表征:(一)语必真实。(二)辩说无穷,非余人所能超越者。

但一个貌似与此无关的人——青年时节的维特根斯坦,却在思考"世界的边界",那是佛的手掌之外的边界。语言、自我和世界的最高视点在它们的边界上,这些必须是语言的,而不是汉语诗人们青蛙学舌的词语。他在笔记里写道:

"我的语言的边界就是我的世界的边界。"(5.6)

"主体不属于世界,而属于世界的边界。"(5.632)

"死亡不是生活中的一个事件:我们不经历死亡。如果不把永恒当作无限的时间延续而当作无时间性,那么永生属于那些活在此刻的人。我们的生活没有终点,一如我们的视野没有边界。"(6.4311)

"我的以上命题具有这样的阐明功能:一个理解了我的人,当他已通过这些命题爬了出来、超越了它们时,会明白它们都是无意义的。(可以这样比喻,当他爬上梯子后,他必须将梯子踢开。)他必须超越这些命题,然后就能正确地看到这个世界。"(6.54)

维特根斯坦的结论不是无边无际的:因为"在不可说之处,我们必须保持沉默"。

28. 盐井中的青蛙

自开明王朝以来,蜀中历来是偏安一隅如桶、进而吐纳浮云、尽情膨胀的根据地。西汉末年公孙述据蜀,他是形而上与形而下结合的典范,励精图治,幻觉上蹿,进而神灵附体。他在一座山上筑城,因城中一井常冒白气,宛如白龙,他便借此自号"白帝",并名此城为白帝城。公孙述打理四川绰绰有余,但喜欢显摆,出入仪仗豪华奢侈,因此他的同乡、好友马援称他为"井底之蛙"。公孙述抗击汉军重伤毙命后,家人在成都投降,依然全部被杀。公孙述之所以看重四川,一是便于防卫自雄,二是物产丰富,更在于盐井与铜铁,他还视察过临邛等地的盐井。揽水自照,他不但是白帝城中的井底之蛙,更是直接泡在盐井的卤水里。对此,智者早有认识,清代长联怪杰钟云舫在成都望江楼写有崇丽阁长联里,恰列举了"岗上龙、坡前凤、关下虎、井底蛙"四种向度的蜀国风流人物。井底之蛙这一前辈形象,值得包括我在内的自贡乡亲,以及包括我在内的蜀中文人引以为戒。

反向观察——当一个人懵懵懂懂向深井打探张望,他其实在深渊里什么也看不到。但是,他为生活在深渊当中的动物提供了一个天外来客形象:哇,怎有如此大头的青蛙?!也就是说,井是一个观察通道。而有些打望,是反向的。

29. 去饰之乐

纳粹"狼穴"冬天寒冷彻骨、夏天蚊蝇丛生。希特勒经常组织随员播放黑胶唱片,他可以几个小时一动不动地坐在扶手椅里,兴致勃勃地听贝多芬的交响乐和瓦格纳的歌剧。苏德战争刚开始时,"狼穴"周围的青蛙彻夜鸣叫。希特勒的参谋为了控制蚊虫滋生，就在附近的湖水里倒煤油，结果杀死了所有的青蛙。希特勒大为恼怒，说青蛙的叫声就像小夜曲，可以催他入眠；第二年参谋们只得到远处的湖泊里捉来大量青蛙，成了御用之蛙。人工音乐的非视觉性与非语义性，决定了人工音乐刺激直接引起的是联觉活动，但内行们认为"低级"的自然之声，比如蛙声，唤起的是阳光、雨水、雷霆，以及芳草的香气，并以去蔽的敞亮，以非模仿、非再现、非抽象、非依附性的方式，让听者直接从杀戮的沙盘边缘侧身归去。

传说乾隆到济南巡视，住大明湖，被青蛙吵得难以入睡，便叫刘墉下旨严厉禁止青蛙乱叫。鉴于汉语特有的令"天雨粟、鬼夜哭"的无俦威力，更有前辈韩愈《祭鳄鱼文》的显灵奇迹，刘墉来到北极阁，向湖中青蛙朗声宣布圣旨。自此，大明湖的青蛙集体失语，那里只有"哑蛙"。

30. 晚清官员的驭蛙术

晚清时节，国学生出身的江苏南通人徐心余（1866—1934）先后在光绪十九年（1893）和民国三年（1914）两次入川，在他晚年写就的笔记《蜀游闻见录》里记录了大量巴蜀珍闻与风俗，十分珍贵。他提到了成都的青蛙："成都名胜，多盛于春，惟草堂寺林木清幽，池塘修洁，亭台位置，亦极萧疏错落之观，夏秋徙倚其间，较他处尤饶佳趣。清旗下某公督川时，每遇溽暑炎蒸，即移节该寺暂驻。惟蛙声震耳欲聋，夜难安枕，公甚憾之。遂传令督标兵士，捕蛙以献，不准伤其生；献后，公以笔硃其首，仍令纵之去，不数日而蛙声寂矣。迄今百余年来，蛙之首硃点依然，且不发声，人亦以硃首故，认为草堂之蛙，无有敢捕之而食之者。"（《蜀游闻见录》，四川人民出版社，1985年5月，11）

这个故事，有人将之推到唐朝，自然要与杜甫沾边。出生在四川威远县的古希腊文学翻译家罗念生，1927年在北京主编《朝报》文艺副刊时，发表了散文《芙蓉城》，这是他最早发表的作品。文中提到："一个暮春晚上，杜公在池畔吟诗未成，忽觉青蛙叫得烦腻，他用朱笔在蛙的头上点了一点，封它到十里外去唤'哥哥'；所以如今草堂寺的青蛙头上有一点红痣。"

在成都平原，蛙声、蝉声、蛮声、蝈蝈声不但是天籁，简直就是蜀籁。极尽风雅的成都官员，看来依然是韩愈《祭鳄鱼文》的函授学生，他们一厢情愿，可惜青蛙并不听命。草堂寺的青蛙如今吼声震天，街边餐馆的"水煮青蛙"食客云集，这一现象，也是时令喝破政令的一个证据。其实，官员一般而言都是青蛙。

31. 语言学之蛙

美国著名诗人大卫·伊格内托（David Ignatow）的诗颇奇

诡，既是寓言，也具有强力的"反诗"特征。就像三星堆的青铜面具大张蛙嘴一样，我们可以从这空洞里掏出什么秘密？是四千年前的球形闪电吗？也许，他们的舌头，连同那语言的舌珠已经被目为异端，一并取走。伊格内托的这首《语言学》昭示了一种答案——

> 我听见一个没有舌头的人谈话。
> 他哼哼作响，合于语法。
> 容易理解他想要一只舌头
> 并且说他失去了它。
> 我非常感动，也非常高兴
> 他能够发出信号
> 但谁又能帮助他呢？
> 所能做的
> 唯有教他写作
> 并使之成为其主题。
> 我们会拥抱他，
> 知道在我们中间有我们
> 能够无休止地独自谈及的
> 失去的腿、臂、头和
> 阳具。

32. 乔治·奥威尔《春蟾畅想曲》

乔治·奥威尔自幼喜欢动物,他常与它们待在一起,终其一生所花费的时间比其他很多作家都要多。1945年3月他妻子艾琳在手术台上去世,这给了他致命一击;1946年,世界大战又刚刚落幕,英国满目疮痍、百废待兴……奥威尔并不喜欢青蛙,他在《缅甸岁月》中有这样一段话,描述邪恶的缅甸官员:根据佛教信仰,生前做坏事的人,下辈子会投胎变成老鼠、青蛙,或者其他什么低级动物。他描绘当地的妓女身体也是以青蛙作为形象的。所以,置身于伊斯林顿市贫民窟的乔治·奥威尔酷似深渊里的蟾蜍。他即将启程赴赫布里底群岛,他在悄然俯身于自己建造的《1984》的诡异权力空间之余,这并不妨碍他略略转身:喝杯咖啡和朗姆酒——他写完了一篇描述小动物的小品文《春蟾畅想曲》(也译作《普通蟾蜍随想录》),仅一千余字。在乍寒乍暖时节,身为"动物政治学"的大师突然写道:"蟾蜍大约生着一切生命体中最美丽的眼睛。"

奥威尔心目中,蟾蜍是体现欢快童年的一个情结,他在《上来透口气》里,借助乔治·保灵的回忆,展示的恰是他幼年的残忍行为:"我们逮到蟾蜍,把自行车打气筒的气嘴从屁股那头塞进去,然后打气直到把它打爆为止。"奥威尔不能不为自己干过的残忍之事深感后悔，后来对朋友彼得斯说："要是给他抓到哪个男孩用自行车打气筒打爆蟾蜍，看他怎么收拾他……"没错，奥威尔借此进行了忏悔。有鉴于此，春天来临，他不惜将蟾蜍放置在大街上，与人民一道迎接春阳。他透过此看到了甚至不如蟾蜍的人类，一直在冒犯大自然和良知。上帝也许都无法预料，这篇"奥威尔式"的短文将是一篇为随笔带来范式意义的杰作。我感动于这样的段落——

其一：我认为只要一个人能保有他孩提时代对树木、池鱼和蝴蝶的钟爱——就我而言还包括蟾蜍，那么他就更有可能创造出一个安宁的、值得尊敬的未来，而如果他只是一味地宣讲"除了钢筋混凝土一切都毋须赞美"这一类的教条，那么他也就只能让某个信条更可信一点而已，即人类过剩的精力只能用于仇恨和崇拜领袖，除此以外别无出路。

其二：无论如何，春天来了，即便是在伦敦北一区你也能感受得到，谁都无法阻止你享受春光。想到此节不禁我心满意足。多少次，我站在地头观察蟾蜍交尾，或者一对野兔在田间打斗，心中就会想到每一个人——每一个像你这样重要的人，希望你们此刻没有疾病、没有饥饿、没有惶恐、不要有牢狱之灾、也不要为度假营所困，春天毕竟是春天。原子弹正在工厂里堆起，警察正在街边游荡，谎言正在广播里泛滥，然而地球依然在绕日旋转，就算独裁者和官僚们暴跳如雷，也没有人能阻挡它的脚步。

但是，青蛙们如何学步邯郸？如何成为春之神珀耳塞福涅的使者？在一个蟹路横行的时代，蛙只能把希望，带往超低空。

33. "如黄金，或更准确的，如金色的宝石"

"如黄金，或更准确的，如金色的宝石"一句，出自《普通蟾蜍随想录》，乃是乔治·奥威尔从蟾蜍眼睛里提炼的诗意。1945年完成《动物农庄》以后，他已经声誉鹊起，他奋起余勇，像春蟾那样开始挣脱冬季的羁绊勇于恋爱——向艺术家安妮·波帕姆求婚。"春天仍旧是春天"。《普通蟾蜍随想录》发表后，一位读者在来信中除了指出包罗万象的莎士比亚就曾注意到蟾蜍的眼睛之外，还引用了诗人托马斯·布朗（T. E. Browne）的几行诗，以为与奥威尔的文章配合非常适合——虽然青蛙不是蟾蜍：

> 光照在青蛙上，你可曾留意到它的眼里
> 充满了闪亮的惊喜？
> 没有吗？哦，那么

你的眼界只是局限于人罢了！

比起乔治·奥威尔的另类发现，托马斯·布朗显然过于拘谨了。春蟾用树瘤一般的外表，分泌神秘的蟾酥同时，还在积极提炼一颗富含希望的宝石。我就认定，那时的奥威尔，恰恰就是那只出现在伦敦北部春雨中的蟾蜍，跳跃的高度，肯定要高于布拉格的那只著名甲虫。

也许为了弥补这一些微的缺憾，在《向加泰罗尼亚致敬》中，奥威尔描绘道："春天终于来到这里了。天空中的蓝色更柔和，天气渐渐变得暖和起来。青蛙们开始在沟渠中吵吵嚷嚷地忙着交配。在经过村庄的饮驴池塘时，我发现了一种浑身翠绿的青蛙，只有一便士硬币大小，它是如此璀璨夺目，以至于光鲜碧嫩的草叶都相形见绌了。"

34. 青蛙的隐喻学

马尔克斯在《百年孤独》里多次提及青蛙的隐喻，那不过是发育不全的、有病的、恶心的形体，比如，西埃尔瓦·玛丽亚对阿夫雷农西奥的检查很着迷，甚至让他把耳朵贴在胸前听诊。她的心房发出不安的咚咚声，她的皮肤上渗出了冰凉的、青紫色的、散发着强烈的葱头味的汗珠。医生说："是她的心房告诉我的：她的心房像一只关在笼子里的小青蛙。"而在

《霍乱时期的爱情》里,他描述了一对老人:"那年,他76岁,她72岁。他'鼓足勇气用指尖去摸她那干瘪的脖颈,像装有金属骨架一样的胸部,塌陷的臀部和老母鹿般的大腿……肩膀满是皱纹,乳房耷拉着;肋骨包在青蛙皮似的苍白而冰冷的皮肤里……'当她的手在他的下体'找到了那个手无寸铁的东西'时,他只好说'它死了',还说'过多的爱和过少的爱都对它有害'。虽然,第二天,他能够以'迅速而可悲'的状态,完成与她数十年间的第一次做爱。他们错过了青春和美妙肉体,但也避过了琐碎生活的纷扰,直抵死亡。

那种黏液涂抹的早晨,青蛙的爱情隐喻学悄然完成。

而对于汉语中人,很少有这类联想,在1998年痞子蔡推出《第一次亲密接触》后,津津乐道的是"丑女是恐龙,丑男是青蛙"。至于网恋的落地,仍然是那种黏液涂抹的早晨。到了21世纪,汉语中的青蛙隐喻已经稀薄透明且浑身褴褛,出现的仅仅是:"某某某是一只青蛙"——这分明是侮辱青蛙啊。

35. 蛙雨

一只青蛙腾空而起,它把城市抛在胯下。当阳光被黏腻的蛙皮全然吸收后,青蛙猛然发现,自己已加入蛙雨的洪流当中。

在《出埃及记》当中,耶和华予以摩西为埃及降下了第二个灾难——以一场气势浩大的青蛙雨，将埃及的民间及官殿变成了绝对的蛙市，但死青蛙的臭气并未能改变独裁法老的心性。这固然不一定是郭沫若虚拟的《天上的街市》的落地版，但星星的玻璃化作了滑腻的泥泞血肉。青蛙作为恐怖的具象，成为独裁者印章的印泥。如今，我们看到的法老面具，无一不是青蛙的造像。至于奥威尔《1984》当中，那个长有一张"青蛙脸"的派逊斯，不过是独裁者随意在现实主义幕布上盖下的一个纹章而已。

金溪县李登斋的《常谈丛录》卷一就有《青蛙三见》，说金溪县有青蛙神三，司瘟疫，常常出现，又云：大要其神不妄作威福，即有不知而轻侮之，甚至屠践之者未尝降之以祸，谄事之者亦未得其佑助。

是否如此呢？这是很可疑的。

清代的蒲松龄在《聊斋志异》里，特意写有《青蛙神》一篇，算是对民间信仰的一个交代。文章说："江汉平原之间，俗事蛙神最虔。"可见那时民间早有青蛙神安营扎寨。青蛙神选择了贫穷的凡人薛昆生为女婿，但薛家竟然不愿，其余许婚的人家无不遭到蛙神的威胁，但中土的蛙神并未像《出埃及记》当中的青蛙那样，以造成大面积的集体死亡来制造人间恐怖，而是展示了预言技术，道明真相，在不触及死亡的前提下逐一完成心愿。看来，汉语的青蛙神，一副土鳖样，极度世俗化了。

36. 青蛙最厉害的本领

据说，少年沃尔特·惠特曼喜欢写作，但被人嘲笑竟然没有去过哈德孙河，他沮丧极了。后来，木匠出身的父亲决定对儿子来一番启蒙教育，就有了一番对话：

> 木匠说："你知道青蛙为什么总是弯着腿吗？"
> "这有什么为什么呢？青蛙的腿本来就是弯着的！"
> "那你知道青蛙最厉害的本领是什么吗？"
> "青蛙最厉害的本领的是跳……"
> "对。青蛙最厉害的本领是跳，但青蛙有没有成天伸出自己的腿来展示！相反，青蛙的腿总是弯曲着的，可是你却为什么总喜欢伸出你的腿？"父亲看着沃尔特说。
> 木匠父亲展示出了思想工作者的口才："我们的腿虽然不能和青蛙那样，但是我们的精神却可以和青蛙的腿一样，平时尽量低调做人，别轻易展露自己所认为的才华，青蛙弯腿，既可以保护双腿又可以随时起跳，而且能跳得更高更远一样，你的精神也必须像青蛙一样弯着腿，那就是多学习多思考，少卖弄，只有在不断的学习和思考中写出来的诗歌才能打动人，也只有这样的人才能成为真正的诗人！"

在我等凡夫俗子看来，青蛙最厉害的本领是沉默，或者是舌头的闪电。它让一种预设与等待在那里空耗，左右互搏，直至自我枯萎、突然爆炸。那样，青蛙就是女妖塞壬的学生。可是，木匠哲学家大肆赞美的弯腿，这连卡夫卡也想象不出。它不属于另外一个极端范畴之物。

但是，沃尔特不但蛙跳而起，还发出了带电的身体雷鸣。1855年，他自主出版了《草叶集》，这年他父亲去世。他在《致一名普通的妓女》的诗中写道："镇静些在我面前放自在些我是惠特曼，像大自然那样自由而强壮，/只要太阳不排斥你，我也不排斥你……"看来，青蛙的腿已经强健，蹬踏力十足，可以在诗歌里腾跃风月。

"我的成就来自长期的冷静观察和思考，如果不是父亲告诉我青蛙腿的哲理，我可能直到今天还是一个被人嘲笑而又自以为是的诗诓！"沃尔特在1892年病逝之前，在日记本上写了如此"思想总结"。

37. 想象的花园里有真实的蟾蜍

这是美国诗人玛丽安·摩尔的名言——想象的花园里有真实的蟾蜍。蟾蜍不但跳跃在她的迷宫里，往往也成为一个性器，一个死的象征，或者危机的加速与减速。

君特·格拉斯不但可以写小说、诗歌、剧作、散文，他还是受过专业训练、富于创新精神的画家和雕塑家。他的许多绘画作品常常产生于文学作品之前，并且影响着写作走向。写《母老鼠》（1986）和《铃蟾的叫声》（1992）时，他画了许多形态各异的老鼠和蟾蜍。他尤其喜欢在文学里谈论"性"，赋予了动物汹涌不尽的力比多。在不知不觉中，他已经把动物的文学性提升到一个灿烂的高度了。

《铃蟾的叫声》结尾，亚历山大夫妇为躲避各方压力，驾车去那不勒斯旅行。在路上他们听到了铃蟾的叫声，当地人认为铃蟾叫是不祥之兆。果然，一场车祸在叫声的不远处等待他们。他们怀着"敌对者不再成为死神，不再成为敌人"的美好愿望，同心爱的人双双长眠在异国他乡。这种也被德国人称为"警蛙"的蟾蜍，它显然要警告亚历山大夫妇，但那一场旅行，不过是君特·格拉斯特意为主人翁安排的不归之旅，从而完成他心目中"向死而生"的仪式。这一结局，倒让我想起英国神秘主义大师阿莱斯特·克劳利：传奇人物、多产的作家、诗人曾经干过一桩恶行——1916年，他举行一个为堪称超级马拉松的仪式，目的是替一只代表拿撒勒人耶稣的蟾蜍施洗，然后把它钉在十字架上。

第三辑

箍桶匠与厚黑学

桶的畅想录

1. 悖论的葡萄酒桶

箍桶匠是热带与雨季的宠儿，但酒桶呱呱坠地，却像鼹鼠一门心思向往地窖。曾做过箍桶匠的诗人皮埃尔·布瑞说，葡萄酒桶是"一种怪诞、可笑、违反潮流、违反理性、违反实用价值的发明。我们怎么能想象，把这么结实而难以组合的木头组装成一个东西，还把液体装在里面"。他的说法道出的悖论在于：如此严密、理性、集体主义的器皿，恰是出自浪漫之人的妙想！这是否暗示了暴力起事总是狂人们策动的呢？而且，利用这一逆向思维的，恰是高卢人。皮埃尔·布瑞就认为希腊人和罗马人都较为严肃，冰结的思维者无法异想天开。双耳尖底瓮、羊皮酒袋、小酒壶，这些都是实用、适度、大众、理性的！只有成天做梦、随兴所至的民众才会发明细木条严丝合缝的酒桶。也许，凯尔特人都是诗人吧。尽管这是关于法国葡萄酒酒桶的一个起源个案，似难以放之四海——因为人们从古画里得知，古希腊的酒桶造型已与后来葡萄酒桶甚为近似。这个充满魔力的拓扑学空间容器，作为个人梦田的大本营，以一种贪欲、肥硕、笨重、欲望膨胀的造像，尽管与中土的陶质大酒缸有点相仿佛，但开关自如、涓滴而下的高脚杯红酒，与我们身边大碗喝酒的江湖粗豪，造就了完全不同的美学风范。

2. 箍桶匠的使命

大力者，多残酷。手艺依靠对木桶的缅怀而活着，木桶则依恋手艺而延年益寿。箍桶匠通过对木片的反复缠绕与紧束，用密不透风的精湛功力来实现超级现实主义的剩余价值——这容易人我们联想起葛朗台第一次见到未来的妻子时那务实而直捣本质的行家目光。而他似乎一直含胸，弓着吝啬鬼的驼背，一直就在"老头儿""老家伙"及"箍桶匠"的三个称谓之间倒换——但一当临到危急抉择关头，他总是依靠"箍桶匠"的技能逢凶化吉，攫取机会。

让木桶成为购买者用以装盛他们的"第一桶金"，或者干脆供无力的掘金者躺在床头做梦——装满空气而骑桶飞翔。箍桶匠对于稳赚不赔的买卖踌躇满志，歇了一口气，双手叉腰，再次操起了竹篾……

箍桶匠比章鱼还累，还要缺乏诗意，却是物质与精神飞地的建造者，尽管如此吊诡，这往往就是这个世界的真相。

3. 箍桶匠的细腰

性欲如篾条对肌肤的穿刺，疼，而喜悦。俗话说，"有竹无杉难成桶，有杉无竹箍不成"。在"一尺直径三尺板"影响下，相连的桶片擦刨成"扇纸形"，不用粘连，而是用竹钉，需要在桶片上钻孔，是箍桶匠的绝活……箍桶匠慢了下来，他的行动、他的骨头也会适应这一慢节律。他慢下来，像木质纹理那样慢，像绿叶回到枯枝那样慢。他听得见金蝉脱壳的声音，也听见土拨鼠分娩的呻吟。但是，他不是一只懵懂的蜗牛，因为他知道，慢是镶嵌在生死之间的细腰。箍桶匠与木头相恋，就像是在煤矿中挑选出矸石。一方面是从材质里剔除不纯洁分子，让团结紧张滴水不漏成为和谐主义，另外一方面仿佛是从黑中选美——那是制式的最美腰杆。手对情欲的直接把握与宰制，这种手淫的升级换代，成了箍桶匠的自慰。

楚灵王好细腰，并非指涉女性与销魂。他的美学宗旨是出于对内廷"脑满肠肥"的反动。在这一权力的标准下，大臣们为了腰身纤细，即使饿死了也心甘情愿。足以证明，箍桶匠的痛苦美学，移之于治国的爱民若子，大有成效。

4. 箍桶匠的实质

巴尔扎克不但是斫轮老手,而且明白由此升格为刀斧手的路数。他在《驴皮记》里说:"专制能非法地做许多大事,而自由却不屑合法地去做许多小事。"手艺人一直是顺民,他们历来是威仪的拥护者,不敢挖墙脚。直到篾条和钉子扎破手艺,由此带来的意识破伤风,威仪必将受到传染。起义军领袖方腊是歙县人,乃箍桶匠出身也,后又来到青溪(今浙江淳安)经营漆园,成为"家有漆园之饶"的业主。他依靠这点积蓄与义气开始招徕英雄,后来打造出铁桶似的"方腊寨",可惜他的桶中日月仅仅几个月就被朝廷打破了。方腊的确没有复杂的想法,只有箍桶匠的本事。后来,箍桶匠这个行业是青出于蓝而胜于蓝。咸丰四年(1854)六月,箍桶匠出身的天地会领袖陈开举行武装起义,号称"红巾军",占领佛山镇,以回应当时天京(南京)的太平天国。旬日之间,广东数十州县纷纷乘机起事,脱离清朝的统治。起义军由于军事上的急需,利用邓姓印刷所的锡活字造成枪弹,来打击清军。原来,软绵绵的文字背后,竟然隐含如此凌厉的金属力道,这种"急智"只有箍桶匠想得出来。

如果说后来从事意识形态的编织匠就是箍桶之举的话,是抬高了他们,这叫"砌屋请到箍桶匠——外行"。他们的话语木桶既不能装水,更无法承受骑桶人飞翔的重力。他们的紧箍咒之桶更不配——提供给第欧根尼做卧具。他们的桶八面漏风、跑冒滴漏,恰好可以装住他们的大词幻象。这样的桶,谁要?令人叹气的是,我的邻居不是箍桶匠就是制式的门童。

5. 箍桶匠的形而上下

法国近代绘画史上最受大众爱戴的画家福朗索瓦·米勒的画曾创作出表现箍桶匠强壮体格之作,但这仅是一种。而在有着"一副面包师的相貌,鞋匠的身段,箍桶匠的块头,针织品商人的举止,酒店老板的打扮"的巴尔扎克笔下,对财富具有从空气里攫取财富技术的葛朗台,则是精悍性的,由于是箍桶匠出身,他更具有一种收敛财富、集于一身、滴水不漏的工艺隐喻。与其说这是对财富的深度痴迷,不如说他对于自己掘到"第一桶金"的强力捍卫。这个讲究稳、准、狠的职业无法更替。打炊饼或者搓绳子因为过于线性,好像无从臻于事功的完美。"Faβbinder"(法斯宾德)是箍桶匠,德国酒桶是出名的,名气不亚于古希腊的酒桶——不装酒而装犬儒,成为哲学的庇护所。德国不但有一位姓"Faβbinder"的著名电影导演,而且还有以"Faβbinder"为业的酒桶。但德语姓"Faβbinder"不能意译为"箍桶匠",只能音译为"法斯宾德"。值得注意的是,马丁·海德格尔的父亲·弗里德里希·海德格尔不但是

"法斯宾德"，还兼麦氏教堂镇的圣·马丁教堂的司事，马丁幼年也帮父亲打下手，箍桶与宗教哲学作为亲邻，这一点对他日后思考器具世界极有助益。幼年的海德格尔不断对教堂的钟声深感兴趣，亲自去敲响这灵魂之声，而且目睹父亲箍桶的过程中，敲打钉子的锤子给他留下了深刻印象；而木工劳作中更为关键的刨子和锯子等上手工具却没有引起他的沉思。就是说，"合手、巧用重力和有效锤击手手工工具及其劳作活动构成了他认知此在与非自然的现实世界关联的重要契合点。而锤子与钉子、钉子与桶，作为容器的桶与所承载物的环顾，这一切与人的生活，则构成了海德格尔对周围世界现成性形而上学幻象的透视感"。(张一兵,《多重世界的交织神性与世俗、本真与劳作》,《南京社会科学》,2010 年 10 期)

果然，我们终于看到，海德格尔没有在第三帝国的海洋里彻底翻船，他那卡隆式的冥河摆渡工具变成了酒桶，其"法斯宾德"的技术可以歪而不倒。他是不沉的哲学王。

从家庭出身而言，捷克作家博胡米尔·赫拉巴尔与海德格尔有点近似，他的父亲由啤酒厂的会计升任为啤酒厂总管，酒桶与箍桶匠是父亲必须重视的行业，赫拉巴尔得以目睹并研究酒桶的所有秘密。他看到的是和谐、和睦，他的温情与焦虑在酒桶里获得了释放。他是蘸着啤酒写作的，酒桶盛满了他的生命之血。他曾经说，"啤酒馆是消除偏见的最佳场所"。不仅如此，他与同样在啤酒厂打过工的哈维尔具有一致的见解：他们致力于破除以"箍桶思维"去维护万里江山。

6. 箍桶匠造缶记

箍桶匠趴在夫人身上，哼哧哼哧……

夫人问："几十年了，你不厌烦吗？"

箍桶匠说："我爱你有多深，月亮代表我的心。一片冰心在马桶。"

就像长年相守的夫妻彼此长相会趋于一致一样，箍桶匠对酒桶的造型最满意之处，在于它硕大膨胀的腰部，那是他欲望的堆积之处。作为对纵欲时代的回报，箍桶匠就把美学的腰际线从容提升至脖颈之下，纵欲与腰际线之高成正比。某天，箍桶匠对小提琴的造型予以了强烈关注。他对小提琴那"斜肩、丰乳、细腰、肥臀"的与时俱进的 pose 甚感惊怵。他立即针对酒桶的发音部进行了改良。他勒紧了宏大叙事的腰身，让酒桶盖成为声音的天窗，由击打肚皮的"板油"改为击打天灵盖（这个灵念，来源于我采访四川音乐学院特聘教授、木匠出身的小提琴制作专家何夕瑞）。

这个时候，致力于成为制式箍桶匠的张艺谋，进一步提升了箍桶匠的工艺，他不但把桶伪装成为光鲜叙事的大本营，2008 个叫"缶"的金属桶横空出世；而且，他还把桶，活活勒成了葫芦！

7. 箍桶匠的跃进发展

想发财即立陷于不自由,但自由往往与穷酸为邻。面对啤酒商人日益膨胀的腰围,啧啧,腰带的长度已经超过了裤子,箍桶匠不能不暗自神伤。箍桶匠只箍过水桶和尿桶,他愤然自荐要制作赚钱的啤酒桶。箍桶匠置身于一日千里的时代,"一天二十年"的激情口号依然在耳。但他忽略了积累是一个必然的过程,忘记了啤酒肚不是一天吃出来的,也更忘记了"合抱之木,生于毫末;百丈之台,起于累土"的古训,他跨越式地用细竹篾去箍啤酒桶。他一步跨出去,刚好骑在啤酒桶上,桶立即被压塌。他恍然:怎么还是一个烂尿桶啊!

8. 木桶骑士

就像俄罗斯套娃一样,木桶中的甲虫,具有双重"套中人"与"穴鸟"的甲胄性质。

对于卡夫卡的《木桶骑士》,卡尔维诺写道:"这一篇在1917年写成的第一人称的故事,极短。故事出发点是奥地利帝国战争期间最艰苦的一个冬天中的真实情况:缺煤。叙事人提着空木桶去寻找火炉用煤。路上,木桶像一匹马一样驮着他，把他竟驮到了一座房屋的第二层；他在那房屋里颠簸摇摆得像是骑着一匹骆驼。煤店老板的煤场在地下室，木桶骑士却高高在上。他费尽力气才把信息传送给老板，老板也的确是有求必应的，但是老板娘却不理睬他的需求。骑士恳求他们给他一铲子哪怕是最劣质的煤，即使他不能马上付款。那老板娘解下了裙子像轰苍蝇一样把这位不速之客赶了出去。那木桶很轻，驮着骑士飞走，消失在大冰山之后……卡夫卡的许多短篇小说都具有神秘色彩，这一篇尤其如此。也许是卡夫卡不过想告诉我们，在战时寒冬之夜外出找煤一事把晃动的木桶变成了游侠的索求，或者一辆大篷车穿过沙漠，或者乘魔毯的飞翔。但是，一只空木桶让你超离既可以得到帮助、又可发现他人利己主义的地方；一只空木桶，作为匮乏、希求和寻找的象征，又把你带到一个连小小的要求也得不到满足的地方——所有这一切都足以引发人无限的思考。"

这个短篇小说的一个动机（也许不一定有目的）其实是：单身男寡欲而轻。轻身而上。木桶执意将一个生活中的低能者断然送上天空，飘飘然之后却无法回到现实中买到一点点取暖的煤。它暗示：这样的梦游者可以在处处碰壁的现实中造梦，是真正的造梦者；造梦者与现实是格格不入的。因而，出自最势利主义之手的木桶，让失败者成为骑士。它揭示的是——现实的功用与飞翔的高度成反比。欲望的弱力者因为弱，弱不禁风，望秋飘零，可以飞到极高处。

9. 木桶与非虚构

艺术的真实也许高于生活的真实，用一种想象和虚构的真实来与现实进行PK，并渴望稳操胜券，这恰是文人梦呓。因为在许多小说家心目中，"虚构是小说的合法化身份"，在于虚构成分的多少和作者对待虚构的态度是否有意识。小说《木桶骑士》中的虚构无疑是刻意为之，虚构极大地改变了小说的叙述，增添了无限的魅力。

而有些语境里，虚构是煤田中的矸石。

至今奉"怎么写总比写什么重要"为圭臬的写者，其实，他们是被一些观点蛊惑了。比如："写出不可知、不可能、透明度低的生活，有利于调动读者的阅读兴趣。"于是，爱情在他们笔下变成了偷情或同性恋，一个老实的苹果立即变成了暧昧的芒果。谁还有兴趣去描写低级的鸟语花香呢？他们一动笔，起码也是印度香、曼陀罗的气味啊。一旦写得真实，就像被扒光了衣服露出排骨和肚底板油，陷入了才华短缺的泥淖。

我们看看青原惟信是怎么看待"是"与"不是"的："参禅之初，看山是山，看水是水；禅有悟时，看山不是山，看水不是水；禅中彻悟，看山仍然是山，看水仍然是水。"最后的山与最后的水，是对片面山水的拼合、糅合与提纯，是放它们到旷野里去的气魄。套用佛语"人本是人，不必刻意去做人；

世本是世，不必刻意去处世"的箴言，不妨改为：人本是人、不必刻意去作文；世本是世、不必刻意去绘世。以此看看刻意"写得不像"的人，他们在青原和尚螺旋般上升的语境里，行至哪里了？

箍桶匠看着水在桶里旋转，他对桶外的争论不屑一辩：你连木桶都没有一个，就像你没有女人，却一直在苦练房中术。

10. 一点一点的失败

一个人在行使一件事的过程中，非常清晰地意识到自己必将失败。那么，他还会停下来吗？

这无疑是他人生中"严重的时刻"。我想，绝大多数人会奋力一搏，渴望金石为开奇迹光临，转危为安；

悲观者会明智地罢手，枯木一样等候天意的摆布；

还有极少数者，会一点一点去损耗，一点一点去失败。就像伍尔夫那样，非常镇定地、充满信心地，并且一脸幸福地把石头装满衣服口袋，缓慢走向河心。

失败，可以这样从容不迫。就像一只吊在井口的水桶，也渴望掏干世界。

在箍桶匠看来，桶即是棺材。问题是水桶太小，自己钻不进去。

11. 不可扔掉的痛苦

箍桶匠喝醉了。念叨着唐伯虎与友人的对联:"嫂扫乱柴呼叔束,姨移破桶叫姑箍。"准确地说他是被连续的苦痛灌醉。他透过醉意在不合时宜地考虑酒桶的构造是出自哪一双手。

一个人虚弱到无力把痛苦"拧成一股绳"扔出桶外,那就只好把痛苦收拾好,堆成一堆柴,寄放行李一样放置到能够承担得起的部位。

一个虚弱的人抱着痛苦取暖,倒在十字街头。像种子那样信仰头顶的雨水。

12. 休耕

春耕之后,水桶、粪桶的功用已得到彰显,空桶如掏空的身体,高悬于性事的低处,无风自动。作为偷窥者,土地最欢愉的时候,恰是箍桶匠的轮休期。

他在休耕。他的土地举起悲哀的手。绿苔荡漾,将树叶的火光尽力吸吮。他将再一次被犁铧剖开,让土地深处的火星,结成庄稼叶片的夜露。

星斗在上,事物的律令让悲哀无边而平躺。法国诗人哲学家齐奥朗在《眼泪与圣徒》里指出："人只能平躺着思考。以直立姿势来设想永恒几乎是不可能的。""历史是垂直线的产物，虚无则来自水平线。"

13. 锈在刃口

当一个女人猛然惊觉自己已然失身的时候，她其实失身很多年了。当箍桶匠发现自己失技的时候，那是他改行干起了勒紧别人脑袋的营生。

梦都是真实的。一如博尔赫斯的设计：梦中人给你的花，醒过来时，花就在你手里……将所有的梦蜷缩如种子，将所有的锈在刃口上打开，金蝉的叫声高张艳帜，只要它们尚未被厄运磨灭，那就无须回到土地与熔炉。在箍桶匠出身的管理者眼中，还是可以箍一箍的。

它们在那里，运行如云的命运，就可能看到大地上的阴影，终于在木桶最短的那一块木片凹陷处，出现了黎明的缺口！

14. 成都大慈寺的箍桶匠

箍桶手艺乃"匠之末技"，渴望在卑微职业中（比如阉者、屠夫、箍桶匠）当中升跃起大智慧，一直是渴望"深入生活"的主流者们的狂想。朱熹的祖师爷、理学大家程颐、程颢，在成都大慈寺门前，"见箍桶者口吟易数，就揖之，质所疑，酬答如响，此儒者而业于匠者也"。腿脚奔忙的力役之事，贤者在所不免，箍桶匠中也有高人啊。传授他们易经的箍桶匠，名字没有留下来，但低微的职业身份暗示了理学家"礼贤下士"的品德。为了避免脑袋进水，他们终于为传统文化的智慧，以箍桶匠的认真与绵密，戴上了召之即来、挥之即去的紧箍咒。

15."箍桶理论"是伪理论

现代管理学中，所谓追求实际效率的"箍桶理论"以及派生出来"斜木桶理论""双木桶理论"等是典型的伪理论，如此之多的"桶阵"，张着欲望的大口，它远没有箍桶匠来得实际。因为理论的出典是：有正确的前提，运用正确的逻辑，推导出的结论自然正确。这一方法是科学方法，可惜人的世界一般不遵循这一"正确"计量，意外与机遇不断变乱着人的预设。可以掌上走马的箍桶匠人，慢工出细活，极不左也不右，窒息了一切异端与活力，在某种整齐划一的制式快感中重复，直至油尽灯枯。箍桶匠脱力了，桶放大如铁幕，因而那块最短的木板恰是希望之光所在。恰如诗人叶芝所言："万物崩散，中心难再维系。"

16. 桶阵

很大程度上，桶阵类似人阵；不同之处在于，桶阵乃战略巫术，人阵是"人民的汪洋大海"。

清嘉庆道光年间，贵州人杨芳（1770—1846）剽悍勇猛、威震天下。他智勇双全，将白莲教打得落花流水，曾创下一人将五船白莲教将士打落河中的朝廷吉尼斯纪录；他远赴新疆，生擒分裂主义总头目张格尔……这位强人在鸦片战争中对洋枪利炮束手无策，下令用装满污秽之物的马桶阵破敌，结果可想而知。显然，杨芳就是箍桶匠的军事版升级。正所谓是"金箍桶、银箍桶，打开来、箍不拢"，他的错觉，在于太过相信传统的威力，败坏了传统的名声，让卫道士大丢脸面——毕竟马桶是私处最接近的器具。

17. 用力过猛

某天，箍桶匠在会场喝了一斤免费烧酒，他腰力十足地躺在台阶上，用力做梦。他用力地梦到自己箍桶时力道过猛，竟然把木桶箍爆了。

他醒后没有责怪自己，只是认为，这是疏松的木片承载不了自己的爱,就像自己辜负了村头咆哮几十年的高音喇叭。

接着,箍桶匠设计自己的梦:成捆的制式木片、提把、篾绳被拖拉机运来,而购买木桶的人排起了长龙,只等自己动手赚钱了。而且,自己万万不要骑在木桶上!卡在半梦半睡的缝隙,箍桶匠猛然惊醒:如此清醒地算计,还算梦吗?

18. 桶底就是底牌

鉴于上帝弃绝了一切,人们也应该放弃成为"某种东西"。为了求得这唯一的善,西蒙娜·薇依在《重负与神恩》里指出:"只要我们尚未明白我们有底,我们便是无底的桶。"

桶底无水,水中无月。《五灯会元》卷十四记载:长芦禅师一天下厨,观看火头(厨师)煮面条。忽见面桶底板脱落,面条落满一地。大家失声叹道:"可惜了这一桶面!"长芦禅师却说:"桶底脱,自合欢喜,因甚么却烦恼!"又如《景德传灯录·雪峰义存》里记载说,雪峰和尚问德山大师"向上宗乘事",德山突打他一棒,又大喝一声:"道甚么!"雪山受此棒喝,说:"我当时如桶底脱相似。"就是说,禅宗用"桶底脱"表示智光透入、豁然大悟之境。

箍桶匠面对一只朽木之桶,木桶无底,桶,占据了一个满载与荡漾的幻象,但箍桶匠无法忍受这样的虚拟,他视之为寇仇。无底之桶像个被宰制的人物,在箍桶匠心目成为发布空话的喇叭。他顿悟："我当时如桶底脱相似。"这样，他又兼职当起了木器社的秘书。

19. 葫芦的仿生学

日前国外一份调查发现，在300年来的近35万本英美文学作品和流传近两千年的3部亚洲文学作品中，"纤细腰身"成了人们眼中最美的女性身体部位。波德莱尔在《美丽的杜萝蒂》中描绘道："她款款而行，宽大的髋骨上的纤纤细腰轻柔地摆动。淡玫瑰色的紧身绸裙与她的深色皮肤对映鲜明，恰到好处地裹在身上，显出她修长的身材，凹进的后背和尖尖隆起的胸部。"对这种不惜去掉肋骨而实现的细腰美学，在箍桶匠看来，都是过眼云烟。腰部之细不过是为了凸显臀部之腴，这种对葫芦的仿生学箍桶匠早已经烂熟于胸。他进一步思考性欲的捷径——腰部与瓶颈的关系。一手把持女人的蜂腰，一手控制叫喊的脖子，上下其手，天下便没有干不成的事情。

20. 皇桶之欲

四川民间称呼那些大体量的东西为"皇"——皇桶乃是超级桶，这不是指皇帝洗澡的御用之桶。在清朝以降的自贡盐场，由于贪大求全，盛装卤水的皇桶从诞生之日起，就是贪婪、淫欲之兆。箍桶匠不得不花费十倍于常的篾绳，反复箍上若干圈，与其说是保险套，不如说是西门庆欲望的"银托子"。箍桶匠回望身后微笑的大腹贾，觉得他最要命的东西，是那根摇摇欲裂的皮带。

21. 山水与江山

如果说真正对冷板凳感兴趣的人只有权力的退役者，那么对木桶奋力施肥的人，就只有箍桶匠了。

某天箍桶匠突发奇想，将一个木桶轻轻摊平、展开，这就是一幅回到灵意飞荡年代的"木简"。他在"木简"上刻画出了山山水水，然后他把木桶箍好。他猛然发现了属于他自己的江山。一个人一当把山水视为江山，他不禁心惊肉跳：庆幸无人发现自己有谋反之心！很快，箍桶匠的江山淹死在水下，成了山水。绘画大师偶然一见，赞曰：哦，这是返璞归真之大作啊！

22. 桶中日月

箍桶匠某天见到昔日的木匠，现在升格为木雕大师了，他用简洁的心得开导箍桶匠：一桶欲溢而未溢出的净水，又因为浮起了一朵暖云，故而水面高于桶面，那才是圆满。

可是在箍桶匠看来，这是永远不可能的。因为桶面是领导，一旦提高水平，也必须臣服其下。哪里有脱离领导的鱼儿呢？何况如今的桶面太高了，自己只能是独坐枯井的青蛙。

木雕大师说，混了这么久，看来，你还是箍桶匠。

23. 井中与桶中

古希腊哲学家泰勒斯举头望天，脑袋插进星云，醉心于诡异的天象，走着走着就掉到一口枯井里，他自辩："就在你们埋头赶路时，我一直在仰望星空。"两千年之后，德国哲学家黑格尔听到了泰勒斯的故事，他想了想，说了一句话："只有那些永远躺在坑里从不仰望高空的人，才不会掉进坑里。"为了避免这种丢人现眼的颠倒，箍桶匠一边搓着篾绳，一边盯住桶中水面的镜像，即可以观察星空。他甚至找到了维特根斯坦的说辞："我贴在地面步行，不在云端跳舞。"他由此感叹：怎么哲学家不懂"一桶装日月"之理呢？

24. 喝银汁的人

某天，箍桶匠想起一则往事：成吉思汗曾让后妃、诸王和大臣各自挑选亲信，组成一支450人的商队，携大量金银，跟随花剌子模商人去贸易。商队到达锡尔河畔讹答剌城，当地的长官海儿汗贪图商队的金银财宝，杀死商人夺取货物。有逃脱者将此事报告给成吉思汗。1219年，成吉思汗亲率大军进发花剌子模，经5个月厮杀攻下讹答剌城。贪财的海儿汗被俘，成吉思汗命令将熔化的银液铜汁，灌进他的耳朵和眼睛……箍桶匠想到此不禁犯愁：万一有强者命令自己吃下木桶，那，怎么办？

25. 散架的桶

选取周边事物进行比喻，进行高层次的思想工作，不过是向古训"近取诸身、远取诸物"致敬。一个领导在箍桶匠面前玩起了概念的篾条："一家人就好比一只木水桶，父母就好比水桶上的两根铁箍子。放之生产队，如果书记这根箍子断了，我队长这一根怎么也不能断了，不然桶就散架了，集体就四分五裂了。"箍桶匠呵呵点头，心头想的是：桶底底都脱了，你还箍个锤子！那——就是西门庆银托子的函授生了！

26. 晃荡的桶像钟摆

某天，箍桶匠去井口汲水，他把拴着吊绳的水桶放进去，桶很听话地四面碰壁。看起来，叔本华把人生诠释为在痛苦和无聊之间摆动的钟摆，就非常具有针对性了。因为叔本华认为，人是由一组器官构成，每个器官都有各自的需要，张开打嘴，人的欲望就是无底的水桶，永远装不满。而能够满足人的欲望的资源总是匮乏的。这一供求关系的失衡决定了人生的三个状态：痛苦、幸福和无聊。对此，箍桶匠认为完全正确。他只是自忖：每个人的桶，其实桶底是活动的就好了——该关紧就滴水不漏，该出血时就釜底抽薪——用无底之桶去装东西，不但非常人所为，简直也不是哲学家该思考的问题！

27. 苏格拉底的水桶

不像当时的许多犬儒哲学家那样自虐，苏格拉底在婚姻问题上颇开明，娶了两个妻子。第一任夫人克珊西帕为他生有一子。后来因为战争，雅典人口锐减，当局允许讨小老婆，他又娶法官的女儿密尔多，再得二子。克珊西帕绰号"母豹"，自然是顶级款的悍妇。一天，苏格拉底正与一个客人大谈哲学，夫人突然跑来大骂苏格拉底，愤怒不已，拿起水桶往苏格拉底身上泼水，苏格拉底全身都湿透了。这时候苏格拉底局面何其尴尬？返回到现实主义冷水中的苏格拉底笑了一笑，说："我早知道，打雷之后，一定会有大雨。"笑声之外，我们可以发现，苏格拉底才是一只无底之桶——他不过把愤怒之水借助身体的空桶排泄出去了。对这样的人，油盐不进，世俗拿他毫无办法。

28. 水桶和探照灯

波普尔是现代西方思想家中极罕有的打通了自然与社会科学的罕见大哲。他论述两种对立的知识观时，使用了一组比喻作为题目——《水桶和探照灯》。他称培根的知识论实为精神的水桶论，"水桶"代表累积的知识观，人的大脑乃水桶，装入知识、经验，最后进行决赛：谁的水桶大，谁就以智慧之名胜出——这分明是一种依靠箍桶匠财富积累技术而来的知识观。在此谱系下，人们的头脑不过是一个储钱罐。波普尔说，另一种更为有效的知识观是"探照灯"，就是科学的观察。但观察有很强的目的性，每个人的观察都受其知识结构与经验左右，也受现实要求的控制。他曾经做过一个实验，让他的学生到教室外去观察，结果他的学生找不到北，世界太过丰富了，让人眼花缭乱。波普尔的意思是："探照灯"的特点是一根清晰的光柱，洞穿黑暗，但无法洞悉全部黑暗世界——"专家的目的不在于发现绝对的确定性，而在于发现愈来愈好的理论（或者发明愈来愈好的探照灯），这些理论可以接受愈来愈严厉的检验（并由此而引导我们达到最新经验，照亮我们的最新经验）。"

29. 迷信的箍桶匠

儒勒·凡尔纳在《圣-埃诺克号历险记》里，用一次航海历险展示了不同人性。圣-埃诺克号捕鲸船到了捕鱼期，却因为缺少一名医生和一名箍桶匠而无法出海。好容易找到这两名不可缺少的人员，那位箍桶匠却是一位不折不扣的厄运预言家。因为他总是预言祸事和灾难，还有神秘的海怪，他对此坚信不疑。作为箍桶匠的最后一次航行，他竟然活着回来了，但大海如桶，他利用自己的木桶预知了种种风险，其实，他才是提着桶预知灾难的哲学家。桶即是他的棺材，可以随时随地使用。

30. 文字箍桶匠

木桶在法国长久以来就是穷人和流浪汉的栖身之所,算命师和赌纸牌的骗子也拿它当营业场所。代客写信的作家也在桶中奋笔疾书。酒桶被废黜,竟然以作家的书房终老一生,为最谦卑的书写提供服务。这是喜还是悲?

"代写"行业在中土的历史久远,据说隋唐时期就有替人写信的职业。后来,代写书信的范围由单一的书信发展到诉状、契约等,代写先生就另有了民间讼师的角色,替打官司的人出谋划策,帮助有隔阂的人调和关系,这已经是集袍哥、鼓吹手职能于一身。在四川一些地区,清末时节称代写师就为"箍桶匠",就是含有"整合""规整"的意思。根据奥威尔《1984》提出的"战争即和平,自由即奴役,无知即力量"的惯性,人们从方言的称谓中,可以进一步发现文字箍桶匠与时俱进的大力水手一般的技能:"失业"成为"待业";把"信仰"拉出宗教地域,赋予理性认证叫"信念"……

31. 箍桶匠与侦探鼻祖

亚伦·平克顿一生都和类似杰西·詹姆斯这样的罪犯战

斗。《芝加哥论坛报》曾经说他是"这个时代最伟大的侦探"。近40年来，他和同事们抓过银行劫匪和道貌岸然的贪污犯。

1819年，平克顿出生在苏格兰的格拉斯哥，家境贫寒。他的父亲是一名警察，在执勤时殉职，于是他担起了养家责任。年轻气盛的平克顿呼吁英国进行民主改革，并因其极端主义行为，受到当局迫害。1842年，迫于政治压力，平克顿和妻子琼移民美国。在芝加哥城外40英里处的小镇邓迪，他们开了一家箍桶铺。1847年的某天，平克顿发现板条用完了，就到附近河里一个无人居住的小岛上想找一些木料。在那里，他发现了宿营的痕迹。但箍桶匠有条不紊的逻辑训练让他立即从中发现了纰漏。晚上他重回故地，发现有人在此制造假币。他不能容忍，立即报案，治安官逮捕了这帮伪币制造者。当时假币危害商业活动，当地商人都赞美平克顿义举，并请他调查其他案件。"我突然发觉每个地方都叫我，去做那些需要侦探技术的活。"平克顿在1880年的回忆录里写道。他再次展示了箍桶技术，十分善于有条不紊地牵出罪犯，于是伊利诺伊州的治安官凯恩·考第任命他为副手。1849年平克顿成了芝加哥首位全职侦探，于是他永远放弃了木桶买卖。1850年，他用被木料磨出老茧的手，创建了平克顿侦探事务所，在芝加哥市中心建立了第一个侦探办公室。

32. 酒与桶

酒与桶的关系并非如同女人对男人欲望的承纳，乃是基于一个事物的隐喻：酒是向内用力的，饮者利用酒封闭了向外的通道，饮者在火的汇聚力作用下滑向自我中心，他就犹如一个王，在敞亮的四面皆是水镜的空间顾盼自雄，是穿上新衣的皇帝。人只有被酒充盈和充血，破壳而出的暴力才可能伸出利刃。而且，桶的城池也不同于围墙，功用不是抵御外来侵入者，而是像柏林墙一般，桎梏来自内部的自由性逃奔。一当举桶痛饮的柄权者与他的箍桶匠们目睹铁桶江山内回荡的和煦春风，让人民的脸庞长出青苔，酒进一步放大了权力的幻觉，一如桶中收揽日月。有个箍桶匠冒失地发表了自己的专业看法：其实，水坝与木桶是同一个道理。

33. 永恒的惩罚造就意义：绝望之不死

古希腊神话里充满永恒轮回式的惩罚。西西弗斯、坦塔罗斯、普罗米修斯、在地狱被绑在轮子上永久旋转的伊克西翁、用水罐去填满无底桶的达那伊得斯姐妹……人们标示出的"意义"恰在于：坦塔罗斯、普罗米修斯、西西弗斯、俄狄浦斯反抗的分别是：超自然的权威、邪恶的暴虐、徒劳劳作的"无意义"以及人生的荒诞和对于黑暗力量的恐惧。但不可忘记，西西弗斯本就是暴君，他企图逃脱死亡，骗冥王戴上自己的手铐，致使冥王回不了地狱；而烹煮自己儿子为大菜的坦塔罗斯更不是什么好鸟；达那俄斯的女儿们——达那伊得斯姐妹，听从父亲的指令在新婚之夜杀死了她们的新郎，而被神罚在地狱里永不停息地用无底水桶取水；例外的好像只有"不愿做宙斯的忠顺奴仆"的普罗米修斯。

如果绝望是死亡的在场，那么就不会开启人们对死亡的想象了。但为何情况相反呢？对于被惩罚者而言，永恒轮回的苦行根本不成立。原因在于如果受罚者对此有意识，惩罚失去了意义，因此律法必须使他们明白这是"唯此一次"不归的坠落。但地狱地面较为坚实，已经不会出现更可怕的事情——再次向下堕落。经历这种无期徒刑式的轮回、重复施为，比"末日审判"更为绝望，它只是对于旁观者——顺民和预谋作乱者才成立。在场者——审判者、苦难轮回者、旁观者缺一不可。

从另外一个更深的层面，克尔凯郭尔意识到，作为否定性永恒的不能安然死去："相反，绝望的痛苦正是在于不能死去。因此它与垂危病人的状况有很多共同之处，垂危病人躺在那里，受着死亡的折磨，但却不能死去。所以，病得要死叫做不能死去，但却并非好像有生的希望，不，这是毫无希望，以至于连最后的希望，死亡都不来临。如果死亡是最大的危险，那么人们就希望活着；但是如果人们了解更可怕的危险，人们就希望死。"

这样,他提出的"地狱本体论"就显得意义重大:"在这最后的意义中,绝望就是致死的疾病,这个令人痛苦的矛盾,这一自我的疾病,永远要死,要死,但却仍不能死;这是死亡之死。因为死意味着已经过去,但是死亡之死意味着经历死亡,只要有一刻可以经历到死亡,人们就因此而永远经历了死亡。假如一个人会因为绝望而死去,就像人们因病而死那样,那么,他心中的永恒东西,自我,就必定会在同样的意义上死去,就像肉体因病而死去那样。但这是一种非可能性;绝望之死永远会转变为一种生。绝望的人不会死;'就像匕首无法杀死思想那样',绝望也同样无法耗尽作为绝望基础的永恒、自我,绝望之虫不死,绝望之火不熄。"

被绝望照亮是怎样的一种大光?如果说绝望是一双眼睛,不是轮回者看见它就可自明,而是绝望之眼彻底看清了你、命名了你,洗骨伐髓,才成为绝望。

这样的绝望意义也被法国思想家让·波德里亚注意到了,他写道:达那厄"是精神错乱的流放者,她生下了达那伊得斯一族,达那伊得斯姐妹们将她们的无底桶装得满满的,但装的不是水,而是鲜血"。不但有鲜血,更是满溢的时间。

34．紧箍咒的道与器

紧箍咒以语言的魔力横空出世，自然是后于箍桶匠的。这等于一个权贵把马桶扣在头上，灵光闪动，直取本质：下令剔除累赘，而成为独出心裁的头箍。

《西游记》里，"紧箍儿"出现了3次，"紧箍咒"与"紧箍儿咒"出现了30次，可见其道与器的分而治之。但唯有权力才成为道与器的统一调度者，律令是让无政府主义者向内收缩，直至内爆，而非向外猛推使其外翻，甚至逾墙而出，个中妙处唯有权力者心领神会。

那么，"金箍棒"的"箍"字就大有奥妙了。这是权力对能力的进一步约束，在头脑与力量均受到双重制约的前提下，自由者被穿鼻绳与皮轭彻底制服，他无论抬头还是低头，还可以看到晃过眼角的鞭影……

箍桶匠更不解之处还在于：柄权者往往把自己打扮得貌美如花，甚至是秀色可餐的唐僧肉，为何卖命干活的都是五官挪位之相呢？这是咒语的化妆术啊！

35. 靠墙的桶，不是风铃

看上去，是一番民国风景。

看上去，是一条主义的筒裙。

是一条筒裙靠在男权中心招摇，但主人从裙底出走。

当然，也可以是一个穿金钟罩铁布衫的领袖，施展金蝉脱壳的证据。

靠墙的桶，泄露了藏在木头里的眼泪。

36. 修辞性遁词

箍桶匠的修辞性遁词，乃是木桶的裂缝。

如果我们堵死了这些歧义，那么箍桶匠就会因器物精准而困死于滴水不漏的本义中——他不但会失业于无桶可修，还会丧失解释权。他必须故意在元初的制作与命名阶段，以刻意的疏忽与暧昧留下良性循环之路——让不大结实的木桶成为大众话语的容器，并成为自己晋升以及再次命名的基地。

37. 仿华莱士·史蒂文森《坛子轶事》

史大师的作品里,我最喜欢的还是赵毅衡老师翻译的这首诗,不能挪动,是为神品——

>我在田纳西放了一个坛子,
>它浑圆,在一座山上。
>它使得零乱的荒野
>环绕那山
>
>荒野向它升起
>在周围蔓延,不再荒野
>坛子在地面上浑圆
>高大,如空气中一个港口。
>
>它统治每一处。
>坛子灰暗而空虚。
>它并不释放飞鸟或树丛,
>不像田纳西别的事物。

寻着圆滑的桶沿,破除"梨花体"的花露水气味,我戏仿如下——

> 骑桶而来的人把坐骑敞放民间。
>
> 桶被主义箍圆，待在山巅。
>
> 被子弹洞穿的桶撒豆成兵，
>
> 使凌乱的荒野，围峰罗列。
>
> 于是荒野向桶涌起，
>
> 星星之火在四周，再不荒莽。
>
> 木桶胖胖地立在可疑之处，
>
> 匍匐于地，像无修饰的地雷。
>
> 箍桶条是弓，木片已搭上弓弦，
>
> 桶是灰色的，突然变脸。
>
> 它无法产生鸟或树丛，
>
> 不像乡野别的东西。

38. 桶与莫比乌斯坏

我估计，最早发明坦克履带的美国人，应该是看到一个摊开的木桶而获得了灵感。

当一个三维的木桶终于像贵妇那样彻底缴械并摊开，成为平面，成为基座，成为钉床，那一定是重金属作用的结果。当然了，这也可能是她自身分泌出来的一支爱情的投枪。阴阳互体的结构，双头蛇的矛盾论，作为一种拓扑学的可逆性的造像（按照德勒兹的说法，造像即是性欲的可操作蓝图），由二维扭转蛇腰180度向立体演变的肉身化过程里，循环着诡谲的"间生"之物，它是二维木片进行三维构象但未完全构成三维立体的弗兰肯斯坦式的产物：一种最简单的容器，摊开即成佛或魔，一跃而成了激进主义的温床。

39. 倒错者

需要注意的是，在西语域界，空桶总是庄严的道具，用以体现哲人、先知的吊诡之处。古希腊神话中的西比拉垂而不死，她一直拥有预言能力。她睡在一个吊起来的木桶里，人们问她希望什么，她说唯求速死——因为桶的寿命也不及她！看起来，打穿谜面的预言依然无法激发一个人的活力，而预言本就是关于计算正死与横死的方程式。木桶作为树木与绿叶的尸骸，它既是预言书，也是西比拉的蜕。

经济箍桶匠们提出一个口号："有思想的瓷砖"——瓷砖不过是土地与火焰的尸骸，在一个绝对集权、整齐划一、无限克隆的模具里，思想竟然能与之发生关系，除了匪夷所思的广告创意之外，它只能真切反映一个蝇营狗苟的现实：用瓷砖来为粪桶贴面专修的思想界，因为无法拥有西比拉垂而不死的秘密功法，他们只能把桶进一步装饰为棺材。

40. 卡夫卡式的桶内空间

美国艺术家路易斯·布尔茹瓦（Louise Bourgeois 1911—2010），是当代世界雕塑领域的卓然大家，也是艺术界广有号召力的女性艺术家。七十多年来，展示自我构成了布尔茹瓦艺术活动的核心。1992年在布尔茹瓦《密室》系列如性身体一般的开放创作之后，布尔茹瓦毅然转身，将早期的两条创作脉络相编织，一是关于身体的精神性与肉体性结构，另一个是用以庇护精神和肉体的空间，她创作了《珍贵的液体》（Precious Liquids）——这是1992年布尔茹瓦为卡塞尔第九届文献展（Kassel Doucmenta Ⅸ）而精心献上的礼物。

布尔茹瓦想通过《珍贵的液体》予以展示某个女孩成长过程中的发现：以热情代替恐惧是更聪明、更好的方法。（**中央美院李捷硕士论文《空间转向与权力话语》**）

《珍贵的液体》外表是一个巨大的木桶空间；大木桶之外的铁箍上，镌刻布尔茹瓦的箴言："艺术是神智健全的保证"（Art is the Guarantee of Sanity），让人联想起阿波罗的"德尔菲神谕"，这等于是一种家族的神圣火漆封印，成了上帝这个箍桶匠显在的大手笔。在这恍若卡夫卡"地穴"一般的木桶密室中，有一张铁床、破旧家具、玻璃器皿等，在微妙"地光"照映之下如毒药一般怡然自得，并以让时光减速的静谧，讲述记忆深处的分岔小径，以及小径上飘拂而过的裙裾，以及裙裾里的凸凹造型。需要注意的是，木桶中的铁床，与周围的四根铁架，以及支撑各式各样的玻璃容器，几棵挂着玻璃瓶的树，均立在婴儿床旁，准备输液，宛如树枝结出的"异形"果实，造成了某种令人不安的觊觎与威逼氛围。布局极像非虚构的炼金术士的工作室，玻璃瓶中装满了各种暧昧的汁液，也许是时光机器或人性的修复液，暗示了弱小生命得到某种神秘力量的滋润与提升。因而，她的未来估计不会是平庸无奇的。

树枝上挂了一件超大的男性外套，暗示了强力父权的存在。外套里露出一件婴儿的衣服，绣有法文字体："仁慈、谢谢"（Mercy and Merci）——这等于是弱小生命的回馈。布尔茹瓦说，她长大后，最终发现了激情而不是恐惧，乃是生命之义。她指出，那件大外套象征父亲，那件外套内的婴儿服暗示了一个强烈感情的小孩。而绣在衣服上的话语，表现了布尔茹瓦对父亲的感激。

但木桶的卡夫卡式外形，让我觉得这是一个永远靠不进、也进不去、更出不来的空间。在这样的装置里成长起来的人与事，多半是精怪的。我们在前面曾经说过，西语里，木桶多是思想、异端、预言的温床。

41. 水罐与水桶

苏格拉底与人辩难：何谓美。

他听了很多美的定义后，反问道：那么一匹美丽的母马美不美呢？连神都在一个寓言里赞美过它呢，美不美呢？希波阿斯只好说：骏马很美也有道理，可以说美就是一匹漂亮的母马。苏格拉底又问他：那么一个漂亮的竖琴美不美呢？一个工艺精湛的水罐美不美呢？在苏格拉底的一再追问下，希波阿斯承认说，我实在不能回答您的问题了。苏格拉底最后感叹说：通过这次讨论，我得到了一个益处，那就是清楚地了解那句谚语："美是难的。"

美固然是难的，但对一个弯腰汲水的女人来说，木头的、塑料的、镔铁的水桶固然更方便，但腹部丰腴的黑水罐的弧度与腰线，与用水罐汲水的女人因重力而反向平衡的胯骨，无疑获得了美的润滑与和谐。在雷诺阿笔下，《提着水罐的小女孩》才永远平息着现实与梦想的距离。

实质一样、造型不同，感觉泾渭分明。而很多时候，美就是不方便的。

关于盐场以及厚黑之徒的札记

1. 陌生化

在自贡盐场，如诗人巴勃罗·聂鲁达所言，总能见到"怒气冲天的盐"。

盐场人民与妇女多为正直善良之辈，但为数不少者反其道而行之，干扰了"薄白学"的伦理气场，一如黑乌鸦扰乱了白乌鸦阵营，五官挪位，温柔敦厚之气就破了。

如果人们不把百年盐场视作李宗吾先生创立的充满历史哀痛的"厚黑学"的现实空间，那就不明白"厚黑"的历史渊源。作为现代中国资本主义生产力与生产关系聚生之地的盐场，固然可以落成文学诗化的"银城故事"，盐场也拥有林立的制造菌子的朽木，盐场更是迫使人性与伦理在滚滚卤气中得以彰显的一地碎裂之镜。

怀念一个人，我一直是把他/她当作逝者来怀念的。唯其逝去了，怀念的纯度就会进一步纯化我以及我的灵魂。如果怀念中的人突然出现在我眼前，我会进一步感恩怀念；如果他们永不出现，我也会进一步尝到怀念的蜜，远非胭脂与泪水所能酿成。

因此，回望多年前的故乡与故人，一个再熟悉不过的地方，一个再熟悉不过的人，突然变得不认识了。他们就像沐猴而冠的石膏像被水浸泡过一样，在一种走形移位的过程中让我暗自惊诧。我的经验就是，一个地方、一个人能够让我产生如此突兀的陌生化，他们一定藏有什么与我有关的秘密。这就如同一个词可以让一个句式突变一般。而木桶可以让平庸者成为飞翔的骑士，打穿生活事物的卤水也可以让低微者浑身褴褛，进而肋生双翼……

2. 真诚或狡诈

埃庇米尼得斯是一个克里岛人，他说过一句不朽箴言："所有克里岛人都是说谎者。"这有两层意思：其一，"我"也在说谎；其二，这句话是假话。怪圈由此循环不已。哲学家罗素以强力的逻辑终止了这个循环的悖论，他认为前者的真可以推导出它的假，而由前者的假则不能推论出它的真。（侯世达《哥德尔、埃舍尔、巴赫——集异璧之大成》，商务印书馆1997年5月，21）套用这个著名的"说谎者悖论"，李宗吾先生提出的"厚黑学"，对于我而言则充满黑色意味，因为我也是"厚黑"一分子。

从技术一道而言,"为人须真诚,为文须狡诈"的训诫似乎正确。但它们的似是而非之处在于,"真诚"与"狡诈"既不关乎为人,也不着力于写作。为人是一个人内在修为的局部反应,可以渗入太多功利或现实性左右因素;为文与之既相关,也可以无关。有关的是德性,无关的是写作全然是个人才能的施为。无论"狡诈"到何种程度,与真正的写作毫无关系。

厚黑之徒容易让我联想到水银。水银的隐喻多为老谋深算、猜不透的阴鸷之物,当它隐藏在一面玻璃后面,故意露出一些破绽时,它伪造了一面镜子的假象,诱使你揽镜自照。于是,你意图中的镜中反像,其实不过是生活的正像;你振臂高举的左手,不过是一个预案中的保守主义式的拥抱!

3. 暗生植物

《约翰福音》第一章指出:"光照在黑暗里,黑暗却不接受光。"光至多将黑暗打出一条虫洞,让更多的黑暗滚滚而出。所以,西蒙娜·薇依指出:"所有无价值的东西都逃避光照。"

如果说邪恶是取之不尽的黑卤,那么,它作为浇灌的流质就只能在盐都这样人口稠密、物产欠丰的地域得以广泛使用。它催生出来的植物具有避光的天然本性,但恰恰没有网恋时代"见光死"的脆弱。这种暗生植物宛如生长在盐井天车上杉木缝隙之间的霉菌,其"绵扎"远不是"坚强""韧性"一类词汇所能涵括。它们制造荫翳，排放毒素，同时具备变废为宝、化毒为大毒的精湛功法。这样的植物在盐都自贡遍地开花，落地生根。木性之变，成为我描述"厚黑"之黑的一个特殊词汇。

"我总要上下四方寻求，得到一种最黑、最黑、最黑的咒文……即使人死了真有灵魂，因这最恶的心，应该堕入地狱，也将决不改悔。"鲁迅诅咒的是拼死反对白话的榆木脑袋，我不妨挪移过来，成为我诅咒反对宗吾学说的一切正人君子。

4．底层智慧的药酒

人们以为，哀其不幸、怒其不争的李宗吾先生创立《厚黑学》，只是以其分析历史、权力的宏大叙事，至多是一种解析中国黑暗历史成与败的学术方法论，这种看法纯属无知，但更多是出于惯性的误会。在学问家眼里，李宗吾那种野狐禅学说并不具备历史学家治学的扎实根基与严谨条理，学者们遵循的规律是由大历史到力所能及的小历史、由很多书归纳为自己著作的集萃法。"厚黑学"是反习惯性学问的，是反历史研究法的，它的价值向度就是由盐场生活放大的民国世风，锋芒直指腐烂人性。因此，《厚黑学》首先是一本反讽底层生存的技术手册。在我看来，李宗吾先生具有学问家们一般都不具备的持续多年的底层经历，以及他对盐场空间予以"纯化"之后的底层智慧。

就是说,《厚黑学》乃是他以个人的底层阅历炮制出来的一壶可以上得了大方之家学术宴席的药酒。它一反中国药酒直奔忠君爱国与下半身的壮阳配方,它不从事壮阳的吹箫术,它大泻败火,清心名目。饮过宗吾先生药酒的人,往往会发现那些隔岸观火的拒饮者,他们口诛笔伐卖酒者的功利好名之心以及野狐禅的酿造手艺,但酒味飘过来,迷魂香一般,促使他们的松果腺迅疾膨大,下体已经顶起了"走渣"的帐篷。

五代宰相冯道有"长乐老"之誉,他的《荣枯鉴》指出:"君子仁交,惟忧仁不尽善。小人阴结,惟患阴不制的。君子弗胜小人,殆于此也。"意思就是:道德高尚的人用仁义去交往,只是忧虑自己的仁义达不到尽善尽美。小人喜欢耍阴谋诡计去交往,只是担心阴谋诡计而达不到自己的目的。君子没办法胜过小人,吃亏的原因就在于此。

5. "厚黑"之徒的剩余价值学

"厚黑"之徒没有创造力。对他们而言,破坏就是创造,这也是"厚黑"之徒的剩余价值学。以己之恶施之于人,造就了一己之善的收获。根据西方的"破窗经济"理论,我们放眼四顾,那些用砖头随意砸毁商场橱窗的人,他们哪个口袋里有钱?他们是一帮渴望天下人与自己一样,成为"饿嗦子"。这其实是"穷光荣"理论的往昔实践。

这里，应该讲一个盐场故事。

20世纪90年代，我在自贡老家有一个老熟人，不断跳槽，十分忙碌。五十几岁的人了，脸上仍是一副战斗的神情，而且荤素都来，应了CCTV播出的一句宣扬返老还童仙丹的广告词：60岁的人，有30岁的心脏！在我看来，他主要是有一颗年轻的心，不一定是心脏。有时面对生意场上的懵懂美眉，尽管心有余而力不足，但过往送迎还是比较绅士的，往往博得小女子的好感，认为天下并不全是乌鸦黑，也有白乌鸦嘛。

说来好笑，认识他十几年了，我一直不清楚他到底是干什么的，就是做生意的吧。商场上的事也许就是这样，什么行道出现了较大的管理漏洞或政策倾斜，生意人就蜂拥而至。我估计这个熟人就是苍蝇阵中的一只。

有一段时间，他突然对写作出版产生了难以割舍的感情，三天两头往我家跑，我自然只有接待他。我估计他是误信了谗言，把写作出版的利润弄错了小数点，就像以前科学家搞错了菠菜的维生素含量一般，使得人们唯菠菜是瞻。我就直接告诉他，隔行如隔山，比出版利润丰厚的行道多的是啊，比如开茶坊，比如开卡拉OK，比如开妓院……他老练地微笑着，老练地颔首，手指在沙发扶手上有节奏地敲击，像是倾听工作汇报的公仆，并不多言。闲聊几句，就礼貌地告辞了。

没过两天，他又来了，甚至拿出几包好烟，说是参加会议发的，好让我在烟雾中进一步文采飞扬。下次又摸出一包茶叶，他显得很随意，送礼送得极其艺术，就像一个铁哥们儿。是啊，我们本就是老熟人嘛。闲谈中，我少不了吹吹自己目前的写作计划。他颇有兴味地倾听，也不多言，一会儿就告辞了。

人并不讨厌，这一来二去，大家就更熟悉了。我全当这是一种休息，也没往深处想。我正在赶写一本书，估计再过几天就可以完成了。我甚至想，等交卷了，还是请他喝次酒。

那天下午，他推门而入，很亲热地给我来了个半拥抱状的姿势。坐定，一派祥和。我的思维仍卡在停笔时的情节里，就用嘴演绎给他听。他老练地微笑、颔首，风度翩翩，手指在沙发扶手上敲击，间或还在扶手上击节叫好。演说完毕，我估计他该走了，他眼睛一直盯住窗户外的绿叶，缓缓地说，需要我帮忙吗？比如复印稿件什么的。我正愁要抄一份书稿留底呢，就把书稿给了他。

几天后，他来了，神色凝重："对不起，你的稿件连同我的皮包被抢了……"我差点晕了过去，闷了半晌，才想起草稿还在，可是怎么整理呢？这跟定稿有很大的距离呀。他显得羞愧而坦诚，"我请个人来帮助你整理……"好啦，也只好这样了，转念一想，这事也不全怪他，这主要是自己贪图便利所致。

他请来个文学青年，用手提电脑打字，倒是很利索，十几天就把稿件整理出来了。我修改了一遍，算是了却一桩心病。

我付了那个文学青年一千元，为他推荐一些作品给书商，少不了还请他们喝了几次酒。

自此以后，文学青年隔三岔五地往我家里跑，仍是那么利索。有一天，文学青年被我灌醉了，就酒后吐真言：我的那部书稿其实一直在老熟人抽屉里。文学青年偶然认识了他，希望他引荐几个发表渠道，为此，青年还给了他一笔钱，而我给他的一千元劳务费老熟人竟然分走了一半！老熟人现在又在帮别人办理驾驶执照和贷款了……

我听得冷汗与热汗交替而下，猛觉得我的所谓文学所谓阅世比起老熟人的技巧来，差得真是不可以道里计。这种给别人制造困难并从中获得利益的技术，我估计在盐场的人际交往中是广泛存在的，蚀财免灾的信念就是它存在的土壤。但其经济模式及其效应，我一直没有找到一个合适的词语予以命名。

不久前我从国外经济动态里找到了理论根据，这就是"破窗理论"，也称"破窗谬论"。就是说，一个流浪汉随意用石块砸破了一家商店的窗户，这个"破坏"带动一连串新需求——玻璃生产厂家为此要多生产一块玻璃；安装工人为此要多花一个小时的劳动去安装；商店为此要偿付一切本可以无须支付的费用……于是，经济活动出现了一片繁荣昌盛之景色。这样看来，"破窗理论"就是典型的"破坏创造财富"。把这样的妙论放之于洪灾，放之于地震，放之于战争，好像都很合适。

如此看来，如果不以个人得失而是以全局来考虑问题，我们似乎就应该给这些破坏者颁发奖章，他们似乎就是推动经济发展的一只手（另一只手是经济规律，却是"看不见的手"）。在这一张一隐的对比中，倒是这些"伐木者的手臂"让人们更直观地受到教益。

抬头看看破窗外的风景，那些为利益而忧心忡忡的掮客、老鸨、出版人、信息员、春药以及暴君牌内裤的兜售者、皮包经理、售楼小姐正在宽阔的通道里狼奔豕突。一当他们在市场中屡攻不克，破坏的天性必然会膨大，而破坏所带来的效应，他们未必是第一个受益者，这种可以归结为打富济贫的民间起义运动，正在各个领域有条不紊地进行。

再对比一下我的老熟人，就进一步发现，老熟人实际上比这些不满者还要棋高一着。比如：一个电脑公司的职员被解雇，他为报复公司而在电脑里施放病毒、造成电脑瘫痪等等，都可以视为一种自卫式的破坏行动，因果是连续性的。但我的那位老熟人却是没有条件破坏、创造条件也要破一把！这类似于在马路上撒铁钉的自行车修理匠。

我想，处在一个人心激荡、经济迷乱的时期，破坏者只会越来越多。利润就好比是一个巨大的啤酒桶，它必须被砸得千疮百孔，合理分流，才能符合游戏规则。不然，它如果仅仅是大安扇子坝李姓家族或者比尔·盖茨个人的饮品，那真不知世界会变成什么样子。在这个时候，我不能不怀念老熟人。

唯一可怕的是，有些人已经破坏上瘾了。

6. 吃摩擦饭

萨孟武先生在《中年时代》里，回忆了他在中山大学二年期间遭遇到的一类知识分子，在我看来这恰是知识分子群类典型的厚黑之举：

> 凡对一种事件，最重要的是"以静制动"，世上有不少人士只怕天下无事，芝麻的事往往喜欢扩大，最好是彼此发生摩擦，借此以升官发财。我常称此种的人"吃摩擦饭"。盖情势既然严重，自非设法解决不可。而要解决，非用金钱不可。这样，他的口袋就增加了许多钞票。而情势之严重既已报告在案，如果确有其事，可以减少责任，反之，没有问题，上司又将认我手段高明，而官运也亨通了。这种的人充斥于政界之上，往往因芝麻的事弄成大事。芝麻的事固然说得比天还大，天大的事又说得比芝麻还小。前者是夸张，后者是敷衍。夸张可以败事，敷衍也可以误事。吾人读一部二十四史，就可知道朝代之亡，一半由于夸张而败事，一半由于敷衍而误事。（《中年时代》，广西师范大学出版社，2005年4月，148）

7. 恶棍列传

"英雄远走他乡，恶棍横行乡里。"这话，不是我说的。

因为恶棍之棍是一根离开了乡里就将立即死亡的烂木头。所以，我可以理解那些勇当"搅屎棍"的人——毕竟敢于"粪涌"向前。

而致力于成为"厚黑"的恶棍，考证其身份嬗变，其实也是无可奈何之举。

善虽然伟岸但柔软，毕竟过于超迈。对于生根于被盐卤板结的土地上的暗生植物，挪动一步也要流血。不是自己被向善的愿望撕裂，就是触及了左邻右舍的利益，引来一场血斗。

坐井观天的人，只好在井中刮地皮。"厚黑"的要义，在于你首先必须成为恶棍。从盐场场域而言，恶从来不是抽象的，恶是由十分肉身化的碎片与事功所构成，恶反而成为务实主义的产物。恶是脚踏实地地，一步一步走向恶托邦。比起超迈的德性之善来说，恶的行为主义实质成为"厚黑"之徒的现实行动指南。但是，"厚黑"之徒往往比明火执仗的豪抢明夺要阴鸷，他捅了你一刀，是装作因为跌倒，拿在手里的刀子一划而误伤了你，这是地球重力在作孽——他甚至还会热情地拿来金疮药，满嘴都是歉意；所以，自贡灯会举办期间，不断出现那种因拥挤而对女性进行精确"胸袭"之徒；他算计了你，但还会大度地拿出一点钱来,供你度过倒闭的危机。这明明是你口袋里的私物啊,现在成为"厚黑"之徒的情义道具了。呵呵。

盐场只产恶棍或搅屎棍,却不容易出恶魔。在于"厚黑"之徒是在缺乏恶智慧。

如果要对盐场恶棍进行一次"黑腰带段位"评比,他们一般在二三段位级别,把天顶弯了,有出类拔萃者达到五段选手,这已经是当地的神话。记得2013年夏天在自流井灯杆坝吃饭,一个盐场美女问我:"你的黑腰带能够达到什么段位?"我回答:有九段以上的厚黑想象,但无力获取相应的收获。所以,我从来不标榜自己是"薄白学"的门生。

8. 庙堂上的一对鼓槌

邪恶与厚黑是同一个层级的品行,它们构成了极权庙堂上的一对鼓槌。

也就是说,官场、商场的运作程序,早在李宗吾先生的囊括之中。与马基雅维利不同,李宗吾和他的学说,不会被一切权力所喜欢。

如果我说某人邪恶,但不厚黑,这个话是不成立的。

如果我讲某人厚黑,但不邪恶,这话无论如何也站不住脚。

邪恶是冒进的，跨越式超常规发展，属打打行，是咬住半边就开跑的，是八字都没有一撇的，做的是一锤子买卖。

厚黑是迂缓的，亦步亦趋，属刑名师爷的函授弟子，是吃了原告再吃被告的，是黄花菜凉了也不着急的，属于多回合选手，是持久战的受惠者。

因此，邪恶是敞亮无蔽的，厚黑是内心阴暗并且长时间保持微笑的。

邪恶是公共汽车上浅尝辄止的咸猪手。

厚黑是鹊巢鸠占并中气十足为人行事的斯文客。

邪恶之举不过是厚黑之徒的冲冠一怒，或是百密一疏之际的恼羞成怒。

厚黑的生活才是常道！好死不如赖活着啊。

9．多言者的许诺

我不相信许诺。多言者的许诺。尤其是那种流行于商界、茶馆里动辄以"脑袋""性命"取喻的许诺。因为动用生与死的誓言，好像都是盐场袍哥的遗风。何况袍哥里还真有不计生死的汉子。所以，成不了袍哥的职场与商场走卒，就只能在盐锅边拾唾沫。

多言者尤其喜欢许诺。究其原委，乃是他们的自尊心一直处于跑冒滴漏状态，他们不得不依靠持续不断地自吹与许诺来修旧利废。更要命的是,他们又没能顺利找到自己的气门芯,迎风吐口水,怡然自得地等候唾面自干,并将自吹与许诺的口水当成了保养的面膜。

10. 厚黑的乡愿

深谙厚黑,熟能生巧,成为潜意识,造就了少数不倒翁。这委实不是区区圆滑就能解释的,实乃他拥有一个充满活力与生机的厚黑气场,彼此感染、鼓舞、和谐着周边的事体,形成波浪效应。孔子说:"乡愿,德之贼也。"原字同愿,当善字讲。乡愿,是一乡之人称为"善人"的大人物啊,这才是厚黑的道德榜样。

狂者的对立面是乡愿。乡愿,通常解释为一乡之人都称之为好人的人,即好好先生,伪善者,伪君子。孔子认为,"乡人皆好之"的人不是好人,真正的好人是"乡人之善者好之,其不善者恶之"(《论语·子路》)。可见原儒讲和谐宽容谦让恭敬,但绝不和稀泥当老好人,在大是大非原则问题上黑白分明,决不含糊!孔者对乡愿极为反感,正言厉色地斥之为道德的盗贼(乡愿,德之贼也。《论语·子路》),乡愿虚伪矫饰,言行不一,表面上来忠厚廉洁,实际上笑里藏刀,没有一点道德原则,是偏离"中道"最远之徒。孟子为乡愿做了具体画像:"言不顾行,行不顾言,……阉然媚于世也者,是乡愿也。""非之无举也，刺之无刺也。同乎流俗，合乎污世。居之似忠信，行之似廉洁。众皆悦之，自以为是，而不可与入尧舜之道，故曰德之贼也。"（《孟子·尽心下》）

可以进一步发现，本地杰出的厚黑之徒往往具有超常规的口才，盐场具有一个与沸腾的盐锅相媲美的口水道场。过于依靠口才树立起来的名声，渴望"述而不作"常态化个人化，但他们忘记了一个残酷事实在于：即使是滔滔不绝自吹自擂60年，其热量的总和也烧不开一杯水！

11. 厚黑与异人、怪人、鬼才

盐场出异人、怪人、鬼才。但是百年盐场出不了异端——除了李宗吾先生。

独异之人，长期否定既有的共识是其基本策略性。他们以"对事不对人"的技术规避手段，不断地对世界大吼"NO"！以"忠君爱国"的名义，以"小骂大帮忙"的策略，李宗吾先生称之为"烧冷灶"，其中也包括他们偶尔对自我过失的扬弃。这样的独异者之异见，往往具备可供转化为区域性共识的可能。一时间，盐场卤气与雾霾共舞，鬼才群体出世焉。

但盐场的异人、怪人、鬼才们的发展行情，固然在"学成文武艺，货与帝王家"之路上孜孜以求，但货而不售，就容易处于一个道义与心智双重下滑的态势。他们顺着盐井的井壁下滑，这种"下坠中的上升"大幻觉，使得他们春风得意马蹄疾，不得不露出戏装下的马脚。在伪造才华与经历的过程中，实在被事实逼得觉得无聊了，就不得不用利爪来刹车，以阻止真实的堕落。最后，他们的所谓"异见"谁也没记着，倒是他们阻止下滑的刹车之痕，成为一个时代的反面教材。

如果这个比喻让异人、怪人、鬼才们不舒服，我就颠而倒之：他们就是一群名与利的勤奋攀登者，因为偶然的疏忽造成了才华与感觉的出轨，这制造了他们下滑的距离。又因为忘记灭迹的疏忽，历史上终于留下了他们在"上升中的下坠"的痕迹。

博尔赫斯在《阿凡罗斯的探求》里写道："最具有诗意的莫过于一个人画地为牢，把解释自以为艰难但事实上早已众所周知的问题作为奋斗目标。"此话，我愿与异人、怪人、鬼才们共勉。

12. 墨花的舌头

我去过不少城市，盐场口语颇为奇特，并不仅仅在于其气贯丹田的卷舌音。我经常在盐场街道上目睹女人的对骂，内容不再是直奔下半身的问题，而是彻底混淆伦理：一个如花似玉的少妇，可以向对手发出一连串飞扬跋扈的文化密令："你老子日完了你姐姐生下你，又日完你再生下你儿子……"能够虚拟这一语言场景，并即席发表，说话者的内心应该具有匪夷所思的荒芜构造，他们是"勒不住自己全身"的群体。所以我说，盐场中人骂街的卓越技术，一定极大地刺激了李宗吾的耳朵。而且我还知道，被黑卤水沤透的泥土，应该是天下最难闻的气息了。

当一个善良的女人向上半部人士口吐"我爱你"的时候，是花的舌头向云和蜜蜂发出的请求，均是合理的；

她们的舌头一如锅铲，背面糊满纯黑的锅烟灰，血向恩仇与死亡发出的邀请，多是僭越的。

花的舌头刚刚抵达花的边缘，那距离最低的雷声仅有一纸之隔。舌头懵懂的行为反而让雷声退往了云朵的衣服中。

于是，花与云朵对望，一个举舌，吮痈舐痔或者渴望吮痈舐痔；另一个则假笑。

而矗立在百年盐场地域里的十几座教堂，尽管竭力弘扬"禁止舌头不出恶言，嘴唇不说诡诈的话"，《歌罗西书》4：6则干脆指出："你们的言语要常常带着和气，好像用盐调和，就可知道该怎样回答各人。"但沸腾的卤气与发自丹田的对骂轻易就涂染了这些箴言，良言与规训反而成了盐锅中豆浆吸附的垃圾与浮渣。

13. 丘陵与城市

我心目中，盐场总是与"井卦"有关。

主卦是巽卦，卦象是风，客卦是坎，卦象是水。井固然无法走动，井需要精心维护，才能有甘美的井水饮用。主方必须采取主动，与客方共同维护双方关系，多行对双方都有利的事。它有两层含义：一是可以让人汲取井水，获得生命与财力；二是井是狭小的天地，有坐井观天之虞，只有井口般的智慧，当然只能看到井口般的天地。初六，井泥不食，关键在人的素质。九二，井谷射鲋，无人相应，没有机会也是空有一腔抱负。九三，井渫不食，还是说的际遇与机变，在上位要思贤如渴，居于下位要投向明主。六四，井甃，不仅要修炼内圣，还要"外王"，"两手都要抓，两手都要硬"，文质彬彬，然后君子豹变。九五，井洌，有才德居位，要普济天下。上六，井收勿幕，要有诚信，更有厚德。

可见，"贡井"之"贡"的向上之路早已存在，正人君子由此登堂入室。"井底引银瓶，银瓶欲上丝绳绝"，则是另外一番景观。

一个深夜，我离开盐场时，回望潜伏在雾气中的丘陵，就像一只蹑足的花豹，随时准备返回黑夜。

呆立在雾霾中城市，更像一网死鱼，既不忍心立马扔进垃圾桶，又无法出卖。于是，人们就在这样的气场中戴上口罩，四目传情。

我想起了那些在卤气与雾霾中冲杀的商人。一个人极度吝啬自然交不上朋友，这就破了商场的规矩；但一个吝啬的老板为什么能够发财呢？寡情与聚财，从来就是一个板子的两面。我目睹自己生活中的流变，许多答案都是在观望中水落石出的。

14. 恶棍与恶魔之别

这两者的区别不仅仅是为恶力度上的长短。

一种人因为获得大量现实利益，进而成为名人。

另外一种人因为放弃了唾手可得的利益而获得了少数人的掌声。在我看来，后者未必就比前者高明。也许他的睿智之处恰在于，看不上眼前的蝇头小利，他渴望的是形而上下的全方位利益。他被这口气顶着不倒，我其实也很尊敬他们。

反过来看这些恶棍，他们身上没有那种被逼到极限后出现的极度恐惧，因而就没有滋生血性的可能。我估计是装盛血气的器皿，早已经当成了抵御的头盔。所以，兔子被逼急了，只会流尿。

15. 累积与流变

《圣经》上说，财富是富人们的城堡。至于穷人的屏障是什么，圣典上没说。我记得加拿大幽默作家里柯克写过一篇很著名的小说，成了近乎完美的教化文章。作家采用了一个流传久远的故事，稍加点化，就是鼓舞穷人们稳定的武器。一个大腹便便的富翁见一个老头在岸边钓鱼，便与之攀谈起来。你为什么不租条小船出海打鱼呢？那样岂不是收获更多？你略有盈余，就买下渔船，然后请工人干活，这样不就可以买下几条渔船吗？发展下去，哎呀！最后你不就可以拥有一个远洋捕鱼船队了吗?! 讲到这里，富翁被想象力的激情感动了，手舞足蹈起来，讲到了财富乌托邦：那时，你在岸边休息，回想轰轰烈烈的一生，是不是更有滋味？老头这时说话了，你难道没看见，我不是正享受着这样的好时光吗？

我用问句来改写了他们的对话，是想突出内容的虚拟化。老头使用了诡辩术，玩弄了激动的富翁，让天下的穷人大快人心。仔细想想，将虚拟化的人生过程认真实施，正是现实对民众提出的一大指标。阿Q躺在土谷祠里，设计着革命胜利后的盛景：瓜分地主老财的财物，狠狠教训一番假洋鬼子，将梦中情人吴妈搞到手！这样胜利果实虽然没有阿Q的份，但也在一系列革命之后被参与者广为实现了。在我们身边，不是也有好多靠"一个鸡蛋的家当"栉风沐雨艰难创业而成为富翁的例子吗？对很多人来说，世代相袭的人生经验构成的生存智慧过于发达，大概不是一件好事。看来，反着读书，也能触及一些极其实际但并不诗意化的问题。

里柯克的这个故事也讲到财富的累积过程，讲到人生幸福的生发过程，容易让读书细心的人得出写作者意料不及的结论。

记得是1980年，我正读初中二年级，班主任让大家写篇作文，讨论什么是幸福。那时生活拮据，我对金钱已朦胧地产生好感，我的作文标题就语惊四座：有钱就是幸福！这个极不安全的观点竟获得了全班六分之五的同学支持。班主任敏锐地感到这篇完全不周延的作文及其后果与效应，立即上报，将作文抄在黑板报上供全校批判，引起当地教育界震惊，拜金主义何其毒也！在班主任的安排下，我在市广播电台做了一番认错发言了结此事，"悔过书"成为我平生发表的第一篇作品。

班主任因为引导学生正确树立幸福价值观而成为全市优秀教师。"作秀"的结果呢，近二十年一闪而过，他早已脱离教坛，成了盐场茶馆里的"麻袋、钢材、纯碱生意"的勇士。只是不知他见到我时，是否有过一丝不安？如果有的活，那恰恰让我"不安"了，因为我真的被他"引导"到正路上去了。

在时光的泡沫里回忆的这些事情，还有一点自我对照的意味。在物欲的进逼下，我有礼有节地退让着领地，就是全部失守，也会替自己寻找一堆难以驳倒的说法。世上的事，大概就是这样变化着的，人们不易察觉时代在内心流过时的划痕，只有触及更深，才发现自己业已成为初衷的"异型"了。

话扯远了，还是回到主题。

实际上，我们累积的财富，基本上都是为意外准备的。就仿佛我们熟悉的那句誓词"我们时刻准备着……"一样。报纸上讲，近年受世界经济大气候影响，经济发展不景气，改革进入深水区，无论怎样调控，刺激消费，可就是拿几十万亿元的老百姓储蓄没办法。另一种人害怕存款如猛虎出笼，造成经济大崩盘。这些担心，好像都有些杞人之举。

记得是20世纪90年代中期，我发了一笔小财，赚了差不多十几万元，把钱往银行一存，就在大街上腰力十足地走着，思维活跃，谈吐敏捷，买些有用或无用的东西，人生的风景渐次展开啦。谈女朋友花去6万元，而且女友还是别人的小姐或小蜜；被老同学借去一些，老同学就逃得鬼影子也没一个了；再支援亲友出国读书，一年左右光景，我紧握着剩下的几千元钱，想象着钱财的生殖力，恨不得把这革命的种子捏出水来！见我困难，已退休的父母给了我一点钱，他们什么也没说，我估计已拿出他们存款的一半！而他们要想恢复存款数，估计又要花上10年！财富的进出，就像拿到一副牌，时好时坏，提醒自己：运气坏的时候就不玩了。可是现实由得你擅自离席吗？游戏规则就让我们学会了默认和承受，明知道是在往火坑里跳，也不想刹车了。

盐场一个写小说的朋友王驰说过，老公老婆都可以借，就是钱不能借。说得这么斩钉截铁，一个又一个的意外其实在等着他付款免灾。我父亲说，钱财都是身外之物，只有吃到自己肚子里被安全消化了，才是自己的。这淳朴的话语包含了大智慧。我有一个远房亲戚，前不久来家小住，见他破破烂烂的，父亲把一套自己也舍不得穿的西服送他，看着亲戚沐猴而冠的模样，父亲严肃地露出了笑容……这就是说，连衣服也可能是别人的。

我想，资本家地主如果不是极其吝啬，像葛朗台一样残酷地勤俭持家，也就是生有敛财奇术，但这种人的麻烦一定不会比平民少。里柯克在一篇题为《富人幸福吗?》的文章里，道出了富裕的苦恼："我从来没听说过富人，也没有见过富人，我常常以为发现了他们，但到头来却不是那么一回事。他们一点也不富裕，反而很穷。他们手头拮据，迫于花钱时，不知道到哪里才能筹到一万块钱呢。"真是自己肚皮痛只有自己知道。再比如，我前面复述的里柯克的那篇小说，不妨续写一个"意外"结局：富翁得意忘形，跌到海里，高呼救命。老头不理，直到富翁在海水中开够了救命的价钱，老头方将他拉起来。老头因此"意外"，大大地发了一笔，从此不用钓鱼糊口了。这样的事我们身边好像并不少见。

如今，我又积累了一些钱，我"时刻准备着"，等待别人上门来，让我在对方声泪俱下的演说中感动莫名，开始放大放血。如果不这样，抱着纸钱躲在暗无天日的密室里怀春，恐怕耗子也要咬掉我的半只耳朵！看来，"有钱就是幸福"的命题确不精确,而是指的"幸福的感觉"……

16. 盐路自如生路

我们经常可以见到公羊之间的对决。其余的羊,对疯狂的打斗漠然置之,都散落到旁边,或者沉默不语,或者低头吃草。羊的吃食习惯有很强的特点:只是饿了,才能一心一意地吃。一旦吃饱了,就不安稳,宛如被风集合起来的云朵,跟了头羊,忽东忽西,游荡而去。那成为头羊的,多是身高体壮的公羊,头上有弯长的利角,有些地区称之"骚胡"。一群羊中,若有两只"骚胡",就有好戏看了,这就像经理的"小秘"身边,总是有色眯眯的眼睛在觊觎一样,经理怒不可遏,自然要把好色之徒清除出列。但羊没有人这么势利,它们讲求公平竞争。解决的方式,便是决斗。但即便是决斗,也不严重伤及对方。

我曾在《词锋断片》里写道:一头饥饿的小羊迷失于雪原,一头饥饿的老狼寻觅于雪原。两者相遇。童话的伦理告诉人们的善恶之别是———杀死老狼,拯救小羊。因为正义同柔顺站在一起。推而论之:一头披着羊皮的狼,一头披着狼皮的羊,如果偶遇猎人,会有什么样的后果呢?

伪恶有两个动机,一是出于保护自己。混在虎穴中的羊,难免最后也会被撕碎。但沾上老虎的尿味回到羊群中,只要不加害同类，还可宽宥；伪恶的另一个动机，是出于加害同类。自己本已不幸，反而加害挚爱的亲朋，四处告密，用恶行来获得恶势力的垂青。这样的行为，自"文革"盛行后，远未绝迹！

摒弃伪善固然可敬；但清除伪恶情绪，却是一个更为艰巨的事情。

亚里士多德在《动物志》（第六卷）记载说："在波斯的某个地方，当人们剖开一只雌鼠时，看见里面的雌胎鼠竟也有孕。有些人断言，并且坚定地认为鼠类舔盐即可怀孕，而无须经历性配。"他没有说羊是否也有类似情况，但很多民族坚持认为，盐有助于性欲的提高。而在茫茫原野里迅速寻找盐巴，则成为羊的一大绝技。甚至也可以说，如果一个草原尽管水草肥美，但若没有足够的盐碱渗出，那么，野羊只好远走他乡。

对羊来说，盐路就如生路。晋武帝统一天下后，把年号改成了太康。三四千后宫娇娃，他犹嫌太少。太康二年（281）的暮春三月，他又收罗了亡国之君孙皓的宫廷美女，竟然有五千多名。晋武帝在性欲方面还很有些浪漫主义，他下令制作了一辆轻便小巧的车儿，用温顺的羊来拉。在后宫漫游，任羊停在哪里，他就在哪里下车，恣情寻欢作乐。也有那或想邀宠得皇帝青睐，或想生个一男半女将来也许能当太后太妃之类的宫女，往往在自己的寝宫门前洒些盐水，逗引拉车的羊儿舔盐而停在自己门前。当羊车来临的时候，宫娥大声嚷嚷："骚货来也，骚货来也！"从此以往，风骚、骚货就与性行为密切联系起来了！后世看重的"撒缘"，其来源，则是情欲烘托起来的"撒盐"。

这一记载并非虚构，因为盐对于羊，正如老马能识途。记得我在陕南，就曾见羊倌唤羊的特殊方式。太阳还没落坡，羊倌就对着山野一阵怪叫。羊倌手里提着一口袋食盐。他将盐末撒在岩石上，就像有特异功能一般，羊们像整齐的云朵一般飘然而至，便争着去舔食。

但我认为，让羊依靠盐路去完成帝王的情欲使命，实在有些大材小用。因为羊本身就是性力十足的象征。公羊对淫羊藿的寻觅，技能应该在寻找盐巴之上。这种怪草叶青，状似杏叶，一根数茎，高达一二尺。公羊一旦啃吃，阴茎极易勃起，它们从盐路上逃逸到情欲之路上，犹如从小径分岔的森林里歧路亡羊。

听着羊群咩咩地叫着，总让人觉得娇柔。形容女孩子的声音用了黄鹂、夜莺，可就没人说类似羊羔的叫声呢？羊的眼光，与它们的驯良却是最具有反差的。它们都有一双恨眼，投射出睥睨一切的冷光，用这样的眼光打量世界，让我们无所适从。《格林童话》里有一篇《上帝的动物和魔鬼的动物》，说魔鬼被上帝戏弄后，"魔鬼只得放弃了他的债，盛怒之下，挖掉了所有山羊的眼睛，把自己的眼睛给塞了进去。从此，山羊就有了魔鬼的眼睛和咬断的尾巴，而鬼呢，总是喜欢装成它们的样子"。

这暗示了一个善良的人不愿意承认的文学历史认知：羊是

魔鬼制造的动物。

17. 剔骨还父，割肉还母

应当以"剔骨还父，割肉还母"的精神来面对盐场空间的痼疾。汪晖说："《鲁迅全集》的每个字上都趴着一位学者。"钱锺书、沈从文、张爱玲亦引起此种效应。可惜的是，极少数着手"宗吾思想"的人，有正在成为"厚黑之徒"的趋势。我想，俄国作家蒲宁所言："只要我还能坐在长椅上，遥望夕阳落山的景象，哪怕残躯断臂，我也会感到无比幸福。"这样的话，在他们看来也许是十足的冬烘之论。实在不行的话，那不妨仰望一回金圣叹的临终之言："花生米与豆腐干同吃，味道胜过火腿。"这，真有李宗吾先生的意味了。

第四辑

话语的舌头

绝境一十九

1

梦中的飞,总是翔动不了,而且总是向下。一个生活里并不亲近牛顿先生的人,会突然觉得,一个被重力压迫到底部的人,梦境为什么还要遵从万有引力呢?

一个人从悬崖飞坠而下。从闭目到睁开双眼,既是抗击风速的冲击,也是借此获得解脱的过程。但是,他惊讶地发现,有一片树叶竟然以铅块的力道,努力与自己同行。人与树叶,就像同志。他回头渴望看清楚:究竟是一片真实的树叶,还是一个伪装者的恒久跟踪。

穿过云朵的丝绸,他进一步发现,叶片竟然比自己抢先一步抵达地面,就像一个裙裾委地的久远场景。他是落伍者,他从来就是一个落伍者。现在,落单的树叶,已经从他耳边加速而去了。他觉得自己真差劲,应该在口袋里加装几块石头。可问题是,天上没有石头啊。那就该带着雨水一起旅行,就像早年自己在故乡的田埂上挑水,水里倒映着天上的云。现在,一种比预感到即将撞击地面更深的痛，半醒过来。

很可惜，这是他输得最彻底的一次。

2

我是迟钝者，充其量一个"后知后觉"的迟到者，所以从不敢奢望一梦即菩提；退一步说，连南柯一梦的干瘾也没有过一回。对我而言，噩梦是我借此可以启动大肺活量呼吸自由空气的唯一方式，噩梦就是我的有氧运动。噩梦激活了麻木与濒死的沉疴之体，感觉宛如枯木逢春犹再发。接着，可以发现，麻木如我的早晨，就接近海德格尔的诗思，突然在东方语境里落地为房地产布道词"诗意的栖居"。看一看在楼群缝隙里的早晨犬牙交错，白骨森森，渐有诗意升起。

尽管此时，噩梦的尾翎，刚刚扫过我的眼角，还残留着一些液体……

3

噩梦深入到一个女人的长发，在头盖骨上寻找歧义与缝隙。我梦到噩梦用钻头拓展它们，又注入了甘醇的花露。这个被加冕的女人我本来认识，她突然拥有了塞壬的绝世容颜。

我继而梦到，噩梦中的我与塞壬对唱了几首歌。天雨缤纷，河流在天穹逶迤，爆开血管，让我想起了斑斓的蜀绣。梦幻中的女人发狂而投水，她泅泳回到了现实。

其实，噩梦是一种美容化的按摩术，是神的大力之手对一个平凡脑门的加持。

又因为噩梦悬崖的难度，要大大高于美梦的 T 形桥，所以我从中获得的飞坠过程，又要漫长而幽深一些。妙的是，脚一直找不到土地，心脏逃亡出来，在暗中禽动。因为梦在降落，它看上去就像冉冉升起的明星。

4

噩梦与美梦具有不同的流向，让我回到现实的方式迥然不同。噩梦用冷汗与绝望让我庆幸，我终于回来了，从而对土谷祠的拱顶产生留恋；美梦利用了虚无主义形容词不及物的特征，铺排出了一个花园，让我陷入了无从着力、被迫就范的公式。

绝望往往是梦境对现实的对抗性分泌，是一种必需的清醒剂。我在噩梦与失眠的交错中逼近了大哲们所说的"绝境"（aporia）。"aporia"在希腊文中的原意是"无路可通"。这未必是一种孤绝、极端状态，迫使我向身外现实和身内终极之间双向靠近，其实是向思的艰难推进，直至笼罩在一切行动周围的意义全部消散，一幅现实的图景渐渐浮现出来：世界在可知与不可知之间犹豫，意义在语言中歧义丛生，正义如泥鳅般毫不着力，爱在欺骗与忠诚之间遁去。

5

在风暴的旋涡中，鹅毛获得了铅块的革命性赋予。

我被鹅毛击中鼻梁，是鹅毛忘记了回忆的力度。回忆从来就具有赋予现实不曾拥有过的经历与危机。因而我经常发现，站在街边的鸡，打开翅膀就是一头雄狮。

6

一个人全副身心对待自己心仪之人，他并不在意任何误解。而是在意横亘其间、清清楚楚的轻蔑。

记得我也曾遇到这样的事情。我也不希望利用误解来自我安慰，也不再对任何人解释一个字。我只能在比较脆弱的时候，回望一次那高悬在上的轻蔑。我的意思是提示自己：这个世界上与自己绝缘的人，还很多。

7

绝望。横绝为之绝。切断丝线。那么切断流水呢？古人说，为荣。

你因为视线不清而造成的盲目冲动之后，你终于对事情的整个大盘了然于胸之后，你一再头撞南墙而找到了北墙之后，你终于发现：其实绝望是你内在的构成部分。绝望已经成为自己的一个器官，一当情绪到达某个临界点，绝望就会充血而起。绝望既像一个倔强的石敢当，但似乎更接近拦路抢劫的强人，让你的每一个抗争的念头全部受阻于此。

8

绝望是知道危险与腐烂，而此时手脚酸软，只好听之任之。霉菌与自己一道茁壮成长，还是有点妖冶的意味。

9

如果说需要极大的力量来面对绝望，那么制造绝望、降下绝望之境的人与事，注定要消耗更大的力量。而凡是需要极大消耗才能够为之的事情，注定是要耗散的。

绝望不是磨刀石，似乎不能为"励志"提供学习的榜样；绝望也不是刀子，对你来一场钝刀割肉的凌迟。

绝望是两者均不用力、两者均不受力、两者均到了无从运转时候的对峙、僵硬，或集体停摆。绝望与无望擦肩而过，形同路人。

10

失望者多在泪水与伤痛之中倒伏，但绝望者已然度过了这些打击，他继续在沙滩上修筑巴别塔。有三个绝对是注定的：其一，是高塔绝对建不成；其二，辛苦侍弄出来的建筑，绝对将被水浪冲毁；其三，是绝对没有那么多建筑材料与才能供自己挥霍。但绝望者继续自己的沙地作业。因为不努力，就不配体悟到绝望的新与旧。所以，首先倒下的，是生猛之辈，是过于聪明的人，而绝对不会是西西弗斯。

西西弗斯蔑视了神安排的绝望，他没有把神降下的"绝望"顶在头上，而是按照自己的节律，找到了自我存在的证据与意义。那就是说，在他者眼里，神为自己安排的道路绝对荒谬，但当事人必须真实，必须属于且只属于自己。西西弗斯之所以能够从绝望佯谬中解脱而出，因为他不再是置身于诸神的世界，罪与罚对他全然失效了。在西西弗斯的语境里，只有他自己、石头、道路、落日、朝阳、风雨。他在自己的语境里搬运自己的石头，他大步走在自己的荆棘中，以至于走出了一条自己的道路；他目睹自己的朝阳，沐浴在自己的夕光里。他捡起陨落的星星，成为照亮梦境的宝石。

他于绝望里放下了一切希望；他于无望里放下一切外望；他于内望里播种下自己的希望；这样，他于绝境里发现了仙境。

他得到了什么？在我看来，他首先得到了一种辛苦劳作后的充实。鉴于此种充实不属于诸神，所以诸神世界里降下的惩罚，最后成了西西弗斯语境一滑而过的耳旁风。其次，他对诸神降下的绝望置之不理，造成了诸神的绝望，但是他否因此而"幸福"，我实事求是地承认，我并不知道。尽管加缪一再强调："人们必须想象西西弗斯是快乐的。"

可是，我还是无法想象。我只是知道，西西弗斯活在自己的语境里。

11

绝境的本义为"与外界隔绝之地"。出自陶渊明《桃花源记》："自云先世避秦时乱，率妻子邑人来此绝境，不复出焉，遂与外人间隔。"看得出来，绝境一直是庇佑平民和弱者的屏障；鉴于权力对它的一再觊觎，它不得不成为一座可遇而不可求的、飘浮的移动迷宫。

绝境从不欢迎大规模到访。所以，无从进入"绝境"的人，反而是绝望的。

我说的绝望不含有遁入希望的密码与锁钥，不是"绝处逢生"的意思，自然无法成为励志的说教。

《左传·襄公十四年》记载说："夫君，神之主而民之望也。若困民之主，匮神乏祀，百姓绝望，社稷无主，将安用之?"这就是汉语"绝望"的出典。"民之望"，国人暗示的是对"明主"的一腔渴望。由此可见，普天之下没有比这更绝望的事情了。

12

二次世界大战那些龟缩在地堡里的人。屎自然不会香甜可口，但继续吃屎的人，窒息希望与失望，却指望绝望独占肠胃和大脑，似乎也是一种权衡之术。

13

被无声飞舞的斧头击中，与被呼啸大作的斧头击中，差别恰在于，前者切入灵魂的尺度更深，嵌入骨头缝隙，就像两个女人的相拥，简直无法拔出。由此，成为机遇为我嫁接出的一个怪包。这个怪包，成为我推测某种人的觇标。

14

绝大多数人的勇气与豪气，均是依靠或多或少的钱财支撑起来的。2015年以来的经济困境中，昔日的大亨迅速萎靡，不但腰身大尺度缩水，而且他们陷入了惶惶不可终日的恐惧氛围中。

一个人不是因为失去独立信念、亲人、健康而陷入恐惧，而是源自经济收入，甚至不惜为这样的恐惧而轻生。其实，他们是最热爱自己的人，是担心生命忍受不了恐惧的锯齿才提前保护自己。他们就像一面凸镜，放大的恐惧感一旦相互叠现，似乎就构成了一个阶层的末日。表现主义画家德库宁说过："不停地战栗，却并不恐惧。"

筛糠、打摆子、落汤鸡的造型，这个绝境中的策略，已臻于忘我之境了。可惜的是，腰身突然佝偻的负翁们继续亡命天涯，也没有学会通过双股战战的经济伤寒，来窥见绝境。

15

古希腊哲学家梅内德谟遭遇了一个诡辩家,蛮子斗力,高人斗智。诡辩家发问:"你是否已经停止打你的父亲了?"

这是一个陷阱。梅内德谟不论回答"是"还是"否",都会置自己于道义的绝境:回答"是",意味着他曾经打过父亲,只是现在不打了;回答"不是",则意味着他从过去到现在一直在殴打父亲。

梅内德谟的回答是:"你的问题对我来说并不存在,因为自始至终我都没打过我的父亲。"一场两难的困境,就被梅内德谟轻松地化解了。

昔日的诡辩家,早已经升级为我们身边的雄辩家。一个作家对我讲,这个问法就是幼稚的,应该这样提问:"有人告诉我,你这段时间停止打父亲了。"由智力之争嬗变为污蔑之实,这就是国人的进步。

16

鉴于绝境主要打击的是心灵,因而陷入绝境的人,大致可以分为三种情况:心入绝境、身体反而无所谓;身心均陷入绝境而绝望；陷入绝境，以无望对付绝境。绝境危度大大高于困境，高于形成困境的地震、海啸、衰老、病痛、死亡。只有人为造成的绝境，即人祸，才构成了真正意义上灵魂考量。人祸绝境还可以分为自我的困境和他人设置的绝境。

诗人纪伯伦在《沙与沫》里写道："奇怪的是，没有脊椎的生物都有最坚硬的壳。"而一个有着艰难经历的人，由于无法与这段绝望岁月达成和解，他必然是铁石心肠的！也就是说，他们把生物的硬壳来了一个"反穿法"；又鉴于无脊梁，恰是惺惺相惜的兄弟，因为他们均是绝境的后裔……

17

一个人逐渐下滑，陷入绝望之境，其实是放弃了对神明的眺望，同时也放弃了用身体之苦去续接土地的生力。这是一种拔根悬置的状态。

拔根而起的生活，之所以坚持不了多久，在于一个人无法获得滞空的技能与给养。就像我们面对文学奖，不在于是否得到，而是对于这个画饼的焦虑，已经将一个人彻底拔根了。

18

我长久地置身于孤寂。

就像坦塔罗斯一样,我尽力将身、心低伏下来,透过时光的网格,我的指尖战抖,终于触及甘泉的一点点虚体。那是甘泉涌溅起来的几星水花,我实在无力再往下进入一丝,可以用指尖抚摸水花的腰肢。

但即便这几丝水花,也够我抬起头来畅想云朵,畅想甘泉是如何升华至云的温床,又在睡梦中翻身而下的。长时间的寂静赋予一个人的滋养,就像为剑刃镀铬。但,又仿佛是在爬升的中途,被阴谋家突然抽去了梯子上最高的梯木……

19

我偶尔在街头打望,会想起一些与我分别的人。他们与我今生不大可能再见了,岁月改变着彼此,即使再见彼此也不易辨认;即使辨认清楚了,也没有现实的意义。就是说:今生不见,来生不识。从这个意义上说,他们比街头的陌生人,更为陌生。因为这些晃动的面庞从未清晰过,而陌生人却是清晰的。

因为没有痛及骨髓，就无所谓仇恨；因为没有深刻的交流，就无所谓哀伤；因为缺乏富有价值的纠结，就无所谓释然与豁免。言语道断，心行处灭。现在，我眼前只有雾霾，只有漠然。

记得鲁迅先生说过："明言着轻蔑什么人，并不是十足的轻蔑。惟沉默是最高的轻蔑——最高的轻蔑是无言，而且连眼珠也不转过去。"我呢，努力转动眼球，深情打量着他们，是非常希望，能够回忆起他们，就像头皮屑一样，让他们落地、凝聚、清晰，茁壮成长，成为街头的陌生人！

但是，我为什么会在雾霾四起的黎明时分，想起他们？

把自己削得更短

英国作家埃利亚斯·卡内蒂说："在词语开始闪耀之前，他把自己削得更短。"鉴于词语拥有为事物命名的职责，操纵词语或者肩负传递这一使命的作家，必须更为谦恭，就像儿童手里的一支铅笔那样，让"说出"与"记录"的距离无限靠近。

这让我想起了木桶效应。

所有长木板支撑起来了，就是差一块。不得已用了一块短木板，因而最短一块木板决定了木桶的盛水深度。这显示出了短处者的长处。因此，生活里不少人，为了显示自己不可替代的关键作用，不惜"壮士断腕"，甚至"挥刀自宫"，成了"最后的一块木板"。

中国古语里，比如《楚辞·卜居》里认为："夫尺有所短，寸有所长，物有所不足，智有所不明，数有所不逮，神有所不通。"但在我看来，这并没有包含什么伟大之极的辩证法。所谓辩证，不过是一种变通与无奈，属于典型的自说自话。尺有所短，寸有所长。非要强调对立统一的变化，那就只有削足适履，或者"把自己削得更短"。

非虚构写作与想象

我曾经说过，一个非虚构写作者，应该竭力成为真实与真相、历史与文学的福尔摩斯。我们面对的过往历史与情感，像是面对一地的碎片，我们并不知道碎片原初的制形，被哪些"温暖的大手"紧握，或者被一双玉指点染。甚至，它就是庄子语境里井边的一只粗心大意的瓦器，玉碎之际，竟然发出了雷鸣之声。

但是，碎片的弧度与缺口，乃至藏匿在断口间的光，逐渐都在指向一个形式，一个统摄碎片的气场。我的手指捡起的每一块碎片，都是缺一不可的，我会根据碎片与碎片之间的划痕，让它们逐一归位。我的手指不断在凹陷之处，分泌虚拟的美学硅胶，直到硅胶在空气里定型为现实主义的托举，以便于我的手从一袭丰腴的削背向下滑动时,能够在腰线处触及腰窝,奇迹一般蜂起的凸凹叙事,蜷缩于此。

但是,我们注定会遭遇缺失,遭遇缺席,遭遇出走。

在事态演绎的中途,我只能目测、推测缺失的碎片制形,以及它承担本职工作的轻与重,我的想象性碎片修复,必须尊重它的邻居们的同意。我们不能把一个门户大开的娘儿们,打扮成双腿紧闭的石女。

非虚构写作与虚构无缘,这并非意味着,非虚构写作的空间技术的窄逼。这就意味着,碎片必须符合历史语境的语法,回到真实。但我使用的黏合剂,里面的确有我赋予碎片弧度、制形应该具有的情感与语态。也就是说,我的文学语境,必须是在从属历史语境的前提下,才来做文学叙事所固有的,去圆润干燥的、干瘪的史料的美育工程。这就是达到真相。

历史追求真实,就是碎片;非虚构写作追求的,是碎片拼合起来的整体,这就决定了我们已经赋予了碎片以美的和谐,这是真相。

三个时代的传记

民国著名学者、南京大学副校长范存忠在《鲍斯威尔的〈约朝逊博士传〉》一文里指出:"近代的传记与传统的传记有一个显著的区别：传统的传记，目的在于颂扬某一个人或某一些人；至于近代的传记，目的不在颂扬任何人，而在表达人生，表达特定时代、特定环境里的人生。传统传记有三大讳：为尊者讳，为亲者讳，为贤者讳。近代的传记，就事叙事，实事求是，无论英雄或常人都还他一个本来面目。在传统的传记里，好像每个传主都是好人——圣人、贤人、君子，好像海棠能吐香，玫瑰花是没有刺的。在近代的传记里，每个传主是一个'人'，不论圣贤或君子；每个人都有其缺陷，每块白璧都有一些瘢点。一般地说，传统的传记近于'行状''荣哀录'，是理想的，近代的传记是写实的。鲍斯威尔的《约翰逊博士传》不是没有理想化的地方，约翰逊不是他的英雄吗？但大体上是写实的。它是欧洲近代传记的鼻祖。"（《约翰逊博士传》，上海三联书店，2006年9月，7）

如果这一判断是实事求是的话，那么在当代传记写作中，展示急速发展的社会生活当中，人的复杂性尤其是时代在传主内心深处形成的压力与张力、矛盾与狂乱、抗拒与投降，当代传记在展示广阔时代的背景下向着传主的内心深处大幅迈进，这一态势，逐渐成为当代文学传记的着力方向。

非虚构写作固然要涵盖断代史、人物传记、事件纪实，但非虚构写作并不需要对传主过于"负责"，更不需要对其一生予以烦琐的"过度阐释"，因为非虚构写作的旨归，恰在于富有深意地记录，一个时代的疾风暴雨加之于一个人的轻与重，以及一个人对此的抗拒或顺从。近代以及当代文学传记里所缺乏的跨学科的域界论、跨文体的方法论，汇聚为非虚构写作的典型特征。近代、当代传记追求的"真实"，其实并不是非虚构写作渴望抵达的彼此，因为非虚构作家一直就置身于真实的地界，他们只是尽力去呈现，一个人与时代的关系，那种写作才能复原和修补完成的真相。

在写作的立场上，叙事铺就的真相，高于、大于难以企及的真实。

所以无所谓树碑立传与歌功颂德，非虚构写作里的人物，不过是这个时代普通生活洪流的一个标的。

火车在检阅人民

我的车被自动斑马杆拦下来，火车还没有来。有人在快速越过铁轨。他们突然甩直了腿，大踏步。弧线漂亮。我一下才明白，历来被认为是身长腿短的东方人，其实腿也很修长。在从下半部往上半部的游弋中，我看见二十年前的恋人，像一个强悍的铁匠一样在拼命敲打高跟鞋，她"朵朵朵"地过去了，再往下游弋，她腿部尤其修长。应该说她还不算衰老，步伐直率，银色的皮鞋闪亮，她的裤腿飘荡，像一次弧度过大的探戈的转身。她还是那个让我入迷的高中生，从二十年前的林荫道走过……

飘荡的竹林，哗哗作响，这个幻象是维持她不再衰老的唯一背景。如果去掉这个动乱的背景，她与周围的行人又有什么区别呢？

我不想打乱她的节奏，所以没有招呼她。实际上，我是不愿这一双闪亮的高跟鞋，将那个从林荫道上闪过的女孩一脚踹到。

火车冲来，把铁轨摊开，麇集旷野的石头和站台，像昨天那样，闪电回到了天上那样，铺天盖地开过来……

平交道口是道路的瓶颈，它被等待多时的车灯照成一场局部的暴雪。两股绞缠的光，让我想起伏羲兄妹剪力十足的身体。火车在检阅人民。火车像一个身穿燕尾服的人物，还掠走风雪中飘摇的尾翎，插上了自己的后摆。透过间隙，我仍然看见那闪烁的鳞片，那双银色的高跟鞋，如同从胶片齿孔看到的时间，具备海洛因的白。直到火车远去，直到我开车穿过铁轨，似乎那磷火似的银白，仍然在原地兀自飞舞。

青峰书院的银杏

秋风深处的某日，我来到青城外山半山处的青峰书院。山门两侧各有一棵巨大的银杏，相距二十丈，一高一低，雌雄相望，一千年时光已经让群峰变矮，但树干却越发挺拔，它们在无蔽的对望里，浑身长满褶皱。

右侧这棵银杏上，钉有都江堰市园林局的名古树木保护编号：001。

我抬头仰望右侧那一棵，树干上被书院主人何洁缠满了经幡，树被我的凝望一点一点抬高，树叶一片一片在凝望里簌簌而下。这么招摇的银杏树，以一袭黄金的扮相峭拔于丛林间，我就像置身金库里失去方向与重量的闯入者，既不敢伸手，也无法全身而退。

蓄势待发的闪电，也像一条细弱的枯枝那样，在金风四起时分，藏匿在落叶熔金的缝隙里，树叶颤动，露出了蛇的凝视……

绝望之树

1. 如果他们还相信存在天堂的话，有些人的天堂是位于地狱之下的！

这一情况在于，他们的撒旦已经将冰冷的地狱坐穿，跌落到更深的所在……

2. 一个人以前是绝望的，可怕的是，现在他知道了他自己的彻底绝望。所以，他就放下了。他急于回到人民中间，像一块泥土那样急不可耐地回到土地，以至于他看上去毫无异样!

3. 绝望,不是绝境。绝境中人往往彻底倒向了希望。绝望是一棵悬崖边的树,在忐忑的半生里,它终于熬成了大树。某一天的暴雨,泥土崩塌,不断下落,绝望的树渐渐歪斜,像单翅的鹰欲飞。树并不知道何时倒下,以什么样的方式倒下。就在这个时候,一阵风又扶正了它的绝望,但树知道,它还是会倒下去的。

4. 如果说理智是树,灵感是花,顿悟是果的话,那什么又是这棵全在之树的死亡呢?今晚,我突然想起陆游的《夜吟》:"六十余年妄学诗,功夫深处独心知。夜来一笑寒灯下,始是金丹换骨时。"妙句出自心造,但换骨几乎是一种妄念,或者说是希望。我的树其实是没有叶子的,自然谈不上花花草草,树干上倒是长出了一些菌子,跟蝴蝶与蜜蜂造成了一系列错觉。

5. 遇到危难之事,绝不要四处救助,像一头玻璃罩中乱蹦的苍蝇。危难是事体加诸自己的一种惩罚,坐等危难加身,就是最好的办法。变成俎板,比一条俎上鲜血淋漓的鱼,自然要好。尼采曾经反讽:"注视着一个绝望者的每一个人都会变得很有勇气。"其实,是注视者畏惧绝望的本能反应而已,所以,他们变得比绝望者更为绝望。不是吓破胆的问题,而是他们本来就没有胆了。

闪电两次劈开的银杏

上天总是在选择担当重任者。

成都望江楼公园文物区的薛涛井旁，有几十株古树，合抱着抬高了锦江一线的历史气场。一个雷鸣电闪的傍晚，逡巡的闪电选择了其中一棵古老的银杏。这棵银杏二十余米高，胸径一米。我判断，纤弱的诗人薛涛和她的影子，牵手也无法将之合抱于梦。她会去拥抱比她更瘦的竹子吗？情况是闪电热烈拥抱了大树。第一次，闪电像一个粗木匠，用斧子剃去了一大块树皮，树干上留下了闪电的齿痕。

奇妙就在于，此地曾有一座雷祖庙，于同治五年（1866）重建。雷祖庙频频遭到雷电的光顾，是雷祖羸弱了，还是雷电急于归祖认宗？

银杏树在懵懂的时光里，并没有明白雷电的责任。

按照民间说法，雷击大树，是因为大树里有蛇，有快成精的大蛇。管理人员后来在裂开的树干里，看到了修长的蛇蜕。

第二次，闪电熟门熟路，直奔情人而来。大树的头发被风向上抛起来。这一次，闪电抽出利斧，在树的背面砍了下去。从此，这棵银杏上再没有鸟巢，更没有白鹭的身影，两米长的伤痕上蚂蚁也不来了，像一面褪毛的豹皮。如今，银杏顶部的树皮已经脱落,露出乳白色的树干,也没有发芽;另一侧的枝丫上却长满了绿油油的银杏叶,早已成片。银杏像一个秃头歌女,但是闪电再也没有光临。

有人说,人不能被出卖两次。但我不太相信,无论是无辜还是自愿。在这棵树上,我估计闪电就像回到情人身上那样,一再重温旧梦。

站在银杏树下,我想起了菩提树。证道即为菩提,树木留下了闪电的踪迹,在无意当中获得了濒死,但树仍然活着,它把全部的精力用在伤痕的外侧,但我还是没有觉悟。

耶稣唯一的一次书写

《圣经》里记载的耶稣话语,均是耶稣的口述。写作和口述之间同中有异,在这看似大同小异的话语之间,不但存在着意义的巨大分野,而且关键模糊了叙说者的"圣者"身份。口述高于写作,一直是上古"口述时代"的传道格局。

《启示录》中有七封书信,是耶稣唯一写过的书信。耶稣再没有写书卷。他在世时,唯一的一次当众书写,就显得非同小可。

很明显,这是一次迫不得已的书写。一个圣者用口述都无法摆平一群耳朵,足以见得,他们的耳朵不过是梼杌之木长出的菌子。

这非同小可的书写要消泯什么？

《圣经》里大约记载了十次"妓女"一词。而在《约翰福音》第八章里，耶稣不但要打破法赛利人和文士们设置的智力与道德的圈套，而且决定要拯救妓女的命。

> 文士和法利赛人，带着一个行淫时被拿的妇人来，叫他站在当中。
>
> 就对耶稣说："夫子，这妇人是正行淫之时被拿的。摩西在律法上所吩咐我们、把这样的妇人用石头打死。你说该把她怎么样呢。"
>
> 他们说这话，乃试探耶稣，要得着告他的把柄。耶稣却弯着腰用指头在地上画字。
>
> 他们还是不住地问他，耶稣就直起腰来，对他们说："你们中间谁是没有罪的，谁就可以先拿石头打她。"
>
> 于是又弯着腰用指头在地上画字。
>
> 他们听见这话，就从老到少一个一个地都出去了。只剩下耶稣一人，还有那妇人仍然站在当中。
>
> 耶稣就直起腰来，对她说："妇人，那些人在哪里呢？没有人定你的罪吗？"
>
> 她说："主啊，没有。"耶稣说："我也不定你的罪。去吧。从此不要再犯罪了。"

这一场景的神圣书写仪式，没有墨水，没有笔，没有羊皮纸，阅读者就是书写者本人。手指与沙地，构成了绝对的质地。而写下人间的立法、定罪的模式，就完全不同了。

沙上画字或写字，恰恰显示出"写作"的本真价值，也许就是终极价值。比起那落地生根的口述，书写是万不得已的，是退而求其次的。所以，沙上写作的彰与显之后，就将迅速堕入销匿。

在此，《圣经》没有记载耶稣"画字"的内容。后来有传道人附会说，耶稣是在地上写下那些犹太人所犯的罪，所以他们看见了，就一个一个离开了。

其实，耶稣并未书写任何人的罪恶。因为奥义在于"字句是叫人死"，那些人之所以要用石头打死偷情者，就是因为他们吃了太多知识树的果子，只认《圣经》字句，造成了"叫人死"的恶果。这就意味着，耶稣"画字"，不过是把自己"画字"的过程，让渡为一种让罪人们悔过自新时间。写作，是一种口述的障眼法。也就是说，其写作并无文字传道意义，因为写作既不能传递道德的光焰，也不能摧毁罪恶与颠顶。其意义，反而指向了写作这个仪式本身。

在我看来，这唯一一次亲临写作现场的书写，实在是一场关于"书写空间"的启示录。

而在卡赞扎基的《基督的最后诱惑》当中，他"书写"的却是：

一天，耶稣解救了因在安息日卖淫而遭到村民围殴的娼妓抹大拉。当耶稣恍惚于剧痛之中时，一个小女孩儿模样的天使忽然来到他面前，并告诉耶稣上帝已经解除了他的责任，他可以同世人一样去拥有正常的生活。于是耶稣在天使的陪同下走下了十字架，随后与娼妓抹大拉结为夫妻，并生有一子。抹大拉死后，他又与两个女人生活在一起，到他年老时已儿孙满堂……这就是"基督的最后诱惑"——他既要面临死亡的恐惧，又要面对尘世生活的召唤。

其实，书写与尘世，其实是一体的。既是神，真的就不需要这些。

售票员的漂亮与心计成正比

在成都梁家巷汽车站，发往川南专线的售票口，10毫米厚的玻璃墙壁剜出一个椭圆形的洞穴，造型有点像防空洞，因为小巧，更接近于鸽子门，这让我想起体制内的食堂。女售票员有一张椭圆形的脸，长睫毛与中年，促使她穿越风月之后的表情悠闲而淡定。她被宽大的桌面举起来的上半身凸凹有致，双乳顶住了桌沿的压力，为了避免每次收钱、递票的冲撞，她不得不坐得笔直，像个专注听讲的小学生。

她收到一张百元钞票，一只眼睛盯住屏幕，另外一只眼有些媚,并且放出光。她在观察椭圆形窗口外,那些焦急的、五官挪位的脸。她用一只手快速递出车票,另外一只手放在抽屉中,她抓住要找的钱,似乎被久别的情人死死拽住了。她带着一丝微笑在等,笑容是来自售票窗口的罕见表情,已经是附赠的礼品。购票者被猛然触动了,接收到信息,拿票转身而去。这样,她的那只手仍然在抽屉处稳坐钓鱼船,并从事激情的漫游。

我上车后,想到了这一心理学变数,但无心再去找她理论——就是说,裤子已经穿上了,哪里还有"离柜还认"的道理!我下一次再去买票,当她继续在这流水线上如水一般运行时,我微笑了,拿着票,也充满深情地看她。她有点惊异。她作为索贿的函授学生,考虑着,等待着我转身的时间。但我坚持微笑,等候她的另外一只手,拿找好的钱向我缓缓靠近。售票员同志决定把另外一只手从抽屉里抽出来时,她的脸其实远远谈不上好看,双乳与桌子发生了深度对冲,被挤压,扁了,瘪了。她费力地递出了钞票。

作为一个服务于第一线的制式人员,她利用了一个小小的心理学诡计,艰辛地靠近那些高位者一蹴而就的财富梦想。如今,她还坐在那个椭圆形的窗户后面,皱纹密布的面庞,假睫毛闪闪,手指如葱,执行这一流水作业。

"懒得烧蛇吃"

幼年有很多口语说来说去,并没有去想过话中有话。比如,骂一个女人总是叫"婆娘",低俗而鼠目寸光,还多少有点小姿色的市井女,就说"懒婆娘懒得烧蛇吃";年纪一大,就不是"婆娘"而是"老妈儿"(连读作猫儿)。烧蛇?蛇怎么烧呢?"烧蛇吃"与懒惰有什么关系?

川人把虱子叫"色"子,谐音。民间读讹了,读成"蛇"了。但是,即便懒惰,"烧虱子吃"也似乎并不能抵御饥饿。有人说,是"懒得搔虱子",这,就有点靠谱了。再后来,有人纠正,说应该叫"晒蛇吃":懒到"烧"都免了,"晒"!反而具有一种与天地同步的慢性。

但幼年时节的我,坚信"烧蛇吃"才合理。这种想象的合理性,一如都市女人们的猪皮粗跟皮鞋,朵朵朵地叩响在1970年代的石板上。

我的确实践过"烧蛇吃"。记得十几个半大娃娃,有胆大的在滏溪河边抓住了一条红麻子蛇,足有2米长。他像撸甘蔗叶那样,三下五除二就把蛇皮刮下来!他很得意,一手腥膻味儿,四处去找沙子擦手。

在一个干燥的防空洞旁边,大家撕掉了一个企业仓库雨檐边的油毛毡，拿来做火把。在防空洞里就用吱吱冒油的油毛毡来烧蛇。黑油冒起浓烟，洁白的蛇身像出现在联防队员跟前的裤带那样，一阵乱抖……

那是一个追求公平的年代。最大的娃娃找来几块石头，用瓦片作刀，生磨死剁，每人分得2寸长的一块。一吃，是一股沥青味儿，想吐，却又被一股肉香镇压下去了。半闭着眼睛，囫囵下肚。

现在看来，对那是七八岁的孩子来讲，勤俭而"烧蛇吃"的隐喻，得到了一次正本清源的体认。我当时就认为，这，就该是懒婆娘的味道。恍惚40年已过，现在来看，蛇往往与美女具有精神和身体的深切关联，懒婆娘又岂能与之相抟？

虎穴往往无虎子

徐悲鸿与孙多慈的恋爱，正因为未成眷属，反而是民国爱情里的高音部。1940年9月2日，徐悲鸿在致老朋友舒新城的信中哀叹道："慈之问题，只好从此了结（彼实在困难，我了解之至），早识浮生若梦而难自醒，彼则失眠，故能常醒。弟有感而为诗：'虎穴往往无虎子，坐看春尽落花时。平生几次梦中梦，魂定神清方自知。'彼与兄及展兄（陈子展）处俱无消息，故亦莫从知其状况。但彼已不作画，此则缘尽之明征矣！也好。"其实，恋爱一如高烧，那么高烧中人是不可能"魂定神清方自知"的。

恋人一旦离去，虎穴就没有任何意义了，虎穴成了空空的洞穴，令人兴味索然，这固然是狩猎者的心理。但铭记深入虎穴的历程，其实是最可宝贵的。问题在于，狩猎者的唯一目的，只是渴望有所斩获。由此，就不难看出，还有一种但丁式的追寻贝雅特里齐的自我清洁过程。在我看来，孙多慈反而是一个但丁的信徒，她是依靠灵念中的红豆之火（她赠送过徐悲鸿一个红豆戒指），走完一生的。孙多慈后随丈夫许绍棣来到台湾，任台湾师范大学艺术系主任，精研绘画，画作日益浑厚而深沉，她真正得到了徐悲鸿的精髓。1953年初秋，孙多慈在中山堂参观画展时遇见了蒋碧微，昔日情敌带给她的，竟是徐悲鸿在北京病逝的消息。晴天霹雳之下，她脸色大变，涕泗长流，立即晕厥在地。传说，孙多慈偷偷为徐悲鸿守过3年孝，还曾去海外追寻徐悲鸿的旧日足迹，她一生没有对那段轰动一时的师生恋解释过一个字，单凭这一点，她就不是一个懵懂的虎子。

1952年，孙多慈在她的一幅山水画《寒山孤帆图》上，题写了那首她曾经写给徐悲鸿的诗："极目孤帆远，无言上小楼。寒江沉落日，黄叶下深秋。风厉防侵体，云峰尽入眸，不知天地外，更有几人愁？"这样的女人，不是蒋碧薇笔下的美女，也不是廖静文笔下的学生。

帕斯捷尔纳克说："独享的幸福不是幸福。"诚然，但独享的孤独才配叫孤独。

而还有一些痛苦，人们匆匆忙忙一饮而尽之后，其实连它含混、重叠的滋味也没有彻底弄清楚，真是暴殄天物啊。孙多慈是捧杯一小口一小口地啜饮，直到品最后一滴。然后，她起身走了。

悬崖上的绳技：悼念陈超

读历史大家任乃强出版于1950年历史长篇小说《张献忠》（原书名作《张献忠屠蜀记》），劈头一章写峨眉山万佛崖绝顶之上，一位常年在悬崖上练习走绳技的僧人。他渴望有朝一日，实现师父遗愿，以"飞腾之术"飞越万丈悬崖，去拜谒万佛崖绝壁石洞里的一位上师。那是在悬崖绝壁上，渴望通过现实主义的绳子，连缀起通达幽冥的危机之路。

有些人渴望死于马背，拒绝了上天让他死在温软床榻的安排；有些人不满足于天堂与地狱的二元论，他走在绳子上，突然心灰意冷，追求的是从高处跌落（往往借故于失手、失足）。因为他对过去、未来不抱任何奢望，他比飘浮的青烟更熟悉死亡。一直在思考如何打开自己，飘飞如峨眉山的枯叶蝶。

其实，悬崖上的绳技不过是一种障眼法，是练习者在积蓄飞纵一瞬的勇气与觉悟，并断然放弃对生命底牌的拷问——如同一个木桶，一旦桶底脱了，还悟什么?! 是向死而死，向死亡坦然交出自己，而不是基于"向死而生"的辩论而为之，然后回到人民中间，以过来人的口吻说，我死过一回了。

他的走绳越来越高，他的技艺越来越纯熟。绳子的一头被云牵着，另外一头划下的弧度已经无法再负载他的远行了。没有高处不胜寒，恰是他向下界和远界飞坠的努力，又多了一分弧度——那是一道努力远离公众视线的抛物线，把他送到静处。

有关诗人马雁

看到新星出版社 2012 年 4 月推出的《马雁散文集》，洋洋五百余页，很是感慨。

北岛的推荐语是："她才华横溢，尚在摸索，若再有十年，必修成正果——让我深感上苍的残酷：一手赋予她柔情与才华，一手又把她轻轻捏碎。"不明就里的人，未必就能透过这样高蹈的推荐，一窥迷雾中人的面目。

2009 年下半年，我在成都参与了文旅集团创办的一本中型规模的人文杂志《热道》的编务。编辑、诗人廖慧请马雁出马，前去采访成都一位资格的文化老人。文章顺利完成，刊出后，经我签发，记得付给了马雁 2000 元稿费。按理说，这件事情就完成了。不料，被采访的文化老人捎来话：他本人提供了两张自己和家人的照片，"似乎应该支付稿费"。由此可见，文化老人的确老矣。老人自己不好意思来，而是通过马雁的嘴巴来要稿费——这种情况是没有先例的，但我认为，可以酌情支付——尽管我觉得他的做法有点儿"过"。我成天瞎忙，没理。

一周之后，我接到马雁的电话，是一通怒气冲天的咆哮，是她的耿直：她要为作者的两张私人照片的稿费，打抱不平。呵呵，我让她通知对方来取。她啪的一声放下电话，再无音讯。文化老人也没有现身。

2010年秋季的一天黄昏，她突然给我打电话，语气委婉而低回。她说："大哥好，我现在是在青城外山的青峰书院山门外，山门紧闭，进不了门。听说书院主人何洁是你的大姐，希望大哥通融一下。"我考虑到天色已晚，加上何洁与之素昧平生，这样贸然拜访不妥。我说："这样吧，改天约一下，你与我一道再去拜谒何洁大姐！可好？"

她呀了几声，"蒋蓝大哥，好好好"，就挂了电话。

尽管她承认："我这个人，脾气很不好。"但我觉得，现在的马雁很平和，还是那个特立独行的诗人。

2010年我开始负责《读城》杂志的文化版块栏目，因为那位文化老人活动量极大，《读城》的老板答应要给他出一期访谈，我想到了马雁。

她离开成都，首先去了北京。我从廖慧那里要到了她的号码。廖慧提醒我："马雁病得很厉害……"我猜到了，决定试试。她很平静地听完我的约稿要求，很快修改了她的那篇旧作发给了我。电话里，我感到她气息很弱，她解释，是病了，不大舒服。

可惜的是，这篇5000字的文章被文化老人否决了——老人再次捎来话，认为此稿已经发表过，修改量并不大，建议不再刊用。我细细阅读《马雁散文集》，发现这篇访谈录没有收录其中。如果不是为了稿费，其实她不该写作这类文章的。

2010年12月28日马雁赴上海访友，30日深夜，新年即将到来之际，她在所住闵行区维也纳宾馆因病坠楼。唷，那正是江南寒风凛冽的季候。

回想起来，我如果那天赶到80公里之外的青峰书院，陪她进去了，说不定由此就可为她洞开另外一道窄门。想到此，就悲从中来……

2015年7月，第十六届百花文学奖把首次设立的"散文特别奖"颁给了已故的年轻诗人马雁，这让我再次想起由秦晓宇编选的散文集《马雁散文集》。在我看来，网上一些读者喜欢马雁散文里的类似箴言式的句子，比如："因为诗歌就是通过言语，实现对现实的颠覆和重构。""昨天和爸爸说，凡事做到七八分即可是智慧。如何七八分，哪里该收手，这是勇气。"——但这与散文并无直接勾连，因为箴言与断片并不能改造散文性，它不是散文洗骨伐髓的灵丹妙药。难能可贵之处在于，马雁的散文不属于诗歌的"余绪"，而是她具有散文的言路与品质，她对诸如孤独、性情、诗学体验、尘世常情、纵深阅读，均有涉猎，称为"随笔"更接近其文体实质。毕竟，散文从属于文学空间，而随笔是思想麾下的佩剑。但她打开了自己的言说畛域，并没有来得及回眸反思这些文体与自己的关系，并进一步厘定散文与诗歌其实是南辕北辙，而非殊途同归的关系。犹如一个人并不清楚自己背影的体温与绝望。她的言说总体属于生活类描述与感悟，少量属于知识分子的悲秋与伤悼，她在做一个常人与精英之间荷戟独彷徨，文体拿捏上尚未抵达她渴望的制型……这些感触，无疑加剧了我对她离去的痛惜。

从苇岸到苇草

一个人的气质，会选取气质同属的土地与植物；气质甚至会悄然改变自己的长相。

清初文人李绂，写有一篇《无怒轩记》，说："吾年逾四十，无涵养性情之学，无变化气质之功，因怒得过，旋悔旋犯，惧终于忿泪而已，因以'无怒'名轩。"这让我很自然想起燕丹子的话："血勇之人，怒而面赤；脉勇之人，怒而面青；骨勇之人，怒而面白；神勇之人，怒而色不变。"我想，作为散文家的苇岸，并不属于以上几种。苇岸引用过林肯关于"四十岁以后的相貌自己负责"之说,脸颊修长的林肯患有马凡氏综合征,帕斯捷尔纳克也属此类,苇岸孰几近之。他青年时节的几帧照片,已昭示了一种安静、自然、向内行走的言路。

记得是2004年前后,我找到中国工人出版社我的责任编辑,从她那里要到了苇岸的散文集《太阳升起以后》,连同海子的两本书,很长时间占领了我的案头。海子一诗到底,苇岸由诗彻底转入散文。在我看来,唯有从蹈虚折返大地,方能企及"诗人哲学家"的心路历程。苇岸的文体不是回环陡转,绵绵无尽。他是寓目敞开接纳流云与飞鸟,然后向内用力采撷隐喻的散文家,辅之以知识的储备不断对阅历予以查漏补缺,这为他的大地思考提供了一个展翅的空阔地域。分野在于,大地的根性往往缺乏诗意,缺乏诗意所需要的飘摇、反转、冲刺、异军突起和历险。也可以说,诗意是人们对大地的一种乌托邦设置;而扑出去而忘记收回的大地,就具有最本真的散文性,看似无心的天地造化,仔细留意,却发现出于某种造物的安排。一百多年前,黑格尔曾断言:"中国人没有自己的史诗,因为他们的观察方式基本上是散文性的。"这是特指东方民族缺少史诗情结,却道明了某种实质:让思想、情感随大地的颠簸而震荡,该归于大地的归于大地,改赋予羽翅的赋予羽翅,一面飞起来的大地与翅下的世界平行而居、相对而生,成就了苇岸的散文。

有关苇岸散文的属性,标之以"自然主义""生态主义""土地道德"的叙述已经很多。在《放蜂人》的结尾,苇岸说:

"在背离自然、追求繁荣的路上，要想想自己的来历和出世的故乡。"他的"土地道德"恰是在"来历"与"故乡"向度上打开的。苇岸的散文本质上并非纯粹文学史上乡土文学的继承者，因为他的精神动因是"拿来的"。或者说，在利润的欲望春心大动的时代，苇岸是自觉在散文里醒悟过来的理想主义者。

在他不多的散文篇章里，我们可以发现，一个作家置身大地丛林与燕山环抱的凹陷处，他书写天空的笔触非常之多。鸟道在天空铺排，流云的巢穴渐次敞开。我听到的啄木鸟是一直在用永动机的发声与时间较力，苇岸的耳朵听到的却是亮音："对啄木鸟的鸣叫，我一直觉得它的劳动创造的这节音量由强而弱、频率由快而慢的乐曲更为美妙迷人。"

海子在麦地里发现一个物象的浑圆生成，他在《黑夜的献诗》写道："黑夜从大地上升起/遮住了光明的天空/丰收后荒凉的大地/黑夜从你内部升起//你从远方来，我到远方去/遥远的路经过这里/天空一无所有/为何给我安慰……"毫无疑问，黑夜首先从大地上升起。他的诗行里遍布逐渐生成的"黑暗"。我认定"黑暗"是"黑夜"是升级产品，黑夜里的谷仓深处，黑暗堆积，重床叠屋，因为压力与密度而熠熠生辉，是从黑丝绸上跃升的辉光。我们或者说，黑色是物理性质的，黑暗是时空性质的，而黑暗是精神性质的，黑暗才是黑夜的温床。一言以蔽之，黑暗是黑夜的神品。同一时刻的苇岸写道：

"太阳降落后,约 15 分钟,在西南天空隐隐闪现第一颗星星(即特立独行的金星)。32 分钟时,出现了第二颗,这颗星大体在头顶。接着,35 分钟时,第三颗;44 分钟,第四颗;46 分钟,第五颗。之后,它们仿佛一齐涌现,已无法计数。50 分钟时,隐约可见满天星斗。而一个小时后,便能辨认星座了。整体上,东、南方向的星星出现略早,西、北方向的星星出现略晚。(注:1995 年 8 月 18 日记录,翌日做了复察修正)

从太阳降落到满天星斗,也是晚霞由绚烂到褪尽的细微变化过程。这是一个令人感叹的过程,它很像一个人,在世事里由浪漫、热情,到务实、冷漠的一生。"

我不能确定苇岸是否借助了望远镜。望远镜是光的接生婆,望远镜无法洞悉黑色、黑夜、黑暗的生发。苇岸的视域是可见光的空间,昭示了他的中年心性,他没有抽刀断水,他没有以瓢破水,如博尔赫斯所言"就像水消失在水中"。星光的分布,是道生万物的寓言,是一点一点锥破黑夜的过程,昭示了人穿行于茫茫黑夜的稀微路径。与其说这是海子与苇岸的不同,不如说是诗人与散文家侧身而立的对望,是"寺之言"与"地之说"的分野。这些迷人的观察,构成了杰作《大地上的事情》的思想架构:从观察到内省、从喜悦到凋谢、从浪漫热情到务实冷漠。

苇岸的散文不是诗意的，而是典型意义的诗性散文。

诗性是以智慧整合、贯穿人类的文学形态。作为人类文学精神的共同原型，诗性概念属于本体论的范畴。回到诗性即是回到智慧，回到文学精神的本原。作为对感性与理性二元对立的超越努力，诗性是对于文学的本体论思考，"它也是一种超历史、超文化的生命理想境界，任何企图对文学的本性进行终极追问和价值判断的思维路径都不能不在诗性面前接受检验"。（王进《论诗性的本体论意义》，《吉林师范大学学报》（人文社会科学版）2005年4期）在此意义上生发的诗性精神是指出自生命原初的、抒发情感的元精神。我认为，在现存汉语写作谱系下，诗性大于诗意，诗性高于诗格。诗性是诗、思、人的三位一体。这同样也是汉语散文的应有之义。

回到土地。回到有关土地的书写。

"应该想一想百合花是怎么生长的：它不劳动，也不纺织。但是我告诉你们：就连所罗门在他最荣耀的时候，所穿戴的也不如这些花中的一朵……"这样的观察是俯瞰式的，人与花均是蚂蚁。汉语的眼睛在眼镜的加盟下目光如炬，尤其善于洞穿表象直捣本质。杨朔回首，透过小蜜蜂之翅，看到了劳动人民的伟大；郭沫若一见老农民，来了一个高难度的精神俯卧撑，高呼："把他脚上的黄泥舔个干净"。但苇岸似乎被"表象"迷住了。或者说，他是安心于、醉心于"表象"的。与其说，苇岸从亨利·戴维·梭罗、奥尔多·利奥波德、海雅达尔等作家的叙述里找到了进入汉语土地的散文方式，不如说他接通了抵达陶潜、苏东坡、柳宗元、杨升庵、三袁散文的那条幽径：让人回到大地散文，让散文回到叙述，让叙述回到名物呈现，让呈现回到散文对名物的重新命名。与厚德载物的大地相仿、相宜、相依，他的散文说出就是照亮。苇岸的每一次说出，又是对大地、对山水的赋形与赋性。恰如苇岸所赞美的那样："凭鲜花取胜。"

"林中路"绝对不是一个人可以从容选定的。1970年初期，贫病交加的陈子庄在成都龙泉山写生。有人问：龙泉山既无嵯峨之势，也乏奇树诡云，有啥子风景可画？子庄先生说："我画的不是风景，是内心的山水。"只有意识到，人不过是天地之间的一个导体，心绪点染，撒豆成兵，人与自然永在相互赠予、相互保管的维系下守望，才配为山水画家，才配为大地的散文家。在我看来，苇岸恰是一位穿越了纸风景而获得了山水气韵的散文家。与陈子庄一样，谁又能说他们倒在路上，没有"成了"？

就我心性而言，我更珍爱苇岸的三十九则随笔《作家生涯》，这是他随笔中的巅峰之作。苇岸把描述花朵、流云、蝶翅、星斗、蜜蜂、大鸟、小鸟的笔触收回了，笔锋如芒似寸铁，勾勒了这些事物投射于思想的精神镜像。苇岸以反问的语式强调了自己的决绝："可以说我目前写作中面临的困惑，就是在相对主义似乎已经到来的时代，作家在写作中还应不应体现自己的立场或倾向？一个作家怎么可能完全摆脱他的立场或倾向呢？"于是，在《作家生涯》里他不再娓娓道来，而是毫不讳言自己的爱与憎，展示了一个作家追求自由、正义、公平的价值向度。

无论是置身铁幕还是竹幕，才华都不是千磨万击之后的崛立和振翅依据，而是一息尚存、创新命名不止的独立精神，以及拥有"与大地相同的心灵"的人格，才是苇岸步出现实迷宫的阿里阿德涅之线。

换句话说，如果没有随笔的隆起与支撑，苇岸，就只是散文家。

这样，在我心目中就出现了"两个苇岸"：文学的宽厚君子与思想的决然起身者。就像一个人无论如何也抓不住他的影子，或者用卡尔维诺的话说，是"分成两半的子爵"。

我在《一个随笔主义者的世界观》一文里，是这样描述散文与随笔分野的："散文是文学空间中的一个格局；随笔是思想空间的一个驿站；散文是明晰而感性的，随笔是模糊而不确定的；散文是一个完型，随笔是断片。这没有高低之说。喜欢散文的人，一般而言比较感性，所谓静水深流，曲径通幽，峰岳婉转；倾向随笔者，就显得较为峻急，所谓剑走偏锋，针尖削铁，金针度人。"

再做一个比喻性的比对。苇岸也是散文的植物。散文会对这棵草的生长、开花、果实、色泽、气味等进行全方位描绘，并勾连自己的情感记忆，从而得出情感性结论；随笔呢，是掰开这棵草的草果或草茎，品尝味道，让它们在味蕾上找到那些失去的往昔，并获得理性品析的结果。而且，苇岸的随笔已逐渐出现一种趋向"打通散文与随笔"的努力，这出现在二十年前，足以佐证苇岸的写作价值与潜在价值。

其实，在大地上我谈论的这些分野也许是幼稚的，"分成两半的子爵"乃是我设置的谜面，苇岸就是一根液汁饱满的思想的苇草。他希望自己是"人类的增光者"。他为汉语散文、随笔的纯度与深度，付出了破风观察、逆风写作、顶风思考的代价。

不能结果的花，自然是花；但剑身的锈，却不能叫锈。

我鹦鹉学舌套用现象学的一个句式，散文、随笔的最为原初和决定性的问题，乃是散文、随笔自身。苇岸意识到了这一系列问题，他不能不以命相托。

我不能确定"×××是20世纪最后一位××！"的句型最早出自苇岸自己，还是林贤治老师，在我看来苇岸一直是"拆下肋骨当火把"（泰戈尔语）的举火者。

不同的语境里，读一读回到海洋的诗人孙静轩的诗《在海滩上》，就有一番穿越般的奇景："黄昏，我爱一个人在浅滩上游逛/看那海水的幻变，听那波涛的喧响/我爱透过那玫瑰色的黄昏眺望海的尽头/看那白色的海鸥追随着帆船飞翔/直到那汹涌的巨浪把红日吞没/我才向大海告别，恋恋地回到岸上……"这个岸，不是彼岸，是此岸。

是苇岸。

一代名士杨宪益

得知杨宪益先生于2009年11月23日逝世的消息后，著名的文学批评家、四川大学比较文学与世界文学专业及符号学博士生导师赵毅衡教授，接受了我的专访。赵毅衡心目中的杨宪益，是那样的与众不同。

按照辞典的解释，名士大致有两义：一是指有名望而不出仕的人；二是指以学术诗文称著的人。但是，名士之于杨宪益，却还有另外的意思。它更容易让国人联想到《世说新语》记写的魏晋人物。这种横斜在汉语语境里的人格造像，接近于杨宪益在赵毅衡心目中的亲切形象。

20世纪80年代末，赵毅衡在英国伦敦大学东方学院担任教职，他在北京参加学术会议，与杨宪益、戴乃迭夫妇相遇过几次。那时，戴乃迭陷入某种深切的孤独，极不愿意说话，但杨宪益却是神清气爽，已经西方化的幽默感，就像香烟一样，从不离身。翻译圈内的人知道杨先生有一个"绝联"，有人说他"金屋藏娇"，他对之以"银翘解毒"，真是堪称"绝对"。赵毅衡向杨先生请教了一些学习拉丁文的问题，但杨宪益不愿多谈，他认为工作与生活、读书与娱乐都是两码子事，既是朋友相聚，话题就应该只是生活和友情，由此也可以一窥杨先生的习性。

戴乃迭，原名 Gladys B. Tayler，婚后易名为 Gladys Yang，于1919年生于北京一传教士家庭。其父 J. B. Tayler，中文名戴乐仁，毕业于伦敦经济学院，上世纪初到中国传教，曾任燕京大学首任经济系主任，并负责英庚款使用（派生赴英留学）事务；后又帮助中国创建工合组织（CIC），致力于赈荒救灾工作。母亲塞琳娜是传教士兼教师。戴乃迭行四，上有三个兄姐，下有一个弟弟。

赵毅衡回忆说，杨先生好酒，不但闻名国内学术界，而且连不少英国朋友都闻酒而来，巴不得到北京杨先生的府上共谋一醉。他毕生只喝洋酒，而且是威士忌一类的烈酒，往往是一杯接一杯，没完没了，而且还妙语连珠。他"最为深远"的一次大醉，是在负笈英国的青年时代。他喝酒大醉，在浴缸里玉山倾倒，醒来却是躺在另一个城市的某张陌生的床上。这般豪情，老而弥坚，在国内学者里堪称异数。

对杨宪益、戴乃迭夫妇最大打击，赵毅衡认为还是他们的杨烨那次轰动英国的"焚烧事件"。他们最疼爱的儿子杨烨，因为"文革"中受到父亲的牵连，逐渐陷入精神分裂状态，1979年1月6日，在英国姨妈希尔达家中，他反锁了自己的居室门，用汽油点火自焚，由此导致自己居住的顶楼爆炸。这一事件，成为一生恩爱的夫妻之间的巨创，戴乃迭始终认为杨宪益在儿子的"叛逆期"忙于应付政治活动，而疏忽了对孩子的关爱。对此，杨先生是追悔莫及的。杨宪益在自传中悲哀地写道:"我们儿子的死是我们两人遭受最为惨痛的损失。尤其是对于乃迭更是如此。在这以后,她的身体很快就垮了下来。"

谈到翻译,赵毅衡教授指出,杨宪益、戴乃迭是中国文学英语翻译风格的主要奠基者。然而,在20世纪五六十年代,他们被迫要去翻译一些指令性的东西,这对一个才子来说是十分苦痛的,杨先生只好悄悄翻译一些古希腊、罗马文学作品,聊以自娱。谈到持续多年的《红楼梦》英译,赵毅衡教授提供了一个背景:在杨、戴的英译本面世前后,汉学家戴维·贺克斯的译本也面世了。按照西方读者的趣味来看,他们认为杨、戴的英译本具有"洛可可趣味",而戴维·贺克斯的译本更为自由和活泼。比如书中有很多丫鬟的名字,杨、戴的译本一律使用拼音,西方读者就摸不着头脑;戴维·贺克斯则把这些名字翻译为各种花朵的名字,读者更易接受。在此,赵毅衡教授特意指出,这不是杨先生水平高低的问题,而是在于,这些翻译,往往都是层层审读之后的结果。可见,翻译就像文学创作一样,没有一个心灵自由的空间,纵是天才,也会陷入巧妇难为无米之炊的境地。而这,也是让人唏嘘不已的结局。

纵观杨先生数百万言的翻译作品,让赵毅衡教授最为难忘的,是他翻译的古希腊、罗马的文学作品,尤其是对大文豪萧伯纳作品的翻译,可以说在国内无人能与其比肩。因为萧伯纳无处不在的幽默感,只有译者杨先生深得其中三昧。而汉语英译的作品当中,著名作家孙犁的《铁木前传》英译本,可谓是炉火纯青,字字珠玑,堪称杨先生的代表性译作。

古人说"高山仰止，景行景止"，如今哲人已萎，但更可痛惜的是，杨先生身上的名士风度，历经劫难，一身傲骨，恐怕已是后无来者了。

说出即是照亮

我对语境的感性判断是，才华激情在以惊人的速度流失。那些灿烂的文字一直处于聚光灯和赚钱计划的中心之外而被束之高阁，任其蒙尘，一些弱智且弱力的文字轻易成为时代的宠儿。这仿佛就是一种残酷的巧合：1999年5月19日，作家苇岸在病中写出最后一则《二十四节气：谷雨》后，因肝癌谢世，享年39岁；在2010年的最后一天，12月31日，59岁的史铁生也去了，他们就像鲁迅远离"十景病"一样拒绝了"满十"的圆满。如果说苇岸之死使得很多人开始关注"大地上的事情"，那么史铁生用那一辆抛锚在地坛公园的轮椅，为喧嚣的时代提供了一个"务虚"的视角：打量人如何变老，是如何一步一步走向死亡的，又是如何与生命、与天道达成深度和解。苇岸的《二十四节气》是20世纪90年代的心灵素描，史铁生的轮椅则成为21世纪初期，丈量一个时代的才华与灵魂深度的容器。

在史铁生逝世两周年之际，史铁生妻子陈希米的怀念散文集《让"死"活下去》首度面世；京城文艺界举行了较大规模的追思活动；史铁生的部分书信及生活用品也落户于成都的建川博物馆……他的热度超越了那些"纸面文学家"，成为弥足珍贵的人间粮食。

至今我相信，《我与地坛》是六十多年以来最好的汉语散文之一。他采用了法国新小说的一种冷峻视角，在推衍的叙事里，自己是演员，更多的时间里是平心静气的观众。他说："每一个有激情的演员都难免是一个人质。每一个懂得欣赏的观众都巧妙地粉碎了一场阴谋。每一个乏味的演员都是因为他老以为这戏剧与自己无关。每一个倒霉的观众都是因为他总是坐得离舞台太近了。"

在此文引起文坛关注之后的1998年，我在四川书市上，用三折价格买到了史铁生的长篇处女作《务虚笔记》。此书的主题其实在《我与地坛》中就已出现，但复调式的叙述在小说里得到了进一步彰显。我不把《务虚笔记》看作一般意义的叙事，而是一份生命笔记。因为，"我不关心小说是什么，我只关心小说可以怎样说"。这可以用史铁生的话进一步概括："人信以为真的东西，其实都不过是一个神话；人看透了那都是神话，就不会再对什么信以为真了；可是你活着你就得信一个什么东西是真的，你又得知道那不过是一个神话。"这是大彻大悟之语，既冷，也温暖。在这个被银行霓虹灯与酒吧绿光照耀的夜晚，"务虚"显得过于边缘了，但"务虚"得到的觉悟，说出就是照亮，又成为这个夜晚渐行渐远的神话。

卡夫卡说："病是一种信仰的事实。"而疾病对于一个心怀神话的人而言，会使时光越来越慢，他可以从容打量生命的每一次拐弯，翻检拐角的遗物，并在病痛中迫使自己回到遥远的现实。数十年的病痛史成为他开掘自己灵魂的历史。史铁生像一个炼金术士，从阴影中直起身体，光在溶释，生与死终要和解，黄金要脱离金属和焰火……

"天国在这儿呢，过程即目的，看你能不能把这个过程变成天国。"史铁生的这句话，可以让更多的人得到暖意，而我获得的，是冰。

独享

帕斯捷尔纳克说："独享的幸福不是幸福。"诚然，但独享的孤独才配叫孤独。

法国思想家让·波德里亚《断片集》里说："孤独，但不是孤身一人那种状况，例如，不像梭罗为了寻找自身的位置而把自己放逐，也不是约拿在鲸鱼腹中祈祷获救时的那种孤独，而是退隐意义上的孤独，是不必看见自己，是不必看见自己为他人所见。"

我不是隐身人。我是把庸俗、大众化的一面晾在那里，谁都可以看，但估计因为既无欣赏性，也无实用性，就无人问津。我肯定还有锐利的一面,这些东西我一直小心保存,自我磨砺,偶尔露出来,别人就像看见我没有拉上拉链一样惊叫起来。反过来想,那些属于我的孤独,我倾心的孤独,又只好把它们藏匿在庸俗之中。

而有些痛苦,我们匆匆忙忙一饮而尽,才发现其实连它暧昧、细微的滋味也没有彻底品尝出来,真是暴殄天物。应该像穆齐尔那样将痛苦的舒缓美学表达为《没有个性的人》。德国文学批评家马塞尔·赖希-拉尼茨基给我们留下了一段形象的描述:"毋庸讳言,《没有个性的人》好比一座沙漠,沙漠中虽有几处景色优美的绿洲,但是从一处绿洲到下一处绿洲的跋涉往往令人痛苦不堪。如果你不是受虐狂,迟早都会放弃。"

我无须去寻找我被劈开的那一半。因为知道找不着,就半白半黑地活着,这种悬置的孤独氛围,其实很自在。不依靠,不依赖,孤独自在,孤独自生不灭。

卡夫卡的悖论

为了修复卡夫卡临终前的细节,照顾过他的一位修女回忆——在博士弥留时,朵拉·迪阿曼特带来了一束鲜花,让他闻一下:卡夫卡最后一次抬起了头,深深地闻着花朵的香气……难以置信的是他的左眼睁开了,仿佛他又活转过来。他有一双炯炯有神的眼睛，他微笑起来表情是那么丰富。

我对此细节的感觉是，即使用一个红唇的深吻也不能唤醒的人，却被一缕花香电击而灼伤，足以见得悖论的卡夫卡，在最后关头，仍然没有忘记自己的悖论立场。作为一个彻底的悖论者，他的身、心就是悖论。也就是说，他没有因为濒临死亡，而让自己坚持到底的悖论立场失守与失身。反过来看，他又是多么干净而且身心合一，似乎又没有深刻的抵牾与矛盾，反而是这个世界充斥着无尽的悖论。

1924年6月3日，卡夫卡去世。卡夫卡的棺木放入墓穴时，穿着特殊面料衬衣的朵拉拼命往坟墓里跳，被在场人员紧紧拉住。

卡夫卡的父亲曾经推测：朵拉一定是穿着一件"特殊面料"的衬衣，让卡夫卡决定与她同居的！这也是一个悖论。

这一细节再一次告诉我，这些女人深爱着博士，但博士心不在焉，他更喜欢反悔、毁约、离群出走。只要是一个人，孤独就温暖如春，世界也是静谧而安全！

鲜花与牛粪

鲜花不能依靠绿叶。鲜花最好的归属也不是花瓶。

鲜花插在牛粪上。鲜花明智地依恋牛粪。

鲜花之所以这样做，其实是为了吸取别处绝对无法获取的特异滋养。为此，法国作家朱利安·格拉克指出："有这么一些植物，它们的根只在以其果实为生的动物的粪便里才能发出芽来。"因而，这个可持续发展的世界花枝招展。

被糖浆溺死

某天，我感到很无聊，趴在桌子上观察捕杀苍蝇的玻璃器皿。精致造型的器物宛如迷宫，用糖的气味引诱苍蝇进行智力开发，不畏艰难，天天向上，终于进入捕蝇器拓扑学的迷宫。当苍蝇躺在糖海里疯狂进食，毒药也随糖的甜蜜而使其一命呜呼。我发现不是没有强悍者，个别苍蝇在透明的世界里足足撞击了一天。它的叩问是强有力的，发出"雨打芭蕉"的声音……与其说它是被毒杀的，不如说是自己撞死的。

如果说阴鸷者就是如此而为之，比起他们的前辈——穷凶极恶者的灭绝之术更显文明，那么置身后极权时代则有如下变招：装置操纵者已经不再用这些物理性机巧取胜的设备了。他们使用有氧旅行、养生瑜伽、广场舞蹈、太极阵之类取代了过去的环城游行、广播体操、打鸡血与甩手疗法，将苍蝇吸引到一个诗意盎然的静谧空间，请你喝酒，免费吃糖，直接用糖浆将你溺死其中。

还有什么人能够像乔治·奥威尔那样突然醒悟——大喊："上来透口气!"然后,然后,再——接着吃!

破产者的急智

无产者安步当车,跳着广场舞,笑对苍生!破产者狼奔豕突,反而显得体态轻盈!

破产者与无产者不同之处在于,破产者既带有强烈的人生霉运,而且还有一种惶惶不可终日的惊慌感,他们身上那种急于变现的洗脑技能,由此得到了高速膨胀。由于处境受限,他只能把无产者视为猎物。

无产者敢于与这样的破产者共处,自己的气场就必须强大到震慑妖氛的程度,不然的话,自己就会被吸纳到这种腐烂的气息当中,成为败革分解后的败絮!尽管看上去,你似乎很充实,热气蒸腾,白毛蓬勃。

对一个背影的正面想象

我常年网购图书,近十年几乎未去过实体书店徜徉了,至多偶尔小规模买过几回。网购的唯一缺陷是，这些图书由于未经事前检查，我的手无法穿越网络，脏污、破损都可以理解，但每每收到缺页、装订错乱的书就有点忍无可忍了。这就像你请了一个博物馆解说员，但她在高频率地上厕所……尤其是缺页的书，让我反复推测其中起伏而过的波纹结构，以及事态冲刷纸张的力度，甚至在前后页寻找可能的蛛丝马迹。多年以后，我另外拿到了一个全本，注意到我曾经臆想而弥补的部分，一般而言均比原文更跌宕动人。这种情况遇到多次，类似于我根据一个曼妙的背影的正面想象与修复，最后发现，正面往往是平庸主义的制品。

当然，例外也不是没有。比如读杨耐冬译、台湾志文出版社的博尔赫斯的《想象的动物》。台湾人一般译作"波赫士"。

博尔赫斯出任阿根廷图书馆馆长时，趁天时地利之便，编写了一本《想象动物之书》，把82本书上的神怪之物一网打尽。十年后这本书出增订版，扩充成117种想象的动物。坐拥书城，目迷五色，展开博尔赫斯式的想象。我读到第84篇《豹子》这一"要命的"篇章时，184页，书缺页，我轰然断电。那只像狐女那样散发迷香的豹子，花瓣狂奔。情况如何？是否得手？

后来，后来，多年后才偶然得到完整版本，续接了我的想象。博尔赫斯是不叙述细节与心理的大师，这样描述道："……我们须牢记，豹对于撒克逊人而言并非野兽，而是一种无法以任何确切的形象表现的奇异的声音。"最后，博尔赫斯引述说："列奥纳多·达·芬奇指出：非洲豹像狮子，只是腿较长，身体较瘦。它那纯白的颜色中带玫瑰的黑斑。豹的美使别的动物喜悦，它们不顾豹子的可怕眼神，而聚集接近它。豹子有鉴于此，而将目光低视。别的动物则走进它一览它的美丽，于是豹子就扑杀最接近它的那只动物。"

这样看来，我触及的那个背影，也许是敲钟人夸西摩多。但博尔赫斯描摹的是正面，绝非吉卜赛姑娘爱丝美拉达。

把安全岛当作站台的诗人

柄权者往往喜欢甄别左右、决断事情的走向。他们不是躬身等候事态，而是事态的列车迎面冲来也要"刹一脚"，以迎候他的君临。

而普通人对此则不敏感，并不急于展示计谋。一个睿智者似乎应该在平静、突然状态下，等待事情的变化。当事态之车从身边驶过，他伸手抓住车把手一跃而上。当他成为事态列车上的乘客时，再来考虑机变，对应"无票乘车"的盘问。一旦上不了车，一切都免谈了。

这些情况均是生活里的常态，我们有点见惯不惊了。

我见过一个把公路安全岛当作公交站台的诗人。

他戴着一顶老式的鸭舌帽，那是一个蜀国的冬季，雾中加霾，间隔一米远，就可能辨认不出自己的情人。厚实的雾气酝酿幻觉，营造名望、山水和狐媚倩影，连同诗人附近的拱桥、车站。而且，那是一个意识昏沉的早晨。

诗人从站台一头踱到边缘，虚晃着细腿，渴望踏上一辆早班快车。诗人的车站上只有他和大雾，但过分的安静逐渐制造出了一种不安，诗人不得不把上身、长手套和眼镜，斜出站台张望远方——他习惯性地手搭凉棚，像影子武士那样旁逸斜出，抗击地心吸引力。他没有看到快车，他看见密密麻麻的轿车、电瓶车、自行车在雾中冲杀，像大词一样飘过。哦，简直是一场皮影，诗人反而成为唯一不动的观众。

那其实是位于成都东南一个宽阔的十字路口空间。诗人心目中的车站其实是一个交通安全岛，有点像检阅台，那本来是交警挺立的位置。

就这样，诗人稳立在寒流深处，浑身哆嗦，等候着属于一个人的快车。直到一辆警灯闪烁的摩托车靠近，上班的交警来了，诗人立即拔腿就跑……

耐看

一天在成都的 2 号线牛王庙地铁站口，我见到一个女人，她在衣领之上的造像实在太特异了。仔细再看，发现这不是美与丑，而是不好立即判断。她具有超出寻常审美鉴别能力的相貌。她器宇轩昂地走，袅袅婷婷地迈步，金红色的头发流泻着深夜的梦幻。我进一步想，也许这个女人的经历很富足，不然她就不应该有这么大的韵致，让地铁的灯光为之暗淡。

实力派演员不但具有一张可以让人们反反复复琢磨的相貌，关键在于有一种奇特的不好把握的韵致，这类人均不是一望即知的人，就像一滴墨水在宣纸上不断漫漶，它没有终止自己的意思。这样的脸庞偶尔在我生活里闪现，进而动摇着我，让我开始怀疑自己曾经的过往，包括那些得到的与失去的，可能都是幻觉。

读《中国屏风上》

英国作家毛姆是长篇好、短篇尤佳的作家。他在《月亮与六便士》开头说："在我看来，艺术中最令人感兴趣的就是艺术家的个性；如果艺术家富有独特的性格，尽管他有一千个缺点，我也可以原谅。"正因如此，他突入"远东想象"空间，来到了中国，去拜见他心目中"现代中国儒家学说最为权威的学者"辜鸿铭，并把他写进了《在中国屏风上》，但这几乎是特例。

他的随笔葆有了英国随笔的全部美德：含蓄、克制、公允、优美。收入《在中国屏风上》的这58篇叙事,是他1919—1920年冬季进入中国之后的观察随记。在我看来,这是一部典型的小说家口味的东方片段,它在屏风上所描摹出的朦胧氤氲,类似皮影,非常贴近欧洲人的"远东想象"。这些碎片化的意象,恰是一部小说程式认识论中的摆件与把玩件,固然很好。如果是以带有追索历史的眼光来看,文本缺乏的东西就实在太多了:具体时间、具体空间、人物名字,等等,在毛姆笔下均处于缺失或者故意缺失状态。也许,他需要的就是这种表达对一个文学空间的感官,而非带有历史意义的具体要素。

我想,哪怕只要多几分具体的场景与时空,这部书的意义就将得到进一步释放。可惜的是,毛姆就这样,因而还是小说的素材与片段。

如果我不苛求毛姆,而是希望让这些片段升格为思想和文本双重意义的"断片",除了必然要恢复记真之外,还要有一个旱地拔葱的滞空时段,对事实的追问与前瞻……甚至意义考古。而这些推想,仅仅是作为一个思考者的阅读遗憾。

摩托车是一头犟驴

马修·克劳福德,政治哲学博士、摩托车修理工。他的这本跨界之作《摩托车修理店的未来工作哲学》,浙江人民出版社2014年5月推出之后，颇有叫好声。叫什么好呢？"他对现代的工作场所进行控诉，细数它让我们麻木不仁、死气沉沉的种种罪行……"其实，中国只是进入了劳动力密集的时代，我们还没有那种机器装配取代手工的沮丧，没有感觉到失去了那种一试身手、维修机器的身体快感。所以，叫好的文人五谷不分，声音细弱，早就被摩托车的引擎嘶吼肢解了。

如果说古代官宦主要骑马，那么古代文人的坐骑就是毛驴，因为马匹的购买价格与饲养成本要大大高于皮实的毛驴。摩托车是一头犟驴，它不走寻常路，不受体制中人或绅士的青睐，它服务于酒精、探险、性欲与狂放不羁，在人流、车流夹缝里寻找出路，在无路可走的空间杀出血路，在逆风奔驰与顶风作案之中一绝红尘。

我骑过三辆摩托车，补胎、更换刹车片、缩短链条，还拆卸过发动机。维修过程与谈恋爱完全一致，口水、汗水、薪水流干，又可以上路了。这里可以透露一点的是，我曾经载着美女在一个深夜直接冲下了几米高的土坎。再抬起来，用石头敲正了轮毂，尽管摩托车电路全断，还是把她送回了家。

马修·克劳福德的目的是：远离"伪工作"，回到真正的工作，"成为一名独立的工匠"。我把这一手工技能移来维修诗歌，大卸八块，重新组合。这不可能出现高级别的弗兰肯斯坦，能够发动、上路，夫复何言。

手工的意义是亲手而为，在一种绝对实证的过程里，去感受、去觉悟那些高蹈的东西。我可以维修自己的人生，但人生不是仅仅依凭维修就能一帆风顺。我可以维修诗歌文本，但这并不证明我可以创造韵律。

切·格瓦拉是摩托车爱好者，1951年他和朋友阿尔贝托·格拉纳多两度靠骑摩托车和在公路上拦车，在南美洲五国漫游。两位年轻人在旅程中体味到拉丁美洲的社会与政治问题，旅途中所感受到的各种事物不断地改变着他们的看法。格瓦拉看见了人间的苦难，悟出生命的方向。就在这场摩托之旅之后，他加入了革命。他手工记录了骑行记《摩托日记——拉丁美洲游记》（亦名《南美丛林日记》）里承认："一枚硬币抛到空中，经过多次旋转之后，落地时既可能是正面，也可能是反面。贵为万物之灵的人类在这里通过我的嘴巴，用我的语言，将我的所见所闻娓娓道来。掷硬币的时候，很可能抛了十次正面后才看到一次反面，也可能抛了十次反面后才看到一次正面。实际上，这种情况一点也不稀奇，而且没有必要找任何托辞，因为嘴巴只能道出眼睛实实在在看到的东西。"（《摩托日记》，上海译文出版社，2012年5月，4）

骰子一掷就不是偶然。这一点，不是侬靠手工维修能够触及的。

英国《电讯卫报》2014年12月报道称：切·格瓦拉与第二个夫人所生的小儿子恩内斯托·格瓦拉（49岁），于本月初开办了一家旅游网站，旅行社的名字为 La Poderosa Tours。Poderosa 一词是他父亲切·格瓦拉于1952年在医大毕业前夕，在9个月期间里进行南美旅行所乘坐的500cc摩托车的名字。

恩内斯托共推出了两种旅游路线，分别是乘坐摩托车进行环岛6日游和环岛9日游，也称为Fuser1和Fuser2。Fuser是切·格瓦拉儿时的别名。这同样是一种亲身经历的"手工"。旅游观光者不会想到革命，只是贪恋风光而已。所以我想说，《摩托车修理店的未来工作哲学》，与随身携带的扳手、解刀、打气筒一样，不过是抵达目标之前的准备。别的，就不好说了。

凡是梦，就必须解析

2012年7月，我在新疆伊犁参加第二届西部文学奖颁奖，顺便采访了中国社科院外国文学所的翻译家高兴先生。高兴翻译了大量东欧作品，包括他主持的"蓝色东欧"书系当中，就有三部阿尔巴尼亚作家伊斯梅尔·卡达莱的小说。但是我最喜欢的却是重庆出版社2009年推出的薄薄一本的《梦幻宫殿》。

伊斯梅尔·卡达莱与中国关系复杂。1964年，翻译家戈宝权主编的阿尔巴尼亚当代诗集《山鹰之歌》中，就选了他的《祖国》《共产主义》两首短诗。1967年秋，卡达莱随莱索尔·培多率领的阿尔巴尼亚作家代表团访问中国，写下了对红色政权充满友好情谊的诗篇《天安门之歌》。难怪高兴撰文指出："伊斯梅尔·卡达莱在我眼里，一直是个分裂的形象。仿佛有好几个卡达莱：生活在地拉那的卡达莱，歌颂恩维尔·霍查的卡达莱，写出《亡军的将领》的卡达莱，发布政治避难声明的卡达莱，定居巴黎的卡达莱，获得布克国际文学奖的卡达莱……围绕着他，指责和赞誉几乎同时响起。他的声名恰恰就在这一片争议中不断上升。以至于，提到阿尔巴尼亚，许多人往往会随口说出两个名字：恩维尔·霍查和伊斯梅尔·卡达莱。想想，这已有点黑色幽默的味道了。"尽管卡达莱说过："我每写一本书，都感觉是在将匕首刺向专制。"我承认，这话是指他的后期创作。

不是"有点黑色幽默的味道"，而是卡达莱活脱脱就是黑色幽默的标本。

特立独行之人，才能写特立独行的文字。而我进一步认为，最优秀的叙述文本，总是把一个个场景不可思议地孤悬在空中；由于故意拉开与尘世的实际距离，一切荒诞、惊异、恐惧、偏离的情节与变异，均得到了一种因为距离而获得的合法性。《梦幻宫殿》是一部"独一份"的小说，它比卡夫卡的《城堡》更荒诞，比奥威尔的《1984》更冷酷，比扎米亚京的《我们》更去人性——这才是绝对的"零度写作"。尽管它延续了"反乌托邦"小说的异端血脉，出于某种动机对民众之梦高度关注，本身就荒谬绝伦。其唯一获得核准的梦，是山呼万岁之梦、御用之梦，本就是梦境分析师们甄别"梦中反骨"唯一标准。

在小说中，"塔比尔-萨拉伊"的意思是"睡眠与梦境管理局"，是专门用来调查国民"梦幻阶级成分"的国家机器，其具体职责是收集、分类、筛选、分析和审查来自全国各地的千万人们的梦。主人翁马克-阿莱姆在部门内部又连连升级，从普通的筛选部调到关键的解析部，他在那个专门制造穷人梦魇的"塔比尔-萨拉伊"无尽的走廊里找不到出路，"一楼的走廊悠长，黑暗，几十扇门朝里开着，高高的，根本没有编号"。

> 他终于找到了进口。门看上去十分沉重。共有四座，一模一样，都装有铜把手。他推了推其中的一座，发觉要比自己想象的轻许多。真是奇怪！随后，他便踏上了一条寒冷的走廊。走廊的顶篷太高了，让他觉得自己仿佛正身处坑底。两边都有一长排门。他试了试所有的门把手，直到打开其中的一扇门，来到另一条稍稍暖和一点的走廊。

"塔比尔-萨拉伊"一方面作为权力的迷宫，一方面作为甄别臣民梦境、发布权威合法之梦的圣地，所散发出来的制式划一、阴暗、潮湿、不见天日、恐怖等氛围，在这个梦幻空见晃动的官人团结紧张，一律没有表情描绘，好像他们均长着一张梦境分析的"报告脸"……对这个遥远的"奥斯曼帝国"，我们好像并不陌生。溥天之下，要从一个暧昧的潜意识里，精心组织出一番"凶器的合唱"，我想是再容易不过的事情了。"塔比尔-萨拉伊"之冷入骨髓的寒气，来自作家对独裁的看法，他正是要展示它"最最盲目，最最致命，也最最专制"的格局与氛围。

翻译家高兴进一步指出：

> 在经历了家族的苦难后，马克-阿莱姆终于难以抑制内心的情感。于是，我们在全书的结尾读到了如此感人的文字："虽然顾虑重重，但他没有从窗户旁掉过脸去。我要立马吩咐雕刻匠为我的墓碑雕刻一枝开花的杏树，他想。他用手擦去了窗户上的雾气，可所见到的事物并没有更加清晰：一切都已扭曲，一切都在闪烁。那一刻，他发现他的眼里盈满了泪水。"说实话，在译完这段话后，我的眼里也盈满了泪水。

意大利作家迪诺·布扎蒂说："小说应该是以奇幻的想象与特殊的构思来发挥的。"我想说的是：作家更该有火中取栗、针尖削铁的血气。不然，就与伊斯梅尔·卡达莱无关了。

凡是梦，个人之梦、桃色之梦、龙阳之梦、穷人之梦、顺民之梦、发财之梦……就必须解析。

史书的春秋大义

陈乃乾（1896—1971）为著名的目录学家、索引学家和版本学家。他勤于访书，研考目录，编纂目录以及索引，并长期教授目录学。他的继承与创新、批判与考证、目录学家编索引、精益求精、锲而不舍和甘为人梯的学术思想，至今具有启迪意义。

在《陈乃乾文集》上册（国家图书馆出版社2009年4月1版）里，有《史的意义》一文（70—71页），刊发于1946年9月20日《大晚报·新青年》，他提出了一个重要观点："史的最要目的，要把事实记载得很真确、很详细，留给后人参考。其他字句的修饰，或体例的选择，都可算是次要。"

这本是平常话，他接着举例说明自己的观点：

> 但是不幸得很，《春秋》和《史记》的作者，他除了记载正确和详细的必要条件之外，另有一种更大的目的——褒贬。《春秋》对于人物的贤或奸，嘉奖或贬斥的意义，并不明白指出，却寓意在一个字里，使全书成为哑谜式，让读者凭自己的思想去推测。《史记》则假借古人的事迹，发自己的牢骚，尽量发挥个人的褒贬。因此这两部书对于记载正确和详细的必要条件，完全忽略了。后来司马光作《资治通鉴》，虽然尽量顾到记载的正确和详细方面，但依旧用褒贬作为主要目标，这是中国史家一大流毒，到现在还没有洗得清。

陈乃乾先生显然是史料学的信徒，但这一观点明显天真，即便不加个人评价的史料选择剪裁，就已经浸淫了自己的价值观。傅斯年曾发表"近代的历史学只是史料学"的观点，认为"凡一种学问能扩张他研究的材料便进步，不能的便退步"；"材料愈扩充，学问愈进步"。在史语所初创时期，他又提出口号"上穷碧落下黄泉，动手动脚找东西"。这毫无疑问是正确的，史料构成了史学，但是史识呢？缺失史识的学问，不过是思想缺席的一堆材料罢了。

俞大维晚年回忆陈寅恪先生，说他研究历史是要在历史中寻求历史教训，即"在史中求史识"。杨步伟、赵元任先生回忆说："寅恪总说，你不把基本的材料弄清楚了，就急着要论微言大义，所得的结论还是不可靠的。"而"在史中求史识，在历史中寻求历史的教训"也正是陈寅恪治史的目的，以通识的眼光洞见过去，把对历史真相的认识提高到理性的阶段，使陈寅恪的史识研究达到了极高水平。唐代史学理论家刘知几所说的"史才、史学、史识"，在陈寅恪这里一个也没有少。

陈寅恪的众多文章里，看似纯学术的历史问题，但细察著述时间并结合当时背景，即可看出他"筹烂谋深"的苦心，那就是纳微言于大义，让史识成为照亮史料的灯。他完整地捍卫了自《春秋》和《史记》伟大的历史书写传统，沉郁顿挫，爱憎与褒贬，标举与鞭笞，入木三分。

陈寅恪晚年说自己"失明膑足，尚未聋哑"，认为自己晚年的著述是"痛哭古人，留赠来者"……历史不仅仅是材料的重床叠屋，历史更不是目录的编排；历史是充满体温的，历史是可以感知的，历史更是可以寄托爱憎的。中国史书的春秋大义，正在于宝贵的史识是对材料的深犁。

陈寅恪讲对古人要抱有同情之理解，理解之同情的态度，置身事外之外的苛求显然欠妥。在我看来，陈乃乾先生的类似观点，目前在高校里非常流行，学子们以此为堂皇学术，掩盖了最为贫血的思想，恰恰"是中国史家一大流毒，到现在还没有洗得清"。

比海平面还矮

这两天断续读完阿里阿德娜·艾伏隆（1912—1975）未完成的回忆录《缅怀玛丽娜·茨维塔耶娃》。作者是诗人的大女儿，昵称阿莉娅，她耗尽余生心血收集、整理、出版母亲的遗作，可惜再无精力去完成一部关于那一段苦难往事的回忆录了。一个自杀的女诗人与残缺的回忆录，似乎同样暗示了一种宿命。

如今充斥汉语里的陈词滥调是：一个成功的男人背后都有一个伟大的女人——这是下作者讴歌商人、领导的批量滥调。无依无靠的茨维塔耶娃，在几岁的女儿眼里，"她的脊椎也不弯曲，'脊椎骨如钢铁铸就的一般'"。她们颠沛流离，在绝望的战争与恐怖氛围里，依靠艺术取暖。就像面对一豆烛火，我分辨不清是女儿在为母亲掌灯，还是母亲伸手护着火光。哀痛的母亲背后有一个天才的女儿——这是严寒季节里的喷香的面包，足以让茨维塔耶娃欣喜。她很早就发现女儿身上"有无穷的天赋，简直是才华横溢"。本书收录了很多阿里阿德娜8岁时的信件，收信者是她的"教母"——诗人沃罗申的妈妈，还有阿赫玛托娃阿姨。依靠啜饮苦难而成长的孩子绝不会是洛丽塔式的，而是另外一种：在成人智慧里又混杂了童心未泯的率真；她的笔宛如刻刀，刀刀见肉，指心见性。

阿里阿德娜·艾伏隆的美术才华在本书的几十幅作品里彰显无遗，但让我更感到心惊的是她的描述：她回忆自己5岁时与妈妈赶到普拉那里的情形："那是我们最后一次到那里去，这之前的情景还记得玫瑰花，很多玫瑰花，干旱，记得普拉送给我的小刺猬，记得自己很小很小，比海平面还矮，我觉得海水像墙一样高！沃洛申把我扛在肩膀上，我害怕——因为离陆地很远，我怕一下子掉到下面的海水里去！"

在她的描述里，茨维塔耶娃写着写着就把头从写字台边上扭过去，对身边的阿莉娅咨询意见："你说，剧本最后的一个词，该是什么呢？""最后一个词，当然应该是———爱！"这个提供意见的女儿，才7岁。

最让我感到奇特的，是阿里阿德娜记录的两件预兆——

> 去年，1956年，冬天，记得因为一件事情我顺路去看望爱伦堡，聊了一会儿，就去看柳波芙·米哈伊洛夫娜——她打电话找我。她说："我从来不相信预感、征兆。

可是生活中还是有这种神秘莫测的事情发生。很久很久以前，在快要离开俄罗斯的时候，玛丽娜送给了我一只手镯，我一直戴着它（她说得心直口快）：倒不是因为它是玛丽娜送的，而是因为戴在我手腕上合适，我喜欢它。银子手镯，浇铸的，很沉——这样的手镯不可能断裂。有一天我去商店，忽然当啷一声响，什么东西掉到了地板上，我一看——我的脚边有半截手镯，另一半还在我的手腕上。捡起那半截手镯一看，一条歪斜的裂茬使手镯断为两半。就断在我手腕上！我一时心里慌乱，不知不觉想起了一个日子——1941年8月31日。过了一段时间，爱伦堡打听清楚了——那一天恰恰是玛丽娜的忌日。现在，我想把这手镯还给您——我没有修理它，还是两半截，您要愿意，就这样保存它，愿意修理一就修理修理再戴。"……

柳波芙·米哈伊洛夫娜说完把手镯递给了我，沉重的、浇铸的银手镯，我从小时候就熟悉的手镯，——确切地说，不是手镯，而是两半截碎片，折断的那条歪斜的裂口，带有明显的棱角，形状犹如闪电……（见该书，268页）

…………

茨维塔耶娃曾把一串深色的琥珀项链送给阿赫玛托娃。

安娜·阿赫玛托娃把念珠戴在脖子上，从来不随意把它们丢到一边。小书架上还有第二件首饰，也很好看，样式古老，再有就是带宝石的戒指，宝石上有细微的裂纹。

> 安娜·阿赫玛托娃说，心爱的饰物有时候能预测苦难——就在她丈夫死亡的那一天，也许是那一天的前夜，宝石上出现了裂纹。(见该书，277页)

这些令人心痛的命运变数，让我想起了一个词：天妒。花朵的芳香还没有逝去，上天就断然收回了花的羽翼。后来，阿里阿德娜·艾伏隆经历了8年铁窗磨难，接受了父母、弟弟死于非命的命运，她坚持活了过来，她依然坚持着，她把那些罪恶与痛苦，记录下来。她曾有过一次革命婚姻，但无疾而终。她一直活在妈妈茨维塔耶娃的河床，她延续了妈妈对帕斯捷尔纳克那种对同道、对圣徒、对男人相混杂的情感，她不断梦到帕斯捷尔纳克，在白日梦里完成妈妈茨维塔耶娃没有完成的叙述。她写给帕斯捷尔纳克的上百封信件，就像冰凌撞击的叶尼塞河，乃是最伟大、圣洁、高贵的文学之帆。她在书信里努力延续、发展着母亲对帕斯捷尔纳克的爱，但一旦感觉到帕氏产生了对"女性的爱"，她又立即把笔端变成矫正对方爱意的突兀冰凌，让帕氏只能回到对昔日恋人的眷顾与追怀的航道……她依旧还是那么爱着大师。

在流放中的她，曾对帕斯捷尔纳克感叹："我们这里的白天变长了，变暖了，大约15℃到20℃之间。我的第40个春天来临了，不过，从纯属女性的角度来看，我丝毫不受触动，因为这里的气候甚至有利于维持猛犸象的青春！"这是一个40岁但看上去已经是老太婆的女人，把全副情感放逐到了文字、梦幻与邮件当中。

她在距离莫斯科数千公里的荒野上关注体制的解冻,她把零下20℃当成了春天。

阿里阿德娜·艾伏隆具有花岗岩一般的外表与心智——这样的女人,命运多舛,有过一次十分短暂、蜻蜓点水式的婚姻,1975年7月26日,重病缠身的她在63岁悄然而去。

苏珊桑塔格在《心为身役》里写道:"悲痛无法兑换为任何其他通货;没有任何通货可与个人的悲痛兑换。"能够充分品味到这一点的人,就该明白,悲痛是自己的"金不换"。它"奇货可居"到了无从兑换的程度,就只能去一小口一小口地啜饮……奥多耶夫采娃、吉皮乌斯、巴纳耶娃等女作家的回忆录没有这种力量,读完《缅怀玛丽娜·茨维塔耶娃》,我为之大恸,进而心如死灰。

有话,偏不好好说

2015年8月之秒,看到出版消息,李劼先生的《木心论》出版,他认为木心"无团伙气",一语中的,芝麻开花节节高,进而认为"木心最出色的散文足以与《道德经》媲美,作为诗人的木心,乃中国的但丁,是一颗中国式文艺复兴的启明星"。李劼全书我没读,不便置喙。

评价一个文人，自然首先要读他的东西。如果只是大捧特捧，自然无碍，反之，木粉们与陈粉们就怒不可遏了。2015年5月初，画家、小说家王祥夫在微信上发帖："用一个下午翻完了木心的八本，可看的文章没几篇。怎么回事？我问自己。"由此可见，王祥夫是认真的。

木心的8种书，指的应该是广西师范大学出版社的《木心作品8种（珍藏版）》，我是读过的。我跟王祥夫的回帖是："文不成文，乱飘。迅速还被人捧上了天，就更飘了。"木心是不屑于不走寻常路的，无论是为人还是为文——他既要与这个时代保持"横站"的距离，更要对这个时代的主流叙事，保持高度戒备。他的文体，采用了大量禅宗式"道断"话语，具有非常大的张力与黑客式闪现——这也没有什么不好，历代特立独行的作家里不乏这类写法，松尾芭蕉的俳句里就有类似妙句。但是木心过于率性，他在拆除语义之间的楼梯时，不但拆掉太多，而且有些楼梯，是连他自己也没有修筑好的，他也一并拆除，这样的文体结结巴巴，却有暗含欧风美雨的烟视媚行，仿佛让读者回到了学问扎实、言简意赅、多文互嵌的民国风月。在我看来，由于他用力过猛，转身之际不忘飞花摘叶，他终于把自己的文体与语义，断成了一堆沙上的蚯蚓。言语道断的结果，未能直指人心。《木心作品8种（珍藏版）》，出版之后，广西师大出版社再接再厉，太极推手连绵递出，又推出《木心作品二辑5种》，加上2卷本《文学回忆录》，"文学大师"名头已成烘云托月之势。

王祥夫看了我的议论，回复：呵呵，"如今已作古，他只能在天上写作啦"。另一作家跟帖："不大喜欢。从来没觉得好过。"

木心说："万头攒动火树银花之处不必找我。如欲相见，我在各种悲喜交集处，能做的只是长途跋涉的归真返璞。"

木心说："从前的日色变得慢。车，马，邮件都慢。一生只够爱一个人。"

木心还说："你再不来，我要下雪了。"

木心还说："生活的最好状态是冷冷清清的风风火火。"

这样的句子，这样的语式，尽管避免了滥情与滥调，毕竟在《五灯会元》《碧岩录》《巴蜀禅灯录》《夜航船》《万叶集》等当中并不鲜见它们的最初来历。70后、80后、90后一见，就像我辈20世纪70年代初期见到了来自日本的"的确良"或"快吧"布料。

也就是说，有话，偏不好好说。比较特异的例证，在《即兴判断》里尤其多。在我看来，木心渴望的是一种首尾震荡、首位相悖的文风；是迅翁"于浩歌狂热之际中寒；于天上看见深渊。于一切眼中看见无所有；于无所希望中得救"的超拔笔触，但是，喜欢穿黑色大衣、戴黑色礼帽的木心，又怎么可能企及"黑衣人"的决绝与利刃的拒绝发光？鲁迅是无心的；木心，还是木心。

"心行处灭，言语道断"的本义，逐渐蜕变为言语道断处，芳心大慰。

65岁到74岁，纪晓岚写完《阅微草堂笔记》，他有话好好说，难怪写得那么好。杜甫说"毫发无遗憾，波澜独老成"，这一点，木心就是吃了秤砣铁了心，也肯定做不到。

书的不能承受之重

2015年4月15日下午4点半，接到送货员电话，叫我到小区门口取货。

小区大门正对锦江，波涛无声而过，汽车响彻云天，所以云朵逃向了更高的苍穹，像一床褴褛的棉絮，云朵向锦江水面抛下了几片影子，就足以让人感动。我签过字，一看是发自北京东方出版社的书。我的书，我的《媚骨之书》，样书20册，我还购买了第一批50册，分送朋友。记得去年出版《一个晚清提督的踪迹史》后，接到天南海北的短信、微信、电话而索要书，就赠送出了大约200本，折合三分之一的稿费。

我去门卫室推来一辆小车，将书装好，估计有百十来斤，小菜一碟。但小车有一个轮子不听使唤，忽东忽西，我就像驾驭曾经的命运一样，东一榔头西一棒子，样子很不像个劳动人民。我的模样引起了路人的嘲笑。但我的确熟悉这些，从推车到写作，我曾经和现在就是依靠它们维持生计的。年轻时候我当过两年临时工，推车、挑抬、装卸，抬断扁担、拧断管钳也是家常便饭。二十多年前我开始在写作之路学步蹒跚，待步伐走稳之时，当我像一个工地熟练工那样熟门熟路于写作时，我已经可耻地50岁了。

小道上迎面走过来两个老外，搂着腰肢，用激昂的英语在讨论爱情，《速度与激情》里的保罗·沃克，我停下，等他们过去了，在他们的余音里又叽叽嘎嘎地推动小车。

想起，我想起了，西西弗斯。

这并不是妄自与伟人比附，徒增自己的悲壮。最关键一点在于，我不会离开书，从写作到出版，就像西西弗斯绝对不会打碎那块巨石一样，他是大力神，他有这个力量。一旦他那样做了，等待他的命运是不可想象的。而可以想象的是，接下来的苦役一定比推动巨石更为悲惨。所以，西西弗斯安静而沉稳地推动巨石，无数次的重复，在重复里重温天长日久的恒在意义。

西西弗斯的生命有意义吗？有，那就是重复。也就是说，选择赋予荒谬生命意义的西西弗斯是幸福的。

另外，他必须感谢宙斯的惩罚，没有让他失去可干的事情。就是说，西西弗斯比那个永远喝不到水的坦塔罗斯幸运。

我的重复之工还有点不同，毕竟还可以写不同的东西。对某些人而言，写作也许是一种宿命。除了安于向西西弗斯致敬，实在没有别的选择。那样的姿态不是区区爱好所能描摹的。更重要的还在于，一旦这种外加的苦役与内心的召唤合拍了，把彻底无意义的行为开始变得有盐有味，如盐溶于水，这到底是绝胜的意义？还是说，那不过就是一个阿Q？

我知道，我的书还会出下去，我还会在小区门口接书，再推回家。只是希望，下一次推到的小车，别老是吱吱呀呀的。

看影子的影子的影子

已是2020年圣诞节的黄昏，我在成都一所冷清清的画廊里闲逛，看到了一个景象：在一幅背影主题的巨幅油画前，一个女人，安静地站立。她的背影很丰腴，很润，很成都。

油画上，是一个晦暗的老者的背影。

我一下觉得，在现实与历史之间，距离、存在，什么也不剩了，这些都在重合。油画里的老人早已经不需要清晰的面目了，因此他的五官可以隐没，全部让渡给背影。他正在逐步走向消失在天际的路上。他可以赤身裸体，准备去渡口登上卡隆的船，去穿越另一条他无法涉足的河流。从背影上看，他已然卸下了沉重的回忆，也不抱有轻身奔向希望的妄念，他坚定地走向不归路。

看画的女人，她的背影在油画的景深里摇曳进而出没自如，似乎没有生姿。她犹疑着，是跟着老者的背影一起远行？还是转过身来，用自己的背影，去接纳这一个现象学的全在时间？但是我猜，这个女人一定是一个不需要使用五官留给我任何印象的人。我的意思是,她有一个微微摇晃着的背影就足够我去缅怀背影深处的时间。我还注意到,画廊之外,跳广场舞的人民都需要体力和照亮明天的光,只有极少数人随时准备着面对着最后的一次横渡。波伏娃说过,人都是要死的。而背影与面容不同,背影拒绝了朽灭。

风未尽花已落去

从报业大楼走出来,已是暮色四起。涌动在大街上的走卒,身影搅乱、稀释着夜色,他们朝气蓬勃,尽力走出拼搏时代的步幅。整得好啊!

我乃后知后觉,过了五十岁,才触及老杜"文章憎命达,魑魅喜人过"的掌纹,并感知藏匿其中的体温。这既是为李白鸣不平,也道出了自古以来非常之人的共同命运:大凡可以写出杰作者,命运往往堪忧;而鬼魅从来都对这样的人痛施杀手!

> 既然我们,
> 从不怀疑内部之内还有内部,
> 外部之外还有外部,
> 黑夜之上还有黑夜,

> 二哥之上还有老大哥，
>
> 因而就更有理由相信，
>
> 陷阱之下还有陷阱。

遭遇困境，动辄就说"随缘"人，首先是虚弱，接着就是虚无加虚伪的。而动辄就引用"一蓑烟雨任平生"的人，没有注意到烟雨之前还有打雷一般的两个字："谁怕"。傅雷在《贝多芬传——译者序》里说了一段沉痛的话："不经过战斗的舍弃是虚伪的，不经劫难的超脱是轻佻的，逃避现实的明哲是卑怯的；中庸、苟且、小智小慧，是我们的致命伤。"这其实是他的自我激励。

说真的，我没有遇到一个那种熊掌与鱼与美色均可横扫的创造者。现在，透过酒杯，桌边的一只纸老虎蛰伏已久，我就一口饮尽虚拟的虎骨酒，就想起那些人，他们经历过的非常之事，比作品更令我神往。这就是我读书老是走神的原因。

《徒然草》说："想起温存于心头的岁月，虽还没忘记那动情感人的话语，但那人却很快隔阂于我离我而去。这般司空见惯，实在比同亡人死别，更令人悲伤。"

其实大可不必这般悲伤，把误解提到这个高度。圆凿方枘，就是一个人的榫头永远找不到合意之穴，这个世界的诗意从来就不是榫卯结构体系予以体现的。所谓隔阂，其实也不必说得这般文雅，但是不可纠正的误解赋予了事物充满诱惑的晕光。而不断的误解造成了我的全部人生。

只是到了我这个年龄，吉田兼好说的这一句话，很值得铭记：此时"风未尽花已落去，人心也是一样。"

市声、夜声与天籁

1078年，东坡在徐州，送老朋友郑彦能回大名府，写诗《送郑户曹》（郑彦能曾任大名府户曹参军），我读到其中"河从百步响，山到九里回。山水自相激，夜声转风雷"之句，这里的"夜声"一词让我久不成寐……

现在的境况是，多半没有万籁俱寂的空间了，无论是置身市区还是山林。三十多年前，我的少年时代，一来到大一些的城市，成都、重庆等，晚上兴奋得难以入睡，细听窗外的动静，车声、喇叭声、敲打声、锅炉启动的声音、来历不明的散架声，配合阑珊的灯火把夜空漂出水红色，往往都会视之为繁华的象征。

想起"市声"一词，应该出自北宋诗人苏舜钦与其哥哥苏舜元作《地动联句》："坐骇市声死，立怖人足踦。"很显然，苏舜钦兄弟经历了一场罕见的冬季地震，不然就不会说"念此大灾患，必由政瑕疵"，这是指天圣七年（1029年）的京师地震。此处的"市声",的确是充满烟火气的人间声音,却被地震生生熄灭了。

我每每目睹火树银花的城市,总会感到有一种巨大的、漫无边际的声音萦萦而起,与夜雾一起在楼群间扩展,呈现一种"哈哈哈……"的声音,不像风,也不类似于雨,开窗即来,关窗即无,有点儿近似于一根恒久漏气的管子——它具有永动机的原理。

这就是夜声么?

其实人们听到的并非夜声,而是街市或市场的喧闹声,就是俗称的滚滚红尘之音。

钱锺书在《一个偏见》里指出:"寂静并非声响全无。声响全无是死,不是静;所以但丁说,在地狱里,连太阳都是静悄悄的。寂静可以说是听觉方面的透明状态,正好像空明可以说是视觉方面的静穆。寂静能使人听见平常所听不到的声息,使道德家听见了良心的微语,使诗人们听见了暮色移动的潜息或青草萌芽的幽响。你愈听得见喧闹,你愈听不清声音。唯其人类如此善闹,所以人类相聚而寂不作声,反欠自然。例如开会前的五分钟静默,又如亲人好友,久别重逢,执手无言。这种寂静像怀着胎,充满了未发出的声音的隐动。人籁还有可怕的一点。车马虽喧,跟你在一条水平线上,只在你周围闹。惟有人会对准了你头脑,在你顶上闹……"(《写在人生边上》,福建人民出版社,1983年1版)

此处的"隐动"一词，多么神妙！

北宋诗人、画家文同长期生活于山野间，写过《林居》《野居》等大量野趣之作。公元 1071 年，他知陵州（今四川省眉山市仁寿县）期间，恰好写有《夜声》一诗：

秋风动衰草，摵摵响夜月。

其下有鸣蛩，到晓啼不歇。

乃知摇落时，众籁自感发。

安得苦吟人，不能为一咉。

在月夜他听到了龙泉山脉一线的风声、草声、蛩声，乃至枯叶飞舞之声。"摵摵"是象声词，形容叶片簌簌掉落的声音。这些从声音可以联想到的大自然起伏，直到天亮也是响个不停。这是冬季，万籁相互感应，生命天道轮回，汇聚而成的大自然之声。其实，这才是真正意义上的夜声。只是在万籁之外，那个苦吟的诗人，却无法发出一声叹气去加入自然的鸣唱。

文同是否如临天籁？

夜声与天籁，似乎又有不同。

东坡的诗句"天籁远兼流水韵，云璈常听步虚声"，仔细分辨，觉得他对庄子哲学，有独到体悟。

什么是天籁？《逍遥游》说："夫吹万不同，而使其自己也，咸其自取，怒者其谁邪？"风刮遇来，万物之气势是"吹"出来的，"吹"的味道无穷。庄子于是起了一个名词叫作"吹万"。这样看来，天籁既可具体化，但也似乎不会过于靠近，过于具体地翘起嘴喙，奋力一"吹"。毕竟"人籁"可称为丝竹箫笛之声，"地籁"可称为"众窍"之声。声音之所以千差万别，乃是由于各个的自然形态所致，但是，主宰它们发出声音的是谁？

这是风吗？

在林林总总的声音汇聚里，前后、大小的声音鳞次栉比，互相呼应。一旦狂风吹过去以后，一切孔窍都恢复平静，空寂无声。只有小草还在轻轻摇摆……

当然，其中还有更为奇特的"蚯蚓之声"。

竖起耳朵，在万籁俱寂之夜的山区，可以听到蚯蚓发出的"嗷——嗷——嗷"之声，既拖长而又持续。这可能是雄性唤雌性，或消化泥土发出的声音。四川民间俗称的曲蟮能叫。它身上每节有一小孔，蠕动时将体腔内的空气往外泄，发出"沙沙沙"声音；有人比拟为"唧唧唧"的声音，尾声拖得较长。还可以发现，红曲蟮不叫，粗一些的绿曲蟮叫，清晨和傍晚能听见，特别是晴天暴热后，蚯蚓皮肤伸缩，发出"唧唧唧"的叫声，比蟋蟀声小得多。总的说，这并非妄言。只是有待于科学的进一步研究。

古人心细，对蚯蚓能鸣曾有记载。唐代东方虬《蚯蚓赋》："雨欲坠而乃见，暑既至而先鸣。"就说蚯蚓能鸣唱。晋代葛洪《抱朴子·博喻》："蚯蚓无口而扬声。"从宋代罗愿《尔雅翼》记载"今江东呼为歌女"，并说"张衡云：'土蟪鸣则阜螽跳。'"从所引用张衡的话来看，推测国人关于蚯蚓能鸣的最早记载，可上溯到汉代。(【宋】李石、【清】陈逢衡《续博物志疏证》，凤凰出版社，2017年版，230页)

宋代欧阳修的《杂说》，其序说："夏六月，暑雨既止，欧阳子坐于树间，闻草间蚯蚓之声益急，其感于耳目者有动乎？"他就讲他听见蚯蚓的叫声。《杂说》进一步说："其声若号若呼，若啸若歌。"蚯蚓能鸣，但其声绝不如蝉声和纺织娘声的嘹亮和悦耳。正因这样，才为不少人忽略。称为"歌女"，或其声"若号若呼"，"若啸若歌"，若"笛韵"，不免言过于夸大了。

在我看来，天籁于有声和无声、有心与无心之间。天籁为什么是无声的呢？因为它是自然本来之力，不赋予在具体之物上就无法显出声音。就是说，天籁固然有，但因外物而起。

人籁气吹，地籁风吹，天籁自取。所以说，天籁无声，物和人如果归于自性，那么就是听到天籁了。

所以钱锺书认为："人籁是寂静的致命伤，天籁是能和寂静融为一片的。风声涛声之于寂静，正如风之于空气，涛之于海水，是一是二。"

我们明白了天籁无声，也就不难理喻"大爱不宣""大音希声"了。

再反过来看，文同在龙泉山的季候里，再次心证了《庄子》的至高哲学。当然，他通过竹林的喧哗，肯定听到了天籁加诸人籁、地籁的另外一种声音。

这是"于无声处听惊雷"吗？似乎不是，古典的耳朵里臆想的应是缥缈的箫声。

学习东坡这首《水调歌头·黄州快哉亭赠张偓佺》：

> 落日绣帘卷，亭下水连空。知君为我新作，窗户湿青红。长记平山堂上，欹枕江南烟雨，杳杳没孤鸿。认得醉翁语，山色有无中。
>
> 一千顷，都镜净，倒碧峰。忽然浪起，掀舞一叶白头翁。堪笑兰台公子，未解庄生天籁，刚道有雌雄。一点浩然气，千里快哉风。

欧阳修于庆历八年（1048年）知扬州时建立平山堂。苏东坡曾经三过平山堂，此处联结着东坡对恩师的崇敬深情。当年，东坡在平山堂挥毫，东坡的好友张嘉甫日后对人描述那一盛况："时红妆成轮，名士堵立，看其落笔置墨，目送万里，殆欲仙去尔。"

张偓佺就是张怀民，那位陪着东坡去承天寺夜游的人。苏轼给张怀民的亭子命名,叫"快哉",这两个字出自宋玉的《风赋》。兰台公子宋玉所说的"大王之雄风"与"庶人之雌风",大王的风是由香草吹入官殿,百姓的风是吹到破房子里,容易让人生病。宋玉的本意,应是悲天悯人,同情百姓的疾苦。他认为"雄风"才属于天籁。尽管他歌颂权力至如此地步,其实是承袭了庄子对风进行分类的描写法。但实际上,宋玉是强调"物不齐"的极端之态。而东坡否定了宋玉看法,提出了自己的"天籁观",他把认识的焦点从"风"拉回到了"人"身上,回归主体。在东坡看来,宋玉不懂得庄子所说的天籁对任何人都是一样的,人无论在什么样的处境下,不管贫困还是富有,不论百姓还是君主,惟江上之清风,与山间之明月,耳得之而为声,目遇之而成色。"一旦处在体道的精神愉悦之中,便人就能不为外物所累,顺物自然,就可以臻于'逍遥'之境。由此可知,与之相对的,处于这种境界之时主体所发之声,便是东坡的心目中的天籁之音。"(江梅玲,《〈水调歌头·黄州快哉亭赠张偓佺〉一词中的"老翁形象"》,《乐山师院学报》,2019年第7期)

这就是说,东坡认为"天籁"是有声的。一点浩然气,千里快哉风。

至于宋代李曾伯《满江红(再和)》却这样说:"天籁无声随物应,阳春有脚从中入"。这就要让读者的境界臻于事物深处,方能彻悟。

现在我面临的情况,是有人在醉意深沉的马路上唱歌,声音嘶哑,偶尔插入了一声白鹭的干号。鹭鸟在锦江亮翅,路灯下白若餐巾纸。

有声的天籁,无声的天籁,都好!

仿金圣叹《不亦快哉》34 则

1. 走在红星路二段,一阵妖风从巷道里倒卷而出,把一张破报纸打开,碾平,张贴在低空。这一版刊载了某著名人物发言照,铺满形而下的笑容。不亦快哉。

2. 圣诞节的深夜,我在九眼桥南桥头,看到一位老妇,盘腿坐地,紧闭双目,奋力吹箫!因为不是讨钱,不亦快哉。

3. 上帝让一个人手抖,抖到数不清楚钞票,但抖得开繁复的裤带;双眼昏花,花到分不清黑白,但可以花心无愧,不亦快哉。

4. 一个人丢失了长期保管的宝贝,丢失物从此处于失明、自由的境遇。当事人为此如释重负,他就像一个保管盒那样变得空空荡荡,随时可以飘起来。不亦快哉。

5. 倒霉的时候,喝水也要塞牙缝。有一天终于发现,冷水其实可以让事态退烧,并且可以回味出一点甘甜。不亦快哉。

6. 一个人突然被命运"选中",成为世界的拯救者,那么他所做的一切都是合理的。一个人没有被"选中",就万不可成为僭越者,去舞动大锤。反而是那个被选中者,某一天承认,不是上帝看走了眼,而自己就是冒牌货。不亦快哉。

7. 顺风吐唾沫的人,以至于成了瘾,某天他愤怒地迎风吐口水……不亦快哉。

8. 一个人喜欢被光环笼罩,有些人尤其喜欢自己被独一地笼罩。只要这个光环加之于周围的人,他马上就感觉到了光环力道的减弱。为此,他用身影挡住了全部的来光,但他的鸡胸却被放大了。不亦快哉。

9. 在红星路二段,看到温必古同志被清理出西门庆的文字作坊,不亦快哉。

10. 鸡就鸡了,鸭就鸭了,但鸭突然被吹牛成了鹅;鸡于是牝鸡司晨,也不辱使命顶起了半边天。不亦快哉。

11. 一帮妄人被推举到了他们不能胜任的职位,妄人就绝不能成为小人,而是只能以超级妄人的气度,闲庭漫步,安步当车。因为,前面还有更大号的。不亦快哉。

12. 一个老作家油嘴滑舌,腰力十足,衣裳角角儿要扇死人。他缺乏的恰恰就是"独立之人格,自由之思想",由于这句话被他念成了顺口溜,听起来,他就像一个他者。不亦快哉。

13．一个人天真地开始写作，就是幼稚地以反抗专制、追寻自由为圭臬的。但是，当他已经出人头地，成为一个宰制话语的独裁者，成为自由的敌人时，他努力嘲笑自己的起步。见此，不亦快哉。

14．一个抄袭者被捉住了，情急之下他高喊，那些抄录的材料不过是社会之公器。看到他如此急不择言，不亦快哉。

15．徐贲先生指出："就是有一些明白人，浑水摸鱼，这种犬儒才是真正的带有时代性的犬儒主义。"在我看来，他们其实距离"犬儒"十万八千里，只能是铰肉机上松松垮垮的螺丝钉。见到跑冒滴漏，不亦快哉。

16．一个稳不起的人即将被擢升，他立即就按捺不住了，飞起来，怎么也无法落地。就开始邀请三朋四友摆酒祝贺，如此才缓缓回到地面。有一天下午，当他得知擢升被撤销的消息，正式庆祝的十桌酒宴已经在家乡恭候他凯旋，他急吼吼地在文件边缘捶胸顿足，不亦快哉。

17．走在红星路二段与干槐树街的拐角，看见一个异乡人在垃圾堆里找东西，突然找到了一瓶没有开封的酒。不亦快哉。

18．上面一个声音说："有不同意见请发表。"上面一个声音又说："同意的请举手！"手还没有举起来，上面一个声音马上说："请放下！"这样，我就没有举手。如此活动会议的肩周关节，不亦快哉。

19. 名流说：瞒天过海天一色字头上一把刀……最后一个词组听清楚了。小篆里的"色"字中有两个人，字的上部是站立者，字的下部是跪坐的小人，这个字表示跪的人仰望站立者人，留意强者脸上的神情气色。其实，都是一路货色。不亦快哉。

20. 奇怪就在于，丑女升级为超级恐龙，成为文学秘书，反而把美女远远抛在身后，她们到底是什么的干活？巴嘎雅路。契诃夫指出：这样的人"莫斯科所有的公寓她都知道"。见此，不亦快哉。

21. 乔治·奥威尔的《动物庄园》，讲述了发生在英格兰马诺尔庄园里的一次由猪领导的动物革命。为了捍卫成果，动物庄园颁布了"七戒"。很快，其中一头猪被视为叛徒，遭到驱逐和栽赃；另一头猪凭借既得的权势和狗的大力支持，将权力集中在自己手中，对动物们的统治日益严苛，对抗议者进行残忍杀戮，最终成为与人毫无二致的统治者和剥削者……"七戒"被弃，动物庄园更名为原名。其实，改成"八戒"就和谐了。不亦快哉。

22. 一个人倒叼着烟，挺胸凸肚，气定神闲地把过滤嘴点燃，半晌，吹出一口气："这烟，吃味不错。"不亦快哉。

23. 吃美女豆腐，美女吃红烧咸猪手。周晓枫说"飞起无影咸猪手"。不亦快哉。

24. 独自在红星路二段苍蝇馆子喝烧酒半斤，看到一个人喝了一斤后扬长而去，不亦快哉。

25. 一个将军，把屠龙术传授给了他的女儿。如果传授给干女儿就不一样了。不亦快哉。

26. 先到南充，渐次蓬溪，然后射洪，绕道绵阳，下榻遂宁。不亦快哉。

27. 对于中土的戏剧家来说，重要的不是莎士比亚的戏剧，而是莎士比亚的文学。顺势利导，中土的模仿者们就是文学家了。如此逻辑，不亦快哉。

28. 在莲桂南路旧书店见到一册人民文学版的高尔基《论文学》，扉页上有一段题词："今天从天府广场买书回家，路上见到F。她与一个男人手挽手迎面走来。我一晃，书从自行车后座上落下来，掉进了水洼。这书就像我和她昔日的那段爱情，只是打湿了水的书，不好看了。1987年1月1日。""我一晃"，立即买下这本书，目的是买下这一段30年前的话。我一晃，不亦快哉。

29. 我去春熙路修理手表。钟表匠麻利地拧开了表盖，独眼放光，既像是观察情人的一颦一笑，但更接近于观测情人的内脏。快不快乐？不亦快哉。

30. 一个人的快乐建立在……之上。一个人的烦恼，则不需要建立在……之上。一个人活在烦恼的磕磕绊绊里，偶尔直起腰，恰有清风吹来，不亦快哉。

31. 回望过去，就不必展望未来。你对过去，从来就没有看清楚过。看不清楚也好，不亦快哉。

32. 误会，尤其是知识人之间的误会，就一定不要去沟通，更不要去化解。误会，其实是隔绝我与无聊者之间的墙壁，隔绝真好，不亦快哉。

33. 几年来，一个机构顽强给我寄送报纸，我从来就没有拆开，年末连同信封卖给收荒匠，获银10元，不亦快哉。

34. 蜀犬吠日，可以理解。自从阴霾变成雾霾，浓得化不开，蜀犬已经集体喑哑，只能看PM 2.5数据。这就叫，不亦快哉。

后记

我从二十多年前,就开始留心断片文体的作品,几乎购买了所有翻译为中文的断片之书。自己也学步邯郸,写了一部《词锋断片》,大约20万字。后来分解到了好几部作品当中,例如《上半部下半部》《生存智慧》《黑水晶法则》《身体传奇》当中,没有能集中出版此书。近十几年来我的思想发生转折,全力倾注于身体政治、历史传记与非虚构写作,但断片的思考,在《豹典》《成都传》《媚骨之书》《踪迹史》里有比较多的呈现。

我并不早慧,笨鸟且后飞,至多属"后知后觉"。《寸铁笔记》写于近十几年,属于非典型的断片写作。这在于,我在思想断片的基础之上,文体略微扩展,特别注意了思想与文体的交缠与交媾。我选出了好几万字"好读一些"的断片,在《作家》《山花》《中国诗人》《延河》《芙蓉》等刊物陆续发表出来,其中《桶的畅想录》还获得了第十一届万松浦文学奖,读者反映还好。现在,我决心把"不大好读"的断片也一起呈现出来。

"有难度的写作",一直是我写作、思考的目标;但是,我对世间"有难度的阅读",并不抱什么希望。

钱锺书先生在《读〈拉奥孔〉》里针对所谓的"整体系统"思想而不禁感叹:"我们孜孜阅读的诗话、文论之类,未必都说得上有什么理论系统。更不妨回顾一下思想史罢。许多严密周全的思想和哲学系统经不起时间的推排销蚀,在整体上都垮塌了,但是它们的一些个别见解还为后世所采取而未失去时效。好比庞大的建筑物已遭破坏,住不得人,也唬不得人了,而构成它的一些木石砖瓦仍然不失为可资利用的好材料。往往整个理论系统剩下来的有价值东西只是一些片段思想。脱离了系统而遗留的片段思想和萌发而未构成系统的片段思想,两者同样是零碎的,眼里只有长篇大论,瞧不起片言只语,甚至陶醉于数量,重视废话一吨,轻视微言一克,那是浅薄庸俗的看法——假使不是懒惰粗浮的借口。"

对此我深表赞同。但断片并非碎片,更非整体的碎屑、片段。

断片是有意为之的,断片恰是对思想的深犁。

在诞生断片文体的古希腊罗马之外的中国周朝,则有"官箴王阙"一说。这是一种制度,由太史令百官作箴,或者由专司箴谏之官写作箴文,箴文既成,由伴随君主的乐工长"诵",帝王在愉悦的乐声里寓教于乐。周代之后,"官箴王阙"成为执政者的庙堂传统,在两汉魏晋南北朝时期从未衰败。"西道孔子"扬雄的箴文是"官箴王阙"传统中产生的代表性之作,由于箴诫的对象是君主,而非一些论者所认为的一般官吏,这可从扬雄箴文创作的初衷、模仿的对象、后人续补时进行的说明,得到印证。箴文里固然有思想之锋,但作为文体的思想断片,却是着眼于大地之上的思想者,而非高高在上的帝王。

在我心目里,断片不是"片断"、不是圣人高高在上的"语录",也不是被奉为经典的拉罗什福科的道德"箴言"(我尤其反感那种通篇找不到一个"我",而是充斥了"我们认为"的虚拟群体道德话语的"箴言")。断片特指古希腊以降的一种思想性文体。从古罗马奥勒留《沉思录》,到留基伯、奥维德的断片文献,从帕斯卡《思想录》到尼采《查拉斯图特拉》,尤其是德国浪漫派弗里德里希·施勒格尔《雅典娜神殿》,把这种短小精悍的形式改造之后引入德国文学之后,影响日大,发展到利希滕贝格的《箴言集》再到俄罗斯的"狂人"罗扎洛夫的大量断片,体现出思想重于文学,或者文学与思想绞缠并行的特点。

就汉语写作而言,从张申府的《所思》到鲁迅的《热风》,从萌萌的《升腾与坠落》到陈家琪的《人生天地间》,都是思想者的优美言说。从著名作家张炜的《精神的丝缕》再到李雪涛的《思想小品》与林岗的《漫识手记》,逐渐使思想的彰显与文学意象的深植,达到了某种汉语叙述与独思的均衡。

我不知道我对这一文体的认识论是否与汉语思想者们近似,我在《寸铁笔记》里体现出来的倚重与倾斜,显然是思想、文学意象的铺排要大于、重于学理的演绎,但思想又在首鼠两端,悄然跃动。《寸铁笔记》回到了文与思彼此漫漶、互嵌、对撞的境地，变乱也同时拓展了我的散文言说域界，竭力回到批评家李敬泽所谓的"元写作"源头。《寸铁笔记》属于诗性文体的独立建构，但鉴于我成熟太晚，可能已进入无人问津的"收割期"，所以这又是一部渴望向博尔赫斯《沙之书》致敬的别异之作。它对于这个欲望大开大合的时代而言，是向内心塌陷的，是一部努力回到自己、倾听内心的作品。

在意涵的相反向度上，让语象与语义互相冲突、互相排斥、互相抵消，最后过渡成一种终极意义上的悖论写作与修辞，由此我用一句俗话来指称："理想很丰满，现实很骨感。"比如在《通过雨滴取暖的女孩儿》一文：

> 安徒生《卖火柴的小女孩》发表于1846年。起因是日历出版商佛林齐寄给他一封信，信里附着丹麦画家龙布的三幅图，要求他选择其中一幅图而写一篇童话。他反复斟酌，选择了其中描绘手中拿着一束火柴的小女孩的画面。
>
> 在我看来，这篇童话其实是安徒生根据母亲的经历而写。他父亲在安徒生11岁时就病逝了，母亲是职业洗衣妇，幼年讨饭。请注意安徒生的相关回忆："妈妈告诉我，她没有办法从任何人那里讨到一点东西，当她在一座桥底下坐下来的时候，她感到饿极了。她把手伸到水里去，沾了几滴水滴到舌头上，因为她相信这多少可以止住饥饿。最后她终于睡过去了，一直睡到下午。"

透明的雨滴，在饥饿的催生下化作漫天大雪。那一个通过吞食雨滴而充饥的女孩，作为生活中的真实场景，在安徒生笔下迅速漫漶。那个渴望在雪夜取暖的女孩，现在，水滴演变成了木梗上的火药，晶莹的雨滴打开的世界，与火药五次托升起来的盛景如出一辙。肠胃的雷鸣与圣诞的焰火完成了同构，并在一个女孩的眼里达成了和解。她，像雪一样笑着，像雪花那样进入夜色殿堂。然后，再望一眼脚下的黑暗。透明的水滴与薄透的火焰，让死亡无限，透明。安徒生只有悲悯，并与死亡达成的和解。他写的根本就不是童话，他没有为低微者提供那种"阶级怒火"。

所以，最纯粹的痛并不玄奥，痛从来就是清浅而透明的；痛彻骨髓直至飘升，而它的背景一定是没有被淆乱的夜空。再往上，一定有一双眸子俯瞰这一切。

用一根火柴呼唤火，用一根火柴点燃满天星星，就像你的头骨在叩响神的胯骨。所以，世界上最遥远的距离，不是情侣之间舌尖击溃嘴唇的距离，而是火柴划向擦皮的距离。但在很多人的一生中，他们从来没有划过一次。

这样的句式，是我营造的一种精神现象学，在某种"悖论化修辞"中实现向天空的突围。

"悖论化修辞"在法语里也称为矛盾修辞法，具有一种结构上的均衡和音韵上的和谐。这是一再在鲁迅《野草》里闪烁的砾石之光，多年来成为我断片写作的学习常态。《寸铁笔记》里，其实更应该加强这一层面的往复与折返，在乱麻纠结、歧义丛生的语境里，逐渐清理出思的经线讲述我的故事，发出我的声音。

蒋蓝于2024年8月30日